T0270351

EL CÍRCULO
DE MUJERES DE LA
DOCTORA TAN

Lisa See

EL CÍRCULO DE MUJERES DE LA DOCTORA TAN

Traducción del inglés de
Patricia Antón de Vez

narrativa
salamandra

Penguin
Random House
Grupo Editorial

Título original: *Lady Tan's Circle of Women*
Primera edición: marzo de 2024

© 2023, Lisa See
Edición original en inglés publicada por Scribner
(sello de Simon & Schuster), Nueva York, 2023
Edición en español publicada por acuerdo con
Sandra Dijkstra Literary Agency y Sandra Bruna Agencia Literaria S.L.
All rights reserved
© 2024, Penguin Random House Grupo Editorial, S.A.U.
Travessera de Gràcia, 47-49, 08021 Barcelona
© 2024, Patricia Antón de Vez, por la traducción

Printed in Spain – Impreso en España

ISBN: 978-84-19851-07-9
Depósito legal: B-602-2024

Impreso en EGEDSA
Sabadell (Barcelona)

SM51079

En recuerdo de Marina Bokelman,
segunda madre, curandera, folclorista, bordadora

Nota de la autora

Esta historia da comienzo en 1469, en el quinto año del reinado del emperador Chenghua, cuando Tan Yunxian tenía ocho años. El título de su libro se ha traducido de diferentes maneras: *Los dichos de una doctora*, *Miscelánea de casos de una doctora* y *Comentarios de una médica*.

El primer sistema para transcribir el chino al alfabeto latino fue obra de Matteo Ricci y Michele Ruggieri entre 1583 y 1588, mucho después de los acontecimientos que relata esta novela. He utilizado por tanto el sistema pinyin de transliteración de palabras chinas, adoptado por la República Popular China en 1979 e internacionalmente en 1982.

Por último, es posible que los lectores no estén familiarizados con las tradiciones de la medicina china, y no pretendo declararme a favor ni en contra de ellas, pero confío en que tengan en cuenta el panorama general de la época en la que se desarrolla la historia.

Colón no avistó las Américas hasta treinta y un años después del nacimiento de Tan Yunxian, mientras que el asentamiento inglés de Jamestown no se fundó hasta cincuenta y un años después de su muerte.

La tradición médica occidental de la época en la que Tan Yunxian ejercía explicaba la enfermedad como un desequilibrio o una corrupción de los cuatro humores (sangre, flema, bilis amarilla y bilis negra, que se consideraban los principales líquidos del cuerpo), o como un castigo por los pecados cometidos por el paciente. La mayoría de las medicinas occidentales se formulaban a partir de alcohol y hierbas, y las sangrías con sanguijuelas eran habituales.

Prefacio a
Miscelánea de casos de una doctora

Nuestra antiquísima tierra ha sido la cuna de muchos médicos famosos, entre los cuales ha habido algunas mujeres. Es un honor para nuestro linaje familiar que mi prima, la señora Tan Yunxian, haya escrito un libro de casos en los que se utiliza el vínculo entre la emoción y el pensamiento para salvar vidas. El insigne médico Sun Simiao escribió: «Las mujeres son diez veces más difíciles de tratar que un hombre.» Y no es así tan sólo por una cuestión de yin y yang o del mundo exterior de los hombres y las cámaras interiores donde residen las mujeres. Es porque las mujeres se quedan embarazadas, dan a luz y sufren pérdidas de sangre cada mes. También padecen por tener temperamentos y emociones distintos a los de los hombres. Mi prima ha destacado en el tratamiento de mujeres porque también ella ha compartido las pérdidas y los gozos que entraña ser mujer en esta tierra.

Ru Luan
Licenciado metropolitano
con honores por Orden Imperial
Gran mandarín de la Jurisprudencia Judicial
Prefecto de los Lanceros Reales

PRIMERA PARTE

La primera infancia

Año quinto del reinado
del emperador Chenghua (1469)

La vida es...

—Ya sea mil años atrás en el pasado o dentro de mil años en el futuro, y no importa dónde vivas ni cuán rica o pobre seas, las fases de la vida de una mujer son siempre las mismas —dice la señora Respetable—. Eres una niña pequeña, de modo que aún estás en los años de la primera infancia. Cuando cumplas los quince, entrarás en los años del cabello recogido. La forma en la que te peinemos anunciará al mundo que ya estás preparada para el matrimonio. —Me sonríe—. Dime, hija mía, ¿qué viene después?

—Los años de arroz y sal —respondo diligentemente, aunque tengo la cabeza en otro sitio.

Mi madre y yo nos sentamos en taburetes de porcelana bajo la galería porticada que da al patio de nuestra casa. Estamos en la temporada del monzón, y en el trozo de cielo que alcanzo a ver hay espesos nubarrones que vuelven el aire húmedo y sofocante. Dos naranjos en miniatura crecen uno junto al otro en macetas a juego. Otras contienen orquídeas cymbidium, con los tallos inclinándose bajo el peso de las flores. Amenaza lluvia, pero por ahora los pájaros gorjean en el ginkgo, lo que da un toque de frescor al día de verano, y alcanzo a oler el mar, que sólo he visto en los cuadros.

Aun así, esa fragancia no oculta el desagradable olor que desprenden los pies vendados de la señora Respetable.

—Tu cabeza está en otra parte. —Su voz suena tan frágil como sugiere su cuerpo—. Debes prestar atención. —Alarga la mano para coger una de las mías—. ¿Hoy sientes dolor? —Cuando asiento, añade—: El recuerdo de la agonía que pasaste cuando te vendaron los pies nunca desaparecerá del todo. Desde ahora hasta el momento de tu muerte habrá días en los que te visitará la angustia: si has pasado demasiado rato de pie o has caminado mucho, si el tiempo está a punto de cambiar, si no te cuidas bien los pies. —Me aprieta la mano con gesto compasivo—. Cuando te palpiten o te mortifiquen, recuerda que tu sufrimiento será algún día una prueba de amor para tu marido. Concentrarte en otra cosa te distraerá del dolor.

Mi madre es sabia, y por eso en casa todos nosotros, incluidos mi hermano Yifeng y yo, la llamamos señora Respetable, el título honorífico que ostenta como esposa de alguien de alto rango como mi padre. Pero si ella es capaz de ver que ando distraída, yo también me doy cuenta de que a ella le pasa lo mismo. Nos llega el sonido del canto de una mujer. La señorita Zhao, concubina de mi padre, debe de estar entreteniéndolos a él y a sus invitados.

—Sabes concentrarte... cuando quieres —dice mi madre al fin—. Esa capacidad, la de estar totalmente absortas, es lo que nos salva. —Hace una pausa cuando unas risas masculinas, con la voz de mi padre distinguiéndose en el apreciativo coro, se arremolinan a nuestro alrededor como si fueran niebla. Luego pregunta—: ¿Continuamos?

Tomo aliento.

—Los tiempos de arroz y sal son la etapa más importante en la vida de una mujer. Es entonces cuando estaré volcada en mis deberes como esposa y madre.

—Como lo estoy yo ahora. —La señora Respetable inclina la cabeza con gesto grácil, haciendo que los adornos de oro y jade que cuelgan de su moño tintineen suavemente. Qué pálida se ve, qué elegante—. Cada día debe empezar temprano. Me levanto antes del amanecer, me lavo la cara, me enjuago la boca con té aromático, me ocupo de mis pies y me arreglo el pelo y el maquillaje. Luego voy a la cocina para asegurarme de que los sirvientes hayan encendido el fuego y comenzado a preparar la comida de la mañana.

Me suelta la mano y exhala un suspiro, como agotada por el esfuerzo de hacer salir tantas palabras de su boca. Respira hondo antes de continuar.

—Memorizar estas responsabilidades es fundamental para tu educación, pero también puedes aprender observando cómo superviso las tareas que deben llevarse a cabo cada día: traer combustible y agua, enviar a una criada de pies grandes al mercado, asegurarte de que la ropa, incluida la de la señorita Zhao, esté lavada… Y tantas otras cosas esenciales para gestionar una casa. A ver, ¿qué más?

Ya lleva cuatro años instruyéndome de esta forma, y sé qué respuesta espera de mí:

—Aprender a bordar, a tocar la cítara y a memorizar dichos de las *Analectas para mujeres*…

—Y también otros textos, porque así, cuando te toque ir a la casa de tu marido, tendrás bien presente cuanto debes hacer y cuanto debes evitar. —Se remueve en su taburete—. Con el tiempo, llegarás a la fase del recogimiento, cuando te sentarás en silencio. ¿Sabes qué significa eso?

Tal vez sea porque siento dolor físico, pero pensar en la tristeza y la soledad que supone esa etapa de recogimiento me llena los ojos de lágrimas.

—Eso llegará cuando ya no pueda traer hijos al mundo.

—Y se prolongará hasta la viudez. Serás «la que todavía no ha muerto», a la espera de que la muerte te reúna con tu marido. Esto es…

Llega una criada con un pequeño refrigerio en una bandeja, de modo que mi madre y yo podamos continuar con nuestros estudios sin detenernos a almorzar. Dos horas más tarde, la señora Respetable me pide que repita las reglas que hemos repasado.

—Al caminar, no debo volver la cabeza —recito sin protestar—. Al hablar, no debo abrir mucho la boca. Cuando esté de pie, no he de hacer ruido con la falda. Cuando esté contenta, no he de mostrar mi alegría con carcajadas. Cuando esté enfadada, nunca debo levantar la voz. Aplacaré todo deseo de aventurarme más allá de las cámaras interiores, pues esas habitaciones son sólo para mujeres.

—Muy bien —me felicita ella—. Recuerda siempre tu lugar en el mundo. Si sigues estas reglas, te habrás ganado la condición de verdadero ser humano. —Cierra los ojos. Ella también siente dolor, pero es demasiado señora para hablar de ello.

Un chillido de mi hermano pequeño interrumpe nuestra charla. Yifeng corre por el patio. Su madre, la señorita Zhao, libre ya de sus obligaciones, se desliza tras él. También lleva los pies vendados, y sus pasos son tan pequeños que da la impresión de flotar como...

—Como un fantasma —susurra mi madre como si me leyera el pensamiento.

Yifeng se arroja sobre mi madre, entierra la cara en su regazo y se ríe. La señorita Zhao quizá sea su madre biológica, pero la señora Respetable no sólo es su madre ritual, sino que lo ha adoptado formalmente como hijo. Eso significa que Yifeng hará ofrendas y llevará a cabo todos los ritos y ceremonias cuando mi madre y nuestro padre se hayan convertido en antepasados en el Más Allá.

Mi madre sube a Yifeng a su regazo y le cepilla las suelas de los zapatos para que no dejen suciedad ni polvo en su vestido de seda.

—Eso es todo, señorita Zhao.

—Señora Respetable... —La concubina le dirige una cortés inclinación de cabeza y abandona el patio sin hacer ruido.

Mi madre se centra entonces en la sesión de lecciones de la tarde, que Yifeng y yo compartimos. Pasaremos todos los días aprendiendo juntos hasta que él llegue a su séptimo año, cuando el *Libro de los ritos* dispone que los niños y las niñas no se sienten en la misma alfombra ni coman en la misma mesa. En ese momento Yifeng abandonará nuestra compañía y se trasladará a la biblioteca para pasar las horas con tutores privados, e iniciará su preparación para presentarse a los exámenes imperiales.

—La armonía debe mantenerse en un hogar, pero todo el mundo sabe cuánto cuesta conseguirla —comienza la señora Respetable—. Al fin y al cabo, el carácter escrito de «problema» está compuesto por el carácter de «techo» con los caracteres de «dos mujeres» debajo de él, mientras que el carácter de «una mujer» bajo un techo significa...

—«Paz» —respondo.

—Bien. Un cerdo bajo un techo significa...

—«Prisión.»

—No existe ningún carácter escrito con un hombre bajo un techo. Seamos animales o mujeres, somos las posesiones de un hombre. Las mujeres existimos para proporcionarle herederos y alimentarlo, vestirlo y divertirlo. Nunca lo olvides.

Mientras mi hermano recita poemas sencillos, yo trabajo en mi bordado. Confío en ser capaz de ocultar mi decepción. Sé que la señorita Zhao no ha sido la única que entretenía a mi padre y a sus amigos; también se estaba exhibiendo a Yifeng. Ahora, cuando mi hermano olvida un verso, la señora Respetable me mira para que lo complete por él. De ese modo, yo aprendo lo mismo que mi hermano. Soy mayor, así que memorizo mucho mejor. Incluso cuando pienso y cuando hablo se me da bien utilizar palabras e imágenes de poemas. Hoy, sin embargo, me tropiezo con un verso. La señora Respetable frunce los labios.

—No harás los exámenes imperiales ni serás una erudita como tu hermano —señala—, pero algún día te convertirás en madre de hijos varones. Para poder ayudarlos en sus futuros estudios, debes aprender ahora.

Me duele decepcionarla porque, si tengo un buen día, puedo recitar poemas enteros del *Libro de las odas* y leer en voz alta del *Clásico de la piedad filial para niñas*. Hoy no es uno de esos días.

Cuando cae la tarde, mi madre anuncia que es hora de trasladarnos al estudio. Yifeng y yo seguimos a la señora Respetable a una distancia prudencial. Los pliegues de su vestido ondean, y la brisa le levanta las mangas, como en un cuadro. El aire se mueve lo suficiente como para que nos inunde el olor que desprenden sus pies vendados. Con el tiempo, de mis propios pies emanará un aroma especial que fascinará a mi esposo, como a mi madre le gusta recordarme si lloro cuando me los venda. Hoy, el olor de los pies de mi madre dista mucho de ser agradable. Trago saliva mientras me recorre una oleada de náuseas.

No tengo recuerdos de haber estado nunca fuera del recinto de nuestra residencia, y es posible que no cruce la puerta principal hasta que entre en mis años del cabello recogido y me lleven a casa de mi marido ya desposada, pero no me importa. Me encanta nuestra casa, sobre todo el estudio, con sus paredes encaladas, sus muebles sencillos y sus estanterías llenas de libros y pergaminos manuscritos. Mi madre se sienta a un lado de la mesa; mi hermano y yo, frente a ella. Mi madre observa cómo trituro la tinta en la piedra y la mezclo con agua para conseguir la densidad y el tono negro perfectos. Sujeto el pincel con una mano y, con la otra, me subo la manga para que no se manche. La señora Respetable nos dice que cada trazo de caligrafía debe ser fluido, pero osado. A mi lado, Yifeng se esfuerza al máximo, aunque sus caracteres son poco firmes. Al fijarme en su trabajo, cometo mi segundo error del día: en lugar de un trazo que se vaya afinando como el final de una ceja, hago un borrón en el papel. Levanto el pincel, pero mantengo la cabeza gacha, con la mirada fija en el desastre que he hecho y esperando a que mi madre diga algo.

El silencio continúa y alzó la vista. Ella mira por la ventana, ajena a mí, a mi error o a los trazos temblorosos de Yifeng. Cuando está así, sabemos que piensa en mis dos hermanos mayores, que murieron el mismo día, hace cinco años, a causa de la enfermedad de las flores celestiales: la viruela. Si hubieran sobrevivido, tendrían diez y doce años. Y si estuvieran vivos, mi padre no habría traído a la señorita Zhao, yo no tendría a Yifeng como hermano menor y mi madre no tendría un hijo ritual.

Entra mi criada, Amapola, y la señora Respetable hace una pequeña inclinación de cabeza. Sin inspeccionar mi trabajo, dice:

—Es suficiente por hoy. Amapola, por favor, ocúpate de que los niños se cambien y luego llévalos a la biblioteca para que vean a su padre.

Amapola lleva a mi hermano con la señorita Zhao, y después las dos seguimos hasta mi habitación. Mi padre compró a Amapola para mí con motivo de mi nacimiento. Tiene quince años y los pies grandes, los ojos muy separados y un talante obediente. Duerme en el suelo, a los pies de mi cama, y siempre me consuela cuando me despierta una pesadilla. Me ayuda a vestirme, a lavarme y a comer. No sé de dónde procede Amapola, pero formará parte de mi dote, lo que significa que estaremos juntas hasta que una de las dos muera.

Tras haberme pasado sentada casi todo el día, estoy inquieta, pero Amapola no piensa tolerarlo.

—Yunxian, eres peor que tu hermano —me regaña—. Quédate quieta para que pueda cepillarte el pelo.

—Pero...

Levanta un dedo.

—¡No! —Me lanza una mirada severa, que enseguida se transforma en una sonrisa. Siempre me mima, en realidad—. Venga, cuéntame qué has aprendido hoy.

Eso hago, lo mejor que puedo, recitando la cantinela habitual:

—Cuando me case, serviré con todo respeto a mi suegro. No lo miraré cuando me hable, y nunca me dirigiré a él. Escucharé y obedeceré.

Amapola inspira ruidosamente para mostrarme su aprobación, pero mi cabeza está dándole vueltas a algo que la señora Respetable ha dicho antes: «Recuerda siempre tu lugar en el mundo.» Nací en la familia Tan. Mi nombre de pila es Yunxian, que significa «Virtud Leal». La medicina ha estado presente en mi familia durante generaciones, pero mi padre eligió un camino diferente. Es un erudito imperial de nivel *juren*, un «hombre recomendado» que ha aprobado los exámenes provinciales. Trabaja como prefecto aquí, en Laizhou, cerca del mar pero a cientos de *li* del hogar ancestral de nuestra familia en Wuxi. Desde antes de que yo naciera está estudiando para presentarse al siguiente nivel de los exámenes imperiales, el más alto, que se convoca cada tres años. El adivino ya ha elegido una fecha para que padre viaje a la capital, donde completará sus últimos estudios antes de que comiencen las pruebas. Si tiene éxito, el emperador en persona leerá su tesis, anunciará que ha alcanzado el nivel de *jinshi* —un «erudito presentado»— y le otorgará su título. No sé qué cambios sufrirán nuestras vidas si eso llega a ocurrir, salvo que nuestra familia habrá ascendido otro peldaño en la escala de la vida.

¿Qué más puedo decir sobre mi lugar en el mundo? A mis ocho años, soy lo bastante pequeña para llevar todavía mi pelo negro en moñetes sujetos con cintas. La señora Respetable me ha dicho que mi cutis es tan fino como la pulpa de un melocotón blanco, pero eso no puede ser cierto porque hace que Amapola me aplique ungüentos en las tres marcas de viruela —una en lo alto de la frente y otras dos, muy juntas, en la mejilla derecha—, que son recordatorios visibles de que sobreviví a la enfermedad, a diferencia de mis hermanos. Mis pies compensan esos defectos. Son perfectos. Hoy llevo un par de zapatitos de seda con bordados de flores y murciélagos hechos por mi madre para atraer la buena suerte.

Amapola me da un codazo.

—¿Y tus relaciones con tu futura suegra?

—Sí, sí —digo, volviendo a centrarme en mi criada—. Cuando ella se siente, yo permaneceré de pie. Me levantaré temprano, pero no haré ningún ruido que pueda perturbar su sueño. Le prepararé y le serviré el té...

Amapola me da una palmada en el trasero, satisfecha de que esté lista para presentarme ante mi padre.

—Ya está bien. Ahora, démonos prisa. No queremos causarle molestias al señor.

Regresamos sobre nuestros pasos y recogemos a Yifeng en la habitación que comparte con la señorita Zhao. Los tres caminamos de la mano. Finalmente ha empezado a llover, pero estamos protegidos por la galería porticada. Las gotas que caen sobre el tejado producen un sonido reconfortante, y el aire ya parece más limpio, más ligero, a medida que se va disipando la humedad.

En la biblioteca, mis padres están sentados uno junto al otro en unas sillas talladas con sencillez. Hay una mesa de altar arrimada contra la pared blanca detrás de ellos. Una orquídea de verano florece en una maceta de bronce. La señora Respetable tiene las manos cruzadas sobre el regazo. Apoya los pies en un escabel de brocado, y sus zapatos, tan pequeños como los míos, asoman bajo el vestido. La señora Respetable siempre está pálida, pero hoy su piel parece casi translúcida. Un leve rastro de sudor le brilla en la frente y en el labio superior.

Se diría que a mi padre no le afecta el olor que desprenden los pies de mi madre. Está sentado con las piernas abiertas y las manos sobre los muslos, con todos los dedos apuntando hacia dentro menos los pulgares, que miran hacia fuera. Viste la larga túnica propia de su rango, con los remates de las mangas y los dobladillos profusamente bordados. Un distintivo mandarín cuadrado, también con muchos bordados, le cubre el pecho y revela cuál es su grado en el seno del sistema imperial de funcionarios. Indica con un gesto a Yifeng que se acerque a él. Amapola le suelta la manita y el niño echa a correr como un rayo y se sube de un salto al regazo de nuestro padre. Yo nunca haría algo así. Perdí la capacidad de correr cuando me vendaron los pies, pero, aunque pudiera, sería inapropiado que actuara con tanta temeridad. Mi padre se echa a reír. Mi madre sonríe. Amapola me da un apretón de mano tranquilizador.

Al cabo de cinco minutos, la visita termina. Mi padre no me ha dirigido ni una sola palabra. No me siento dolida; los dos nos hemos comportado como es debido, y puedo estar orgullosa de que así sea. Amapola vuelve a asir la mano de Yifeng. Estamos a punto de irnos cuando mi madre se levanta de repente. Se balancea como un tallo joven de bambú bajo un viento primaveral. Mi padre la mira inquisitivamente, pero antes de que pueda pronunciar palabra, ella se desploma en el suelo. Excepto por las manos, que yacen extendidas y flácidas, y por el rostro, blanco como la luna llena, parece un montón de ropa desechada.

Amapola lanza un grito. Mi padre salta de la silla, coge a mi madre en brazos y se la lleva fuera. Mientras trota por la galería porticada, va llamando a voces a otros criados. Acuden de todas partes, entre ellos un hombre y un niño de unos doce años. Para mí, son sólo el quinto y el sexto varón que he visto en mi vida. Deben de vivir aquí, pero yo he estado aislada en las cámaras interiores, donde me han protegido de los ojos de niños y hombres, excepto de mi padre, Yifeng y los dos hermanos a los que apenas recuerdo.

—¡Coged mi caballo para ir en busca del doctor! —ordena mi padre—. ¡Traed agua caliente! ¡No! ¡Traed agua fría! ¡Y compresas! ¡Y que venga la señorita Zhao!

El viejo y el chico salen corriendo, al igual que la cocinera y su asistenta. Cuando padre llega a la habitación de mi madre, el resto de las criadas y yo lo seguimos al interior. El lecho conyugal de la señora Respetable es grande y espacioso —como una casita, con sus tres habitaciones pequeñas— para ofrecer la máxima intimidad. Un arco de media luna conduce a la plataforma para dormir. Mi padre acuesta a la señora Respetable sobre la colcha, le pone los brazos junto a los costados y le alisa el vestido para que la seda le cubra los pies. Luego le recompone los zarcillos de pelo que se han soltado de su moño y se los coloca detrás de las orejas.

—Despierta, esposa mía... —suplica. Nunca lo había oído hablar con tanta ternura, ni siquiera cuando se dirige a Yifeng. Mira atrás hacia el resto de nosotras, apiñadas en la primera antecámara del lecho conyugal—. ¿Dónde está la señorita Zhao? ¡Traedla!

Un par de criadas echan a correr, mientras otras entran con cubos de agua caliente y fría.

Por fin llega la señorita Zhao. Toca en el hombro a mi padre.

—Será mejor que te vayas. —Se vuelve hacia las criadas—. Todas vosotras también, excepto Yunxian.

Mi padre me mira. Veo en su expresión algo nuevo, pero no sé muy bien qué es.

—Quizá debería llevarme a la niña —le dice a su concubina.

—Déjala aquí. Tiene que aprender. —La señorita Zhao le pone una mano en la espalda—. Avísanos cuando llegue el médico.

Cuando todos han salido de la habitación, la señorita Zhao me mira fijamente, otra cosa que no me había pasado nunca.

—Sospechaba que iba a ocurrir algo así —me dice—. Confiemos en que, al desmayarse, la señora Respetable nos haya proporcionado tiempo para ayudarla.

—Pero ¿qué es lo que pasa? —pregunto con timidez.

—Me han dicho que tu madre puso muchísimo cuidado en tu vendado de pies, hasta tal punto que decidió hacerlo con sus propias manos. Pasa demasiado a menudo que una madre se pone sentimental cuando su hija llora, pero no fue así en el caso de la señora Respetable. Ella lo hizo todo como es debido, y ni una sola vez se te infectaron los pies. Ahora sabes cómo cuidártelos...

—Amapola me ayuda...

—Pero entiendes que hacen falta cuidados constantes.

—Hay que desenvolver los pies cada cuatro días —empiezo a recitar, consciente de que esas reglas no son menos importantes que las que rigen las etapas de mi vida o las relativas a cómo comportarme con mi futura suegra—. Hay que lavarlos, cortar las uñas y lijar los puntos donde un hueso pueda atravesar la piel.

—Ya se trate de las uñas o de una esquirla de hueso, si la piel se rasga, debes dedicar un cuidado especial a mantener limpia la herida. De lo contrario, se producirá una infección. Si la ignoras, el pie vendado, al no tener contacto con el aire fresco, comenzará a supurar. Hay madres que corren ese riesgo cuando envuelven los pies de sus hijas.

Parte del orgullo que me hacen sentir mis pies se desvanece cuando añade:

—La persona que vendó mis pies permitió que eso sucediera y luego pudo arrancarme los dedos muertos. Por eso mis pies son tan pequeños, algo que tu padre aprecia.

No creo que sea un buen momento para ponerse a alardear, pero no puedo decirle eso a la señorita Zhao.

—Lo que quiero decir es que la infección puede enconarse —continúa—, y si una madre no está atenta, es probable que su hija muera. Pero las niñas no son las únicas que pueden perecer. Las mujeres adultas que no cuidan adecuadamente sus pies también pueden sucumbir.

Y dicho esto, la señorita Zhao tira hacia arriba del faldón de la señora Respetable para mostrar las medias calzas bordadas que cubren el antiestético bulto del talón doblado y el empeine aplastado. Se supone que este bulto de carne inútil y poco atractiva debe permanecer oculto, y verlo me recuerda algo que la señora Respetable me decía durante mi vendaje: «Nuestros pies no se encogen ni desaparecen. Nos limitamos a mover y manipular los huesos para crear la ilusión de unos lotos dorados.»

La señorita Zhao desata una media calza y tira de ella para dejar al descubierto los ríos de rojo encendido que recorren la pierna de mi madre. Aún me sorprende más el aspecto de su pantorrilla: fina como una cuerda, mucho más esbelta e informe que la mía. Alargo la mano para tocar eso que tan extraño me resulta, pero la señorita Zhao me agarra de la muñeca y tira de mí hacia atrás. Luego coge uno de los pies de mi madre, que en su mano se ve diminuto.

—Nuestras piernas se vuelven escuálidas porque nuestros pies no pueden soportar el peso de lo que hay debajo de la piel —explica la señorita Zhao—. No es eso lo que ha de preocuparnos. El problema es que tu madre tiene una infección.

Me cuesta encontrarles sentido a esas palabras. La señora Respetable es muy diligente en todo lo que hace, incluso en el cuidado de su propio cuerpo. Ella nunca ignoraría sus pies.

—Voy a desenvolverlo —dice la señorita Zhao—. ¿Preparada?

Cuando asiento con la cabeza, la señorita Zhao le quita la zapatilla y me la da. El olor empeora. La concubina traga saliva y empieza a desenrollar los tres metros de tela de gasa. Con cada capa que retira, el olor a descomposición se vuelve más fuerte. Cuando la señorita Zhao se acerca más a la piel, la tela que desprende está manchada de amarillo y verde. Finalmente, el pie queda desnudo. Una esquirla dentada de hueso sobresale del lado izquierdo del empeine. Liberado de las ataduras —y no consigo imaginar el dolor que debía de sentir mi madre—, el pie revela su hinchazón.

—Trae el cubo.

Hago lo que me dice. La señorita Zhao desplaza con suavidad la pierna de mi madre para que cuelgue del costado de la cama y le mete el pie en el agua. Mi madre se revuelve, pero no se despierta.

—Ve al tocador de la señora Respetable y tráeme sus ungüentos y polvos.

Hago lo que me dice. La concubina de mi padre vierte en el agua un poco del mismo astringente que Amapola usa para mis pies. Está hecho de raíz de morera molida, tanino e incienso. Para cuando llega el médico, la señorita Zhao y yo hemos secado con pequeños toques el pie de mi madre y espolvoreado alumbre entre los dedos y sobre la herida. También le hemos colocado el pie sobre una almohada. Mi madre se ha agitado cada vez que la hemos movido, pero aún no ha abierto los ojos.

—Quédate aquí —dice la señorita Zhao—. Hablaré con tu padre para ver cómo quiere proceder. Un médico varón no puede ver ni tocar a una paciente mujer. Se necesita un intermediario. A menudo se elige al esposo, pero yo me ofreceré voluntaria.

En cuanto se va, los ojos de mi madre se abren de golpe.

—No quiero a esa mujer en mi habitación —dice con un suspiro—. Sal ahí fuera. Dile a tu padre que ella no puede ser la intermediaria.

Salgo a la galería. Sigue lloviendo y aspiro a bocanadas el aire fresco. Aun así, el olor de la carne putrefacta de mi madre se aferra a mi garganta. Mi padre y la señorita Zhao están hablando con un hombre que debe de ser el médico. Acabo de ver a mi séptimo hombre. Lleva una larga túnica de color azul oscuro y su pelo gris acaricia la curva de sus hombros encorvados. Me da miedo acercarme, pero debo hacerlo. Voy hasta mi padre, le tiro de la manga y le digo:

—La señora Respetable está despierta y ha pedido que sea yo la intermediaria.

El hombre que supongo que es el médico dice:

—Prefecto Tan, sería apropiado que fueras tú quien cumpliese con este deber. —Pero cuando los ojos de mi padre se llenan de lágrimas, se vuelve hacia la señorita Zhao—. Sospecho que tienes cierta experiencia con las dolencias que afligen a las mujeres.

Sólo soy una niña, pero debo honrar los deseos de mi madre.

—La Señora Respetable quiere...

Mi padre da un fuerte palmoteo para impedirme decir una palabra más. En silencio, sopesa las opciones. Luego habla.

—Doctor Ho, utilizarás a mi hija. —Mi padre me mira—. Repetirás exactamente lo que el doctor le diga a tu madre y lo que tu madre le diga al doctor, ¿entendido?

Asiento con gesto solemne. Su decisión refleja su amor por mi madre, estoy segura.

Los adultos intercambian unas palabras y la señorita Zhao se lleva a mi padre.

El médico me hace una serie de preguntas, que yo traslado a la señora Respetable. Ella responde:

—No, no he comido nada picante. Puedes decirle que duermo bien. No sufro de emociones excesivas.

Voy y vengo entre el lecho de mi madre y la galería porticada, donde está el doctor Ho. Las preguntas, y las respuestas, parecen tener poco que ver con la infección de mi madre. Que ella no revele los detalles de la misma me desconcierta.

Cuando el médico queda satisfecho, escribe una receta. Acto seguido, se manda a la criada a la botica en busca de las hierbas para el remedio. La cocinera prepara la decocción y, unas horas más tarde, cuando está lista, la llevan a la habitación de mi madre. Le acerco la taza a los labios y ella toma unos sorbos antes de recostarse de nuevo en la almohada.

—Es tarde —dice con un hilo de voz—. Deberías irte a la cama.

—Deja que me quede aquí. Puedo sostenerte la taza.

Ella gira la cabeza para mirar los paneles de madera que cubren la pared trasera del gran lecho matrimonial. Presiona un panel con los dedos, haciendo que se mueva perezosamente en su marco.

—Me habré terminado la taza para cuando te hayas lavado la cara.

Me voy a mi habitación, me pongo la túnica y las zapatillas de dormir, me acuesto y me acurruco entre el colchón relleno de plumas de ganso y una colcha de algodón. Estoy agotada por todo lo que he visto y no tardo en quedarme dormida. No sé cuánto tiempo ha pasado cuando me despierta de golpe el ruido de gente que corre. En la penumbra, veo cómo Amapola se incorpora y bosteza antes de encender la lámpara de aceite. La llama chisporroteante proyecta sombras bailarinas en las paredes. Nos vestimos a toda prisa y salimos a la galería. Ha dejado de llover, pero está oscuro. Los pájaros que cantan en los árboles me revelan que está a punto de amanecer.

Justo cuando llegamos a la habitación de la señora Respetable, la cocinera sale corriendo y gira tan rápido que casi choca con nosotras. Pierdo el equilibrio y me tambaleo sobre mis pies vendados. Apoyo una mano en la pared para estabilizarme. Cuando la mujer me ve, se seca las lágrimas con el dorso de las manos.

—Lo siento mucho... Lo siento mucho...

La casa se ha convertido en un caos cuando la señorita Zhao cruza el patio seguida por el doctor Ho. Sin detenerse, entran en la habitación de la señora Respetable. Procedo a hacer lo mismo, y la cocinera me dice:

—No entres ahí.

Pero la esquivo y cruzo el umbral. Jamás podré olvidar aquel olor.

Han colgado una cortina en la entrada de la tercera cámara del lecho matrimonial de mi madre. Mi padre está sentado en un taburete ante ella. El brazo desnudo de mi madre descansa en su regazo, con la palma hacia el techo. El doctor Ho le dice a mi padre que envuelva la muñeca de la señora Respetable en un pañuelo de lino. Una vez que mi padre concluye esa tarea, el doctor da un paso al frente y posa tres dedos sobre la tela. Cierra los ojos para concentrarse, pero ¿cómo puede notar algo a través del pañuelo?

Aparto la mirada y vislumbro la taza que le sostuve a mi madre la noche anterior. El corazón se me encoge en el pecho al percatarme de que no llegó a tomar otro sorbo.

Durante los dos días siguientes, en toda la casa reina una gran actividad. Las criadas vienen y van. Se preparan más infusiones «vigorizantes». Una vez más, me envían con las preguntas del doctor Ho y vuelvo con las respuestas de la señora Respetable. Nada ayuda, mi madre sigue debilitándose. Cuando le toco la mano o la mejilla, noto un calor abrasador. Su pie, todavía apoyado sobre la almohada, ha crecido hasta alcanzar el tamaño de un melón; o, mejor dicho, el tamaño un melón agrietado que rezuma fluidos malolientes. Una característica apreciada de un pie perfectamente vendado es la hendidura que se forma cuando los dedos se curvan hacia atrás para encontrarse con el talón. Lo ideal es que esa ranura sea tan pronunciada como para que se pueda meter en ella una moneda de plata grande. Ahora, de esa hendidura gotea una sustancia viscosa y sanguinolenta, mientras que las vetas rojas han seguido ascendiendo por la pierna. A medida que pasan las horas, la señora Respetable parece cada vez menos interesada en las palabras que llueven sobre ella y vuelve el rostro hacia la pared trasera de su lecho cerrado. Me permiten permanecer de pie a su lado para consolarla y hacerle saber que no está sola.

Murmura nombres: «Mamá. Padre...» Cuando llora por mis hermanos muertos, me llevo el dedo índice a las cicatrices de las flores celestiales en mi cara.

La cuarta noche entran mi padre, la señorita Zhao y Yifeng. Las lágrimas emborronan las mejillas empolvadas de la señorita Zhao. Incluso cuando su rostro expresa tristeza, sigue siendo hermosa. Mi padre se muerde la cara interior de las mejillas, conteniendo sus emociones. Yifeng es demasiado pequeño para entender lo que está pasando y galopa hacia la cama. Mi padre lo coge en brazos antes de que pueda molestar a nuestra madre. La señora Respetable levanta un brazo y toca la bota de mi hermano.

—Acuérdate de mí, hijo. Hazme ofrendas.

Cuando el trío se marcha, sólo quedamos la señora Respetable, nuestras dos criadas y yo. Las llamas de las lámparas arden muy bajas. El suave tintineo de la lluvia sobre el tejado llena la estancia. La respiración de mi madre se vuelve más lenta: un suspiro, seguido por una larga pausa; un suspiro, seguido por una larga pausa. Una vez más, los nombres de quienes ya no están brotan de sus labios. No sé si los está buscando o si responde a sus llamadas desde su morada en el Más Allá.

De repente, se vuelve hacia mí y abre mucho los ojos. Por primera vez en horas, está presente del todo.

—Acércate. —Me tiende la mano, se la cojo y me inclino para escucharla—. Lamento que la vida sea como un rayo de sol que cruza una grieta en la pared y que no vaya a vivir para verte convertida en esposa y madre. No experimentaremos el dolor de las despedidas ni los gozos de los reencuentros. No podré ayudarte cuando sufras decepciones ni alegrarme contigo en los momentos de buena fortuna.

Vuelve a cerrar los ojos y deja caer de nuevo la cabeza lejos de mí. No me suelta la mano. Y no sólo eso, sino que me la aprieta mientras murmura los nombres de los muertos, y yo también se la aprieto.

—La vida es sufrimiento —susurra. Es su última frase coherente. Poco después gime—: Mamá, mamá, mamá... —Y murmura el nombre de mi hermano—: Yifeng. Yifeng. ¡Ven! —A mí no me llama.

Estoy exhausta, pero continúo a su lado a pesar del dolor que siento en los pies. Por cansada que esté, quiero compartir su padecimiento. De madre a hija. De la vida a la muerte.

En la oscuridad más profunda de la noche, la señora Respetable exhala su último aliento, tras haber llegado a los veintiocho años. Me siento casi abrumada por sentimientos de impotencia y culpa. Debería haber «sido» más. Debería haber sido un hijo varón de la propia sangre de la señora Respetable por el que mereciera la pena vivir.

Debería haber sido capaz de hacer más para ayudarla.

Un alto umbral

La señora Respetable apenas ha empezado a reposar en la tierra cuando llega el día tan esperado de la partida de mi padre a Pekín, para llevar a cabo los últimos preparativos antes de presentarse al siguiente nivel de los exámenes imperiales. La señorita Zhao, Yifeng, Amapola y yo iremos a vivir con mis abuelos paternos en Wuxi. Mi padre ha dispuesto que la mayor parte del viaje se haga por agua, y ha contratado a dos guardaespaldas para protegernos. Me dejan elegir una de las pertenencias de mi madre, y me decido por sus zapatos rojos de novia. Varios miembros del servicio embalan entre lágrimas nuestros muebles, la ropa y otros enseres domésticos, que se cargan en carros tirados por mulas. A la criada personal de mi madre la venden a un comerciante de sal. La cocinera y su asistenta se quedarán hasta que nos hayan servido la última comida, pero mi padre las ha vendido a... ¿a quién?, ¿de dónde? No me lo han dicho. Estamos de luto. No recito poemas ni las reglas que han de seguir las niñas. No practico mi caligrafía ni toco la cítara. Me limito a sentarme con la señorita Zhao para que supervise mi bordado. Por la noche, en la cama, después de que Amapola se duerma, abrazo los zapatos de mi madre y lloro.

La señorita Zhao, Amapola, mi hermano y yo partimos seis mañanas después de la marcha de mi padre. La señorita

Zhao nos da a Yifeng y a mí unos trozos de jengibre confitado para que los chupemos.

—Os ayudará con la enfermedad del movimiento —dice.

Cruzamos el umbral y salimos a la calle. Una parte de mí siente dolor al abandonar el único lugar en el que he vivido, pero otra se afana por ver qué hay al otro lado de la puerta. Resulta que no hay gran cosa. La señorita Zhao y mi hermano entran en un palanquín, se cierra la puerta y cuatro hombres se los llevan. Un guardaespaldas abre la puerta del segundo palanquín. Amapola me da un suave empujón. Subo.

—Te seguiré a pie —dice.

El palanquín da una sacudida cuando los hombres lo levantan y nos ponemos en marcha. Que yo recuerde, es la primera vez que voy dentro de un palanquín. No hay ventanas que me permitan ver el exterior, y el aire del interior está viciado y caliente. La caja se mece y se bambolea, respondiendo al paso de cada uno de los porteadores. Se me revuelve el estómago de inmediato y chupo con más fuerza el jengibre. No tengo dónde posar la mirada. Fuera, oigo los gritos de los vendedores llamando a los clientes, el crujido de las ruedas de los carros, los rebuznos quejumbrosos de un burro. Los olores se cuelan en el palanquín. Algunos los reconozco: comida cocinada en braseros abiertos, aguas residuales y algo que huele como las chaquetas de piel acolchadas que llevamos en invierno. Me mareo aún más.

El palanquín se detiene en seco y desciende hasta el suelo. La puerta se abre y Amapola extiende una mano para ayudarme a salir. Lo que veo es más de lo que mis ojos pueden asimilar o absorber: hay muchísima gente, y están haciendo... de todo. Debo de haberme quedado boquiabierta, porque la señorita Zhao mueve la mano ante mi cara y me dice:

—Tu madre hubiera preferido que mantuvieras la vista fija en el suelo. Por favor, actúa como es debido para honrarla. Ahora, ven. Sígueme.

Me guía a través del bullicio del muelle. Con los ojos entornados, sólo alcanzo a ver la falda vaporosa de la señorita Zhao, los zapatos negros de Yifeng y los dos pares de botas de los guardaespaldas. Una vez en cubierta, nos escoltan hasta un camarote con cuatro jergones para dormir. La estancia cuenta también con un aguamanil, una bacinilla para hacer nuestras necesidades y un cubo con tapa. Las paredes no tienen ningún tipo de decoración, ni siquiera una ventana a la que asomarse. El palanquín era caluroso y estrecho, pero esta habitación parece aún peor.

Los seis días y noches siguientes son espantosos, tanto que de nada sirven las cualidades calmantes del jengibre confitado. Amapola es la primera en marearse, y es en ese momento cuando la señorita Zhao nos revela el propósito del cubo. Luego me mareo yo. Poco después, las tres nos estamos turnando para levantar la tapa del cubo. Sólo Yifeng permanece como si nada.

Justo antes del amanecer de la séptima mañana, el cabeceo disminuye.

La señorita Zhao, que en las últimas horas ha tenido la frente apoyada en la sangradura del brazo contra el borde del cubo, levanta la cabeza y anuncia:

—Ya estamos remontando el Yangtsé. Pronto viraremos hacia el Huangpu para llegar a Shanghái. —Un atisbo de sonrisa asoma a sus labios por primera vez en varios días—. La ciudad donde todo abunda.

Sin hacer una sola pregunta, estoy descubriendo muchas cosas sobre la concubina de mi padre. Es evidente que tenía una vida antes de entrar en nuestra casa. Ha sido tan considerada conmigo en este viaje como lo ha sido con su propio hijo. Y parece tenerle respeto a mi madre.

Demasiado deprisa como para que podamos ver gran cosa, nos escoltan hasta un sampán. Los guardaespaldas llevan nuestros bultos al compartimento donde debemos pasar la travesía, pero la señorita Zhao no los sigue.

—¿Cuánto tardaremos en llegar a Wuxi? —le pregunta al barquero.

—Si el viento nos da más fuerza de la que lleva la corriente, quizá un par de días —contesta él.

Por toda respuesta, la señorita Zhao cierra los ojos. La comprendo. Todavía me siento aturdida por nuestro viaje por mar, y el balanceo del sampán no me calma ni un ápice el estómago. Cuando los guardaespaldas salen del compartimento, ella se acerca balanceándose hacia ellos. Se supone que están aquí para protegernos, pero retroceden como si los abordara un espíritu zorro.

—No sé si podré aguantar más días en un espacio sin ventanas —les dice la señorita Zhao con su melodiosa voz. Luego nos mira a Yifeng y a mí—. Y no creo que ellos puedan tampoco. Por favor, quedémonos fuera, donde estaremos más cómodos.

Los guardaespaldas deniegan su petición, insistiendo en que tienen que protegernos.

—Aunque nos vea un granjero u otro barquero —insiste ella—, al cabo de unos instantes habremos pasado de largo.

—No queremos meternos en líos —dice uno de los guardaespaldas—. El prefecto Tan...

—No tiene por qué saberlo nunca —zanja la señorita Zhao—. Podemos mantener esto en secreto entre nosotros.

Tras un breve tira y afloja, llega a un acuerdo poniéndoles unas monedas en las manos. Amapola y yo intercambiamos una mirada. Se supone que la concubina no debería caernos bien, pero en este instante ambas le estamos muy agradecidas. Mientras un guardia se posiciona en la proa del sampán y el otro en la popa con el barquero, la señorita Zhao nos lleva a Yifeng, a Amapola y a mí a sentarnos bajo el toldo. El barquero nos aleja del muelle. Ahora puedo verlo todo: los edificios, la gente, las actividades en la orilla, y eso me ayuda a no pensar en las náuseas. Al cabo de una hora más o menos, el barquero nos lleva por el río Wusong, mucho más pequeño que el Huangpu. Seguimos navegando contra la corriente, pero el cambio de dirección también supone un cambio en el viento. Ahora viene de atrás, y nos deslizamos por aguas más tranquilas. El barquero impulsa rítmicamente la embarcación con el remo mientras pasamos un *li* de arrozales tras otro. Ningún muro tapa la vista ni limita el cielo. Cuando Yifeng dice que necesita ir al baño, la señorita Zhao lo sujeta para que pueda hacer sus necesidades en las turbulentas aguas.

—Hora de comer —anuncia el barquero cuando el sol asoma entre las nubes.

Amarra el sampán a un árbol que crece en la orilla y le da a la señorita Zhao una cesta llena de bolas de arroz rellenas de cacahuetes, que ella reparte a cada uno de nosotros. Después del almuerzo, cuando el barquero se lleva a Yifeng a tierra para que libere un poco de energía, la señorita Zhao me dice:

—Llevas muchos días sin estudiar. Quería que tuvieras tiempo para poner un poco de orden en tus sentimientos.

Se me corta la respiración. No quiero hablar de mi dolor con ella.

—Y, por supuesto, luego hemos pasado por el espanto de la travesía... —Niega con la cabeza, como si quisiera borrar ese recuerdo—. Pero ya es hora de empezar de nuevo, ¿no crees?

—La señora Respetable era mi maestra.

La señorita Zhao me mira con tanta compasión que tengo que luchar por contener las lágrimas.

—Fue una maestra maravillosa para ti y para Yifeng. ¿Podría haber mejor manera de honrarla que continuar con lo que ella empezó?

Noto las bolas de arroz como piedras en mi estómago. Trago saliva con fuerza.

—Quizá piensas que, como soy una concubina, sólo sé ponerme guapa para tu padre y proporcionarle diversiones —continúa—, pero él no tendría ningún interés en mí si no contara con otros talentos. Sé leer y escribir. He estudiado a los clásicos... En fin, veamos qué sabes tú. Dime, ¿cuáles son las principales obligaciones de una esposa?

—Dar a luz a hijos varones, respetar las reglas y llevar a cabo rituales que garanticen el éxito de una familia —enumero en voz baja.

—Y el principal deber de una concubina, si dejas de lado todo lo demás, es proporcionar un hijo varón cuando la esposa no es capaz de ello. Yo hice eso por tu madre.

Levanto la mirada hacia ella. Casi estoy demasiado asustada para plantearle mi siguiente pregunta.

—¿Ahora te convertirás en la esposa de padre?

—No es momento para que te preocupes por eso —responde ella, pero no logra ocultar el anhelo en su voz cuando añade—: Aunque tu padre me eligiera para convertirme en su esposa, sé que nunca podría reemplazar a la señora Respetable en tu corazón. Por ahora, abramos un libro. Me encantaría oírte leer.

Yifeng y el barquero regresan al sampán. Pasamos el resto de la tarde a merced de la corriente de un canal. Yo leo en voz alta y los demás escuchan. Si me tropiezo con uno de los caracteres, la señorita Zhao se inclina sobre mi hombro para ayudarme a pronunciarlo. Cuando uno de los guardaespaldas señala algo curioso en la orilla o Yifeng suelta un repentino grito de alegría al ver algo por primera vez, la señorita Zhao me permite cerrar el libro y mirar también. La señora Respetable nunca habría hecho algo así, pero no puedo culpar a la señorita Zhao, puesto que no es una madre de verdad.

Más tarde el cielo se tiñe de rosa al final del día, y el barquero acerca la embarcación a la orilla y la amarra para pasar la noche. Nos prepara una sencilla comida a base de arroz, tofu estofado y pescado de río salteado con salsa de soja y cebollas verdes arrancadas de un campo cercano. La señorita Zhao, Yifeng, Amapola y yo entramos en el habitáculo y nos encontramos con dos jergones. Amapola dormirá en el suelo a mis pies, como suele hacer. La señorita Zhao y Yifeng se acurrucan juntos, así que yo tengo un jergón para mí sola. Añoro tanto a mi madre que me duele todo el cuerpo y estoy segura de que nunca podré dormirme. Entonces, para mi gran asombro, noto una mano en la espalda. Sólo puede pertenecer a la señorita Zhao. Empieza a tararear con suavidad y a frotarme la espalda con pequeños círculos. Me quedo lo más quieta posible, porque no quiero que se entere de que sé que es ella...

A la mañana siguiente zarpamos temprano. Pasan las horas, pero no me aburro ni una sola vez. Hay mucho que ver: un niño casi desnudo a lomos de un búfalo de agua; campesinos encorvados en los campos; sauces que dejan caer sus largas ramas en el río. Los sonidos cautivan mis oídos: los graznidos de una bandada de ocas de la que se ocupan dos risueñas niñas de mi edad; los chapoteos en el agua de un grupo de niños con barriles atados a la espalda para mantenerse a flote; la canción campestre que entona el barquero. Nos deslizamos por ríos, embalses y pequeños lagos, y finalmente por canales cada vez más pequeños y estrechos. Cuando veo que la señorita Zhao contempla las vistas con la misma intensidad que yo, me doy cuenta de que está haciendo lo mismo: captar tantas imágenes como pueda para recordarlas más tarde.

Por fin, llegamos a las afueras de Wuxi.

—Me han dicho que debo llevaros al distrito del monte de Estaño —dice el barquero, y al ver que la señorita Zhao asiente, continúa—: Estamos cerca del lago Tai. ¿Has oído hablar de él?

—Cuando era más joven, solía ir a las carreras de barcos dragón en el lago —responde ella.

He oído hablar del Festival del Barco Dragón, pero nunca he asistido a las celebraciones de Wuxi. Al principio era un bebé y por tanto demasiado pequeña. Luego pasé por el vendado de mis pies. Podría haber ido el año pasado, pero tenía fiebre y me tocó guardar cama. Mi padre llevó a la señora Respetable y a Yifeng. ¡Cómo hablaban de lo mucho que se habían divertido, describiendo la decoración de cada bote, los vistosos trajes que llevaban los remeros y las estrategias que utilizaban para ganar! Recuerdo también el disgusto de la señorita Zhao porque mi padre no la había dejado unirse al grupo y el secreto placer que había sentido mi madre al ver a la concubina enfurruñada. Este año, mi padre se llevó a la señorita Zhao, lo que dejó a mi madre más melancólica que de costumbre.

La señorita Zhao se vuelve hacia mí.

—A lo mejor podremos ir juntas el año que viene.

Me doy cuenta de que trata de ser amable conmigo y, además, siempre he querido ir, pero ¿acaso cree que puede comprar mi aceptación tan fácilmente como ha comprado a los guardaespaldas? Mi respuesta es breve:

—A lo mejor.

Tensa la barbilla y mira hacia otro lado. Tras un largo silencio, dice:

—No sabemos qué nos espera en casa de tus abuelos. Yo no soy tu madre, y por lo visto tampoco me quieres como amiga, pero quizá quieras replanteártelo. Cuando crucemos ese nuevo umbral, sólo conocerás a tres personas: a Amapola, a tu hermano y a mí. Es importante que las mujeres, y las niñas, encuentren la amistad y la perseverancia allí donde consigan hallarla. Yo puedo ofrecerte ambas cosas, si me dejas. —Levanta una mano para impedirme hablar—. Ya casi hemos llegado. Recogeré nuestras pertenencias.

De repente tengo miedo. Todo lo que ha dicho la concubina es cierto: mi vida entera se ha puesto patas arriba y ahora estamos a punto de entrar en un hogar extraño donde no conoceremos a nadie aparte de a nosotros mismos.

El barco vira hacia un nuevo canal justo cuando la señorita Zhao vuelve a salir a cubierta. Ambas orillas están bordeadas de enclaves amurallados de los que brotan tejados como pequeñas aldeas. El barquero dirige el sampán hacia un muelle de piedra, que parece un pabellón flotante con sus aleros vueltos hacia arriba y sus balaustradas de piedra. La casa de mis abuelos se llama la Mansión de la Luz Dorada. Los muros grises que protegen la propiedad se extienden a lo largo de la carretera que discurre paralela al canal en ambas direcciones. El portón de entrada se alza orgulloso, con el nombre de la familia esculpido sobre el dintel. Un par de leones de piedra montan guardia, uno a cada lado de las puertas de madera tallada. El guardián, dirigiéndose a alguien en el interior, exclama:

—¡Ya están aquí! ¡Ya están aquí!

Echo un último vistazo a mi alrededor. Soy consciente de que, en cuanto cruce el umbral y entre en la Mansión de la Luz Dorada, no volveré a salir de ella hasta el día de mi boda. Luego me estremezco un poco y vuelvo a mirar las puertas, aún nerviosa tras la advertencia de la señorita Zhao.

El umbral es alto para poner de manifiesto la importancia de la familia, y la señorita Zhao y yo debemos tener cuidado al cruzarlo. A la derecha y a la izquierda, las habitaciones de los criados bordean el muro de protección.

No permito que me separen de Amapola, y tiro de ella para que se quede pegada a mí mientras continuamos hacia un patio interior. Nos recibe una mujer con los pies vendados. Es delgada y guapa, pero ni punto de comparación con mi madre o con la señorita Zhao. Se dirige a Yifeng, el único hombre de nuestro grupo.

—Me llamo Fosca. Superviso los asuntos cotidianos de la Mansión de la Luz Dorada. Me aseguraré de que vuestras necesidades se vean satisfechas. —Nos mira de arriba abajo y, cuando repara en los grandes pies de Amapola, arruga el ceño con evidente desaprobación. Luego cuadra los estrechos hombros y señala alrededor—. Aquí hay cinco patios. Vuestros abuelos han pedido que os alojéis en las habitaciones del fondo del recinto, donde se encuentran nuestras cámaras interiores. Confiamos en que os resulten satisfactorias.

Atravesamos rápidamente el segundo y el tercer patio, rodeados por galerías porticadas. Todas las vigas, sean maestras o no, están talladas y pintadas. Los edificios son impresionantes, con tejas que parecen escamas de pez y aleros invertidos con figuras esmaltadas de guardianes protegiendo las esquinas. Cada patio es más magnífico que el anterior, pero Fosca no nos revela para qué sirven ni quién vive en ellos. Cuando nos internamos en el cuarto patio, se detiene y señala a su derecha.

—Ésas son las habitaciones donde el maestro Tan y la señora Ru atienden a los pacientes. —Luego señala a la izquierda—. Aquí están la alcoba y el estudio del maestro Tan. Vuestra abuela tiene las habitaciones contiguas. No los molestéis cuando atiendan a los pacientes. —Fosca considera lo que acaba de decir y añade—: No hagáis ninguna clase de ruido. —Mira a mi hermano—. Me refiero sobre todo a ti.

Llegamos al quinto patio. Al igual que en todas las viviendas, incluso en las más pequeñas, como la casa donde yo vivía con mi padre y la señora Respetable, las habitaciones más alejadas de la puerta principal se consideran las más seguras, por lo que en ellas residen todas las muchachas solteras, incluidas las concubinas. Fosca hace un gesto cortés con la cabeza en mi dirección.

—Por favor, espera aquí. —Luego dice—: Señorita Zhao, sígame.

La concubina de mi padre avanza dos pasos y se vuelve para asegurarse de que veo adónde va. Inclino la cabeza para hacerle saber que estoy atenta.

Amapola y yo permanecemos juntas, rodeadas por una magnificencia que ninguna de las dos había visto antes, mientras Fosca escolta a la señorita Zhao y a Yifeng y los hace subir un escalón, atravesar la galería porticada y entrar en una estancia. Cuento rápidamente las puertas de ese lado del patio. La habitación de la señorita Zhao es la tercera por la izquierda.

Fosca regresa y Amapola y yo la seguimos hasta un escalón al otro lado del patio con respecto a la habitación de la señorita Zhao. Hay una puerta entreabierta.

—Os estábamos esperando —explica Fosca—, y ya está todo preparado. Confiamos en que vuestros aposentos os resulten satisfactorios.

El espacio es, probablemente, cuatro veces mayor que el que tenía en casa. Ante una pared hay una mesa y una silla, y de unas jarras de porcelana brotan pinceles de caligrafía de todos los tamaños y formas. Libros y manuscritos llenan las estanterías detrás del escritorio. Mi cítara descansa contra otra pared. En lugar del *kang* en el que he dormido toda mi vida, se alza ante mí el lecho conyugal de mi madre: una habitación dentro de otra habitación. Al verlo, siento como si una espada me atravesara el pecho.

Fosca me mira con expresión compasiva.

—Tu abuela pensó que querrías estar cerca de quien te trajo al mundo.

Parpadeo para que no se me llenen los ojos de lágrimas.

Al ver que no digo una sola palabra, Fosca se vuelve hacia Amapola. Le da instrucciones, le señala ciertas cosas. No asimilo nada. Echo de menos a mi madre.

Más tarde, después de que Amapola me haya bañado y vestido con ropa limpia, me llevan a reunirme con mis abuelos en la Sala de Recepción. Tengo tan presentes a mis progenitores que me sobresalto al ver a mis abuelos sentados tal como estaban mis padres, en sus sillas a juego, la noche en que la señora Respetable se desmayó. Caigo de rodillas y apoyo la frente en el suelo.

—Por favor, levántate —dice el abuelo Tan—. Acércate para que podamos verte mejor.

Noto los ojos de mis abuelos clavados en mí mientras avanzo.

—Alza la cara —ordena el abuelo Tan.

Lleva una larga túnica interior de seda azul oscuro, con un dobladillo bordado, un cinturón con hebilla de jade y una borla colgando a un lado. Luce un bigote ralo, y del mentón le brota una fina y larga barbita. Se enrosca la punta con los dedos, de modo que se le ensortija a la altura del pecho. Sus ojos parecen amables, y sus manos se ven suaves y pálidas. De las comisuras de sus ojos brotan unas arrugas como huellas de pájaro en la arena. En cuanto a la abuela Ru, la palabra que mejor la describe, aparte de «vieja», es «rellenita». Debería tener arrugas, pero su rostro se ve terso, como si los años no pasasen por ella. Perlas y fragmentos de jade decoran su túnica, que lleva adornos bordados en el dobladillo, en los bordes de las mangas y en el cuello. Se ha recogido el cabello, todavía negro, en un moño alto, que mantiene sujeto con alfileres de jade y otros adornos de oro.

Después de lo que se me antoja una eternidad, la abuela Ru comenta:

—Se parece a su madre.

Al oír eso, me echo a llorar.

—Tráemela —dice la abuela Ru.

Antes de que yo pueda asimilar siquiera lo que está pasando, el abuelo Tan me ha cogido en brazos para dejarme en el regazo de la abuela Ru. Ella me rodea la cintura para atraerme hacia sí, y su otra mano me ciñe la nuca para acurrucarme en su hombro.

—Ya está, niña. Deja que fluyan las lágrimas.

El abuelo Tan me acaricia suavemente la espalda. Emite unos arrullos, consolándome, y luego dice:

—Ésta es tu casa ahora. No te preocupes, cuidaremos de ti.

Donde no hay barro, no hay loto

—«"Chiuk, chiuk", chillan las águilas pescadoras en el islote del río» —recito—. «La bella y bondadosa joven es una buena compañera para el señor.»

El abuelo Tan se ríe cuando llego al final de la primera estrofa del «Aire de los peces halcones», del *Libro de las odas*. Le gusta escucharme recitar poemas o salmodiar a los clásicos, sobre todo por las noches, cuando se toma unas copas de vino. Ahora se dirige a la abuela Ru, que está sentada al otro lado de la mesa.

—¿Cuenta acaso este poema la historia de un joven noble que encuentra a una doncella amable y encantadora? ¿Es una crítica al Gobierno, una alegoría sobre la reina Tai Si, que fue la esposa ideal e idolatrada del rey Wen, o un ejemplo de cómo debe comportarse la gente en relación con los asuntos de alcoba?

Ella lo manda callar con un ademán.

—¿Tenemos que hablar de estas cosas delante de Yunxian? Es demasiado joven.

—¡Pero es lista! —El abuelo se pellizca la barba con el pulgar y el índice.

—La alabas demasiado y con palabras muy elogiosas —se burla la abuela.

Ambos me adoran, pero con quien más tiempo paso es con mi abuela. Aunque por decoro deberíamos mantener cierta distancia física, a ella le gusta tenerme cerca. Sus besos y abrazos contradicen todo lo que me han enseñado, pero me encantan igualmente.

—He esperado mucho tiempo para tener una nieta —replica él.

Aunque estamos los tres solos, va vestido para mostrar su estatus. El distintivo cuadrado de la pechera de su túnica exterior está bordado con un pato mandarín púrpura, lo que significa a ojos del mundo que es un caballero erudito de séptimo rango. La orla de su gorro es de seda negra, con un casquete de seda rojo rubí.

—Una nieta que pueda entretenerte, querrás decir.

El abuelo asiente, dándole la razón.

La abuela le sonríe con indulgencia antes de volver al libro que ha estado hojeando. Estamos en la botica, que huele a hierbas. Tres botiquines de madera de peral de un cálido tono ámbar —cada uno con docenas de cajones pequeños y otros tres más grandes en la parte inferior— están dispuestos uno junto al otro al alcance de la mano. Caracteres en fina caligrafía indican qué hierba, mineral o hueso contiene cada cajón. Una de las paredes laterales está cubierta de estanterías del suelo al techo, llenas de vasijas de barro, cestos y latas. En la pared opuesta, varios dibujos anatómicos muestran los meridianos de la parte frontal, lateral y posterior de un cuerpo, de la cabeza a los pies. Debajo, una fila de sillas en línea recta acoge a los pacientes que acuden a recibir tratamiento. Una mesa alta en el centro de la sala permite a mis abuelos estar de pie cuando pesan y mezclan fórmulas. La mesa de té, en cambio, es pequeña, aunque es ante ella donde pasan la mayor parte del día. Comparten amor, respeto y trabajo, y nunca se dirigen una mala palabra.

—Estaba pensando en la mujer de tu sobrino —dice la abuela, cambiando oficialmente de tema—. La señora Huang está embarazada por sexta vez, pero ha estado sangrando y tiene dificultades para orinar.

La señora Huang. No estoy segura de quién es. Como todas las mujeres casadas, incluyendo a mi abuela, lleva el apellido de su familia natal.

—¿Tienes la certeza de que está encinta? —pregunta el abuelo.

—Los hombres creéis que es difícil diagnosticar un embarazo, y a veces lo es. Pero hace dos meses, para asegurarme, le di un té de raíz de levístico y hojas de artemisa. —La abuela levanta la barbilla—. La señora se lo tomó y, como era de esperar, el bebé se movió.

—Dejemos en paz a la señora Huang para que engorde y dé a luz tranquila —declara el abuelo—. Como otros médicos eruditos, creo que el mejor parto es el natural. «Cuando la flor está abierta y el melón redondo, caen por su propio peso.» Lo vemos en los jardines, pero también en los animales. Nunca se ha oído hablar de monas que hayan muerto por dificultades en el parto. Por lo tanto, eso no debería ocurrir con las mujeres. Un parto complicado sólo tiene lugar cuando otros intentan dirigirlo, controlarlo o apresurarlo.

La abuela suelta un suspiro.

—Sólo un hombre, que nunca ha soportado los dolores del parto, diría algo así.

—Quizá podríamos ofrecerle un brebaje para apaciguar su *chi*.

—¿Apaciguarlo? ¿Tratándose de una mujer que tiene problemas en su palacio del feto? Rara vez funciona.

Se dice —o sinceramente, eso es lo que me han contado— que el abuelo se casó con la abuela porque ella procedía de una estirpe de médicos. Al fin y al cabo, todo el mundo se beneficia cuando una esposa puede atender las necesidades médicas de las mujeres y los niños de su casa. Como erudito imperial, al abuelo también le interesaba la medicina. Al igual que toda esposa debe dar a su marido al menos un hijo varón, es deber del hombre asegurar el linaje familiar, y la mejor manera de lograrlo es procurando que las esposas y concubinas no sólo se queden embarazadas y den a luz, sino que también sobrevivan. Al abuelo, incluso de joven, le gustaba leer textos médicos antiguos. Cuando ejerció como gran maestre de Gobierno, trabajó en la capital secundaria de Nankín, donde era funcionario en el Consejo de Castigos. Continuó con sus estudios personales incluso durante los años que pasó fuera de casa viajando para desempeñar sus funciones, como es posible que haga mi padre si supera el siguiente nivel de los exámenes imperiales. Cuando el abuelo regresó de sus años en Nankín, obtuvo el reconocimiento de *ming yi*, «doctor famoso», en la tradición de los médicos intelectuales. Su saber procede de la lectura de los libros; la formación de la abuela Ru procede de sus padres, que aprendieron de sus propios padres, que a su vez aprendieron de sus padres, y así sucesivamente.

—Entonces, ¿qué sugieres? —pregunta el abuelo.

No sólo es un hombre distinguido, sino también el jefe de nuestro clan. Su palabra es ley y todos debemos obedecerla. Dicho esto, respeta la pericia de la abuela y a menudo sigue sus consejos.

—Antes de tomar una decisión, la examinaré —responde ella.

El abuelo asiente muy despacio.

—Dentro de unos días, la comadrona Shi vendrá a ver a la señora Huang —añade la abuela.

Al oír eso, el abuelo hace una pausa y la mira con severidad.

—Sabes que no me gustan las parteras. —Cuando se vuelve hacia mí, sé que está a punto de ponerme a prueba—. Dime por qué.

No me apetece contestar, porque, diga lo que diga, irritará a la abuela. Pero ¿qué otra cosa puedo hacer?

—No hay lugar para las Tres Tías y las Seis Abuelas en la casa de una familia noble —pronuncio con la cabeza gacha para no tener que ver la reacción de la abuela.

—¿Y quiénes son? —insiste él.

Miro fijamente mis zapatillas, dividida entre las dos personas que cuidan de mí. Un dedo me levanta la barbilla. La abuela me dice:

—Responde a tu abuelo.

—Las Tres Tías son las monjas budistas, las monjas taoístas y las adivinas. Las Seis Abuelas son: casamenteras, chamanas, vendedoras de medicinas, intermediarias, alcahuetas y comadronas.

Recito esas frases de memoria, aunque no entiendo todas las palabras incluidas en la lista.

—Las familias respetables no permitimos la entrada de mujeres religiosas en nuestras casas porque seguimos los principios confucianos —declara el abuelo—. En cuanto a las demás, son viejas arpías: serpientes y escorpiones que debemos evitar a toda costa.

—Esposo, sabes perfectamente que...

—Además —refunfuña el abuelo—, a las parteras se las relaciona con actos perversos como el aborto y el infanticidio. ¿Quién no ha oído hablar de esas comadronas que, al encontrarse con un bebé que se niega a abandonar el palacio del feto, le cortan el brazo para poder traerlo al mundo?

La abuela niega con la cabeza.

—Eso ocurre en muy raras ocasiones y sólo se hace para salvar la vida de la madre.

—Su prestigio se ve aún más mancillado —continúa el abuelo— cuando se les pide que comprueben la virginidad de una mujer en casos judiciales o que inspeccionen los cadáveres en casos de muertes no naturales...

—¡Esposo! —lo regaña la abuela—. Esto es demasiado para que lo oiga Yunxian. —Se vuelve hacia mí y atempera la voz—. Niña, mírame —dice en un tono dulce—. Has de respetar a tu abuelo en todo, pero también debes saber que las comadronas son necesarias. Una expresión más agradable que usamos para describirlas es «las que recogen al recién nacido». —Sus ojos se vuelven hacia el abuelo—. Tú no tocas la sangre, yo tampoco tengo contacto con la sangre. Pasamos consulta desde la distancia. Puedo atender a una mujer durante el parto, dándole hierbas para acelerarlo y facilitando la salida del bebé, y puedo atenderla después del alumbramiento, administrándole decocciones que reconstruirán su vitalidad, pero nunca trataría de aferrar a un bebé...

—Confucio dejó bien claro que cualquier profesión en la que intervenga la sangre se considera indigna de nosotros —coincide el abuelo—. El contacto de una comadrona con la sangre la sitúa en el mismo nivel básico que un carnicero. Además, las comadronas tienen mala reputación. Son demasiado... mundanas.

La abuela suelta un suspiro.

—Es posible, pero ¿cómo puede una mujer dar a luz si los médicos opinamos que la sangre es corrupta y corruptora? Necesita la ayuda de una comadrona.

—Las campesinas...

—Trabajan en el campo todo el día, tienen a sus críos en los rincones de sus chozas y luego preparan la cena para sus familias —termina la abuela por él.

—O sea que...

—¡O sea que nada! —La abuela empieza a perder los estribos—. ¿Lo has visto acaso con tus propios ojos? Es posible que en los hogares de esas mujeres haya una suegra para ayudarlas. O a lo mejor hay una partera que trabaja en la aldea. Quizá...

El abuelo levanta una mano con la palma abierta en un intento de hacer las paces, pero la abuela aún no ha terminado.

—¿Mueren los hombres al dar a luz? —pregunta la abuela—. ¡Pues no! Incluso a la emperatriz la atiende una comadrona. Así que no me digas que una mujer puede parir sola. Si dar a luz es tan fácil e indoloro...

—Nunca he dicho que fuera indoloro...

—Si dar a luz es tan natural —rectifica la abuela—, ¿cómo es posible que el parto ponga en peligro la vida? La mujer es el único animal sobre la tierra que no debería dar a luz sola, porque el bebé sale boca abajo, lo que hace casi imposible que la mujer lo saque por sí misma. Es imprescindible una comadrona, te guste o no.

—Imprescindible —repite el abuelo.

—Y las comadronas pueden recibir grandes recompensas...

Él asiente, cediendo finalmente.

—Si una tiene la suerte de atender a mujeres de rango imperial en la Ciudad Prohibida, se ve recompensada a un nivel que provocaría la envidia incluso de hombres como yo.

—Tierras, oro, títulos...

Todavía tratando de hacer las paces, el abuelo añade:

—Podríamos decir también que dos familias no pueden unirse sin la mediación de una casamentera. —Aun así, como tiene derecho a decir la última palabra, no puede evitar una apostilla—: Pero eso no vuelve a esas mujeres menos desagradables.

La abuela lo mira de reojo, pero guarda silencio. Sintiéndose ganador, el abuelo se anima y vuelve a dirigirse a mí.

—Háblame del *chi*.

Me pongo a recitar como hago con los poemas, los pareados y las reglas por las que debe regirse una chica.

—El *chi* es la base material y la fuerza vital de toda la existencia que habita el cuerpo...

—Un loro puede pronunciar palabras —interrumpe la abuela, aún molesta, al parecer, por las opiniones del abuelo sobre las comadronas—, pero ¿entiende acaso su significado profundo?

Me esfuerzo un poco más.

—Todo en el universo tiene *chi*: las montañas, las estrellas, los animales, las personas, las emociones...

—Me gusta decir que el *chi* es el latido del cosmos —comenta la abuela—, mientras que el cuerpo es un reflejo del cosmos y todo está gobernado por el yin y el yang.

Al oír las palabras de la abuela, brota de mi boca información que he memorizado desde que llegué aquí.

—Yin y yang son oscuridad y luz, abajo y arriba, interior y exterior, viejo y joven, agua y fuego, Tierra y Cielo.

El abuelo me anima a continuar.

—El yin es...

—La fuente de la muerte —termino por él.

—El yang es...

—La raíz de la vida. El yin es sombrío y femenino, mientras que el yang es positivo y masculino.

El abuelo asiente y yo le sonrío. Dirige su siguiente comentario a la abuela Ru.

—Esta niña destaca por su inteligencia. No deberíamos limitarla a la labor de bordado corriente. Deberíamos permitirle estudiar mi medicina.

En los últimos tres meses le he oído decir algo parecido muchas veces, y en cada ocasión brota en mi interior una chispa de esperanza. Mi padre y mi tío no quisieron ser médicos y, según he oído, ambos tienen planes ambiciosos para sus hijos que no incluyen la medicina. Incluso a su corta edad, mi hermano está aprendiendo la disciplina que necesitará si quiere estudiar para los exámenes imperiales. Eso me deja a mí como única opción. Me gustaría muchísimo aprender de mis abuelos. Todo lo que dicen abre nuevos caminos en mi pensamiento, y si algún día pudiera llegar a ser médica, entonces quizá sería capaz de ayudar a la madre de una niña como yo. Pero la abuela todavía no está convencida.

—Hoy he hablado de sangre, pero la sustancia más importante es la sangre menstrual —dice ella ignorando al abuelo—. Parecen el mismo elemento, pero ¿en qué se diferencian?

Se trata de una pregunta sencilla con una respuesta fácil.

—Tenemos la sangre que vemos cuando nos hacemos un corte en la piel —digo—, pero la sangre menstrual es una esencia mayor. «En las mujeres, la sangre es la líder», es lo que permite a una mujer quedarse embarazada y alimentar a un feto. Se convierte en leche materna al dar a luz.

—Exactamente. Hay que dejar de lado el concepto de función —explica la abuela Ru—. No nos preocupan las venas y las arterias, los músculos y los huesos, ni los órganos con funciones específicas. Investigamos cómo surgen las enfermedades a partir de desequilibrios en la forma corporal del yin y el yang, que interactúan como cuando la noche fluye hacia el día y el invierno hacia el verano. Uno siempre está subiendo y el otro siempre está bajando, sin detenerse nunca. En el proceso, se reparan y transforman uno al otro. Como médicos, aspiramos a equilibrar el yin y el yang para que la fuerza vital sea potente. ¿Qué más puedes decirme sobre el cuerpo como universo?

Y así sucesivamente: los abuelos me plantean preguntas y yo hago todo lo posible por complacerlos con mis respuestas. Cuando estoy con ellos, pese a que no dejan de ponerme a prueba, casi consigo olvidar lo mucho que echo de menos a mi madre, a mi padre, nuestra casa... Todo...

Durante mi estancia en Wuxi, he pasado la mayor parte del tiempo confinada en las dependencias de las mujeres, con concubinas y esposas, niñas y niños pequeños, y niñas mayores que se preparan para el matrimonio. Los bebés suelen estar en otros lugares con sus nodrizas; a los varones de más de siete años ya no se les permite estar con nosotras, y algunas mujeres están demasiado «indispuestas», ya sea física o emocionalmente, para reunirse a bordar y cotillear, jugar a las cartas o discutir por tonterías. Soy la única niña de mi edad, y las chicas mayores no muestran ningún interés por mí. No tengo ninguna amiga, y, aunque cuando vivía en Laizhou me pasaba lo mismo, agradezco la presencia de la señorita Zhao, que supervisa mis clases diarias. Creo que ella también agradece que yo esté aquí, ya que le cuesta que las otras concubinas la acepten. Es una buena profesora, más paciente que mi madre, pero no menos exigente.

Cuando quiero estar sola, voy a mi habitación y me meto en el lecho conyugal de la señora Respetable. Tiene un techo, ventanas cubiertas con pinturas hechas sobre seda que muestran escenas de la vida poética y un dosel sobre la entrada con borlas de madera a modo de decoración, todo tallado en palisandro, peral y boj, y encajado sin un solo clavo. Hay dos antecámaras: en la primera duerme una doncella en el suelo y en la segunda hay un vestidor. En la tercera se encuentra la plataforma elevada para dormir. En una de mis primeras noches aquí, me acordé del panel suelto que a la señora Respetable le gustaba tocar. Lo liberé y encontré un estante secreto. Por un instante tuve la esperanza de que hubiera escondido algo para mí, pero no. Sin embargo, mi madre conocía su existencia y, para mantener mi conexión con ella, coloqué sus zapatos rojos envueltos en seda en el estante y volví a poner el panel en su sitio. Ahora me tumbo a menudo en la misma postura que la señora Respetable, cuando se quedaba de cara a la pared del fondo y su mano jugueteaba con el panel. Toco la madera, sabiendo lo que hay detrás, y lloro su pérdida. Cuando estoy con las otras mujeres y chicas, intento parecer feliz.

Poco a poco me voy familiarizando con la Mansión de la Luz Dorada. Cuarenta miembros de la familia viven aquí, y otras veinte personas, entre criadas, ayudantes de cocina y jardineros, atienden nuestras necesidades. La familia recibe a sus invitados en el edificio del segundo patio, que tiene una sala lo bastante grande como para que toda la familia pueda reunirse para celebrar rituales y banquetes, y otras estancias más pequeñas para beber, escribir poesía y cosas por el estilo. Los nietos, tíos y sobrinos Tan viven con sus esposas y familias en el edificio del tercer patio. También me estoy acostumbrando al mobiliario y la decoración, que reflejan la antigüedad y la elevada posición de mi familia natal: los cuadros, los tapices, los jarrones, las elegantes mesas y sillas... Alfombras tejidas a mano cubren el suelo de casi todas las estancias. En las paredes de los salones principales cuelgan pareados escritos en caligrafía, que nos incitan a vivir según las normas de conducta más elevadas. «Que la joya del saber brille en esta casa con mayor fulgor que el sol y la luna; que cada libro que leas te mantenga a flote en el río de la vida. Una montaña de libros tiene un camino trazado, y la diligencia es la vía; el mar del aprendizaje no tiene fin, y el trabajo duro es la barca.»

Hoy, Fosca, la criada más importante de la casa, a quien conocí a mi llegada, acude a recogerme a las cámaras interiores una vez acabadas mis lecciones formales con la señorita Zhao.

—Sígueme —me dice—. Tu abuela quiere que estés presente en una consulta en los aposentos de la señora Huang.

Como de costumbre, me debato entre la emoción y el nerviosismo. La abuela aprovechará ese momento para inculcarme una lección importante. Si cometo un error, temo que no vuelva a invitarme a ver esos menesteres.

Atravesamos el cuarto patio, donde viven mis abuelos y donde atienden a los pacientes. Cuando llegamos al tercer patio, Fosca me guía hasta una habitación. No es muy distinta de la que yo misma ocupo, aunque tiene un lecho sencillo, al que se abren varias antecámaras, un escritorio y un tocador con espejo. La señora Huang está recostada sobre unas almohadas. Está en una fase de su embarazo mucho más avanzada de lo que me habría hecho imaginar la conversación de unos días atrás entre mis abuelos, pero lo que más me sorprende es la presencia de una mujer y una niña. Doy por hecho que no viven aquí, porque llevan unos atuendos demasiado llamativos, impropios de una esposa, concubina, hija o criada de una familia como la nuestra.

—Yunxian —dice la abuela—, éstas son la comadrona Shi y su hija Meiling. La comadrona Shi ha atendido a la señora Huang en todos sus partos; aun así, sigo considerando necesario que la partera pase un tiempo con la mujer que va a dar a luz. Al fin y al cabo, «diez bebés nacerán de diez maneras distintas».

—Por eso es reconfortante conocer a la persona que va a tener las manos entre tus piernas —le dice la comadrona Shi a la señora Huang.

A mis oídos, tanto las palabras como lo que expresan suenan a grosería, pero no perturban a mi abuela. Ella y la comadrona empiezan a interrogar a la señora Huang.

—¿Has comido carne de cangrejo? —pregunta la abuela.

Cuando la señora Huang niega con la cabeza, la comadrona Shi dice:

—Bien; eso puede provocar que el bebé nazca en posición transversal, porque los cangrejos caminan de lado. ¿Y carne de gorrión?

—Me he asegurado de que la cocinera no haya preparado ningún tipo de guiso con gorrión —dice la abuela—, puesto que puede hacer que el bebé nazca con manchas de gorrión: pecas negras.

—Peor incluso, comer gorrión puede hacer que una criatura, sea niño o niña, se convierta en alguien amoral —añade la matrona.

Si espero convertirme algún día en médica, debería prestar más atención, pero la verdad es que no puedo dejar de mirar a la niña. Nunca había estado en la misma habitación con otra niña de mi edad. Esta Meiling me deja atónita. Tiene los pies grandes, pero por lo demás sus rasgos son delicados. Tiene una tez suave y hermosa, sin una sola cicatriz de viruela.

—Hola —saludo con timidez.

—Hola. —Su voz también es bonita, y concuerda a la perfección con su nombre. Meiling significa «Hermosa Campanilla».

La comadrona, inclinada sobre la señora Huang, se echa hacia atrás sobre los talones y se vuelve hacia mí.

—Aah. —El sonido que profiere es áspero y grave, pero agradable en su peculiaridad—. De modo que aquí la tenemos. —Mira a mi abuela—. Ya veo qué querías decir.

La abuela Ru se echa a reír, aunque no tengo ni idea de qué le hace tanta gracia. Luego me dice:

—Acércate a la cama. Quiero que veas lo que está haciendo la comadrona Shi.

Me adelanto un poco. La señora Huang tiene la cara colorada, aunque no sé qué aspecto suele tener.

—Acércate más —me dice la comadrona haciéndome señas, y, señalando a Meiling, añade—: Tú también.

Nos plantamos codo con codo junto a la cama. Tenemos la misma altura. Le lanzo una rápida mirada y ella baja la barbilla para observarme. Tiene las pestañas largas. Me pregunto qué ve cuando me mira.

—Quienes nos dedicamos a la medicina llevamos a cabo los Cuatro Exámenes —dice la abuela—. He escuchado las pulsaciones de la señora Huang, que son débiles. He examinado su lengua, que parece tan seca como un desierto. Ya veis que está sonrojada, lo que evidencia fuego interno. —Se vuelve hacia la señora Huang—. Dime, ¿has tenido dolores de cabeza?

—Siempre me duele la cabeza —responde la mujer— y tengo sed...

—¿Y tus emociones? ¿Te sientes en paz?

La tez de la señora Huang se oscurece un tono más, lo que permite a mi abuela deducir su respuesta.

—Estás enfadada —declara—. Tú y yo podemos hablar más tarde sobre el porqué. Por ahora, debes saber que puedo tratar todos esos síntomas con una bebida para calmar al feto, lo cual ayudará a que tu *chi* vuelva a estar en armonía. El calor es necesario en el palacio del feto, pero a veces es excesivo, como parece ser el caso. Cuando el calor se enfríe, la sangre centrará de nuevo su atención en el feto. Una partera conoce ciertas técnicas físicas que también pueden ayudar.

La comadrona Shi chasquea la lengua para llamar nuestra atención. No parece una vieja arpía. No es tan mayor.

—Meiling ya sabe todo esto, pero siempre es bueno repasar —asegura—. Éste es el sexto bebé de la señora Huang. No ha tenido problemas antes.

—Es verdad —murmura la embarazada, removiéndose incómoda en sus cojines.

—A veces el feto no se encuentra a gusto en su palacio —prosigue la comadrona—. A veces, viene de nalgas o está de lado. Si lo averiguamos ahora, podemos ayudar a colocarlo en una posición más conveniente antes de que empiece el parto.

Me mordisqueo la yema del pulgar mientras la partera masajea el vientre de la señora Huang, deteniéndose de vez en cuando para preguntar si le causa dolor.

—No —responde la señora—. Ya me siento mejor. Puedo respirar de nuevo.

La comadrona sigue apretando y manipulando el vientre, y poco a poco el rubor en las mejillas de la señora Huang se va desvaneciendo. Yo debería prestar más atención, pero sólo puedo pensar en la manga de Meiling que roza mi túnica. Inspira y espira como si su respiración se sincronizara con la mía. Mueve los pies y sus dedos rozan los míos. Por unos instantes siento que mi corazón deja de latir.

—Es suficiente por ahora —dice la abuela—. Podéis iros. Yunxian, por favor, lleva a Meiling a la cocina. Pídele a la cocinera que os dé algo de comer.

Al oír esas palabras, Meiling me coge de la mano. En ese momento mi espíritu podría haber brincado fuera de mi cuerpo. Cuando salimos intento soltarme, pero ella me agarra con más fuerza.

—He estado aquí muchas veces —dice—, pero siempre me da miedo perderme. No quisiera acabar donde no debo.

—A mí me pasa lo mismo.

—¿Cuántos años tienes? —pregunta Meiling.

—Ocho.

—Yo también. Entonces las dos nacimos en el año de la Serpiente.

La corrijo.

—El año de la Serpiente de Metal.

Asiente y levanta la mano, que aún aferra la mía, para frotarse la nariz.

—La Serpiente es un signo yin —comenta—. Según dicen, las mujeres más bellas del mundo nacen bajo este signo. No nos queda otro remedio que ser preciosas.

¿Quién puede decir algo así, como si la belleza le correspondiera por derecho, cuando sólo es la hija de una comadrona?

—Tú eres la más guapa —admito—. No has tenido la viruela.

—Mi madre se aseguró de que no la pillara.

Al ver que la miro sin entender, pregunta:

—¿Tu madre no hizo venir al maestro sembrador de viruela cuando eras pequeña?

—No, no sé quién es.

—Viaja de aldea en aldea, tratando de adelantarse a la enfermedad. Lleva consigo costras de los enfermos. A mí me envolvió dos costras en algodón, me las metió en la nariz y luego la selló durante un día y una noche con cera.

—Qué asco...

—¡Es mejor que morir! —Se queda callada un momento, y luego añade—: Mamá dice que, como no tengo cicatrices, podría casarme bien.

Eso me da que pensar. Probablemente mi madre prefirió no contratar a un maestro de la viruela para mis hermanos y para mí. ¿Por qué haría algo así?

Meiling continúa.

—¿Tu familia ya está hablando con una casamentera?

Pensar en eso me asusta. Me casarán cuando cumpla quince años, claro, pero ¿cómo se enterará de mi existencia una casamentera, una de esas abuelas que tanto le disgustan al abuelo? ¿Vendrá mi padre a negociar? O...

—No tengas miedo —me dice Meiling—. Todas tendremos que ocuparnos de los asuntos de alcoba.

—Eso no me preocupa. —Me indigno un poco—. Ya conozco los asuntos de alcoba, son el deber de una esposa y la única manera de tener un hijo varón. No puedes quedarte embarazada sin hacer eso.

Lo que no digo es que la mera idea de ir a casa de mi marido me asusta. He perdido a mi madre. Mi padre está lejos. Separarme de los abuelos, y de la señorita Zhao y de mi hermano, será una crueldad añadida.

Llegamos a la cocina. La cocinera nos da mandarinas y volvemos a salir. Vamos hasta mi patio favorito, el de la botica de mis abuelos. Un estanque salpicado de lotos ocupa todo el espacio exterior. Meiling y yo cruzamos un puente de piedra en miniatura sobre un arroyo que conecta un lado del estanque con el otro y el lado sur del patio con el norte. Las carpas koi sacan el hocico del agua, suplicando que las alimenten. Nos sentamos en un banco a la sombra de una casia, pelamos las mandarinas y empezamos a comérnoslas. De las ramas cuelgan jaulas, y el canto de los pájaros llena el aire. Es otoño, y las hojas se han vestido de amarillo, naranja y rojo, como dicta la estación. La luz moteada que se filtra entre los árboles hace que el mundo brille a nuestro alrededor.

—¿Has visto el loto en flor? —pregunta Meiling. Cuando asiento con la cabeza, ella añade—: En esta casa nacen muchos niños, así que yo lo he visto florecer muchas veces. Estoy aprendiendo de mi madre para poder ocupar su lugar algún día.

Me muerdo el labio, buscando en mi mente algo que decir que demuestre mi educación y que no estoy sola en el mundo. Una idea acude a mi cabeza.

—Mi madre siempre decía: «Donde no hay barro, no hay loto.» ¿Sabes qué significa?

Las cejas de Meiling se retuercen como orugas mientras reflexiona sobre ese aforismo. Me apresuro a continuar antes de que le vea el sentido.

—Significa que la bondad puede surgir de las dificultades. Que el triunfo puede brotar de la adversidad...

—Del barro florecerá el loto. —Se le iluminan los ojos—. Conozco bien el barro. No tengo padre, por eso mi madre me enseña a cuidar de mí misma.

—¿Tú eres el loto, entonces?

—Supongo que sí —reconoce con las mejillas sonrojadas.

Su asentimiento me obliga a mirar en mi interior. Me cuesta ver cómo el barro de la muerte de mi madre me convertirá en un loto.

Las koi nadan hacia nosotras, con sus colas meciéndose de aquí para allá y sus bocas abriéndose y cerrándose. Meiling me deja sola y baja dando brincos hasta la orilla del estanque. Intento imaginarme cómo serán sus pantorrillas para sostenerla de esa manera, consciente de que las mías han ido adelgazando mes a mes. Se arrodilla en el suave musgo y extiende los dedos hacia los peces. Los peces se los mordisquean y ella ríe con suavidad.

—¡Ven! ¡Tienes que sentir esto!

Soy mucho más prudente al bajar por la ribera, porque el musgo parece peligrosamente resbaladizo bajo mis pies vendados. Me arrodillo junto a Meiling. El agua me empapa de inmediato la túnica y las calzas. Imagino que Amapola no va a estar muy contenta conmigo que digamos.

Meiling vuelve a soltar una risita.

—¡Me hacen cosquillas! —Y al ver que sigo dudando, insiste—: No tengas miedo, no muerden. —Se ríe abiertamente—. Sí que muerden, pero no hacen daño.

No quiero parecer una cobarde delante de la hija de una comadrona, así que hundo los dedos en el estanque. Varias koi nadan hacia mí. Noto un mordisquito, y otro, y otro más. De mis labios escapan risitas ahogadas.

—¡¿Lo ves?! —exclama Meiling con los ojos brillantes.

Justo empiezo a relajarme cuando ella se pone en pie de un salto, echa a correr orilla abajo para recoger flores y hojas caídas y luego corretea hasta el puente.

—¡Ven aquí, tengo una idea para un juego!

Pero yo no puedo correr, ni corretear. Apenas sé lo que significa jugar, aunque sí he visto a mis primos varones perseguirse entre sí, incluso dar patadas a una pelota. Miro a mi alrededor para asegurarme de que nadie está mirando. Me levanto de la posición de rodillas y sacudo la seda de mis calzas, aunque no consigo borrar las manchas de musgo. Me abro paso lentamente por el terreno irregular hasta la pasarela de guijarros y me reúno con Meiling en el puente. Me tiende algunas flores y hojas.

—Veamos cuáles caen más rápido y cuáles flotan mejor, si las tuyas o las mías. Empezaremos con una sola hoja. —Extiende una por encima de la balaustrada y yo hago lo mismo—. Uno, dos, tres... ¡y soltamos!

Dejamos caer las hojas y vemos cómo se arremolinan trazando círculos lentos, hasta que chocan con el agua en el mismo momento. Entonces se deslizan una hacia otra hasta unirse, se separan y vuelven a juntarse al verse arrastradas por la suave corriente. Flotan hacia nosotras y se meten por debajo del puente. Meiling me coge de la mano y tira de mí hacia el otro lado. Nos asomamos a la balaustrada, esperando a que aparezcan nuestras hojas.

—¡Mira! ¡La mía es la primera! —exclama. Al ver la otra hoja, arquea las cejas—. Pero la tuya la sigue de cerca. ¿Jugamos otra vez?

Mientras dejamos caer pétalos de flores y hojas por un lado del puente y nos precipitamos hacia el otro para ver cuáles pasan primero, me olvido por completo de mí misma. Unas veces gana Meiling, otras gano yo.

El sonido de unas voces interrumpe nuestra diversión. La abuela Ru y la comadrona Shi están juntas en la galería porticada, y de repente me doy cuenta de lo sucia que estoy: las manos, la ropa... Me miro los pies y compruebo que mis zapatos de seda bordados están hechos un asco. La comadrona sonríe. Mi abuela frunce el ceño. Entonces las dos mujeres agachan la cabeza y hablan en voz baja entre sí.

Meiling me coge otra vez de la mano.

—Mi madre y yo volveremos más veces a ver a la señora Huang. Si no vienes a mi encuentro, te buscaré yo.

Su audacia me resulta estimulante.

—Eso espero —contesto—. De verdad que sí.

Entonces baja brincando del puente y echa a correr hacia su madre.

—¡Podrías intentar comportarte más como una dama! —exclama la comadrona.

Recibido y comprendido el mensaje, Meiling empieza a caminar despacio y con cautela, como si fuera una muchacha de alta alcurnia. En el último momento, se vuelve para mirarme. Siento que hay una conexión entre nosotras. Cuando Meiling y su madre se pierden de vista, ya la echo de menos.

La abuela da una palmada. De algún lugar, casi como si salieran de las sombras, emergen Amapola y Fosca. Probablemente han estado observándonos todo el tiempo.

—Dadle un baño y luego traédmela a la botica —ordena. Y mirándome a mí, añade—: Hablaremos de lo que has aprendido hoy y de otras cosas.

Una hora más tarde, estoy sentada frente a ella.

—¿Quieres ayudarme a preparar un bebedizo para calmar al feto?

Cuando asiento con la cabeza, se limita a decir:

—Bien. —Abre cajones y armarios y saca cosas que no reconozco—. Esto es una *atractylodes* especial de Hangzhou, *macrocephala* o «de cabeza grande» —dice, sosteniendo en alto algo marrón y seco—. Vamos a remojarla en agua de arroz. Eso ayudará a que las propiedades curativas entren en el cuerpo de la señora Huang a través de sus meridianos del bazo y del estómago, y con ello conseguiremos enjugar el exceso de humedad, armonizar el estómago y prevenir el aborto. Aquí tenemos otra hierba, que prepararemos en vinagre. Ésta ayuda a eliminar el calor tóxico, a tonificar la sangre y a controlar el dolor.

No comprendo del todo lo que dice, pero soy capaz de seguir sus indicaciones. Me deja verter el agua de arroz y después el vinagre. Me enseña a observar el líquido para juzgar su potencia por la intensidad del color, y luego me pide que sujete el tamiz mientras vierte las dos mezclas en una cazuela de barro. Me gustaría que me contara más cosas sobre las diferentes raíces y hierbas y su finalidad, pero sus pensamientos parecen centrarse en otras cosas.

—Tener hijos es fundamental en la vida de toda mujer —afirma—. Pero cada embarazo es una crisis a vida o muerte. ¿Sobrevivirá la madre y seguirá llevando la casa? ¿Sobrevivirá el bebé para convertirse en descendiente?

Cuando terminamos, Fosca se lleva la pócima para la señora Huang, y entonces la abuela me indica que vuelva a sentarme frente a ella.

—Tu abuelo ha hablado de enseñarte su método de medicina. Mi forma de abordarla es distinta. Tu madre murió porque ningún médico varón pudo examinarla o tratarla como era debido.

Se queda callada y tamborilea en sus muslos con las yemas de los dedos, como si no supiera muy bien qué decir a continuación.

—No se acostumbra a enseñar medicina hereditaria a una hija, que en su momento se casará y se llevará sus conocimientos consigo. El tipo de medicina de tu abuelo es diferente. Cualquiera puede aprenderla de un libro.

—Pero tú sí aprendiste, y te casaste.

—Pues sí —admite la abuela, pero no me explica cómo sucedió. Sus dedos propinan un golpe contundente a los muslos—. No puedo decir si serás una buena alumna o no, pero estoy dispuesta a enseñarte mi medicina tradicional. Los médicos, sean hombres o mujeres, la llaman *fuke*: medicina para mujeres. ¿Te interesa?

Mi boca esboza una amplia sonrisa.

—Sí, abuela Ru.

Me entrega un pequeño libro.

—Este volumen contiene recetas y tratamientos de más de doscientos años de antigüedad. Empieza memorizando las tres primeras fórmulas. Cuando seas capaz de recitarlas sin equivocarte, estarás lista para que te enumere las dolencias con las que son más eficaces y las mejores maneras de emplearlas.

Cojo el libro y leo el título: *Recetas excelentes para mujeres*, de Chen Ziming. Todavía sonriendo de oreja a oreja, me llevo el volumen al pecho.

—Gracias, abuela.

—No me des las gracias todavía. Cuando yo tenía tu edad, ya ayudaba a mis padres en su consulta. Tenemos mucho trabajo por delante, ¡así que deja ya de sonreír! Nada está garantizado; tendremos que ver hasta qué punto se te da bien aprender. En última instancia, seré yo quien decida si eres digna de absorber todo lo que sé.

Un alumbramiento escurridizo

Ahora puedo moverme por la Mansión de la Luz Dorada sin ayuda de Fosca u otra criada. No puedo decir lo mismo de las cámaras interiores, donde me siento perdida y fuera de lugar. La posición de cada esposa la determina el grado de parentesco de su marido con el abuelo. Las esposas de mayor rango tratan a las esposas de los primos segundos del abuelo como si fueran huevos de tortuga en mal estado. Las concubinas son aún más mordaces. El abuelo por sí solo tiene tres. No sé qué nombres les pusieron sus familias, pero aquí se llaman Jade Blanco, Jade Verde y Jade Rojo. Jade Blanco es la más preciada, porque el jade blanco es la forma más rara y hermosa de la piedra, pero las tres están por encima de la señorita Zhao, de la que todas se burlan con aparente placer. Es nueva en la casa y la más vulnerable a pesar de ser la madre biológica de Yifeng.

Cuando Jade Blanco pregunta: «Ahora que la señora Respetable ha muerto, ¿te convertirás en la esposa?», la señorita Zhao se sonroja. Lo desea con todas sus fuerzas.

Jade Verde es aún más directa.

—Si tu señor se preocupara realmente por ti —observa—, ya te habría elevado a esa categoría. Eres como todas nosotras, que pertenecemos al hombre que nos compró. Vivimos donde nos dicen y hacemos lo que nos dicen.

Intento abstraerme de esa conversación recitando para mis adentros la fórmula que se supone que estoy aprendiendo, la Decocción de los Cuatro Caballeros: «Raíz de ginseng, rizoma de *Atractylodes macrocephala*, raíz de regaliz y hongo *poria cocos*. Llamamos a la raíz de regaliz el emperador de las hierbas porque se mezcla bien con otros ingredientes y combate los venenos en todas sus formas, ya sean metales, piedras o hierbas.»

Jade Rojo interrumpe mi concentración.

—Tal vez te creas mejor que nosotras, pero no lo eres. ¿Puedes decirme acaso que no naciste en una familia pobre? ¿Puedes decir que tu padre no te vendió a una dama de los dientes para que te convirtieras en un caballo flaco cuando aún eras tan pequeña que no tenías recuerdos?

La señorita Zhao se pone tensa.

—Yo recuerdo a mis padres.

Jade Rojo resopla.

—¿Y qué? ¿Acaso pretendes fingir que no te criaste en un establo lleno de otros caballos flacos? La dama de los dientes te alimentó y te dio cobijo. Te enseñó a escribir poemas, a cantar y a tocar instrumentos. Te vendaba los pies. Te dijo que, si te comportabas, te vendería para convertirte en concubina o cortesana.

Jade Blanco asiente con gesto cómplice.

—Sí, como todas nosotras eres de Yangzhou, la ciudad de la que provienen las mujeres más bellas del mundo, según dicen. También compartimos algo más: seamos animales o mujeres, somos las posesiones de un hombre.

La amargura de las otras concubinas del círculo no tarda en brotar de sus labios.

—He dado a luz a tres hijos, pero ninguno puede llamarme mamá. Eso es privilegio de la esposa.

—La mujer de mi marido podría matarme y no recibiría ningún castigo en esta casa, y mucho menos en los tribunales...

—Ya lo verás, señorita Zhao —sigue pinchándola Jade Blanco—. Tu amo traerá a alguna mujer nueva a casa, más joven, más guapa. Nos pasa a todas.

La señorita Zhao se levanta bruscamente y se marcha, excusándose al salir por la puerta. Me compadezco de ella, en una casa nueva, sin amigas y con mi padre lejos, en Pekín. Pero en cuanto sale empiezan los cotilleos.

—Está flaca.

—No me gusta cómo se pinta los labios.

—Puede que sus trajes sean preciosos, pero dejan demasiado claro de dónde viene.

Intento concentrarme en la Decocción de las Cuatro Sustancias: raíz de angélica, levístico, raíz de peonía blanca y... pero es inútil.

Si las tres Jades se unen alegremente cuando se trata de torturar a la señorita Zhao, son aún más crueles unas con otras. Parece que el abuelo ha pasado las últimas noches con Jade Rojo, haciendo que sus otras dos concubinas se muestren irritables e inseguras.

—Le sirvo comida que preparo con mis propias manos —presume Jade Blanco.

Y Jade Verde alardea:

—Le gusta cómo toco la pipa.

Luego pasan a discutir sobre quién estaba más guapa cuando el abuelo las llevó a las tres al Festival del Barco Dragón a principios de año, y sobre a quién elegirá para que lo acompañe el año que viene. Cada una de ellas está segura de que será su única compañera, y todo esto ocurre delante de la abuela.

Ella las ignora hasta que la pelea sube demasiado de tono.

—Mi esposo no visita vuestras alcobas por la calidad de vuestra comida o de vuestra música. En cuanto a quién irá al Festival del Barco Dragón el año que viene, eso lo decido yo.

—La abuela me mira y me explica en voz baja—: Yo nunca voy, y tampoco permito que vayan las esposas. Soy médica, ya estoy haciendo algo que no se considera del todo aceptable. Pero quedándome en casa con otras esposas y sus hijas, le muestro al mundo que somos mujeres confucianas irreprochables.

Me decepciona no poder ir, pero me es imposible echar de menos algo que no he vivido. No se puede decir lo mismo de la señorita Zhao, a quien apuesto que le entristecerá saber que no podrá asistir al festival a menos que mi padre regrese para llevarla. En cualquier caso, la vida seguirá su curso en las cámaras interiores. Mañana traerá consigo otras disputas, y la lucha por las posiciones continuará.

Con mi madre solía aprender poemas y pasajes de los clásicos. Ahora lo hago con la señorita Zhao. Cuando terminamos, practico la memorización de síntomas y de fórmulas para tratamientos, y luego estudio los detalles de casos individuales que famosos médicos del pasado han relatado, como dice la abuela, a lo largo de milenios. He llegado a comprender los Cinco Conceptos (agua, fuego, madera, metal y tierra) que ayudan a explicar los fenómenos que ocurren en el cuerpo. Como me enseñó la abuela al principio, he dejado de lado la idea de la función de los distintos órganos para centrarme en los Cinco Órganos de Depósito: el bazo, el corazón, el riñón, el pulmón y el hígado. El bazo conserva la energía de los alimentos; el corazón es el capitán de la sangre; el hígado la almacena, y el pulmón regula el *chi* mediante la respiración.

—Lo más importante para las mujeres, sin embargo, es el riñón, porque estamos conectadas por naturaleza con el agua y la oscuridad —me explica la abuela cuando me reúno con ella en la botica a última hora de la tarde—. También nos rigen las Siete Emociones: euforia, ira, tristeza, pena, preocupación, miedo y temor. De las Cinco Fatigas, tres afectan especialmente a las mujeres: la fatiga por la pérdida de un hijo o un marido; la fatiga porque nos preocupan la economía, un marido caprichoso o un hijo enfermo, y la fatiga por intentar elevar a la familia a un estatus superior. Si las mujeres son propensas a las Cinco Fatigas, los hombres lo son a los Cuatro Vicios: la bebida, la lujuria, el deseo de riqueza y la ira. Ahora, háblame de las Cinco Muertes.

—Son: de parto, susto, estrangulamiento, pesadilla y ahogamiento.

—Muy bien. ¿Y cómo diagnosticamos una enfermedad?

—Usamos los Cuatro Exámenes. —Levanto los dedos uno por uno—: Mirar, preguntar y escuchar, oler, y tomar el pulso.

La abuela asiente mostrando su aprobación.

—En todo momento debemos buscar indicios de falta de armonía. Con mis ojos, puedo ver cómo se marchita o florece la piel. ¿Está brillante y húmeda, como debe ser, o está hinchada, con abscesos, sin brillo, enrojecida, blanca o amarillenta? Con los oídos, capto gemidos, suspiros y sonidos de desesperación, pero también escucho la fuerza, la debilidad y los tonos altos y bajos. Con la nariz, puedo percibir el aroma de la enfermedad y reconocer que hay un problema muy serio, como la presencia de carne corrupta. Hago preguntas a mis pacientes con la esperanza de establecer una conexión espiritual. De los Cuatro Exámenes, sin embargo, el arte de tomar el pulso será la principal herramienta de diagnóstico que utilizarás en el futuro.

Me coge una mano y me atrae hacia sí.

—Antes de visitar a la señora Huang —añade—, repasaremos cómo leer los pulsos primarios. —Coloca tres dedos justo debajo del hueso de mi muñeca izquierda—. Hay tres niveles de presión que aprenderás a ejercer: leve, media y, por último, la más profunda. Harás esto en cada muñeca, para recoger un total de seis lecturas.

Me guía los dedos hasta la depresión que queda bajo la articulación de su muñeca y el punto exacto desde el que parten los huesos de la muñeca hacia el dedo índice.

—A este punto lo llamamos la Frontera del Pez. Está en el canal del pulmón. —Presiona un poco mis dedos para que pueda sentirlo más profundamente—. Ahora estás en el pulso del hígado. Puedes determinar la constitución de una mujer si interiorizas muy hondo lo que sientes. Con el tiempo, aprenderás a identificar veintiocho tipos distintos de pulsos. Y con la experiencia, puede que distingas todavía más. —Hace una pausa—. Dime, Yunxian, ¿cómo identificas un pulso hueco?

—Un pulso hueco se parece al tallo de una cebolleta —respondo—. Es duro por fuera, pero está vacío por dentro.

—¿Y qué te revela eso?

—Que la sangre es deficiente.

—¿Y un pulso nervudo?

—Está tenso como una cuerda de *erhu*. Revela un estancamiento en el cuerpo.

—¿Y qué notas en mi muñeca?

La miro fijamente. Puedo recitar cosas, pero aún no puedo percibirlas.

Me aparta los dedos.

—Ya basta por hoy. Aprender a interpretar los pulsos nos llevará meses, o tal vez años. Ahora abordaremos otro tema: los síntomas. Se dice que los síntomas extraños son tan numerosos como las espinas de un erizo.

Llevo más de un mes siguiendo a mi abuela mientras trata a nuestras parientes y a sus hijos, que viven todos con nosotros. Sufren dolencias corrientes, como resfriados, accesos de tos y dolores de garganta, y la abuela siempre está atenta a cualquier indicio de viruela.

—Todos los bebés traen consigo al mundo veneno fetal —me explica—. El veneno fetal es un producto de la contaminación que se encuentra en el palacio del feto desde mucho antes de nacer. A veces se debe a que la madre y el padre estaban bebiendo cuando la esencia se encontró con la sangre menstrual, o a que la madre ha comido demasiados alimentos picantes, pero también puede ser resultado del parto, cuando los excrementos del feto, los pelos o un coágulo de sangre de la madre llegan a la boca del bebé. Puede aparecer en cualquier momento. En el caso de los chicos, suele llegar con el inicio de esos sueños que los asaltan cuando han cumplido los doce o trece años. Pero la manifestación más común del veneno fetal es la viruela. La enfermedad arrasa nuestra gran tierra cada tres años, cuando la diosa de la viruela sale de su escondite para esparcir sus flores celestiales. La mejor manera de mantener la plaga fuera de nuestras puertas es invitando al maestro sembrador de viruela.

—¿De verdad introduce costras de los enfermos dentro de las narices de los niños? —pregunto haciendo una mueca.

—Se lo llama variolización, y en China llevamos siglos llevándola a cabo —responde la abuela—. También hay otros métodos. Algunos maestros de la viruela recogen la materia que rezuma de las llagas y luego la extienden sobre un corte en la piel, o aplican un poco de pus en el fondo de la nariz. A veces, el maestro tritura costras secas y utiliza un junco para soplar el polvo, desde lejos, en la nariz del niño. En otras ocasiones, cuando una madre no puede permitirse contratar a un maestro de la viruela, viste a su hijo con la ropa de otro niño que murió a causa de la enfermedad. Ninguna de estas técnicas está exenta de peligro. Un niño puede enfermar y contraer una viruela leve. Algunos acaban con cicatrices, otros incluso mueren. Pero si soportan esos días de incomodidad, la mayoría llega a la edad adulta sin más problemas. Recuerda siempre que la prevención es la forma más importante de medicina.

Estoy a punto de preguntar por qué a mis hermanos y a mí no nos sometieron a la «variolización», pero la abuela lleva la conversación hacia otros derroteros.

—El maestro de la viruela me visitó cuando era niña, de modo que he podido tratar a pacientes con la enfermedad a lo largo de los años. Si la viruela entra alguna vez en tu casa, esto es lo que debes hacer...

Unos minutos más tarde, cambia de nuevo de tema.

—Los niños y las niñas, y los hombres y las mujeres, son en esencia iguales: ambos padecen erupciones cutáneas, malestar estomacal, gota y cosas similares, excepto cuando se trata de la importancia de la sangre en la vida de las mujeres: la menstruación, el embarazo, el parto y el puerperio. —Al ver cómo se enrojecen mis mejillas, la abuela añade—: En medicina no hay lugar para la vergüenza. Ésas son cosas naturales que les ocurren a todas las mujeres. Como aprenderás a su debido tiempo, la mayoría de mis casos tienen que ver con dolencias por debajo de la cintura, porque somos más susceptibles que los hombres a que nos invadan elementos perniciosos. Nos corresponde a nosotras ayudar a las mujeres de nuestra casa.

Sonrío. Cada vez que dice «nosotras», aumenta mi confianza.

La abuela coge un puñado de bolsitas y una vasija de barro llena de un brebaje.

—Nada es más vital que traer al mundo hijos varones. Vayamos ahora a los aposentos de la señora Huang. He pedido que la comadrona Shi se una a nuestra consulta, ya que se acerca el día en que el bebé de la señora Huang, como todo feto, se convertirá en un enemigo en su cuerpo, luchará por salir y necesitará ser expulsado.

Las lecciones de la abuela continúan mientras recorremos la galería porticada. Hoy hay tanta humedad que parece que las plantas estén sudando.

—Se suele afirmar que los médicos prefieren tratar a diez hombres antes que a una mujer. Yo no comparto esa preferencia. Al igual que un general sabe cómo utilizar a los bárbaros para atacar a otros bárbaros, nosotras podemos recurrir a las estrategias de una doctora para curar a otras mujeres.

Me toca el hombro para asegurarse de que le presto atención.

—Nunca olvides que durante el parto hay muchas vidas en juego. El bebé, o los bebés en el caso de gemelos; la madre; el padre y todos los que queden atrás en la familia, que ya no se beneficiarán de una esposa capaz de llevar una casa. Y la comadrona, porque, si algo sale mal, la culparán y su reputación se verá perjudicada. La mayoría de los médicos no asisten a los partos, pero yo siento que es mi responsabilidad estar en la alcoba durante el alumbramiento y mantener la posible cascada de tragedias contenida tras un dique. Lo hago poniendo todo mi empeño en el bienestar de la madre. No es algo fácil, pues las palabras que nos transmitió un funcionario de la dinastía Han hace más de quince siglos siguen siendo válidas: «En el asunto fundamental que es para ellas el parto, mueren diez mujeres por cada una que sobrevive.»

Semejante aforismo me oprime el pecho, me deja sin aliento. No puede ser cierto, porque eso significaría demasiados bebés sin madre. Entonces pienso en mi propia madre. Sobrevivió a mi nacimiento, pero no la tuve conmigo el tiempo suficiente. Su muerte, aunque no fuera de parto, causó el efecto dominó del que hablaba la abuela. Como las semillas de un diente de león a merced del viento, todas las personas de nuestra casa, desde la cocinera hasta yo misma, tomamos un nuevo rumbo cuando ella murió.

Antes de que pueda sacudirme de encima la tristeza, llegamos a los aposentos de la señora Huang. Está en su segunda semana del «último mes», así que el niño podría llegar en cualquier momento. Ahora debe guardar cama. Su marido ha buscado otro lugar donde dormir para evitar que él y su esposa lleven a cabo asuntos de alcoba. Aunque el anuncio del comienzo del parto es designio del Cielo, y no de los humanos, muchas mujeres de la casa tienen asignadas tareas destinadas a ayudar en el nacimiento. Las concubinas, expertas en pintura y caligrafía, han escrito pareados con frases positivas para colgarlos en las paredes. Fosca ha encargado a dos criadas que traigan paja fresca cuando empiece el parto y se la lleven para enterrarla una vez nacido el bebé, porque es tabú que la ropa de cama ensangrentada en el alumbramiento se lave y se seque a la luz del sol.

—Si los malos espíritus vieran algo así —me ha explicado Fosca—, tendrían la tentación de hacerle daño al bebé y echarle un maleficio a la madre.

La abuela ha estado más ocupada que nadie, preparando decocciones y píldoras para facilitar el parto.

—Algunos creen que una mujer a punto de parir debe comer huevos crudos y sorber aceite de sésamo para que el bebé se deslice con suavidad —le dice a la señora Huang—. Sí, estas cosas ayudan a que resbale, pero ¿a quién se le ocurre que una mujer se las meta en la boca estando embarazada? ¡A un hombre, cómo no! —Resopla indignada—. Las semillas de malva también pueden hacer que el feto se deslice bien, sin tener que utilizar sustancias pringosas. —La abuela me mira y me pregunta—: ¿Qué te he enseñado al respecto?

—Que todas las mujeres rezan para tener un parto resbaladizo —respondo distraídamente. Me pregunto por qué no han llegado aún Meiling y su madre.

—No me refiero a eso —replica ella con aspereza—. Hablo de los hombres y de lo que piensan de las mujeres.

Ah, quiere que le repita las normas habituales para niñas y mujeres, así que empiezo a recitarlas.

—De niña, obedece a tu padre...

—¡No! Quiero decir... sí, por supuesto. Pero estoy pensando en otro dicho: «Debes hablar si quieres que te escuchen.» —Sus facciones se suavizan, quizá porque se da cuenta de que ha sido demasiado dura—. No estoy enfadada contigo, sino irritada con los hombres. Tengo la suerte de querer a tu abuelo, pero a la mayoría de los hombres, sobre todo a otros médicos, no les gusta vernos triunfar. Siempre hay que mostrarles respeto y dejar que piensen que saben más que una, pero entendiendo que tú puedes conseguir algo que ellos nunca tendrán a su alcance: puedes ayudar de verdad a las mujeres.

Entran la comadrona Shi y su hija, y al ver a Meiling vuelve a sorprenderme que sea tan hermosa. Hoy se concentra en su forma de caminar, intentando que sus pies parezcan más pequeños. Luego nos colocamos la una junto a la otra, como solemos hacer, mientras la abuela lleva a cabo los Cuatro Exámenes y la comadrona palpa el vientre de la señora Huang. Ambas nos hacen preguntas para comprobar lo que hemos asimilado en las últimas semanas. Mi educación sigue versando sobre el equilibrio del cosmos dentro del cuerpo y la armonización de ese cuerpo con el vasto cosmos que nos rodea, mientras que los estudios de Meiling se centran en la mecánica física de traer un bebé del palacio del feto a este mundo.

Cuando la abuela decide que Meiling y yo hemos aprendido lo suficiente por hoy, nos despacha para que salgamos fuera. Estamos jugando a las carreras de hojas cuando dos niños entran corriendo en el patio, cruzan el puente y llegan a la galería porticada. Mi hermano pequeño los sigue como el último en una fila de patitos. Los niños se dan empujones y gritan.

—Los chicos son un incordio —le comento a Meiling.

Jade Verde y Jade Blanco salen a la galería. Caminan cogidas del brazo, apoyándose la una en la otra mientras se balancean sobre sus pequeños pies. Las largas túnicas se arremolinan de tal forma que vislumbro los zapatitos que ciñen sus vendajes. Uno de los niños choca con Jade Verde, y ella se tambalea. Jade Blanco intenta sujetarla, pero no consiguen recuperar el equilibrio. Se desploman juntas en un amasijo de seda y brazaletes. Una de ellas suelta un grito. Los chicos siguen corriendo y ni siquiera miran atrás cuando se precipitan hacia la puerta luna que conduce al siguiente patio.

Meiling deja caer la hoja que tiene en la mano y corre hacia las mujeres. Ojalá mis pies pudieran hacer lo mismo, pero en cualquier circunstancia, especialmente en caso de emergencia, tengo que prestar mucha atención a mis pasos. Cuando alcanzo a Meiling, ya está inclinada sobre las dos mujeres, levantando capas de tela para ver quién es quién y qué es qué.

Jade Verde la aparta de un empujón.

—No me toques.

Meiling retira las manos como si se las hubieran quemado.

—Sólo intentaba ayudar.

—No quiero tu ayuda. —Jade Verde se vuelve hacia Jade Blanco—. ¿Te has hecho daño?

—Mi pierna —gimotea Jade Blanco.

Cuando Jade Verde le palpa la pierna, la concubina grita y palidece hasta tal punto que su rostro hace honor a su nombre.

Me arrodillo junto a Meiling y le pregunto a Jade Blanco:

—¿Me dejas mirar?

Jade Blanco desplaza sus ojos angustiados de mí a Meiling y luego los posa de nuevo en mí. Se muerde el labio superior y asiente con la cabeza. Le subo con cuidado la túnica y descubro la parte inferior de su pierna. Al instante me encuentro de vuelta en la habitación de mi madre después de que se desplomara, viendo sus miembros desnudos por primera vez. Pero en lugar de tener vetas rojas subiéndole por la pantorrilla, la pierna de Jade Blanco está doblada en un ángulo antinatural.

—Está rota —declara Meiling.

De hecho, en un punto le ha salido un bulto en forma de montaña escarpada. Da la impresión de que el hueso vaya a atravesar la piel en cualquier momento.

—¡Amapola! —grito, sabiendo que estará cerca. Y en efecto, Amapola aparece de inmediato—: Ve a buscar a la abuela. ¡Date prisa!

—Y a mi madre también —añade Meiling—. Tráelas a las dos.

Jade Blanco suelta un gemido.

—Me duele...

Vuelvo a ponerme en cuclillas, pensando en qué puedo hacer.

—Tal vez deberíamos tratar de enderezarlo —le digo a Meiling.

—Una vez vi a un ensalmador haciendo justo eso —responde ella, mostrándose de acuerdo.

Al oírlo, Jade Blanco vuelve a soltar un gemido.

—Si no hacemos algo enseguida, el hueso podría desgarrar la piel. —Vuelvo a pensar en mi madre—. Y si eso ocurriera, se produciría una infección. Pero si enderezamos el hueso...

—¡No haréis nada semejante! —La voz de la abuela nos llega tan fría como el cristal tallado—. ¡Alejaos de ahí las dos, ahora mismo!

Meiling y yo nos ponemos en pie y retrocedemos. La comadrona Shi se arrodilla junto a la concubina, pero la abuela mantiene las distancias.

—Ésta no es la clase de dolencia que tratamos los médicos como tu abuelo y yo.

—Lo sé —respondo—. Sólo queríamos...

—No quiero oír ni una sola excusa. He enviado a Fosca en busca de un ensalmador. Ahora sólo nos queda esperar. —La abuela se da la vuelta, decepcionada o enfadada conmigo; quizá ambas cosas.

Cuando llega el ensalmador, la comadrona Shi se coloca detrás de Jade Blanco, rodea a la concubina con los brazos, le cruza las manos sobre el pecho y le agarra las muñecas. El ensalmador de huesos sujeta la pantorrilla de Jade Blanco con una mano y, sin decirle lo que va a hacer, le da un rápido tirón del tobillo con la otra. Jade Blanco grita, pero el hueso vuelve a estar en su sitio, o eso es lo que me parece, al menos. Intercambio una mirada con Meiling. El hombre ha hecho exactamente lo que nosotras pretendíamos hacer.

Mientras el ensalmador envuelve la pierna de la concubina en un soporte de tela y bambú, la abuela se adelanta.

—Las criadas te conducirán a tus aposentos —le dice a Jade Blanco—. En cuanto estés instalada, te llevaré una infusión para aliviar el dolor.

Jade Blanco tiene la frente perlada de sudor. Le tiende la mano a la abuela, que no se la coge.

—¿Qué significará esto para mí? —pregunta.

Con esas palabras revela su miedo más profundo, sobre su futura capacidad para cautivar al abuelo con sus hermosos andares de pies de loto.

—No sé decirlo —responde la abuela.

Unas horas más tarde, la señora Huang se pone de parto. La abuela aún no ha comentado nada sobre lo que Meiling y yo estábamos a punto de hacerle a Jade Blanco, pero me permite acompañarla a la alcoba de la señora Huang. Me recuerda que la mayoría de los médicos dejan la supervisión del parto en manos de las comadronas, puesto que hay demasiada sangre implicada en dicha actividad, y que sólo se recurre a ellos para que ayuden si algo va mal.

—Personalmente, sin embargo, me gusta evaluar la situación desde el principio —dice la abuela mientras esperamos a que la comadrona y su hija regresen a la Mansión de la Luz Dorada—. La señora Huang siente dolor alrededor de la cintura, que es el indicio más evidente, pero también podemos detectar el inicio del parto en el pulso de la mujer. Mira. —Coloca mis dedos sobre la muñeca de la paciente—. ¿Ves qué errático es? Decimos que es como un pájaro picoteando el grano o como agua filtrándose por un tejado.

Llevo meses esforzándome en distinguir las sutiles características de los diferentes pulsos, pero ahora sí noto que es tal como dice la abuela. Soy capaz de captar el nervioso repiqueteo. Como soy consciente de que sigo metida en problemas, me veo obligada a ocultar mi sonrisa. He cruzado otro umbral.

Entran la comadrona Shi y su hija. Meiling mantiene la mirada gacha. Me pregunto qué reprimenda le habrá caído al llegar a casa, pero no tengo oportunidad de preguntarle nada. Rompiendo de nuevo con las tradiciones seguidas por los médicos varones, la abuela no se sienta detrás de un biombo. Ambas ocupamos unas sillas en un rincón de la habitación, mientras la comadrona y Meiling van de aquí para allá a toda prisa sobre sus grandes pies, clasificando y ordenando las cosas necesarias para el parto: un cuchillo, un rollo de cuerda, una palangana llena de agua y un brasero portátil. Al igual que existen normas sobre lo que una mujer puede y no puede hacer durante el embarazo, también hay directrices que deben seguirse durante el parto. La primera es que sólo deben estar presentes tres personas, aunque eso parece aplicarse únicamente a quienes asisten de forma activa a la parturienta: en este caso, la comadrona, Meiling y otra mujer que ha llegado para ayudar y que en realidad parece una vieja arpía.

Entran dos criadas, extienden a toda prisa un lecho de paja en una gran palangana de bronce y se marchan con la misma rapidez. Esperamos mientras la señora Huang sufre una contracción tras otra, hasta que por fin la comadrona Shi dice:

—Llegó la hora.

Ayuda a la señora Huang a levantarse de la cama y a ponerse en cuclillas sobre la palangana. La señora Huang coge la cuerda que cuelga de una viga del techo. La aferra con fuerza mientras su entrepierna se abulta. Cierra los ojos y gime. Meiling y la vieja la sostienen por ambos costados, a la altura de la cintura. La comadrona Shi se sitúa detrás de ella, con las manos bajo el umbral del parto, lista para coger al bebé.

—Avisadme si la buena señora empieza a desfallecer —pide la comadrona a las presentes—. No podemos permitir que ninguna parte de su cuerpo toque la paja. ¿Por qué, Meiling?

—Las malas influencias pueden colarse en su cuerpo —responde la niña—. Podrían provocar rigidez del cordón fetal.

Le dirijo una mirada inquisitiva a la abuela, y ella me explica a qué se refiere Meiling:

—Cuando una mujer se pone en cuclillas sobre la paja, es decir, cuando va a parir, corre el riesgo de que la visite la muerte. El cuerpo de la mujer se abre cuando da a luz, lo que permite que el frío y el viento la invadan. Si la rigidez del cordón fetal logra penetrar sigilosamente en la mujer, su espalda se tensará y acabará doblándose hacia atrás como un arco. Y apretará la mandíbula hasta que la muerte venga a aliviarla de su agonía. Reconocerás los síntomas cuando los veas.

La señora Huang va soltando gruñidos y gemidos. Lo que ocurre en el umbral del parto no me parece muy resbaladizo que digamos; más bien al contrario. Tengo que cerrar los ojos varias veces. La cabeza sale del revés, de cara a la comadrona Shi. Meiling y la vieja mantienen las manos firmes en la cintura de la señora, mientras la partera tira de los hombros del bebé. El resto del cuerpo se desliza finalmente al exterior con una especie de resoplido. No alcanzo a ver si es niño o niña. La abuela no pregunta por el sexo del bebé, y tampoco lo hace la señora Huang. La abuela me ha avisado sobre esto con antelación: hacer esa pregunta es tabú para cualquiera que se encuentre en la cámara de partos, pues los espíritus malignos podrían oír la respuesta y abalanzarse sobre el bebé para hacerle daño.

La señora Huang sigue aferrada a la cuerda. La comadrona Shi sigue susurrándole palabras de aliento. En cuanto cae una especie de grumo de color rojo, la comadrona corta el cordón y lo ata con un cordel. Meiling suelta la cintura de la señora Huang y empuja la palangana hacia un lado, manchándose las manos de sangre y de otras sustancias viscosas en el proceso. Llenan otra palangana con agua caliente para que la comadrona Shi pueda lavar al bebé.

Meiling se vuelve hacia mí.

—¿Has visto cómo he ayudado?

Parece orgullosa de sí misma, aunque no acabo de entenderlo: ha hecho un buen trabajo, pero se ha manchado de sangre contaminada. No me puedo imaginar algo así.

—Tú y tu abuela también habéis ayudado —añade—. Mamá me contó que la señora Huang tenía malas perspectivas antes de que los remedios de tu abuela calmaran su espíritu y devolvieran el equilibrio a su salud. Incluso yo pude advertirlo.

No puedo evitar presumir un poco.

—Intentábamos conseguir que tuviera un alumbramiento escurridizo.

El resoplido de la abuela y la carcajada de la comadrona Shi hacen que me arda tanto la cara que me dan ganas de morirme. Meiling se acerca a mí, tiende las manos y me pone los dedos en las mejillas. Debería apartarme, pues soy consciente de que sus manos han estado en contacto con la suciedad, pero sus dedos me resultan frescos y reconfortantes. Entonces siento una mirada sobre mí. Es la abuela. Temo que me regañe por segunda vez esta jornada, pero no lo hace.

—Volveré todos los días hasta que cumplas el mes —le dice la comadrona Shi a la señora Huang. Sólo entonces abre la manta que envuelve al recién nacido y nos revela que es un varón.

Un pacto entre dos corazones

La señora Huang está «cumpliendo el primer mes», las peligrosas cuatro semanas siguientes al alumbramiento. El cordón umbilical de su hijo se ha secado, molido y convertido en una pasta, junto con polvo de cinabrio y regaliz. Luego, la abuela ha untado el paladar del bebé con esa sustancia, para proporcionarle un poco de su propia raíz existencial y así protegerlo del veneno fetal y alargar su vida.

La abuela y yo visitamos a la señora Huang todas las mañanas para asegurarnos de que no se ve afectada por el «rocío nocivo»: sangre y tejidos viejos que se niegan a abandonar el palacio del feto. La nueva madre pasa varias horas al día en cuclillas sobre una palangana para que esa contaminación pueda salir de su cuerpo, y la abuela y yo estamos atentas por si hay fiebre o convulsiones o por si la señora Huang se pone melancólica. Llevamos con nosotras diferentes medicinas para procurarle calor, y la abuela ha sido muy estricta con la cocinera para asegurarse de que a la señora sólo se le ofrezcan alimentos que la mantengan caliente. Su sangre menstrual se ha transformado en leche, y el bebé mama bien.

La abuela redacta un resumen del caso en un cuaderno.

—Sun Simiao, el gran médico de antaño, hacía un seguimiento de sus propias enfermedades y las comparaba con las de sus pacientes para mejorar su comprensión de la eficacia de los distintos tratamientos —me cuenta—. Al dejar constancia de mis casos y sus resultados, como él hizo en su día, puedo revisar los historiales de los pacientes que he ido tratando a lo largo de los años para determinar qué puede funcionar o no en una situación determinada. —Me enseña su entrada sobre la señora Huang: sus problemas durante el embarazo, lo que se le recetó, lo que hizo la comadrona y el estado de salud del bebé cuando nació—. Tú también podrías llevar un cuaderno —sugiere—. Tu primera anotación podría ser sobre Jade Blanco.

—Pero no debería haber hecho lo que hice. Debería haber esperado al ensalmador. —Titubeo unos segundos, antes de añadir—: Y todavía no sabemos el resultado.

—Todo eso es cierto. Aun así, es importante que aprendas tanto de los éxitos como de los fracasos. —Al ver la vacilación en mis ojos, agrega—: Considéralo.

En cualquier caso, no creo que me sienta cómoda escribiendo sobre lo ocurrido.

La comadrona Shi y Meiling vienen todos los mediodías para asegurarse de que la señora Huang se está recuperando bien y de que su sangrado sea normal. Cuando a Meiling y a mí nos dejan salir a jugar a los pétalos flotantes y las carreras de hojas, le explico lo que me ha sugerido la abuela y le pregunto qué haría ella.

—Yo nunca tendría ese problema, porque no sé leer ni escribir.

Arqueo las cejas, sorprendida.

—Entonces, ¿cómo vas a instruir a tus hijos?

Meiling no responde a mi pregunta. Deja caer los pétalos de flor que tiene en la palma de la mano sin pronunciar palabra. Cada uno de ellos levanta el vuelo y desciende flotando en círculos concéntricos hasta el arroyo.

• • •

Meiling y su madre siguen visitando a la señora Huang, y, como siempre, procuran evitar cualquier lugar de la Mansión de la Luz Dorada donde pudieran encontrarse con los hombres de nuestra casa. En cada ocasión, Meiling y yo vamos al jardín del cuarto patio para estar a solas. Nunca había tenido una amiga y valoro mucho estas visitas; creo que ella también.

No veo demasiado a mis abuelos porque han estado dedicando varias horas al día a la negociación de un compromiso matrimonial para mí. He entrado oficialmente en el período de las Tres Cartas y las Seis Etiquetas, que forman parte del trato que determinará con quién me casaré, el precio que pagará por mí la familia del novio y cuál será mi dote. No se me permite participar en esas conversaciones, pero Fosca, que sirve té y dulces cuando la casamentera acude de visita, no es muy discreta que digamos. Por la noche viene a ver a Amapola a mi habitación y las dos analizan cada candidato y cada detalle.

—Tu señora desciende de la clase más alta de los literatos —susurra Fosca lo bastante alto como para que yo lo oiga.

Amapola apoya la barbilla en ambas manos, escuchando como si esas palabras fueran de suma importancia para ella. Y supongo que lo son, porque vendrá conmigo cuando me case. Mi buena fortuna será su buena fortuna.

—Un hombre pobre con un futuro prometedor puede ser un buen partido para una chica rica, pero eso no sería apropiado en esta situación —continúa Fosca—. Muchos hombres de la familia Tan han sido funcionarios. Han disfrutado de privilegios hereditarios y han ascendido a los niveles más altos de la sociedad. Al bisabuelo de la pequeña señorita le concedieron el título de caballero erudito de muy alto rango.

Amapola asiente con la cabeza, como si entendiera lo que eso significa.

—Fue censor investigador en Nankín —prosigue Fosca—, y pasó muchos años lejos de casa, viajando a Hunan, Hubei, Guangdong y Guangxi. Dicen que era bueno y justo como investigador y como juez. Gracias a él, la familia recibió esta residencia como regalo del emperador. ¿Y has visto el pergamino que representa al dragón en las nubes, el que cuelga en la Sala de Recepción? Fue un obsequio del emperador cuando el maestro Tan dejó su cargo.

¿Cómo es posible que ella sepa mucho más que yo de mi estirpe?, me pregunto al oírla. Quizá es así porque, igual que en el caso de Amapola, su vida depende del linaje y la prosperidad de mi familia.

Fosca habla ahora del hermano mayor de mi padre, Tan Jing. Su segundo hijo es el marido de la señora Huang. Aún no he conocido al tío Jing, pero debe de venir a casa lo suficiente como para que su esposa le haya dado cinco hijos, mientras que sus concubinas han engendrado otros siete vástagos. Es secretario y administrador en el Ministerio de Rentas Públicas, otro cargo elevado. A continuación Fosca enumera los títulos de mi abuelo y los logros de mi padre, y añade:

—Y ya sabes que el padre de la pequeña señorita triunfará en la próxima ronda de exámenes, y será elevado a una dignidad más alta incluso de la que ya ostenta.

—De modo que a la pequeña señorita hay que emparejarla con una familia que esté a la altura —dice Amapola, entendiéndolo.

—¡Sí! Pero eso podría significar tanto una posición equivalente como una posición con tierras, dinero o conexiones con el emperador.

Para cuando la señora Huang cumple finalmente el mes, las negociaciones sobre mis esponsales se han intensificado. Me entero de algunas ofertas de matrimonio; todas vienen acompañadas de una carta en la que, remontándose tres generaciones atrás, constan los antepasados de cada familia, junto con todos los títulos que se les han otorgado. La abuela rechaza a una familia de literatos de Hangzhou porque viven demasiado lejos para poder visitarlos. El abuelo rechaza a una familia riquísima cuando se entera de que el hijo nació en un año que es incompatible con una mujer serpiente de metal. Mis abuelos buscan a un joven cuyo año de nacimiento tenga afinidad con el mío. Cualquiera que haya nacido en el año del Jabalí queda descartado sin contemplaciones. La serpiente es un signo de fuego, mientras que el jabalí es un signo de agua. Fuego y agua nunca se llevarán bien.

A veces, cuando oigo a Fosca y a Amapola cotillear sobre todo esto, me ovillo en la cama de mi madre de cara a la pared. Amapola me defiende con lealtad y presume de mis buenos atributos como hembra serpiente, ya que tenemos fama de ser buenas hijas, esposas prácticas y madres cuidadoras por naturaleza.

—Pero nuestra pequeña señorita será incluso mejor que la mayoría —afirma Amapola—, porque aportará aptitudes especiales a su nuevo hogar.

Fosca, que ha visto más cosas en la vida, opina lo contrario.

—Sabe leer, escribir y recitar a los clásicos, pero nadie diría que tiene un talento excepcional en ese sentido.

—Eso es porque se pasa el día estudiando con su abuela...

—¡La medicina es una pérdida de tiempo para una chica! Ya me dirás si memorizar una fórmula va a aumentar su capacidad de componer poesía para entretener a su marido o de pintar paisajes como pasatiempo en los aposentos de las mujeres.

—Pero...

—Su talento para hilar, tejer y bordar tampoco es muy inspirador que digamos. Esas habilidades son indicios de diligencia y disciplina; también le servirían para aportar dinero si su futura familia pasara por dificultades.

El comentario de Fosca hace que me sienta insignificante. Tengo que esforzarme en desarrollar mis talentos como mujer, y así aprender cuanto pueda para ayudar a mis hijos a ser eruditos, formar a mis hijas para que algún día sean casaderas y complacer a mi esposo para que me valore, todo ello sin dejar de estudiar medicina con mis abuelos. También soy consciente de no ser como el loro al que aludió la abuela. La sigo como una sombra y le hago preguntas sin parar. A última hora de la noche, a menudo me levanto de la cama, enciendo una lámpara, abro un libro por una fórmula y la repito mentalmente para grabarla a fuego en mi memoria. Poco a poco voy comprendiendo el significado profundo de lo que la abuela me enseña, y creo que estoy alcanzando el nivel que ella tenía a mi edad, pero a veces me siento ahogada por las expectativas y responsabilidades que se han depositado en mí.

Son muchas cosas de las que preocuparme, y acabo sufriendo dolor de estómago y fiebre. No tengo ganas de comer y no puedo dormir. La abuela me diagnostica agotamiento infantil. Me ordena guardar cama durante una semana y me trae a mi habitación alimentos especiales y tónicos. La señorita Zhao también me visita cada anochecer para ver cómo estoy. Una noche, cuando Amapola y ella me creen dormida, se sientan junto al brasero a tomar té. Empiezan a hablar sobre mis perspectivas, por supuesto, pero su conversación no tarda en desviarse del tema que tiene obsesionada a toda la casa. Resulta que las dos proceden de la misma ciudad.

—Cuando tenía cinco años, una dama de los dientes vino a ver a mi padre —confiesa en voz baja la señorita Zhao.

Una dama de los dientes. Recuerdo a las otras concubinas burlándose de la señorita Zhao por eso.

—A mí también me pasó —revela Amapola—, pero no lo recuerdo.

—Me llevó a Yangzhou, donde viví en una casa con otras chicas a las que formaban para convertirse en caballos flacos.

—Ojalá hubiéramos estado en la misma casa —dice Amapola con voz temblorosa.

—Para mí no fue tan terrible, y espero que tampoco lo fuera para ti —comenta la señorita Zhao.

—Me esforcé mucho, pero cuando cumplí siete años...

—Decidieron un futuro diferente para ti. Eres guapa, aunque tus pies...

—Son mi fracaso —admite Amapola—. Cada vez que la dama de los dientes me los envolvía, yo me quitaba las vendas cuando nadie miraba. Nunca se me rompieron los huesos. —Se mira los pies con amargura—. ¡Mira qué grandes son!

—Si hubiera estado allí, te habría ayudado, te habría dado ánimos.

—Quizá mi destino era convertirme en una sirvienta, simple y llanamente. —Amapola suelta un suspiro—. Mi formación pasó a centrarse en el cuidado de niños y en aprender a atender a una dama.

Respiro más despacio. Me he enterado de más cosas sobre Amapola en estos pocos minutos que en toda mi vida.

—Pero al final tuviste suerte —la reconforta la señorita Zhao—. Aunque no llegaras a ser un caballo flaco, no te vendieron para que te convirtieras en una mujer que se dedica a tumbarse boca arriba para los hombres.

Ante eso, Amapola se rodea los hombros.

—Sigo siendo un juguete para los chicos y los hombres de aquí —susurra—. Si dejo de tener mi flujo lunar menstrual… —Se ciñe un poco más los hombros, como si eso la protegiera del mundo.

Hasta aquí yo lo iba entendiendo todo, pero ahora estoy completamente perdida.

—No te preocupes por eso —responde la señorita Zhao—. Hay cosas que puedes tomar para no quedar encinta. —Al cabo de un momento, añade—: Mejor hagamos lo que podamos por Yunxian. Sin una madre, sólo puede contar con su abuela, contigo, conmigo, incluso con Fosca, para que la llevemos por el buen camino. Somos el círculo del bienestar en torno a ella.

Hasta esta noche, nunca había pensado de dónde venía Amapola, ni siquiera había tenido en cuenta sus sentimientos, a pesar de que ella lo sabe todo de mí: me ha bañado, me ha vaciado la bacinilla, me ha sujetado la frente mientras vomitaba. Siempre he creído que sólo era mi criada, alguien que siempre estaba conmigo. Ahora veo que es más que eso. En cuanto a la señorita Zhao... Sus palabras, eso del «círculo de bienestar», se han grabado en mi mente. Debo tratar de abrirle mi corazón y solidarizarme con ella también.

Cuando me recupero, la abuela sorprende a todas las ocupantes de las cámaras interiores al invitar a la comadrona Shi y a su hija a visitarnos en la botica. Nos indican a Meiling y a mí que nos sentemos juntas en dos taburetes de madera de peral. Ambas cruzamos las manos en el regazo. Llevamos bonitos atuendos y cintas en el pelo. Mis prendas son de mejor calidad, por supuesto, pero la comadrona se ha esmerado para que Meiling parezca una niña de buena cuna. Las dos mujeres están sentadas frente a frente ante una mesa de teca, con una tetera de porcelana y tazas entre ambas, y un jarrón de bronce con una orquídea colocado a un lado.

La abuela inicia la conversación.

—Me gustaría proponerte una idea: una relación más formal entre tu hija y mi nieta.

Meiling y yo intercambiamos una mirada. Es un anuncio totalmente inesperado.

—Sé bien que las dos niñas proceden de clases diferentes...

La comadrona, que no puede ocultar su desconfianza, interrumpe para declarar lo obvio:

—Mi hija tiene los pies grandes. Yunxian los lleva vendados.

La abuela contrarresta semejante desajuste con uno propio:

—Yunxian estudia para ejercer la medicina, mientras que Meiling se manchará las manos al traer niños al mundo.

—Mi hija lleva mi apellido, porque no tiene padre. Tu nieta desciende de...

—Podríamos seguir enumerando todas las razones para no formalizar algo que a mucha gente, incluido mi marido, no le parecería satisfactorio, pero ¿qué te parece si tú y yo, en lugar de eso, consideramos los aspectos positivos? Ambas niñas nacieron en el año de la Serpiente, concretamente en el año de la Serpiente de Metal. Una serpiente de metal puede estar dotada de una mente calculadora y una enorme fuerza de voluntad...

—O puede ser una solitaria intrigante —replica la comadrona, todavía poco dispuesta a citar un buen atributo.

—Una serpiente de metal ansía lujos y una vida desahogada, y para eso nació Yunxian —prosigue la abuela.

—Una serpiente de metal sin esas comodidades puede tener una vena envidiosa, le costará afrontar el fracaso y andará ajustando cuentas.

—¿Y cuál de ellas acabará siendo Meiling? —quiere saber la abuela.

La comadrona Shi responde con una pregunta propia:

—¿Qué más da que ambas hayan nacido en el año de la Serpiente? Pueden tener naturalezas distintas y la capacidad de provocar muchos conflictos. —Como la abuela no discute ese punto, la comadrona continúa—: Desde tiempos inmemoriales, un rostro hermoso se considera una ventana al temperamento oculto de una niña: demuestra que tiene una naturaleza «bella», que es bondadosa, generosa y diligente. Eso también puede cambiar el destino de una muchacha, permitiéndole mejorar su estatus mediante el matrimonio.

La abuela se anima visiblemente.

—¿Se han hecho planes ya para Meiling?

Mi abuela me quiere y hace cuanto puede por darme un buen futuro, pero me duele advertir que, al surgir el tema de la belleza, ha dado por hecho que la chica en cuestión era Meiling.

—Una casamentera ha acordado un compromiso para Meiling —confirma la comadrona. Me sorprende. ¿La hija de una comadrona ha concertado sus esponsales antes que yo?—. Mi hija se casará con el hijo de un comerciante de té...

—¿En Wuxi?

—No casaría a mi hija con una familia de un lugar lejano, por alto que fuera el precio que se pagara por la novia.

La abuela asiente para mostrar su aprobación.

—Señora Ru, ¿por qué quieres que haya una amistad especial entre tu nieta y mi hija? —suelta sin rodeos la comadrona Shi.

La abuela no responde a la pregunta. En su lugar, dice:

—Las niñas no deberían haber tocado a Jade Blanco.

—Estoy de acuerdo. Esa tarea es sólo para ensalmadores.

—Pero lo hicieron —insiste la abuela—. Por suerte no hubo sangre de por medio.

—En mi opinión, aún fue más afortunado que te llamaran y no causaran ningún daño.

La abuela toma otro sorbo de té, y añade:

—Por ahora, podemos decir que las niñas no se asustaron ni salieron huyendo. No sólo no ocultaron sus rostros en nuestras faldas, sino que intuyeron cuál era la forma correcta de tratar a Jade Blanco.

La comadrona Shi espera en silencio. Me atrevo a mirar de reojo y me encuentro con que Meiling tiene la mirada clavada en mí.

—Mi esposo, como cualquier hombre, diría que lo mejor sería mantener separadas a estas dos niñas —continúa la abuela.

Me quedo sin aliento con sólo pensarlo.

—Y, sin embargo, se han hecho amigas —señala la comadrona Shi.

—Así es.

—Pero estás considerando otro factor.

—Vivimos en un mundo de contradicciones —dice la abuela—. Las comadronas tienen mala reputación, mientras que los médicos son objeto de respeto. Las comadronas llegan a hacerse ricas, mientras que los médicos pueden adquirir fama...

—No estás diciendo nada que no sepa ya.

—Lo que digo es que, basándome en mi experiencia, no es cuestión de una cosa o la otra; ambas pueden existir a la vez.

—¿Y bien?

—Veo algo especial en mi nieta, pero también lo veo en tu hija...

—Meiling aprende deprisa. —La comadrona Shi sonríe—. Con los contactos adecuados, podría llegar muy lejos como comadrona.

—Estoy de acuerdo.

Sigue un largo silencio. Finalmente, la abuela vuelve a hablar.

—No hace mucho que conozco a mi nieta, pero he descubierto que sufre cierta fragilidad física. Me tranquilizaría saber que una comadrona puede atenderla de tanto en tanto una vez que se haya instalado en casa de su marido. Tu hija podría hacer eso por mí.

—Ya veo. —La comadrona Shi lo considera en silencio y, finalmente, responde—: No me opongo, pero la reputación de una muchacha podría verse mancillada por la de la chica que queda por debajo de ella, mientras que esta última sería testigo de riquezas, ideas y posición, sólo para llevarse una decepción al comprobar que nunca estarán a su alcance.

—Eso supone un riesgo, sin duda. —La abuela entrelaza los dedos—. Y también está la cuestión del otro trabajo que ejercen las de tu clase. —Baja la voz, pero todavía distingo las palabras—. Me refiero a la ayuda que prestan al médico forense.

La comadrona Shi se encoge de hombros, como si eso fuera insignificante.

—¿Preferirías que las víctimas femeninas fueran examinadas por hombres? Si muere una niña o una mujer, en especial si se trata de una muerte violenta, yo soy la última persona en tocarla. La conduzco al Más Allá con dignidad.

—¡Pero también compruebas la castidad en los procesos judiciales! ¡Y en ese caso se trata de chicas vivas!

—¿Me estás diciendo que tu esposo no querría comprobar el estado del umbral del parto de una criada si su hijo fuera acusado de...?

—¡Eso jamás ocurriría!

—Pasa muy a menudo. —La comadrona Shi se eriza visiblemente—. Vamos a ver, nos has invitado a venir aquí: eres tú quien, desde el principio, ha alentado esta amistad.

Un silencio incómodo se cierne sobre las dos mujeres. La comadrona se ha sentido insultada, mientras que la abuela parece sopesar la sensatez de su plan. Miro a Meiling para ver cómo está reaccionando ante todo esto. Su expresión me confunde.

Como suele hacer cuando está considerando algo, la abuela entorna los párpados y tamborilea en el brazo de su silla con la uña del dedo índice derecho. «Tac, tac, tac...»

—«La amistad es un pacto entre dos corazones. Con los corazones unidos, las mujeres pueden reír y llorar, vivir y morir juntas» —declama—. Pese a las diversas barreras y los posibles problemas, sigo creyendo que podría ser beneficioso para ambas niñas, así como para nosotras dos, que siguiéramos adelante con mi propuesta.

La risa sonora y áspera de la comadrona Shi llena todos los rincones de la estancia. Ante su tosquedad, la abuela aparta la mirada. Tras tomar un sorbo de té para recuperar la compostura, dice:

—Mi nieta perdió a su madre, ¿y quién sabe cuánto tiempo permaneceré en esta tierra? Tu hija nunca conoció a su padre; tú gozas de buena salud, pero estarás de acuerdo en que tu buena fortuna es siempre precaria, puesto que depende de los resultados de los partos y de las buenas palabras que se transmitan de familia en familia sobre tus aptitudes...

—Lo mismo puede decirse de una doctora en medicina femenina.

—Exacto.

Las dos mujeres se miran en silencio.

—Hay una cosa más —dice por fin la abuela.

—¿Otra?

La abuela ignora la puya.

—Como mujeres —prosigue—, podemos esperar que Yunxian y Meiling se casen con miembros de familias amables y generosas, pero ¿quién puede saber qué les deparará el destino? Tú y yo no siempre estamos de acuerdo en los métodos de tratamiento, pero creo que nos respetamos mutuamente. Quiero que Yunxian tenga a alguien en quien pueda confiar y que esté a su lado en los años venideros, más allá de cómo sean su suegra, sus cuñadas o...

—... todas esas otras mujeres que cohabitan en un hogar como éste —concluye la comadrona haciendo un ademán impreciso, sin poder controlar del todo su impaciencia.

—Incluso la mujer más rica de la tierra debe vivir bajo el mando de una suegra —declara la abuela.

—Eso siempre es cierto —confirma la comadrona.

—Quiero que Yunxian tenga a alguien que pueda compartir con ella la tarea de cuidar de las mujeres y ofrecerle consuelo cuando las cosas vayan mal.

—A nadie le gusta perder a un bebé o a una madre en el parto —admite la comadrona.

—Pongo sólo una condición: que tu hija no hable en absoluto de los aspectos de tu profesión no relacionados con el oficio de partera.

La comadrona Shi asiente brevemente con la cabeza.

Pocos días después, se llega a un acuerdo sobre la dote y sobre la cantidad que deberá pagarse por la novia. Llega la Carta de Esponsales pertinente, en la que se anuncia que las condiciones entre las dos familias son equivalentes y que un adivino ha determinado que el año, el mes, el día y la hora de mi nacimiento son compatibles con los de mi futuro esposo. Dentro de siete años me casaré con Yang Maoren, único hijo varón de una familia adinerada que posee moreras, gusanos de seda que se comen las hojas y varias fábricas de seda en Wuxi y sus alrededores. Los Yang viven en una mansión llamada el Jardín de las Delicias Fragantes. Mi futuro marido tiene tres hermanas menores que él. Según me cuentan, es un año mayor que yo. Por lo tanto, nació en el año del Dragón, el más poderoso y admirado de todos los signos. Sin embargo, no se trata de un enlace entre dos familias oficiales. Más bien van a casarme con una familia de comerciantes.

Intento ocultar mi decepción, pero la abuela, que lleva toda una vida aprendiendo a interpretar expresiones y emociones, ve la verdad en mi rostro.

—Al igual que tú, un dragón nunca se rinde —me consuela—. Ya verás cómo tu marido será ambicioso por naturaleza. Sin duda tendrá éxito en sus exámenes y ocupará un alto cargo como funcionario, al igual que tu padre y tu abuelo. Si los dos desempeñáis correctamente vuestros papeles y acatáis las reglas de la civilización, entonces, como pareja, cosecharéis muchas recompensas.

Casi de inmediato, se entrega la Carta de Regalos, en la que figuran las cantidades y los tipos de artículos que me enviarán como parte de mi precio de novia, incluidos un cerdo asado entero y dulces y pasteles para compartirlos con todos los que vivan en nuestra casa, así como dinero para que mi padre y mis abuelos los recompensen por los cuidados dedicados a esta futura nuera. Además de lingotes de oro, tallas de jade y joyas, la familia Yang proporcionará rollos de seda de diferentes tramas para que las costureras puedan empezar a confeccionar los vestidos, polainas, capas y túnicas que llevaré a mi nuevo hogar.

Poco después de que el abuelo reciba la Carta de Regalos, nos hacen entrega de esas cosas que representan el precio que debe pagarse por la novia. La tradición dicta que algunos de esos obsequios deben devolverse. El primero no me cuesta mucho encontrarlo: abro una caja de bronce esmaltado y descubro pétalos de loto frescos, que simbolizan muchos hijos. Pero los demás se me resisten. Las mujeres Yang debieron de divertirse escondiendo esas cosas, porque la abuela y yo nos pasamos horas rebuscando por todas partes para descubrirlas.

—¡He encontrado las tijeras! —exclamo el segundo día de búsqueda.

Las tijeras simbolizan que un hombre y su esposa nunca se separarán. En el mismo baúl encuentro la regla de medir, que transmite el mensaje de miles y miles de *mou* de tierra. La abuela y yo metemos estos tres obsequios en una caja de laca roja, y la casamentera los lleva de vuelta a la familia Yang. Con esto, se han completado las dos primeras de las Tres Cartas y cuatro de las Seis Etiquetas. Ahora las dos familias iniciarán el período de la Quinta Etiqueta, en el que cada parte se reunirá con un adivino para empezar a buscar una fecha propicia para la boda. Fecha en la que yo estaré tan perfecta y lozana como una rama de ciruelo en flor bajo la lluvia primaveral.

Agradezco a mis abuelos que hayan tenido tanto cuidado con mis esponsales, pero preocuparme forma parte de mi naturaleza. Tengo ocho años; Maoren tiene nueve. No sé cómo seré dentro de siete años, y mucho menos cómo será él. ¿Y si Maoren no aprueba los exámenes imperiales? ¿Y si su familia considera un problema mi carencia de habilidades femeninas? ¿Y si no alumbro a un varón? ¿Traerá mi marido una concubina o muchas concubinas? No importa lo que haga yo o adónde vaya, debo vivir como una mujer confuciana: «De niña, obedece a tu padre; de esposa, obedece a tu marido; de viuda, obedece a tu hijo.» Toda mi vida se limitará a un total de tres lugares: la casa donde vivía con mis padres, la Mansión de la Luz Dorada y la residencia y el jardín de mis futuros suegros.

Unas semanas más tarde, y sin previo aviso, el abuelo vende a Jade Blanco, que según la abuela y el ensalmador se estaba curando bien. Una mañana, simplemente ha desaparecido.

Al final del día llega una nueva Jade Blanco. Tiene diecisiete años y su belleza no tiene nada que envidiar a la de las otras dos Jades. Sólo el tiempo revelará cuál de ellas ascenderá al papel de favorita del abuelo. Entretanto, la primera Jade Blanco ha dado una lección a todas las niñas y mujeres de la Mansión de la Luz Dorada, al margen de la edad o el estatus de cada una: nuestros lotos dorados son a la vez un regalo y un riesgo. Debemos apreciarlos y cuidarlos, pero también estar atentas a cada paso que damos. Tambalearnos y mecernos sobre nuestras débiles y larguiruchas piernas nos vuelve atractivas para los hombres, pero un solo paso en falso o una caída pueden cambiar nuestro futuro.

Cuando Meiling vuelve a presentarse en la casa, la abuela me dice que puedo llevarla a mi habitación. Al advertir que mi amiga mira con curiosidad las borlas de madera tallada que cuelgan del dosel de palisandro del lecho nupcial de mi madre, la cojo de la mano. Cruzamos la antecámara, donde Amapola duerme por las noches; luego el segundo espacio, que antes era el vestidor de mi madre y ahora es el mío, y por fin la puerta luna, que da paso a la tercera y mayor estancia, donde está mi cama. Tiro de Meiling y la subo a la plataforma elevada para que se siente en el mullido colchón.

—Esto es más grande que donde vivimos mamá y yo —declara.

Me toma el pelo, sin duda.

Se pone de rodillas para mirar una de las pinturas sobre seda que cubre una de las ventanas. Representa a un marido escribiendo poesía con pincel y tinta para su esposa, que está sentada cerca. Meiling recorre las paredes laterales de la cama y examina cada pintura en las ventanas. A mí me parecen corrientes: son escenas de una mujer con una túnica vaporosa tocando un instrumento para deleite de su esposo o de los dos paseando junto a un arroyo, pero Meiling está embelesada.

—Qué bonitas —dice soltando un suspiro—. Y mira éstas. ¿Qué son?

Roza con el dedo una figurita de madera de boj que mide más o menos lo mismo que uno de mis pies, pero que es casi el doble de ancha. En esta parte de la cama hay veinte tallas similares, pero nunca les he prestado mucha atención porque, una vez más, sólo ilustran —en miniatura— la armonía de los días ociosos que ocupaban gran parte de la vida de la señora Respetable. Sin embargo, lo que a mí siempre me ha parecido un simple lugar común logra cautivar a mi amiga. Me pongo de rodillas y me arrimo a ella. Ahora que me fijo, los detalles son asombrosos. Incluso en un trozo de madera tan pequeño, el artista ha sabido resaltar cada pliegue o caída de una prenda, el movimiento del agua sobre las rocas y la singularidad de cada nube en el cielo. Poco después, Meiling y yo estamos jugando a fingir que somos los personajes de las escenas talladas. Incluso saco un par de túnicas y pañuelos para que ella deje de ser la hija de una comadrona y se convierta en una niña como yo. Nos reímos a carcajadas y por lo bajo; luego regresamos del vestidor al lecho, donde nos tendemos boca arriba, nos cogemos de la mano y nos reímos un poco más.

—Esto es aún más divertido que las carreras de hojas —comenta Meiling.

—Déjame enseñarte algo. —Muevo el panel que está justo a la derecha de donde apoyo la cabeza por las noches—. Mira, está suelto, ¿ves? Puedo sacarlo...

—¡No hagas eso!

—Si quiero, puedo volver a encajarlo... —Pero no lo hago. En su lugar, saco un pequeño bulto.

Meiling contiene la respiración.

—Nadie conoce este escondite ni lo que guardo en él... —Voy separando lentamente los pliegues de seda. Los ojos de Meiling se abren como platos cuando ve los zapatos de novia rojos de la señora Respetable—. Eran de mi madre.

Inspirada por la ocasión, le pido que comparta algo conmigo.

—No tiene por qué ser un secreto, basta con algo que pueda quedar entre nosotras, como amigas para siempre.

—Amigas para siempre... —repite—. Eso me gusta. —Alza la vista hacia mí a través de sus largas pestañas, y sus mejillas se tiñen de rubor cuando confiesa—: Mi mayor secreto es mi deseo de aprender a leer y escribir.

Sonrío.

—Yo puedo ayudarte con eso. Te enseñaré. —Me bajo del lecho conyugal, me dirijo a la mesa y doy unas palmadas en el respaldo de una silla, invitándola a sentarse—. Te mostraré cómo se escriben diez caracteres básicos. La próxima vez que vengas, te enseñaré otros diez.

Pero al ver que no se acerca de inmediato, comprendo que, de algún modo, la he humillado. No puedo actuar como si estuviera por encima de ella sólo porque pueda enseñarle a leer y escribir. Me froto la barbilla, pensativa. Luego vuelvo a la entrada del lecho.

—Yo he compartido algo contigo, y tú has compartido algo conmigo. Yo puedo darte algo, tú tienes que darme algo a cambio.

—Pero... no tengo nada que ofrecerte.

—Sí que lo tienes. ¿Me darías lo que no puedo ver?

Ella ladea la cabeza.

—Ya sabes que hay cosas de las que no me está permitido hablar.

Niego enérgicamente con la cabeza.

—¡No, no! No me refería a eso.

Aunque sí me refería a eso, desde luego. «Una serpiente puede tener el don de una mente calculadora.» Digamos que así soy yo. Quiero oír las historias sobre cadáveres y todas las demás cosas también. «Una serpiente puede tener el don de una fuerza de voluntad inflexible.» Digamos que así es Meiling. Puede que la abuela Ru y la comadrona Shi hayan aceptado esta amistad, pero a Meiling y a mí nos llevará un tiempo llegar a tenernos confianza. Habré de proceder despacio para sacar a la luz los secretos que ella supuestamente debe ocultarme.

—Háblame del exterior —sugiero—. ¿Cómo son las cosas más allá de la puerta? Durante las celebraciones de Año Nuevo, mi padre hacía ofrendas a los antepasados, nos obsequiaba con ropa nueva y daba un banquete. Y el primer día del año tiraba petardos, pero no sé cómo lo celebran los demás. Durante la Fiesta de los Farolillos, solíamos soltarlos en nuestro patio, pero ¿cómo se hace ahí fuera? Me encantaría ver farolillos saliendo de las casas de todo Wuxi. —Hago una pausa para recobrar el aliento—. Nunca he estado en el mercado. Nunca he...

—Puedo hablarte de todas esas cosas. —Sonríe—. Por cada diez caracteres que me enseñes, te corresponderé contándote historias.

—¡Qué bien! —exclamo, pero me pregunto si se da cuenta de que yo voy a recibir mucho más de lo que le voy a dar—. Ahora deja que te enseñe a moler tinta en el tintero...

No mucho después, el abuelo recibe una carta de la capital donde se le informa de que mi padre ha logrado alcanzar un alto nivel en los exámenes imperiales y que se ha convertido en un erudito *jinshi* de cuarto rango. Como tal, ha sido presentado ante el emperador, quien ha leído personalmente su tesis. La familia Tan —a través de mi bisabuelo, mi abuelo y mi tío abuelo— ya forma parte de la élite provincial. Nuestra familia ostenta a estas alturas un enorme poder y prestigio. El hecho de que mi padre se haya convertido en *jinshi*, sin necesidad de repetir nunca un examen, le confiere un estatus por derecho propio, al tiempo que aumenta la gloria de la familia. Para mayor triunfo, ha alcanzado el rango de gran maestre menor de palacio y un puesto en el Consejo de Castigos de Nankín, igual que mi abuelo. Es un gran honor, pero le exigirá viajar de distrito en distrito para investigar y emitir dictámenes sobre los crímenes. Todo eso es maravilloso, aunque también me entristece, porque significa que seguirá lejos de la familia. Sin embargo, mis abuelos no paran de sonreír.

—Debemos celebrar este logro —anuncia el abuelo—. Consultaré con el adivino, debemos encontrar un día propicio para que nuestro hijo regrese a casa.

El abuelo dispone que unos músicos acompañen a mi padre a la Mansión de la Luz Dorada desde una distancia de cinco *li*, de modo que nuestros vecinos y sus criados puedan celebrar las buenas noticias de nuestra familia. La abuela envía a la cocinera a comprar ingredientes para dar un banquete y ordena a los jardineros que redistribuyan las macetas con hibiscos, orquídeas y cymbidiums para que los patios se llenen de color.

El día señalado, todos los ocupantes de la casa —incluidas las mujeres y las niñas, a las que se ha concedido el raro privilegio de unirse a los hombres— se congregan ante la puerta principal a esperar la llegada de mi padre. La señorita Zhao ha puesto mucho cuidado en su aspecto y en el de mi hermano. En cuanto a mí, incluso me ha peinado y me ha elegido la ropa para demostrar lo bien que se ha ocupado de mis necesidades en ausencia de mi padre. Pese a las burlas de que ha sido objeto en las cámaras interiores, se ha comportado como una buena esposa desde que murió mi madre. Como si quisiera demostrárselo a mi padre, nos coge de la mano a mi hermano y a mí para que parezcamos una esposa y unos hijos que han esperado fielmente el regreso del señor.

Estoy ansiosa por ver a mi padre, pero también emocionada por estar al otro lado del umbral de la entrada, pues creía que eso no ocurriría hasta el día de mi boda. Sin embargo, antes de que pueda empezar a empaparme de lo que me rodea, el aire se llena de sonidos de badajos, címbalos y tambores, del rebuzno de los animales de carga y del tintineo metálico de los herrajes de sus arneses. El ruido aumenta de forma gradual hasta que la procesión se hace visible. Al frente, tres parejas de hombres portan estandartes rojos sujetos a altos mástiles. Veo a mi padre en una silla de manos, sobresaliendo entre sus porteadores. Ésta será su vida a partir de ahora, pues la posición de un *jinshi* es tan elevada que sus pies nunca deben tocar el suelo a menos que sea absolutamente necesario. Lo siguen un palanquín cerrado y varios carros.

Mi padre baja de la silla de manos. Lleva su sombrero de erudito, una túnica holgada de corte recto ceñida por un fajín negro y botas de cuero. Cosido en la pechera, luce un distintivo cuadrado con elaborados bordados: la pareja de gansos salvajes ahí representada anuncia a cualquiera que la vea, ya sea campesino o noble, que es un funcionario de cuarto rango; según me ha contado el abuelo, eso queda sólo cuatro niveles por debajo del mismísimo emperador. Mi padre junta las manos hasta ocultarlas bajo las mangas y luego se inclina formalmente ante el abuelo Tan y la abuela Ru. Después observa cómo los criados nos entregan los regalos que ha traído para los abuelos, para Yifeng y para mí. Pero eso no es todo. Mientras cajas y más cajas de mercancías se descargan y se llevan al interior, la puerta del palanquín se abre y desciende una joven que se recoge con elegancia el dobladillo de la falda para revelar un fino tobillo enfundado en una media y un pie vendado en un zapato de seda verde esmeralda, en el que se ve un bordado con un dibujo de sutil delicadeza. Su vestido es del color del bambú que brota en primavera, pero calado con los crisantemos blancos del otoño. En los lóbulos luce unos pendientes de zafiro azul. Su tez es blanca como la grasa de oca. El maquillaje acentúa la finura de sus cejas y lleva el pelo recogido, no al estilo de una concubina, sino con el elegante peinado de una esposa.

La mano de la señorita Zhao aprieta la mía cuando la joven rinde homenaje a mis abuelos con una reverencia. Luego mi padre la coge por el codo y la presenta a los parientes de mayor enjundia. Finalmente se acerca a nosotros.

—Hija, hijo —dice ignorando a la señorita Zhao—, os presento a vuestra nueva madre. La llamaréis señora Respetable.

Soy la primera de los tres en postrarme para mostrar deferencia a la nueva esposa de mi padre. Cuando mi frente toca la piedra, acuden a mi mente unas palabras que pronunció una vez la primera Jade Blanco: «Seamos animales o mujeres, somos las posesiones de un hombre.»

SEGUNDA PARTE

Los tiempos del cabello recogido

Años duodécimo y decimotercero del reinado
del emperador Chenghua (1476-1477)

Un corazón abnegado

Cumplí los quince años hace un mes y me recogieron el cabello para demostrarles a todos que estoy lista para el matrimonio. Han pasado siete años desde que mi familia recibió la Carta de Esponsales, y mi partida hacia la casa de mi marido tendrá lugar dentro de un día. La cama de mi madre se ha desmontado y enviado de avanzadilla con la señora Huang, pues ella será quien, en su condición de mujer muy valorada y fértil en nuestra familia, se ocupará de «la disposición de la alcoba», supervisando cómo los hombres vuelven a ensamblar cada ventana y cada panel decorativo. Observará cómo extienden las alfombras y colocan mi armario, mi escritorio y mis sillas; guardará mi ropa, mis cosméticos y mis joyas, y adornará ella misma la cama con las sábanas de boda y los cojines que he bordado a lo largo de los años, para que todo esté listo cuando mi esposo y yo lleguemos a la cámara nupcial.

Han traído a mi habitación una cama sencilla en la que dormiré esta noche, lo que hará que me sienta como una mera invitada en la casa de mi familia. Me repito que estoy totalmente preparada para iniciar esta segunda etapa de la vida de una mujer. He alcanzado los cuatro atributos esenciales que como tal debo tener: virtud, elegancia al hablar, comportamiento adecuado y hábitos de trabajo diligentes. Me he esforzado en mejorar mis aptitudes con el bordado y he invertido dos años en hacer pares de zapatos para mandárselos a mi suegra y a las estimadas tías que viven en la casa de mi esposo. Me esmeré en coser y bordar mis propios zapatos de novia, consciente de que la calidad de las puntadas y el diseño serían objeto de especial atención. (Confío en que nadie se fije demasiado. Mi intención es caminar con el paso más delicado posible para que mis zapatos nunca asomen por debajo de mi falda nupcial.) Como es lógico, estoy más que familiarizada con la naturaleza de los asuntos de alcoba, ya que he ayudado a la abuela a tratar a mujeres con problemas por debajo de la cintura estos últimos años, pero también porque Meiling, que se casó hace seis meses, me ha instruido sobre lo que ocurre en los aposentos conyugales, y lo mismo han hecho los libros ilustrados que la señorita Zhao me ha dado para estudiar.

El día comienza con una visita a la abuela en la botica. Este año ha cumplido sesenta y uno, pero no me parece muy distinta que la primera vez que la vi. Doy por hecho que me contará más detalles sobre lo que ocurrirá bajo las colchas nupciales, pero me equivoco.

—Cuando cumpliste catorce años, tu *chi* yin se acumuló en tu cuerpo y comenzaste a tener tu flujo lunar menstrual —empieza a decir—. Hasta que te quedes embarazada o des a luz, ésa será tu mayor conexión con otras mujeres. Te ha hecho comprender en el seno de tu propio cuerpo lo que significa para otras mujeres tener la sangre estancada o congestionada, cuando las mujeres sufren por agotamiento de las energías, por un dolor de cabeza o por emociones dolorosas.

—Me preocupa más cómo encajaré en casa de mi esposo.

La abuela me responde a su manera.

—La alegría excesiva puede hacer que el yang interior se desintegre. Un exceso de ira puede provocar que el yin se quiebre. Demasiada tristeza puede llevar al cansancio extremo. Estas cosas no sólo les ocurren a las esposas, sino también a las concubinas, a las criadas y a otras sirvientas. Debes permanecer alerta cuando ocupes tu lugar en la casa de tu esposo.

110

—Lo intentaré.

—Aunque has estudiado conmigo durante siete años, todavía eres una doctora novata. Limítate a tratar a niñas y a muchachas si se presenta la oportunidad. Prométeme que me escribirás sobre tus ideas para un tratamiento antes de intentar nada; te responderé con mi aprobación o te diré que le des más vueltas al asunto. No olvides que aún estás aprendiendo. Con el tiempo, cuando seas mayor y tengas más experiencia, esposas y concubinas buscarán tu consejo. Confía en mí.

Hace una pausa para que yo pueda asimilar lo que ha dicho, y finalmente añade:

—Por favor, cuídate. No dejes que te dominen la mala salud o los sentimientos melancólicos, no importa cómo te traten tu marido o los demás. Yo he vivido siempre como la esposa principal; tú debes hacer lo mismo. Si cumples con tus deberes, podrás tener el control sobre cualquier mujer que tu esposo traiga a casa. Pero recuerda que, mientras viva tu suegra, incluso las cacerolas y las sartenes contarán lo que oigan.

Esas palabras no me resultan muy tranquilizadoras.

La abuela le hace un gesto a Fosca y a Amapola para que acerquen un baúl; ellas obedecen y lo dejan sobre la mesa. Es de laca roja con la imagen de unas elegantes damas sentadas en un pabellón calado en oro.

—Algunos creen que todo lo que contiene la dote de una novia pasa a ser propiedad de su esposo y su familia —explica la abuela—. Otros, sin embargo, consideran que la dote pertenece sólo a la novia. Espero que la familia Yang siga esta última costumbre, para que puedas utilizar tu dote como quieras. Podrías gastarla en ti misma, pero una buena mujer, una buena esposa, será abnegada y pensará en los demás. Si tu marido necesitara mejores tutores en la última etapa de su preparación para los exámenes imperiales... Si no aprueba el examen y necesita que le compren un título o un cargo civil... Si hay inundaciones, la comida escasea y la familia de tu esposo pasa hambre... Una buena esposa permitirá que su marido o su suegro vendan o empeñen su dote si alguna vez se retrasan en el pago de los impuestos o quieren construir un nuevo pabellón. Un corazón abnegado les será de ayuda en todos esos casos.

—Yo deseo ser tan buena y generosa como tú, abuela.

—Gracias, pequeña, pero no he terminado. A veces, una mujer necesita cuidar de sí misma. Si te quedas viuda y la familia de tu esposo decide venderte o echarte a la calle, podrás seguir adelante por tu cuenta. —Sus ojos se llenan de emoción—. Me gustaría poder decir que aquí siempre tendrás un hogar, pero tu abuelo y yo no estaremos para siempre en esta tierra. ¿Y quién sabe dónde andará tu padre en un momento dado? No estoy sugiriendo que no puedas contar con él...

De hecho, es justo lo que está diciendo.

—Pero tienes que estar preparada por si ocurre algún imprevisto —continúa—. Si tienes que abandonar la casa de tu marido, tal vez no podrás llevarte ni tu cama, ni tu ropa, ni la mayoría de tus pertenencias. Y aunque pudieras llevártelas, no siempre resulta fácil empeñar esas cosas. Por eso le damos joyas a la novia: son su dinero en efectivo. —Me dedica una sonrisa y añade—: También harán que te veas y te sientas hermosa. —Levanta la tapa del baúl—. La familia Yang envió algunas piezas cuando se formalizó el compromiso, y tu padre te ha proporcionado otras más para tu dote, pero lo que hay aquí procede de tu madre. Tu padre guardó estas piezas para ti cuando ella murió. —Ladea la cabeza mientras las observa—. Podría habérselo dado todo a su nueva señora Respetable. —Saca un brazalete de oro con una intrincada filigrana alrededor y una pieza de jade tallada—. Éste se lo regalamos a tu madre tu abuelo y yo como parte del precio por la novia. Cuando lo lleves, piensa en ella.

Va sacando horquillas, collares, pendientes y brazaletes de oro, jade, zafiro y esmeralda. Hay perlas de todos los colores y formas. Mis piezas favoritas son las que llevan plumas de martín pescador de un azul iridiscente.

La señorita Zhao viene a continuación para una visita privada.

—Los años del cabello recogido constituyen la etapa más corta y preciosa en la vida de una mujer —dice a modo de saludo—, porque una muchacha es como una camelia: perfecta durante unos instantes, antes de caer de la rama en el apogeo de su belleza.

La señorita Zhao me ha ayudado de muchas maneras durante estos últimos años. Aunque sigue sin gustarme bordar, la calidad de mis puntadas ha mejorado gracias a su atenta mirada. No recuerdo ningún momento en el que haya sido cruel conmigo, y siempre ha adorado a Yifeng, que ahora tiene once años y ya se dedica a sus estudios. Nunca será considerado su hijo, porque pertenece a la esposa de mi padre como hijo ritual, y tampoco será nunca mi verdadera madre, pero hemos llegado a estar muy unidas.

Una vez sentada, la señorita Zhao no se anda con rodeos.

—Tengo entendido que la casa de la familia Yang es mucho más grande que ésta.

—Sí, dicen que la familia es muy rica, pero cuesta imaginar una casa más grande que la Mansión de la Luz Dorada.

—De niña, era incapaz de imaginarme un lugar más grande o mejor que la casa de mis padres. —Guarda silencio, quizá recordando una época anterior a cuando la dama de los dientes la compró para convertirla en un caballo flaco y pensando en cómo cambió su vida después de eso—. Pero cuando me reuní con tu padre en Laizhou, me pareció que había aterrizado en el paraíso. Luego vine aquí. Siempre hay un lugar más grande y mejor... Aun así, déjame decirte algo, Yunxian: tu entorno no significará nada si no te adaptas a los ritmos de la casa.

La señorita Zhao me transmite los chismes que ha oído sobre las mujeres que habitan las dependencias interiores de la familia Yang.

—No te preocupes demasiado por las concubinas —me aconseja—. Incluso como recién casada tendrás más categoría que ellas. Sin embargo, las hermanas menores de tu esposo sí deberían preocuparte. Sentirán envidia al comprender que tú permanecerás para siempre en el hogar donde nacieron, mientras que ellas se casarán y tendrán que marcharse. Dejarán atrás ciertas comodidades, una buena posición social y el amor de su madre. Puede que no se muestren muy cordiales contigo, porque vas a tener para el resto de tu vida lo que ellas están perdiendo para el resto de la suya.

—Gracias, señorita Zhao —le digo—. Gracias por darme siempre buenos consejos.

Pone una mano sobre la mía.

—Espero volver a verte.

—Volveré tres días después de mi boda...

—Para la visita tradicional, sí, pero ¿y después? ¿Quién sabe?

—Seguro que me dejarán visitarte —respondo, alarmada—. La abuela y tú también vendréis a verme, ¿verdad?

Titubea antes de contestar.

—Aunque te permitan visitas, ¿quién dice que yo seré una de ellas? Tengo suerte de que tu padre no me haya vendido; aún podría hacer que Yifeng vaya a Nankín para que lo críe la señora Respetable.

Nunca me acostumbraré a que la gente llame así a la nueva esposa de mi padre, pero lo que dice la señorita Zhao es cierto. Ella ya hace años que ha dejado atrás la perfección de una camelia. Después de que mi padre volviera a casarse, podría haberla vendido o intercambiado. También podría haber comprado una o más concubinas adicionales. (Por lo que sabemos, bien puede haberlo hecho y tenerlas en su residencia oficial de Nankín. De ser así, no hemos oído que le hayan dado hijos varones.) La señorita Zhao sigue siendo muy guapa, sin duda, pero la belleza se desvanece. Lo que le digo a continuación no es sólo para consolarla, sino porque lo siento de verdad:

—Haré por ti cuanto esté en mi mano, pero siempre puedes confiar en Yifeng. Te quiere mucho. Eres la única madre que ha conocido: eres su señora Respetable.

A la mañana siguiente, el día de mi boda, me levanto temprano para quemar incienso en el altar familiar. Me despido de mis antepasados del Más Allá y les doy las gracias, en especial a mi madre, por haberme protegido y cuidado siempre. Visito a mis abuelos, a quienes sirvo el té como muestra de respeto para despedirme formalmente y agradecerles haber velado por esta niña indigna, y ellos me recompensan con las respuestas que dicta la tradición. Cuando vuelvo a mis dependencias, encuentro una mesa con empanadillas, fruta y otros manjares para quienes me ayudarán a bañarme, maquillarme, peinarme y vestirme.

Meiling llega primero. Cada año que pasa está más guapa. Se aplica con habilidad los polvos y pomadas para colorear sus mejillas, lo que contribuye a acentuar la plenitud de sus labios y la elegancia de sus pómulos. Aunque pasa tiempo en el mundo exterior, ha sabido conservar la tez pálida. Tiene la cintura fina y sus hombros se inclinan de tal forma que el vestido —que hoy es del color del agua bajo un cielo despejado— cae de ellos con la fluidez del mercurio. Lleva zapatos de satén de un intenso color albaricoque. Recuerdo cuánto tiempo pasó bordando las peonías blancas que florecen en la parte superior y en los laterales, tratando de crear la ilusión de pequeñez. Como ha dicho la abuela en muchas ocasiones, si Meiling hubiera nacido en una familia mejor y le hubiesen vendado los pies, sin duda le habrían encontrado pareja en una buena familia. Debo decir que la aprobación de Meiling por parte de la abuela es lo que le ha permitido visitarme hoy.

Mi amiga se lleva los dedos a la suave hendidura donde se unen sus clavículas.

—Quería llegar aquí antes que los demás...

—Para que pudiéramos estar a solas —termino por ella.

Al cabo de siete años, mi relación con Meiling no se parece a ninguna otra que haya presenciado entre hermanas o entre concubinas, ni, desde luego, entre esposas y concubinas. La abuela quería que Meiling y yo aprendiéramos la una de la otra, y así ha sido. Aunque a Meiling le costó asimilar las habilidades necesarias para la lectura y la escritura —su caligrafía nunca será tan refinada como la mía—, domina suficientes caracteres como para escribir cartas sencillas y poemas. A cambio, me ha hablado de los carnavales y fiestas a los que ha asistido, dándome muchos detalles sobre la comida: el puesto de malanga confitada al que la comadrona Shi la lleva siempre para celebrar un parto exitoso; los pasteles de luna que compran en una tienda de la plaza mayor de Wuxi; las empanadillas especiales de cerdo y setas que las dos preparan para celebrar el Festival del Barco Dragón... Mi estrategia de que me diera esas inocentes descripciones del mundo exterior como preámbulo para que me hablara de otros temas prohibidos ha funcionado. Con los años, he podido sonsacarle muchos aspectos indecorosos de la profesión de comadrona: cómo ayudan a los forenses a examinar a mujeres y niñas cuyas muertes resultan sospechosas y a encontrar las respuestas buscando pistas que permanecen en sus cuerpos; cómo determinan qué veneno se utilizó para matar a una concubina o si una mujer encontrada en un pozo murió por suicidio, asesinato o accidente; si se ha violado el umbral del parto de una niña... Mis abuelos tienen razón en que se trata de un trabajo sucio, de algo que ningún seguidor de Confucio haría jamás, pero las historias de casos particulares han captado mi imaginación y me han ayudado a comprender aspectos de la vida y la muerte que no me enseñaron mis abuelos.

Lo que nos ha seguido uniendo a Meiling y a mí, sin embargo, es nuestro estudio de la medicina femenina, ella desde la perspectiva de una aprendiz de matrona y yo desde la de una doctora en formación. He estado en la habitación con la comadrona Shi y con Meiling cuando han traído nuevos primos al mundo. Compartimos la alegría cuando la primera nuera de la señora Huang dio a luz a varones gemelos. Hemos escuchado cómo la madre de Meiling y mi abuela hablaban sobre problemas de fertilidad, abortos y partos difíciles. Permanecimos sentadas en silencio mientras la abuela Ru y la comadrona Shi debatían cómo tratar a Jade Rojo, que se quedó embarazada cuando mi abuelo pasó varios meses fuera, en Nankín. La abuela diagnosticó un embarazo fantasma, que, como todo el mundo sabe, puede durar hasta cinco años. La cosa no llegó a tanto. La comadrona Shi supervisó el aborto y la abuela permitió que Jade Rojo se quedara en casa. La lealtad de la concubina hacia mi abuela durará hasta la muerte, y hemos visto cómo los ojos y oídos de Jade Rojo ayudaban de muchas formas a la abuela hasta el día de hoy: revelando intrigas en las cámaras interiores; ayudando a llevar la cuenta de cuándo llega el flujo de luna menstrual para todas y cada una de las muchachas y mujeres de la casa y, más importante incluso, informando sobre una concubina, esposa o hija que podría sucumbir a las artimañas de un demonio o fantasma como a ella le ocurrió una vez.

Además, Meiling también me ha contado casos de otros hogares en los que ella y su madre han trabajado con médicos varones. A través de sus historias, he aprendido cómo tratan esos médicos a las mujeres, y cómo ejercen su poder sobre las parturientas al dejarlas sufrir «como la naturaleza manda», negándose a recetarles hierbas para aliviar el dolor o para volver resbaladizo al bebé.

Y si yo tengo ahora un conocimiento más profundo de las mujeres y de sus cuerpos por haber visto y oído trabajar a Meiling, otro tanto puede decirse de cómo nos ha observado ella a mi abuela y a mí, pues mis conocimientos han aumentado no sólo en lo referente al tratamiento de las dolencias comunes de mujeres y niños, sino también en cuanto a la medicina de la zona específica que queda por debajo de la cintura.

Pero nuestra conexión es mucho más profunda. Abracé a Meiling cuando se echó a llorar después de que ella y su madre trajeran al mundo a un niño muerto. Ella me abrazó a mí cuando supe que mi padre no vendría a casa por mi boda. La consolé cuando supo con quién se casaría: un comerciante de té, diez años mayor que ella, llamado Zhang Kailoo. Ella me ha consolado cada año cuando lloro en el aniversario de la muerte de la señora Respetable.

Como disponemos sólo de unos minutos a solas antes de que las otras mujeres de la casa vengan a ayudarme a vestirme, me apresuro a compartir mis sentimientos con Meiling.

—Puede que me vaya a casa de mi esposo, pero tú nunca estarás lejos de mi corazón.

—Estamos tan unidas que nadie podría interponer entre nosotras ni un trozo de papel —coincide ella.

—Me gustaría que tú y tu esposo pudierais participar en la celebración de hoy. Me apena mucho que no podáis.

—No, no es posible —responde ella, resignada—. Vas a formar parte de un hogar de renombre. Un modesto comerciante de té y una abuelita no serían invitados adecuados.

—¡Una abuelita!

Nos reímos una vez más, como siempre que se refiere a sí misma de ese modo, pero hoy la risa es una muestra de valentía por parte de ambas.

Meiling inclina la cabeza y entorna los ojos con el mismo aire recatado del día en que nos conocimos.

—Yunxian, estaré eternamente agradecida a tus abuelos por comprarle té a mi esposo para que formara parte de tu dote. Cuando lo prepares para tu suegra, piensa en mí.

—Lo haré.

—Espero también que dispongas de muchas horas a solas con tu marido para que los dos podáis conoceros como lo hemos hecho Kailoo y yo. Las noches que no estoy ayudando a mi madre con un parto, nos sentamos bajo un alcanforero en una plaza cercana, tomamos té y conversamos. Espero que tú y tu esposo seáis tan felices como nosotros.

—La abuela dice que nos han emparejado bien.

—Una pareja perfecta y mucha felicidad deberían tener como resultado muchos hijos.

Mi amiga exhala un suspiro, y yo guardo sus buenos deseos en mi corazón. Ha pasado medio año desde su boda y todavía no está embarazada. Me preocupa que ocurra lo mismo en mi caso, y sé que sólo hay una manera de hacer un bebé...

Meiling me coge de la mano y me pregunta:

—¿Tienes miedo de lo que va a pasar esta noche?

—Estoy más informada que la mayoría de las chicas —respondo con toda la valentía de la que soy capaz, a pesar de que se trata de algo que me veré obligada a hacer esta noche con alguien a quien aún no conozco.

—Ya te he dicho antes que puedo ayudarte. Aprendí el truco de mi madre. —Levanta el dedo índice, hace el gesto de envolver la punta con un pañuelo y luego lo mueve como si atravesara algo con él.

Noto un escalofrío en la nuca. El método utilizado para comprobar la virginidad de una chica en acusaciones de violación o en esponsales que pueden haber sido objeto de una traición es el mismo que Meiling sugiere para aliviar el dolor en mi noche de bodas.

—Gracias, pero no —contesto.

Ella sonríe mientras baja el dedo.

—Crecí oyendo a mi madre referirse a lo que hacen un marido y una mujer en sus asuntos de alcoba; siempre dice que es un deber de la mujer hacer eso por su marido. Prefiero la forma en que tu familia habla de ello. Los asuntos de alcoba pueden dar mucha alegría a una mujer, si ella lo permite.

—La abuela dice que es responsabilidad del esposo asegurarse de que su mujer alcance el punto de felicidad que ayuda a unir la sangre y la esencia para engendrar un hijo varón: es el momento feliz definitivo.

A Meiling le tiembla la barbilla. Mi nerviosismo ante lo que me deparará esta noche ha hecho que haya sido imprudente al abordar el tema que supone su fracaso más doloroso: no quedarse embarazada.

—No era mi intención...

—Lo estás dejando todo y a todos atrás. —Sus palabras suenan melodiosas, pero tocan mi fibra más vulnerable—. A tu abuela, a la señorita Zhao, a Fosca...

—Ésa es la triste verdad para todas las novias del mundo —respondo—. Pero ¿no podría decirse también que es el verdadero comienzo de la vida? Nos enseñan que a una niña debe criarla su familia natal hasta que llega el momento de formar parte de su verdadera familia: la de su esposo.

—¡Deja de recitar todo eso! —Sus ojos se abren como platos ante la aspereza de su propia voz—. Lo siento, no pretendía ser tan dura. Tú y yo somos diferentes en muchos aspectos: eso es lo que me gusta de nuestra amistad. Pero siempre debemos ser sinceras la una con la otra. —Se muerde el labio inferior, vacilante.

—Continúa —la animo.

—Al principio me decepcionó que me casaran con alguien mucho mayor que yo, pero Kailoo ha resultado ser un buen hombre, y no me despierto para servir a mi suegra ni tengo que sortear las intrigas de las cámaras interiores. Kailoo no sólo me permite viajar libremente para atender a las parturientas, sino que me anima a hacerlo. Está orgulloso de mí. Dice que soy una verdadera serpiente. —Y recita—: «Si una serpiente vive en la casa, la familia nunca padecerá penurias.» Aporto dinero y elevo nuestro estatus. Y lo hago viendo a mi madre casi todos los días, mientras vamos de casa en casa para traer bebés al mundo.

Se acerca a la mesa, donde está la ropa que me pondré hoy. Pasa los dedos por los adornos de oro del tocado.

—En tu vida de casada tendrás riquezas y privilegios —dice por fin.

No puedo evitar sonreír.

—«Una serpiente puede estar celosa sin motivo...»

—En este caso no se trata de un sapo en un estanque que desea ser una golondrina en el cielo. No estoy celosa. —Se vuelve hacia mí. Le corren lágrimas por las mejillas—. ¿Y si ésta es la última vez que te veo?

Sobresaltada, me llevo la mano a la boca. ¿Cómo es posible que no haya pensado en ello? Se me llenan los ojos de lágrimas, pero antes de que pueda hablar, entra la abuela.

—¡Por fin! —exclama—. La novia llora, como es debido.

La señorita Zhao aparece detrás de ella. La siguen la señora Huang y sus hijas, las tres Jades y algunas de las criadas de mayor rango, entre ellas Amapola y Fosca. Cuando la habitación se llena de la charla alegre de las mujeres que me aman, Meiling se va arrimando a la pared. Su presencia sigue siendo mal vista por parte de algunas, pero mi abuela le permite permanecer con la familia hasta que el abuelo me entregue.

La abuela da una palmada para llamar la atención de todas.

—¡Llegó la hora de vestir a la novia!

Me ayudan a ponerme una falda y una túnica de seda del color del cinabrio. La falda lleva bordados varios símbolos de buena suerte y fertilidad. La túnica lleva un dragón y un ave fénix bordados con hilos de oro y plata. Mis labios se han pintado del color de los pétalos del loto rojo y mis mejillas se han maquillado con leves toques de nata batida. La abuela me pone en la cabeza la corona de fénix, de la que cuelgan dijes afiligranados de oro, jade y otras piedras preciosas y semipreciosas, cuyo tintineo evoca el canto de los pájaros. De lejos nos llega el estrépito de los címbalos, el estruendo de los tambores y el chillido de las trompas.

—El *Libro de las odas* dice que, al casarse, una joven deja atrás a sus padres y hermanos —explica la abuela—. No menciona a los abuelos ni a otras personas que la quieren. —Se le quiebra la voz, y luego añade—: El novio ha venido a buscar a la novia. Es hora de ponerte el velo.

Las mujeres de mi familia me rodean. Un coro de despedidas penetra en mis oídos. Busco rostros individuales, intentando memorizar cada par de ojos únicos, la nitidez de unos pómulos o la delicadeza de una barbilla. La abuela y Meiling alzan un velo rojo bordado con peonías y lo colocan sobre mi corona. La tela es opaca, de modo que ahora sólo puedo mirar hacia abajo, desde la pechera de mi túnica nupcial hasta la falda y los zapatos.

—Éste es el único día en que te vestirás de emperatriz —declara la abuela—, mientras que tu marido llevará el traje del noveno rango. Vivid honrando los emblemas y ambos seréis felices.

La abuela me coge de un brazo y Meiling del otro para guiarme a través de los patios. Durante todo el camino, la abuela me susurra consejos y palabras cariñosas.

—Estamos ante el último umbral —anuncia—. Aquí debes levantar el pie.

Fuera del recinto percibo movimiento a mi alrededor. Me imagino qué aspecto tiene todo, con los palanquines decorados alineados para que mis parientes monten en ellos. El resto de mi dote, desde las pequeñas agujas de coser hasta los grandes muebles, está envuelto en seda roja o dentro de cofres rojos repujados en oro y cargado en carros y literas, para que lo lleven a casa de mi esposo y que el mundo sea testigo de la riqueza que traigo conmigo.

—Saludos, señor Tan. —Me llega una voz masculina—. Venimos de parte de la familia Yang para presentar la Carta de la Ceremonia Nupcial.

—Aceptaré vuestra carta —oigo responder al abuelo.

Pasan unos minutos mientras el abuelo la lee en silencio. Lo imagino asintiendo con la cabeza mientras se asegura de que todo esté en orden, incluido el reconocimiento de la donación por parte de mi padre a la familia Yang de treinta *mou* de tierras, que ya se ha consignado antes mediante escritura.

Meiling me coge del brazo y susurra:

—Llegó el momento. Adiós, querida amiga.

—Meiling...

—Ninguna de las dos sabe qué nos deparará el futuro, pero prométeme que escribirás...

—Y tú promete visitarme.

El brazo de Meiling se suelta del mío, y en lugar de su suavidad vuelvo a notar la firmeza del brazo de mi abuelo. Se espera que una novia derrame lágrimas para mostrar su reticencia a dejar a su familia. A mí no me resulta difícil ni lo hago por obligación: sollozo mientras mis abuelos me guían entre la multitud. Mirando hacia abajo, vislumbro diferentes pares de pies. Reconozco los zapatos de satén azul bordados con copos de nieve de la señorita Zhao y las botas de cuero de mi hermano. Veo las zapatillas de las distintas Jades. Distingo los grandes pies de Amapola, que caminará junto a mi palanquín como lo hizo cuando salimos de Laizhou. Más tarde me contará lo que ha visto: cuánta gente se agolpaba en la carretera para ver nuestra procesión; hasta qué punto eran grandiosas las casas ante las que pasábamos y si había nubes surcando el cielo. No veo los zapatos de color albaricoque de Meiling.

Me ayudan a subir al palanquín. Me tiembla todo el cuerpo. Por mucho que me haya preparado para este día, dejarlo todo y a todos los que conozco es muy triste. Tengo tal embrollo de emociones que apenas noto la incomodidad del viaje. El sonido discordante de los címbalos y otros instrumentos acompaña cada paso y cada vaivén. El trayecto dura unos tres cuartos de hora, pero los porteadores podrían estar llevándome por una ruta tortuosa para que sea incapaz de encontrar el camino de vuelta a casa por mí misma.

El tamborileo y el entrechocar de los címbalos se vuelven aún más frenéticos. El estallido de los petardos y los vítores anuncian que he llegado a mi destino. Las voces gritan órdenes e instrucciones, lo que me indica que los hombres ya están descargando mi dote. Espero en el palanquín, nerviosa como una mosca en la nariz de un búfalo de agua. A este acontecimiento lo llaman el gran regreso a casa, porque se dice que el Cielo ha predestinado esta unión, pero ¿cómo no voy a sentirme nerviosa y asustada ante la visión del lugar, la familia y el esposo que el destino me tiene reservados?

La puerta del palanquín se abre y una mano aparece en el interior. Han extendido una tela verde para que camine sobre ella y evite el contacto con la suciedad y los peligros de la tierra. Mi escolta, como dicta la tradición, está formada por viudas. Las manos que sostienen las mías tienen manchas de vejez. Intento imaginar los rostros que acompañan a las voces temblorosas que me dicen que levante el pie sobre un umbral, que me disponga a subir dos escalones o que tenga cuidado con la ligera inclinación de un puente en un jardín. Sus voces quedan casi ahogadas por el estrépito de los instrumentos y los roncos saludos de otros que viven aquí. Un umbral más y me encuentro en el interior de una estancia. Me guían hacia delante hasta que mis zapatitos rojos se colocan junto a un par de zapatos de hombre bordados por mí. Pertenecen a mi futuro esposo. Me balanceo y mi manga roza la suya. De manera instintiva, ambos nos apartamos. Aun así, soy consciente de su presencia: el calor de su cuerpo junto al mío, su respiración casi tan entrecortada como la mía.

Entonces las cosas suceden muy deprisa. Una voz nos pide que nos inclinemos tres veces.

—La primera, en adoración al Cielo, a la Tierra y a los venerados antepasados de la familia Yang. La segunda, como muestra de respeto al señor Yang y a su esposa, la señora Kuo. Y ahora inclinaos el uno ante el otro para demostrar que siempre seréis leales y corteses: el marido ante la mujer y la mujer ante el marido.

A partir de aquí, ya soy una mujer casada. Ya no pertenezco a mi familia natal; mis parientes y antepasados son ahora por entero del linaje Yang. Unas manos me cogen otra vez de ambos brazos y me acompañan de nuevo al exterior a través de más patios, describiendo tortuosos giros. Quizá este trayecto parecido a un rompecabezas se ha diseñado también para que me sienta perdida. Finalmente cruzo un umbral y entro en una nueva estancia. Unos niños sueltan risitas y carcajadas, gritos y chillidos. No me hace falta verlos para saber que están saltando sobre mi lecho matrimonial, la cama de mi madre, para animar al colchón, las sábanas y la carpintería a procurarme la mayor fertilidad.

—Bajad ya de ahí —ordena con severidad una voz de mujer. Sin duda alguna es mi suegra, porque los niños obedecen sin rechistar.

Me conducen hasta la cama. Mi esposo se sienta a mi lado. Apoya las manos sobre los muslos. Sus manos no muestran más indicios de trabajo que el de sostener libros o un pincel de caligrafía. Dan comienzo las bromas tradicionales mientras unos dedos extraños introducen dátiles rojos en los pliegues de mi ropa.

—No tardarás en alumbrar muchos hijos —declara alguien, porque las palabras «dátil» y «varón» suenan igual.

—Que vuestra vida en común sea dulce —proclama otra voz desde el extremo opuesto de la habitación, porque los dátiles son dulces.

—Que tengáis cinco varones y dos hijas.

—Que tengáis una larga vida y muchos hijos.

—Que tu energía nunca se desvanezca.

—Que tu vela nunca se apague.

Estas últimas ocurrencias destinadas a mi esposo son recibidas con carcajadas, pero ahí se terminan las bromas.

Nos llueven semillas de loto. Los caracteres escritos para «semilla de loto» y «niños» comparten un radical o *pinyin*, mientras que el sonido es homófono de otra palabra que significa «en sucesión». Y así, de nuevo, nos desean muchos hijos, pero sin chanzas íntimas sobre la unión de la sangre menstrual y la esencia. Me ponen en la mano una copa de vino. Alrededor del tallo hay un cordel rojo que lleva al tallo de la copa que sostiene mi esposo. Unas voces exclaman:

—¡Bebed! ¡Bebed! ¡Bebed!

Tomo un solo sorbo, pero entonces una mano empuja la base de la copa, inclinándola hacia arriba, de modo que no tengo más remedio que tragarme el resto del vino de arroz. Me arde mientras baja hacia el estómago. Justo cuando el líquido empieza a transformar mi mente y mis emociones, un pulgar y un índice levantan un borde de mi velo. Un par de palillos con una empanadilla a medio cocer se acercan a mi boca. No me apetece, pero ¿qué remedio me queda? La palabra «crudo» suena parecida a «gestante». La textura es blanda, pero noto que la carne es fresca.

Justo cuando las bromas empiezan a tornarse groseras, la mujer que supongo que es mi suegra vuelve a hablar.

—Es hora de dejar que esta pareja comience su vida de casados. Los demás nos iremos al banquete.

En apenas unos instantes, todos salen de la estancia.

—¿Estás lista? —pregunta mi esposo.

Cuando asiento con la cabeza, levanta suavemente mi velo. El resplandor de una vela especial que representa un dragón y un fénix no basta para iluminar la habitación, pero me deja ver el rostro de mi marido, redondo y pálido como la luna. Es más guapo incluso de lo que había soñado.

—Que la luminosidad de la vela ahuyente los malos espíritus...

126

—... y nos traiga buena suerte —termino por él.

—Que seamos como una pareja de patos mandarines...

De nuevo, completo la frase:

—... emparejados para siempre en la lealtad y el amor sin reservas.

No tardo en descubrir lo esbelto que es, hasta qué punto son fuertes sus hombros y lo dulce que puede llegar a ser. Mientras los sonidos de las celebraciones nupciales siguen llegándonos desde la distancia, por fin comprendo, de un modo que ni las palabras ni los dibujos podrían haberme enseñado, en qué consisten los asuntos de alcoba. Cuando hemos terminado, subo las piernas, con los pies apoyados en el colchón, y rezo para que se esté gestando un varón.

Al despertar a la mañana siguiente, veo que la habitación está a oscuras. La vela del dragón y el fénix se ha consumido hasta la base. Amapola no ha dormido en la antesala de mi cama, así que no ha podido levantarse temprano y abrir las pesadas cortinas de brocado para que entre la luz. Me muevo en la cama, choco contra mi marido y retrocedo al instante como si hubiera tocado un brasero caliente. Me levanto, cruzo las dos antecámaras y entro en la habitación principal. En la penumbra, encuentro mi armario, donde la señora Huang ha colocado mis faldas, chalecos, túnicas y chaquetas. Todo está bien doblado y dispuesto en cajones según las estaciones del año. Me visto, me lavo la cara y me cepillo y recojo el pelo. Me pongo mi mejor capa, de color rosado y voluminosa como una nube, y me dirijo a la puerta sin hacer ruido. La abro y veo a Amapola esperándome. El cielo empieza a teñirse de rosa. Debo darme prisa...

—Buenos días, pequeña señorita —saluda, y me tiende una taza de té fragante para que me limpie la boca como me enseñó mi madre—. He averiguado adónde debo llevarte. Sígueme.

Cuando miro atrás por encima del hombro para cerrar la puerta, el sol del amanecer proyecta una cuña de luz en la habitación. Mi lecho conyugal, de tamaño considerable, parece pequeño en este gran espacio. A través de la penumbra, distingo los contornos de los tapices bordados y los muebles de madera de peral recién colocados en su sitio. Me vuelvo de nuevo hacia Amapola y por primera vez me encuentro con la grandeza del Jardín de las Delicias Fragantes. Ya sólo este patio es probablemente cuatro veces más grande que el que había en casa de mis padres. Ahora mismo no tengo tiempo para explorarlo. Sigo a Amapola lo más deprisa que puedo, patio tras patio, torciendo a un lado y a otro.

Amapola abre una puerta y cruzo el umbral. Mis suegros, vestidos formalmente, me están esperando. Amapola ya ha preparado el agua caliente, las tazas y la tetera.

—Padre. Madre —saludo postrándome para apoyar la frente en el suelo.

—Muy bien —dice el señor Yang—. Puedes continuar.

Una nueva esposa tiene el deber de servir el té a sus suegros. Me tiemblan las manos, pero me reconforta ver el regalo de mis abuelos: la caja de hojas de té sueltas. Sé que será té de la mejor calidad. Lo preparo, lo sirvo y, con la cabeza gacha en señal de deferencia, ofrezco la primera taza a mi suegro. Una vez que he entregado la segunda taza a mi suegra, vuelvo a sentarme sobre los talones.

—Puede vaticinarse la buena fortuna de una familia según si sus miembros son madrugadores o no. —El tono de mi suegra no es menos áspero o exigente que cuando hizo callar a los niños en la cámara nupcial la noche anterior—. Levántate antes del amanecer y no te retires hasta que mi hijo esté listo.

—Sí, madre...

—Preferiría que me llamaras señora Kuo.

No estoy segura de cómo me hace sentir semejante deseo de formalidad. ¿Acaso no me considera parte de la familia? Tendré que esforzarme mucho para ganarme su aprobación.

—Mañana me levantaré más temprano —prometo, aún con la mirada gacha.

—Que así sea.

Y eso es todo. Me despachan. Ni siquiera he tenido la oportunidad de ver sus rostros. Cuando vuelvo a mis dependencias, mi esposo ya se ha ido. Contemplo uno de los adornos colgados en las paredes, que representa dos pájaros posados en una rama de peonía: la imagen transmite un mensaje de felicidad y longevidad a los recién casados. Unos caracteres rojos trazados con fluida caligrafía se despliegan en la parte derecha del cuadro: «Con el cabello cano, envejeciendo juntos.»

Tres días después, según dicta la tradición, mi marido y yo vamos a casa de mi familia. Tal como sospechaba, el palanquín que me transportó al Jardín de las Delicias Fragantes lo hizo dando un rodeo. De hecho, mis abuelos viven a sólo un cuarto de hora. Podría ir andando si fuera necesario. Sin duda podré enviar a Amapola con cartas para entregar a mis abuelos y a mi hermano, pero también a la abuela para que se las dé a Meiling.

Mis abuelos organizan un banquete para nuestra familia, pero ahora yo sólo soy una invitada de paso. Durante los dos días siguientes apenas veo a mi esposo, que pasa casi todo el tiempo con mi abuelo. Quizá hablan sobre los próximos exámenes de Maoren o acerca del puesto que podría ocupar una vez que los apruebe, si es que lo hace. Permanezco en las habitaciones interiores.

—¿Fue tierno tu marido en tu noche de bodas? —pregunta la señorita Zhao.

—¿Cómo es la casa? —inquiere la señora Huang.

—Háblanos de tu suegro —pide Jade Blanco.

—¿Tu suegra va a hacerte un sitio en la casa? —quiere saber Jade Verde.

—¿O en su corazón? —añade Jade Rojo, más mordaz incluso.

Respondo que mi marido fue tierno, aunque no tengo a nadie ni nada que pueda servirme como referencia para poder compararlo con mi noche de bodas. El Jardín de las Delicias Fragantes es tan grande que ni llego a abarcarlo con la mirada, y mucho menos a ser capaz de describirlo. Mi suegro parecía bastante amable, pero no tengo ni idea de cuándo volveré a verlo. En cuanto a mi suegra...

—Creo que no le caigo bien —digo.

—Dale tiempo —aconseja la abuela Ru—. Las suegras son exigentes por naturaleza. Sería distinto si su propia suegra aún viviera, porque entonces la señora Kuo sería la segunda mujer de la casa. Pero no es así, y eso significa que lo controla todo de las puertas de la finca para dentro, incluyéndote a ti. La señora Kuo puede amargarte la vida o puede aceptarte. Sólo recuerda que, como mujeres, no tenemos otro lugar donde poner nuestras emociones que no sea en el interior de nuestros propios cuerpos, donde se hacen un ovillo y se enconan. Como mujer nacida en el año de la Serpiente, debes ser especialmente cuidadosa. Las serpientes han obtenido la bendición de una tez hermosa y tersa, pero en su fuero interno sufren la agitación del estrés y las emociones turbulentas. Ten cuidado, mi querida niña. Ten mucho cuidado.

La vasija que contiene el universo

—«Empieza a instruir a tu hijo cuando sea una criatura» —recita la señora Kuo, aunque parece hablarle al aire—. «Empieza a instruir a tu nuera en cuanto llegue.»

Cierro los ojos unos instantes. Lo que ha dicho mi suegra es cierto, pero me tomo sus palabras como una crítica hacia mí. He intentado complacerla de todas las formas posibles, con todos los métodos que me han enseñado. Me levanto todas las mañanas una hora antes del amanecer; le llevo el té y el desayuno; le lavo las manos y la cara; a veces le recojo el pelo. Pero en estos últimos siete meses no he hecho lo único que se supone que debo hacer, que es quedarme encinta de un nieto varón que garantice el linaje directo de su marido y vele por ella incluso cuando vaya al Más Allá.

Abro los ojos y me la encuentro observándome. ¿Qué he hecho mal hoy? ¿El té está demasiado fuerte o demasiado suave? ¿Se ha quejado alguien de mí, otra vez, en las cámaras interiores?

—Pareces muy flaca y no tienes buen color —comenta.

—Lo siento.

—No lo sientas. Come, pellízcate las mejillas.

Aprieta los dientes en su habitual muestra de impaciencia conmigo. Sus suegros, los abuelos de mi marido, murieron de tifus hace cinco años, y eso la convirtió en la mujer más

131

importante de la casa a la temprana edad de veintinueve años. Tiene la frente alta por naturaleza, pero se recoge el pelo en moños superpuestos para acentuar esa extensión cremosa, transmitiendo el mensaje de que lo que hay dentro siempre está en funcionamiento. Ha tenido un hijo y tres hijas, y aun así conserva una figura esbelta. Sus dedos son largos y finos, pero gobierna con puño de hierro, porque, además de las responsabilidades habituales que toda madre debe asumir, lleva las cuentas de la casa, sigue el rastro a los ciclos del flujo lunar menstrual de cada habitante femenina del Jardín de las Delicias Fragantes y ejerce la fuerza y el poder en las cámaras interiores. Amapola me cuenta que las sirvientas la respetan, porque nunca ha pegado a una criada, nodriza o ayudante de cocina de tal manera que no pudiera hacer su trabajo al día siguiente. Lo de regañarlas, sin embargo, es harina de otro costal, ya sea a sirvientas perezosas, a concubinas que se portan mal o a alguien que le resulta molesto, como es mi caso.

—¿Tienes algo que decir? —pregunta con irritación.

—Me esforzaré más.

—Me esforzaré más, me esforzaré más, me esforzaré más.

Me arden las mejillas ante su modo de imitarme.

—Sírveme un poco más de té, luego puedes irte —dice en un tono más tranquilo—. Te veré luego.

El líquido se vierte en su taza sin que se pierda ni una sola gota. Acto seguido me dispongo a salir de la habitación, recogiéndome la falda para no tropezar.

—Yunxian —dice antes de que llegue a la puerta.

Me detengo, esperando una nueva crítica.

¿Será que no soy lo bastante simpática en los aposentos de mujeres? ¿Que mis dotes poéticas no son divertidas? ¿Que soy un mal ejemplo para sus hijas y otras chicas solteras por mi incapacidad para reír y cotillear con las demás?

—Yo misma vine aquí como novia —añade—. Sé cómo es estar en el peldaño más bajo de la escalera, pero debes pensar en el futuro, cuando estés en el más alto.

Está claro que quiere animarme, aunque sólo siento desesperanza.

—Gracias, señora Kuo —contesto, pero sé que no tengo sus aptitudes ni puedo imaginar llegar a ser una experta en ellas. Echo de menos a la abuela. Ella me hacía sentir que mi vida tenía un propósito. Echo de menos los sosegados ánimos de la señorita Zhao. Echo de menos a Meiling, en tantos sentidos que no puedo ni nombrarlos. Cuando nos despedimos, yo le pedí que me visitara y ella me pidió que le escribiera. No me ha visitado. Le he escrito muchas cartas, pero no he recibido ni una sola respuesta.

Cruzo una galería porticada en dirección a las habitaciones de las mujeres, al fondo del recinto. Es lo bastante temprano para que los criados no hayan apagado aún las mechas de los faroles de gasa de seda que cuelgan sobre mi cabeza. Estoy atravesando el cuarto patio cuando Tío Segundo se me acerca corriendo. Como segundo hermano del señor Yang, es la persona más importante de la casa después de él y tiene muchas obligaciones y responsabilidades. Me levanto la manga para cubrirme la cara y entorno los ojos hasta que ha pasado. No digo una palabra y él tampoco, pero sus pasos enérgicos agitan el aire y hacen ondear mis mangas y mi falda. No es la primera vez que me pregunto qué se sentirá al ser un hombre, al moverse con tanta determinación y al poder ir más allá de la verja, cuando a mí no se me permite asomarme ni por una grieta del muro, si es que hay alguna.

Me agarro a la balaustrada de la galería para recuperar el equilibrio. Mi suegra tenía razón al juzgarme: he adelgazado, estoy pálida. Mi soledad es como un abismo negro dentro de mí y me siento débil y triste. Debería continuar hacia las cámaras interiores, pero la perspectiva me llena de melancolía. Las mujeres de allí no me quieren. Dejo que mis pensamientos vaguen hacia mi casa natal y mi abuela.

«—El cuerpo humano es como un Cielo y una Tierra en miniatura —me dice—. Lo que ocurre en el cuerpo en su con-

133

junto también ocurre en cada apéndice y cada órgano. Nunca hay que olvidar los efectos nocivos del yin en las mujeres. Podemos padecer la invasión del viento a través de nuestros orificios, pero también podemos filtrar y drenar sus efectos por esas mismas aberturas. La humedad no sólo afecta a nuestro cuerpo, sino también a nuestras emociones. Los hombres tienen antojos físicos de comida y de asuntos de alcoba, pero las mujeres rezumamos afecto y deseo, amor y odio, envidia y celos, nerviosismo y reproche, amargura y venganza...

»—Sí, abuela.

»—¿Cuáles son los ingredientes de la Decocción de las Cuatro Sustancias y por qué son importantes?

»—La angélica nutre la sangre menstrual, mientras que la raíz de peonía blanca le sirve de sustento; el rizoma de levístico mueve y disuelve la sangre, mientras que la raíz de *rehmannia* inspira el *chi* y equilibra las propiedades refrescantes de los otros tres ingredientes.

»—Recuerda siempre que, en las mujeres, la sangre menstrual es la líder.»

Inspiro, retengo el aire y lo suelto lentamente. Iré a las cámaras interiores, pero antes visitaré el Jardín de las Delicias Fragantes, que da nombre a la mansión. No debería vagar sola; si alguien me ve, diré que busco inspiración para el concurso de poesía de la tarde. Continúo por la galería porticada, con la cabeza gacha e intentando volverme invisible. La finca de los Yang tiene muchos patios, grandes y pequeños, y muchas alas y estructuras. Cada grupo familiar tiene sus propias dependencias, con cocina, comedor y patio privados. Hay edificios para hacer la colada, para almacenar grano y otros alimentos y para alojar a los sirvientes de menor categoría. La familia Yang tiene incluso sus propios tejedores. A veces los oigo cantar, pero nunca he seguido los sonidos hasta las habitaciones donde fabrican damasco de seda, satén de seda y tela corriente de seda salvaje.

Cuando llego al Patio de los Sauces Susurrantes, cruzo un umbral y entro en otro mundo. Varias generaciones atrás, el emperador quiso hacerle un obsequio a un antepasado Yang que había servido bien al imperio y le regaló una gran parcela de tierra que colindaba con el lado occidental de la mansión. Dicho antepasado construyó un muro protector en torno a la propiedad y se dedicó a crear el Jardín de las Delicias Fragantes. No sé qué significaba para él, pero, para mí, el jardín es un refugio. Creo que es incluso más grande que el recinto principal donde vivimos todos.

Varios pabellones salpican el paisaje, y un arroyo serpentea alrededor de piedras raras traídas del lecho del lago Tai, donde las aguas las han acribillado hasta llenarlas de agujeros y fisuras y conferirles un aspecto delicado. Portales y celosías estratégicamente situados ofrecen al visitante vistas en miniatura del mundo natural. Una serie de puertas luna conducen de una parte del jardín a la siguiente, cada una de ellas con una vista perfecta de una rama de árbol retorcida o un ramillete de orquídeas. Los ginkgos, que existían mucho antes de la creación del jardín, proyectan sombras moteadas. Los árboles en flor —el melocotonero de pétalos rojos, el manzano silvestre teñido de rosa y el membrillo con su rubor coralino— irrumpen con salpicaduras de color en las diferentes estaciones. Las enredaderas trepan y se aferran a balcones y muros; algunas cuelgan de ramas o aleros y se mecen suavemente con la brisa. Las pasarelas tienen guijarros incrustados para masajear las plantas de los pies. Si el cuerpo reproduce el cosmos y la oreja es un reflejo de todo el cuerpo, el jardín es una vasija que contiene el universo. Las grutas rocosas evocan cadenas montañosas. Estanques y riachuelos transmiten la idea de lagos y ríos.

Unas voces masculinas flotan hasta mis oídos desde uno de los pabellones, y me mantengo tan lejos como me lo permiten los senderos. A mi suegro y a otros hombres de la casa les gusta reunirse allí con amigos para beber, jugar a las cartas, entonar canciones montañesas y gozar del entretenimiento proporcionado por alguna concubina elegida por su destreza particular. El hecho de que sigan aquí a estas horas de la mañana me indica que el jolgorio de anoche fue especialmente agradable. Dejo atrás el pabellón del Mirador de las Tres Caras de la Luna, donde he pasado horas deliciosas con mi esposo las noches de luna llena, observando el orbe plateado en el cielo, en el reflejo del estanque y en el espejo colocado en ángulo sobre el amplio canapé con cojines. Nos hemos esforzado en esas noches para que la sangre menstrual y la esencia se mezclaran para gestar un bebé. ¿Cómo es posible que la belleza y el romanticismo de este lugar sigan fallándonos tanto?

Llego a un edificio encalado que llaman la ermita y que se yergue en medio de una isla del mayor estanque del jardín. Cruzo el puente en zigzag y voy a parar a la terraza que rodea la estructura. Apoyo los codos en la baranda de mármol tallado y contemplo los nenúfares y los lotos que flotan en la superficie del agua. Es lo bastante temprano como para que las carpas koi estén todavía arrebujadas en el barro. El estanque es tan poco profundo que probablemente podría cruzarlo mojándome sólo hasta las rodillas. En esta terraza es donde me dedico a contemplar, a maravillarme y a soñar. El jardín, donde cada brote del mundo silvestre se ha contenido y cuidado, es un recordatorio de que yo, como todo hombre y mujer sobre la faz de la tierra, soy insignificante ante la naturaleza. Trato de dejar que la melancolía de mi mente descienda por mis brazos, llegue a la yema de mis dedos y se vierta en las ondulantes aguas. Mientras respiro el aire perfumado, acuden a mi mente imágenes de mis abuelos, mi hermano, la señorita Zhao y Meiling. «Pensad en mí. Recordadme. Queredme.»

Fortalecida, vuelvo sobre mis pasos, salgo del jardín y me dirijo a las cámaras interiores al fondo del recinto. Las mujeres que viven en el Jardín de las Delicias Fragantes, incluida yo, nos contamos entre las más afortunadas del país. Eso también significa que somos las más recluidas. «Una buena mujer no debe dar tres pasos más allá de la puerta.» Como resultado de esta máxima, algunos de los conceptos que una descubre en el jardín pueden verse también en la sala de reuniones principal: una piedra en miniatura del lago Tai descansa sobre un pedestal; el incienso desprende cierto aroma a madera; los biombos de laca lucen retablos de mujeres viendo una ópera y asistiendo a una carrera de barcos dragón, cosas que la señora Kuo nunca nos permitiría hacer; los dibujos a pincel y tinta representan un puente desierto tras una tormenta de nieve, una rama de casia extendida sobre las aguas tranquilas de un estanque y una imponente cordillera con un pequeño templo habitado por un monje solitario. Un par de pergaminos de los antepasados de la familia cuelgan de una de las paredes: los ojos de los bisabuelos de mi esposo nos vigilan.

La mujer de Tío Segundo me hace señas y me pregunta con tono solícito:

—Yunxian, ¿te gustaría unirte hoy a nuestro círculo?

Aunque es sólo un año más joven que la señora Kuo, en torno a su boca ya brotan arruguitas de amargura. Está sentada con sus dos cuñadas en un rincón de la sala, donde se ha instalado una biblioteca con tinteros y pinceles de todos los tamaños y con vitrinas llenas de libros y pergaminos que despiertan la imaginación. Los tíos varones de mi marido —todos hermanos pequeños del primogénito— llevan largos años maquinando para hacerse con el control de la familia y de sus vastas posesiones de dinero y tierras; en particular Tío Segundo. Nunca lo conseguirá, porque el linaje directo lo fijan el Cielo y el orden de nacimiento. (Aun así, todos los presentes quieren más, como si no hubiera suficiente para todos.)

Respondo con una respetuosa inclinación de cabeza.

—Quizá más tarde, si la señora Kuo lo permite.

Mi respuesta es una clara negativa. Debo impedir que me vean tratando de conchabarme con Tía Segunda, que intercambia miradas desdeñosas con su cohorte.

—Vamos —me ruega Tía Tercera dando palmaditas en un sitio a su lado—. Estamos debatiendo las mejores maneras de tener contento a un esposo. Una joven novia como tú podría aprender de nosotras.

Me acuerdo de una frase del *Libro de los cambios* que dice: «Sé un dragón oculto. No actúes.» La mayoría de la gente interpreta eso como una admonición a una mujer para que sea callada y obediente. La abuela me enseñó algo diferente: a esconder mis sentimientos y a saber aprovechar el tiempo y así, cuando esté lista, saltaré, nadaré o volaré, y nadie podrá detenerme. Por ahora, sin embargo, miro con modestia el suelo, intentando imitar el comportamiento de Meiling en estas ocasiones.

—Muchas gracias —respondo—, pero la señora Kuo me ha estado instruyendo en asuntos de alcoba.

Eso no es cierto, pero mi respuesta vuelve más sólido mi supuesto alineamiento con ella.

Doy por hecho que la cuestión acaba ahí, pero entonces Tía Cuarta ofrece una variación de la invitación de Tía Tercera.

—Ser esposa es mucho más que los asuntos de alcoba. Una pareja casada debe buscar la armonía...

Las otras no intentan ocultar sus risitas burlonas.

—Todas hemos oído cómo regañas a tu marido —le suelta Tía Segunda a Tía Cuarta—. ¡Eres una tirana! No me extraña que el pobre se quede en Nankín. Cada vez que vuelve a casa debe enfrentarse a un torrente de insultos. ¡Pobre Tío Cuarto! —añade Tía Segunda con fingida compasión—. Cada vez que te ve, huye como un perro apaleado.

—¿Os acordáis de aquella vez que ella le pegó un buen sopapo? —interviene Tía Tercera, con una sonrisa de oreja a oreja—. Tía Cuarta tiene suerte de tener hijos varones. De lo contrario, su esposo la habría abandonado en la orilla de un río.

—Oh, cómo me gustaría eso. ¡Por fin podría dormir bien! —exclama Tía Segunda.

Brotan risitas por lo bajo de otras personas que están en la estancia. Podría considerarse que este intercambio es una mera chanza o un reflejo de la realidad. A mí me parece que tiene un poco de las dos cosas, porque dudo que haya alguien aquí que no haya oído las agrias quejas que Tía Cuarta le suelta a su marido cuando él está en la casa.

—«¡Buaa!» Conozco una historia que toca este mismo problema.

Eso lo ha dicho Tía Solterona, sentada en el otro extremo de la sala con un grupo de viudas y otras mujeres ancianas. Es la última hermana superviviente del bisabuelo de mi esposo. Su futuro marido murió antes de la boda, pero ella ha permanecido casta y leal a él hasta el día de hoy. Su pelo es completamente blanco, y su cuerpo luce las formas redondeadas de no haber tenido el flujo de luna menstrual durante muchos, muchos años. Tiene fama de ser la que mejor borda en la casa, pero también puede decirse que su mente es aún más ágil que sus dedos. Aunque no ha sido madre, a menudo la llaman para vendar pies si una madre sufre demasiado ante las lágrimas de su hija, y ha asistido a los partos de la mayoría de los niños de la casa.

—¿Os la cuento? —pregunta.

Su pregunta es recibida con un coro de síes, aunque me fijo en que Tía Cuarta no parece muy entusiasmada que digamos.

Tía Solterona empieza:

—Había una vez una mujer que le pegaba tanto a su marido que él corría a esconderse a la alcoba. «¡Sal! ¡Sal!», exclamaba ella. Pero él no...

—El marido creía tener la voluntad de un tigre. Gritaba: «¡No, no, no!» —Quien ha interrumpido a Tía Solterona es la tía abuela de la señora Kuo, que tiene la cara tan arrugada como una ciruela pasa. Toda la familia de su esposo murió, dejándola sin ningún lugar adonde ir, y el hecho de que la señora Kuo y el señor Yang aceptaran acogerla se consideró una gran muestra de benevolencia—. Él insistía, sin parar de gritar: «¡Cuando un hombre valiente dice no, quiere decir no!»

—Sus palabras eran ciertamente formidables —coincide Tía Solterona—. Pero, ¡un momento! ¿Qué son esos maullidos? —Se inclina hacia delante y se lleva una mano a la oreja. Por toda la habitación se oyen quejumbrosos maullidos y gemidos de gatitos—. La esposa entrecerró los ojos y abrió los oídos. ¡Ah! —exclama la solterona—. Los sonidos procedían de debajo de la cama. Resultó que el valiente tigre no era más que un gatito cuando se enfrentaba al veneno de su esposa. ¿Existe acaso un hombre que no se acobarde ante una mujer que se ha convertido en el terror de los aposentos traseros?

El final de la historia se recibe con risas apreciativas. La posición de estas ancianas en la casa es endeble, pero hoy se han ganado su sustento. Viven, incluso más que yo, bajo el dominio de la señora Kuo, y no tengo un sitio entre ellas.

—Yunxian, ¿quieres saber cómo complacer mejor a un hombre? Ven a sentarte con nosotras. Conocemos cada artimaña y estratagema.

Quien se dirige a mí ahora es la señorita Chen, la concubina más reciente y actual favorita del señor Yang, lo que le confiere un sorprendente poder sobre las demás concubinas. Tiene mi edad, y su belleza y su comportamiento son impecables. Ella y las demás concubinas se pintan el rostro, visten prendas elegantes y picotean de bandejas llenas de peras, nueces, dátiles y caquis. No gana nada con que me una a su círculo, pero su oferta me resulta incluso menos atractiva que la de sentarme con las esposas de alto rango.

Miro a mi alrededor en busca de la última categoría de mujeres que viven aquí y las encuentro agrupadas en un rincón. Las tres hermanas de mi marido se sientan muy cerca las unas de las otras mientras bordan zapatos para los pies vendados de las madres y de las veneradas tías de sus futuros esposos. Las advertencias de la señorita Zhao sobre ellas no podían haber sido más acertadas. Tengo suerte cuando me ignoran. En demasiadas ocasiones he sido el blanco de sus bromas, que hábilmente disfrazan de accidentes. Varias veces me han hecho señas para que me sentara en un taburete concreto, sólo para encontrarme con las faldas empapadas de agua. «¡Oh!», dice siempre la mayor con fingida sorpresa, «¿cómo ha podido pasar algo así?». Las otras dos hermanas apenas pueden contener la risa cuando tengo que salir de las cámaras interiores con la ropa empapada, como si no hubiera llegado a tiempo a la bacinilla. La hermana mayor tiene ya quince años y se casará a finales de este año. La menor tiene nueve. Se casará dentro de seis. Estaré contando los minutos hasta que las tres se hayan ido de aquí.

Mientras estoy sola en medio de la habitación, me doy cuenta de que me resultará difícil, quizá incluso imposible, hacer una amiga aquí en la que pueda confiar o a la que pueda confiar mi soledad. Sólo me queda la compañía de los niños menores de siete años y de las niñas que aún están en la primera infancia.

Una manita se desliza en la mía.

—Tía Yunxian. —Es Yining, la hija de ocho años de la primera concubina de Tío Segundo.

—Ah, Yining. Esperaba que vinieras a buscarme —le digo.

Dejo que me arrastre hasta un *kang* cubierto de cojines que hay en un rincón vacío de la estancia. Hemos pasado mucho tiempo juntas estas últimas semanas, puesto que ella, al igual que yo, ocupa una posición baja en la casa. He estado enferma, y ella también.

Yining abre las *Analectas para mujeres* por la página donde lo dejamos ayer y me da el libro.

—He estado practicando mi memorización —dice—. ¿Quieres verlo?

—Por supuesto. Pero primero dime cómo te encuentras.

—Esta noche he tenido que sentarme en la bacinilla muchas veces —confiesa con timidez. Mira con nostalgia a las otras niñas de su edad que están sentadas en círculo, jugando—. Las tías prefieren que no me acerque a sus hijas. No quieren que les contagie mi enfermedad.

Yining y yo nos recostamos entre los cojines. Sujeto el libro con una mano para seguir su recitado, y los dedos de mi otra mano se acercan sigilosamente a la muñeca de la pequeña para tomarle el pulso. Hace unos meses, cuando sus heces se volvieron acuosas y blancas, hicieron venir al doctor Wong, el médico de la casa, para que la tratara. Le diagnosticó diarrea causada por desnutrición. Por supuesto, ni siquiera vio a Yining: sólo la examinó desde lejos, sentado detrás de un biombo, como de costumbre. Aun así, el doctor Wong le dio a su madre una receta para que la prepararan en una botica de la zona. Creo que se equivocó en el diagnóstico y en el tratamiento, y por eso Yining se ha debilitado aún más.

La señora Kuo sabe que me estaba formando para ser médica, pero se ha empeñado en que no me dedique a la medicina ni trate a nadie. «Sólo tienes un trabajo, y es quedarte encinta», me ha dicho en más de una ocasión.

No sé qué podría pasar si la desobedeciera directamente. Ésa es una de las razones por las que no he hecho nada para ayudar a Yining; la otra es que el doctor Wong está a cargo del caso. Es un hombre importante, me he dicho a mí misma, y sin duda sabe más que yo. Aun así, no puedo quedarme de brazos cruzados. Como yo, Yining ha perdido peso y sus labios se vuelven más blancos cada día. Su olor es dulce, demasiado dulce. Tiene una enfermedad infantil bastante común, pero la causa no es la falta de comida. La niña sufre de amor excesivo. Es hija única de una concubina y la miman en todos los sentidos, desde vestirla de seda hasta concederle todas sus peticiones. Además, la consienten con demasiados dulces y ricos manjares, lo que ha provocado que su digestión deje de funcionar de forma correcta. Si pudiera sanar la humedad en su deficiencia del *chi* bazo-estómago, estoy segura de que se recuperaría rápidamente y podría escribirle a la abuela sobre mi éxito. Pero si no se hace algo pronto, Yining seguirá consumiéndose hasta que la muerte se la lleve.

142

—«Cuando tu suegra esté sentada, tú debes estar de pie» —recita justo cuando hace su entrada la señora Kuo.

Mi suegra se instala en una silla de madera de teca tallada en un lugar destacado de la estancia. Es como el sol, y todas las mujeres y niñas se disponen a su alrededor, inclinando sutilmente la cabeza hacia el radiante poder de la señora Kuo. Por suerte, cuando estamos en esta sala no insiste en reprenderme por estar sentada. Intuyo que, a su manera, le preocupa mi debilidad física, pero también sospecho que su buena voluntad podría cambiar por falta o exceso de sueño, o por una indigestión... O si Maoren se quejara de mí.

—«Cuando tu suegra te dé una orden, cúmplela de inmediato» —continúa Yining.

—Muy bien.

Elogio a la niña, pero sólo la escucho a medias. Me pregunto qué le pasará a Yining cuando el rostro de su madre empiece a revelar su edad. ¿Las echarán a las dos? ¿Se quedará Tío Segundo con la niña para divertir a los chicos de la casa o la venderá a una dama de los dientes? Ninguna de esas cosas llegará a suceder si la niña muere.

—¿Te dejará tu madre visitarme mañana en mi habitación?

—Creo que sí.

—¿Por qué no se lo preguntas? —la animo.

Apuesto a que a Yining le encantaba correr, porque incluso con los pies vendados percibo un anhelo contenido en sus pasos cuando se dirige hacia el grupo de concubinas. La primera concubina de Tío Segundo sonríe al ver a su hija. Su forma de actuar, incluso en mayor medida que el pulso de Yining, viene a probar mi diagnóstico.

Mientras ella implora a su madre, coloco las yemas de mis dedos sobre mi propia muñeca. La abuela siempre ha dicho que sólo una tonta ejerce la medicina consigo misma, pero ¿qué otra cosa puedo hacer? Interpreto los tres niveles de pulsos y llego a la misma conclusión que ayer y que el día anterior: mi *chi* y mi sangre son cada vez más deficientes. Exhalo un suspiro y dejo caer los dedos en el regazo.

A medida que transcurren las horas, unas mujeres se dedican a pintar y otras a componer poesía. Nunca se me han dado bien esas actividades. A última hora de la tarde, las mujeres empiezan a retirarse hacia sus aposentos: las esposas, para asegurarse de que sus hijos se alimenten, y las concubinas, para prepararse en caso de ser la elegida de su señor esta noche. Tan pronto como la señora Kuo se marcha, me voy a mi habitación. Hasta que Maoren venga a cenar, estaré sola.

Por las mañanas mis pensamientos vuelan hacia la abuela y nuestras lecciones. Este momento del día lo paso con Meiling. En mi imaginación me transporto de regreso a mi alcoba en la Mansión de la Luz Dorada. La veo claramente ante mí; incluso puedo oler su cabello y el té de jazmín que tomábamos. Tenemos trece años. Ella ha tenido su primer flujo de luna menstrual; yo todavía no. Acabo de escucharla mientras me leía y he observado cómo practicaba su caligrafía. Ha mantenido un tono uniforme en la lectura y sus caracteres escritos muestran mejoras. Cuando terminamos nuestras lecciones secretas, salimos a nuestro lugar favorito: el puente sobre el riachuelo del cuarto patio.

«—Había acróbatas y arqueros, cuentacuentos y titiriteros —me cuenta Meiling, con los ojos muy abiertos, sobre un festival al que ella y su madre asistieron para celebrar la temporada de los cerezos en flor en las colinas que rodean el lago Tai.

»Le hago mi pregunta favorita.

»—¿Qué comisteis?

»—Tortitas de cebolleta y carne a la parrilla de un puesto. ¡Riquísimo!

»—¿Qué más hicisteis?

»—También fuimos a la pagoda.

»Le cojo la mano y me la llevo al corazón. Nos quedamos así, en silenciosa compañía, escuchando cómo gorgotea el agua sobre las rocas del arroyo y cómo suspira la brisa entre los árboles.

»—Ha pasado tiempo desde nuestra última visita —dice por fin—. ¿Lista para que alimente tus pesadillas?

»—¡Nunca tengo pesadillas! —protesto, aunque sus historias sí hacen volar mi imaginación.

»Ella se ríe.

»—Sólo te estoy tomando el pelo. —Y entonces empieza su relato—: Encontraron a una criada colgada de una viga, en un edificio exterior de una gran casa no muy lejos de aquí.

»—La vida no es fácil para los sirvientes —comento—. Apuesto a que muchos quieren escapar.

»—Justo eso dijo su señor, pero lo que alguien dice y lo que físicamente se deja atrás puede ser muy diferente. Mamá y yo ayudamos al forense a diseccionar el cuerpo, pero no antes de que nos enseñara lo que había descubierto. Si la criada se hubiera suicidado, la cuerda habría permanecido en su sitio al caer. El polvo que había en la viga a ambos lados de la cuerda, sin embargo, estaba revuelto.

»Reflexiono sobre ese detalle.

»—Eso revela que habían movido a la chica una vez muerta y colgado después su cuerpo de esa viga, removiendo con ello el polvo.

»—¡Correcto! Resultó que la familia había colgado a la muchacha en el exterior del recinto de la casa para distraer la atención de lo que había ocurrido dentro.

»Meiling y su madre estudiaron si los ojos de la víctima estaban abiertos o cerrados cuando la encontraron, si las manos se cerraban en puños o estaban relajadas y si la lengua presionaba contra los dientes o sobresalía de la boca.

»—Todo eso nos ayudó a determinar si la chica había muerto en efecto por suicidio, si alguien la había estrangulado o si la causa de la muerte era totalmente distinta. ¿Qué crees que ocurrió?

»De nuevo, puse mi entendimiento a trabajar...»

Recuerdo muy bien aquel día. Cuando Meiling me contaba esa clase de historias me sentía muy cerca de ella. Nuestras mentes estaban unidas, aunque lleváramos vidas muy diferentes. Tal vez era eso lo que la abuela siempre había querido: que se despertara mi intelecto, que se extendiera más allá de los muros de la casa y que aprendiera a utilizar los Cuatro Exámenes no sólo para los síntomas médicos, sino en todas las facetas vitales, ya fuera para afrontar un asesinato o un suicidio o para sortear las complejidades de la vida en la mansión de mi esposo.

Exhalo un largo suspiro. Echo de menos a mi amiga de todo corazón. Intentaré escribirle de nuevo...

Me siento a la mesa, mojo la punta del pincel en la vasija de tinta y la acerco al papel.

Querida Meiling:

Dijiste que vendrías a visitarme, pero aún no me has honrado con tu presencia. Tal vez un bebé habita ahora en tu palacio del feto y prefieres quedarte a salvo en casa. Si se trata de eso, espero que te encuentres bien. Si no es así y necesitas algo, por favor, avísanos a la abuela Ru o a mí.

Te he escrito a menudo en los últimos meses, pero no me has contestado ni una sola vez. Tu silencio es como la lluvia sobre mis preocupaciones: las nutre y las hace crecer. No me explico qué ha sucedido. ¿He hecho algo que te haya ofendido o enojado? ¿Todavía te preocupan las cosas de las que me hablaste el día de mi boda? Si supieras hasta qué punto me siento sola, vendrías a verme. Estoy segura de ello.

Estoy confusa. Me siento más y más atrapada en un remolino de tristeza.

Tu amiga para siempre,

Yunxian

Releo la carta, para asegurarme de no haber escrito caracteres que Meiling no sabría reconocer. A continuación escribo a la abuela para decirle que estoy bien —no quiero que se preocupe por mi bienestar— y hacerle saber cómo me gustaría tratar a Yining, e incluyo una lista de los ingredientes que querría que me enviara para poder preparar una fórmula, si estoy en lo cierto, así como algunas hierbas más para mí que no alerten a la abuela de mi estado y confundan a la señora Kuo si me pillan con las manos en la masa.

—Amapola —le digo—, llévale esto a la abuela. Ella le dará a Meiling su carta.

Supongo que Amapola volverá con una nota de mi abuela en la que dirá lo de siempre: que todo va bien, que la señorita Zhao la ha estado ayudando en la botica y que Yifeng está estudiando mucho; también me mandará las hierbas que le he pedido. Pero ¿traerá una carta de Meiling?

«Un marido es el Cielo para su mujer.» Quiero complacer a Maoren. Quiero hacerlo feliz. Quiero que creemos una vida que esté a la altura de todas las escenas de felicidad conyugal que aparecen en las pinturas sobre seda y en las pequeñas tallas que rodean mi cama, pero Maoren y yo no pasamos mucho tiempo juntos. Durante el día está ocupado con sus maestros. Muchas noches sigue estudiando en la biblioteca y no viene a verme. Y no tardará en abandonar esta casa para acometer el último esfuerzo antes de presentarse al examen municipal y convertirse en erudito del nivel *juren*. Aunque nuestras horas juntos son escasas, creo sinceramente que le gusto. A mí él también me gusta. Con el tiempo, confío en que nuestro afecto crecerá hasta convertirse en el amor profundo del que siempre hablan las concubinas.

Esta noche, como Amapola aún no ha regresado de su recado, sirvo a mi marido una comida sencilla a base de sopa, pato lacado con *kumquat*, espinacas de agua salteadas con jengibre y ajo, y tofu con setas negras y nabo encurtido. Cuando le sirvo el vino, me toca la mano.

—Siéntate conmigo esta noche —me dice—. Deja que te dé de comer.

No es apropiado. Las esposas no comen con sus maridos, pero no hay nadie aquí para ver lo que hacemos. Con los palillos, coge un trozo de pato. Con la otra mano ahuecada debajo, me lo acerca a la boca. La forma en que observa cómo mastico me arranca un rubor en las mejillas, y eso parece complacerlo aún más. Todo en él me fascina: la precisión con la que coge una rodaja de champiñón, la delicadeza con la que me lo pone entre los labios, la expresión de sus ojos cuando examina mis rasgos. Es el primer hombre, aparte de mi padre y mi abuelo, con el que he pasado tiempo a solas; sospecho, aunque no puedo saberlo con certeza, que soy la primera mujer con la que Maoren ha disfrutado del lujo de contemplar cada indicio de belleza y cada mácula o defecto. Cuando estamos así, me siento más expuesta que en los momentos en que estamos desnudos y juntos.

Amapola regresa a tiempo para recoger los platos. Cuando Maoren desaparece en mi lecho matrimonial, ella me da una carta y un paquete de la abuela, que guardo en un cajón. Luego me quita las capas de mi ropa de día, sostiene mi túnica de dormir de seda favorita para que meta los brazos en ella y me anuda el fajín a la cadera. Por último, me ayuda a ponerme un par de zapatillas para pies vendados en las que he bordado flores de loto. Me acompaña hasta la cama y me sostiene mientras entro en la primera antesala. Cuando atravieso el vestidor, Amapola deja un farolillo sobre el banco.

—Estaré aquí mismo, pequeña señorita —dice mientras hace una reverencia.

Para cuando estoy entre las sábanas con Maoren, Amapola ya ha extendido su esterilla de dormir en la primera antecámara y se ha acostado. No sé, ni quiero saberlo, qué opinión le merecerán los sonidos que hacemos Maoren y yo cuando empezamos a realizar los asuntos de alcoba.

Él toma uno de mis pies en la palma de una mano. Acaricia la seda. Admira el bordado y dice:

—Al contemplar los hermosos pétalos que has cosido, recuerdo que a cada paso que das florecen tus lotos dorados.

Se lleva a la nariz mi pie enfundado en la zapatilla para apreciar su aroma. Pero aquí lo fundamental es lo que siempre me han dicho: mis pies son la prueba física del dolor que padecí para obsequiar a mi esposo con este tesoro tan valorado. Nunca los verá descalzos, pero los libros sobre asuntos de alcoba le enseñaron que, oculta bajo las vendas, se halla la profunda hendidura que se forma donde mis dedos se encuentran con el talón. Yo no podía saberlo cuando la señora Respetable me habló de la importancia de ese atributo cuando era niña, pero ahora comprendo que la forma y la hondura de esa grieta excitan a mi esposo.

Aún no me ha hecho falta retorcerme en las extrañas posiciones que vi en los libros que la señorita Zhao me enseñó antes de casarme, pero Maoren debe de haber visto o leído algunos de esos mismos volúmenes, porque se muestra atento a mis deseos y se asegura de que encuentre placer. Después, cuando yacemos acurrucados con nuestras sangre y esencia mezclándose, me armo de valor para preguntarle:

—¿Me permitirías invitar a mi amiga Meiling a hacerme una visita?

Me responde como lo hace siempre, con paciencia y con las mismas palabras:

—Eso debe decidirlo mi madre.

Esta noche, insisto un poco más.

—Echo de menos compartir confidencias con Meiling. Durante muchos años nuestros corazones latieron juntos como uno solo.

—Mi madre diría que ahora tu corazón sólo debe latir con el mío —contesta él sin acritud alguna. Al cabo de un momento, añade—: Pero hablaré con ella.

• • •

A la mañana siguiente cumplo con todos los rituales habituales que dedico a mi suegra y vuelvo a mi habitación. Saco del cajón el paquete que me trajo Amapola. La abuela ha escrito una breve nota: «Tienes razón en tu diagnóstico y en tu plan de tratamiento. Adelante.»

Mezclo los ingredientes y pongo el cazo sobre el brasero para que la mezcla hierva. El olor medicinal que llena la habitación me transporta en el acto a la botica de mis abuelos y hace que mi nostalgia se aligere y se acentúe al mismo tiempo. Vuelvo a centrar mi atención en los otros artículos que pedí a la abuela. Cuando entra Yining, ya lo tengo todo listo.

—Quiero contarte un secreto: soy una joven doctora.

Ella suelta una risita.

—No es ningún secreto, todo el mundo lo sabe.

Eso debe de significar que la señora Kuo ha prohibido a los demás hablarme del tema o pedir mi ayuda. Me pone nerviosa que sea así, pero no pienso desistir; Yining se beneficiará de mi medicina.

—Mi plan consiste en atacar tu enfermedad desde diferentes direcciones —explico—. Primero me gustaría usar la moxibustión. ¿Sabes qué es? —Cuando niega con la cabeza, sostengo en alto un pequeño cono de artemisa molida—. Voy a ponerte estos polvos en el cuerpo y a quemarlos.

La niña abre los ojos como platos.

—Te prometo que la moxibustión no duele —le digo, pero sigue sin parecer muy convencida. Para calmarla, añado—: Sólo quiero lo mejor para ti.

La llevo al *kang* que utilizo durante el día para descansar y leer. Se quita la túnica y se tumba boca abajo. Coloco cinco conos en los distintos puntos de su espalda que, según se sabe, son de ayuda en los trastornos digestivos, y los enciendo como si se tratara de incienso. Un aroma nuevo, que a mí me resulta familiar y maravilloso, se mezcla con el del remedio en infusión sobre el brasero.

—¿Estás bien, Yining?

—Lo noto caliente...

—Ese calor está abriendo meridianos que estimularán tu *chi*.

La niña descansa en silencio mientras los conos se van consumiendo. Antes de que lleguen demasiado cerca de la piel, los quito y dejo los restos en un platillo. Yining se sienta y se pone la túnica. Le doy unas píldoras para preservar la armonía, compuestas de siete ingredientes. De ellos, tres son los más beneficiosos en esta situación: *poria cocos*, un hongo que, al parecer, crece unido a los pinos, tranquilizará el corazón de Yining y apaciguará su espíritu inquieto; el fruto de la forsitia disipará el calor, eliminará toxinas y dispersará las acumulaciones que tanto la han atormentado, y la esencia de semillas de rábano favorecerá la digestión y fortalecerá su estómago.

—Pronto te sentirás mejor —le aseguro— y se acabarán tus visitas constantes a la bacinilla.

Justo cuando la niña se traga las píldoras, la puerta se abre de golpe y entra la señora Kuo. Lleva los brazos cruzados y las manos escondidas bajo las mangas, la viva imagen de la calma y el decoro, pero su expresión es tan artera como la de un zorro que ha acorralado a un conejo. Amapola entra detrás de ella y se postra en el suelo, en una posición de absoluta y total reverencia.

—¿Qué es esa peste? —quiere saber la señora Kuo.

—Estoy preparando un remedio para mí —respondo levantándome del *kang* e inclinando la cabeza en señal de respeto.

—El doctor Wong cuida de las mujeres de esta casa. Es un hombre brillante, el primero de su familia en ejercer como médico. Y aunque no fuera el médico de la familia Yang, yo nunca permitiría que una nuera, en especial una tan joven e inexperta como tú, se preparara sus propias medicinas.

—Pero mi abuela me enseñó...

—¡No repliques! En esta casa eres una nuera, no una doctora, ¿entendido?

Pues no, no lo entiendo, porque creía que mis aptitudes figuraban entre los atributos que me convertían en una buena candidata a casarme con su hijo, pero asiento con la cabeza de todos modos.

En medio del silencio, la señora Kuo se fija en Yining.

—He oído que estabas aquí. He venido a comprobarlo por mí misma.

Yining es una niña insignificante, de modo que la señora Kuo probablemente nunca se ha dirigido a ella. Sin embargo, como hija de una concubina, Yining entiende su posición humilde y la importancia de guardar secretos.

—Me gusta visitar a la tía. Me ha estado ayudando con mis lecciones —responde con tanta suavidad que casi resulta creíble.

Casi...

Cuando la señora Kuo ve los restos de la moxibustión en el platillo, sus mejillas se vuelven diez tonos más oscuras.

—Vete —le dice a Yining. Una vez que la pequeña se ha marchado, mi suegra se centra en mí—. ¿Has tratado a una niña? —Como no respondo, entorna los ojos y sigue escrutándome—. ¿Y la has tratado sin el permiso de su madre?

—No se lo he pedido directamente a la concubina, no.

La señora Kuo resopla con fuerza. Podría golpearme. Podría privarme del privilegio de salir de esta habitación.

Pero parece recuperar el control de sí misma.

—Debes saber que no he venido únicamente a comprobar si lo que decían las malas lenguas era cierto.

Saca poco a poco la mano derecha de la manga izquierda. Sostiene un paquete de cartas. Las reconozco como las misivas que he escrito a Meiling durante los meses que llevo aquí. Al verlas, se me nubla la vista y me tiemblan las piernas.

—Tu criada me las ha estado trayendo —dice la señora Kuo expresando con palabras la única explicación posible.

Desde el suelo, Amapola llora, presa de la desdicha.

—Creía que nunca tendría que enseñártelas y que, con el tiempo, dejarías de escribirlas —continúa la señora Kuo—, pero hoy no me has dejado otra opción. Tienes que aprender las costumbres de esta casa. No volverás a utilizar a mi hijo para rogar en tu nombre. Además, una comadrona no es la clase de persona que pueda mantener una amistad con la esposa de mi hijo; eso es incluso peor que una esposa que utiliza a su marido para suplicar o que una esposa que intenta ejercer la medicina. No volverás a escribir cartas a esa comadrona. ¿Entiendes?

Ella es mi suegra, lo que me deja sólo una opción.

—Sí, señora Kuo.

Al oír mi respuesta, se da la vuelta y se marcha. Miro fijamente a Amapola en el suelo. Saber que me ha traicionado me resulta devastador. Aprieto con fuerza el respaldo de la silla. Tengo ganas de gritar. Tengo ganas de llorar.

—Amapola —consigo decir—. Levántate. Necesito que vayas a buscar... —Mi mente está tan nublada por las emociones que no se me ocurre nada que pueda ayudarme, excepto perderla de vista—. Vete.

En cuanto sale de la habitación, me acomete de nuevo el mareo negro. Tomo asiento. Apoyo los codos sobre la mesa y la frente en las palmas de las manos. He perdido a Meiling ¿y no voy a poder hacer lo único que se me da bien?

Todavía vacilante, voy a la estantería donde guardo mis libros y otros papeles. Busco un cuaderno sin usar y vuelvo a mi escritorio. Miro fijamente la primera página en blanco, titubeando. Pienso en mi abuela y en la forma y la estructura que utiliza para dejar constancia de sus casos. Entonces empiezo a escribir:

«Una niña de ocho años de una familia de élite padecía...»

Cuando termino, me llevo el cuaderno a mi lecho, cruzo el colchón hasta el otro extremo, libero el panel suelto, meto el cuaderno junto con los zapatos rojos de mi madre y vuelvo a colocar el panel en su sitio. Se ha abierto una brecha entre mi esposo y yo. Amapola me ha traicionado. No tengo amigas y estoy enferma. Mi suegra me ha prohibido escribir a Meiling y ayudar a las mujeres y niñas de la casa. Puedo soportar la mayoría de estos golpes, pero no renunciaré a ser quien soy ni a lo que soy, aunque eso signifique ocultar mis actos practicando la medicina en secreto.

Vuelve a casa

—Qué suerte tenemos de vivir en la era del Gran Ming —comenta la señorita Chen, concubina del señor Yang—. Nuestra tierra padeció durante siglos el dominio de los mongoles, pero Zhu Yuanzhang los expulsó y se convirtió en el primer emperador Ming. Incluso la propia palabra *«ming»* habla de la luz, el brillo y el resplandor de la virtud. Que los primeros cien años del Gran Ming se prolonguen mil años más y continúen gloriosamente hasta el fin de los tiempos.

Estoy en el otro extremo de la habitación, recostada en un *kang*, tan cansada que casi me vence el sueño, aunque aún es por la mañana. Me obligo a sentarme y cojo mi bordado. Hundo la aguja en la seda, tiro de ella hacia arriba y a través de la tela, y voy resiguiendo con el hilo de color fucsia el borde de mi dibujo de pétalos de flores. Finjo no escuchar, pero aguzo los oídos para no perderme la conversación entre las concubinas, que saben mucho más sobre el mundo exterior de lo que nunca sabrán las esposas.

—El primer emperador Ming pidió al pueblo que volviera a adoptar las costumbres chinas. Los hombres han vuelto a llevar los atuendos tradicionales de la dinastía Han, mientras que las mujeres como nosotras —la mano de la señorita Chen fluye por el aire desde los adornos de su pelo hasta su vestido, con los dedos ondeando como gasa de seda a merced de la brisa— lucimos vestimentas que evocan la elegancia de siglos pasados.

La señora Kuo interviene desde su círculo de esposas.

—La vida no es sólo vestidos y joyas. Tenemos la suerte de no haber vivido una guerra...

—Sí, tenemos una paz relativa —zanja la concubina, inclinándose hacia una bandeja de frutos secos que se han dispuesto formando el primoroso dibujo de unas alas de mariposa. Se mete una semilla de melón en la boca, escupe la cáscara y mira a las presentes una por una para confirmar que a ninguna le haya pasado por alto cómo ha interrumpido a mi suegra.

—Mi esposo me ha hablado de merodeadores del norte —añade la señora Kuo, demostrando que el señor Yang también le confía noticias del mundo—. Podemos sentirnos agradecidas de que el emperador Chenghua siga adelante con la construcción de la Gran Muralla para mantener alejados a los bárbaros.

La conversación, que venía tomando un cariz cada vez más competitivo, se ve interrumpida de repente por unas risas chillonas.

—¡Yining! —exclama bruscamente la primera concubina de Tío Segundo—. ¡Silencio!

—Sí, mamá —responde obediente la niña, pero apenas consigue contener su euforia.

Se ha convertido en la niña que yo sospechaba que sería: llena de descaro y risitas. Sin duda su carácter bullicioso volverá a ganarle la partida en cuestión de minutos. Por ahora, sin embargo, el breve intercambio entre la concubina y su hija ha puesto fin a lo que podría haberse convertido en otra pelea entre la señora Kuo y la señorita Chen. Es una lástima, me gustaría que siguieran discutiendo, porque los acontecimientos de los que hablan, pese a ser ajenos a mi propia vida, me resultan interesantes.

Vuelvo a mi bordado. Hubo un tiempo en que diferentes mujeres intentaban atraerme a sus círculos particulares

—cada persona aquí presente deseaba obtener una ventaja estratégica—, pero, desde el incidente de hace tres meses con Yining y mis cartas a Meiling, mi suegra está tan claramente irritada conmigo que las otras mujeres deberían evitarme a toda costa. Aun así, que deban hacerlo no significa que en efecto lo hagan. Varias de ellas han advertido la recuperación de Yining, mientras que a mi suegra se le da muy bien fingir que no ve diferencia alguna en la salud de la niña. Como pronosticó la abuela, sin embargo, en cuanto algunas de ellas han reparado en mis aptitudes, unas cuantas esposas y concubinas han empezado a pedirme consejo discretamente para saber cómo tratar las dolencias que aquejan a sus hijos, y Tía Solterona me ha preguntado qué puede hacer con su insomnio. Para todas y cada una de esas peticiones, escribo primero a la abuela con mis ideas para el tratamiento. Y sigo teniendo cuidado, mucho cuidado, de que no me pillen.

Me las apaño, aunque aún me siento sola. Por las noches, cuando mi marido duerme o si ha vuelto a su biblioteca para estudiar, me gusta plantarme ante una ventana abierta para pasar esas horas solitarias. He aprendido a reconocer las voces de las concubinas, que tratan de ganarse con sus cantos melifluos el favor de los hombres en los patios. Ahora, cuando una de esas mujeres se me acerca durante el día, tengo un rostro que ponerle a la voz.

En cuanto a mi trastorno, aún no soy la de siempre, pero me he recuperado de la dolencia que me aquejaba cuando llegué, aunque tengo nuevos síntomas. Éstos, sin embargo, han pasado desapercibidos para las esposas y concubinas. A veces sólo vemos lo que queremos ver y lo que servirá a nuestros propios propósitos.

La primera concubina de Tío Segundo cruza la habitación hacia mí.

—¿Puedo sentarme contigo?

—Sí, por supuesto.

—Estoy contenta con lo bien que le va a Yining —dice—, y he seguido tus consejos sobre su dieta, pero ¿qué hago con su indisciplina?

Sonrío antes de contestar.

—Su sangre rebosa de energía en este momento, se calmará poco a poco. —Poso una mano tranquilizadora en la manga de la concubina—. Más adelante, cuando sea mayor, ese vigor retornará. Con tanta vitalidad, ella y su esposo engendrarán fácilmente un heredero.

—Mmm...

Es entonces cuando me doy cuenta de que no ha venido a hablar de Yining. Mi sospecha se confirma cuando mira en dirección al círculo de concubinas antes de preguntar:

—A la señorita Chen también parece que le bulle la sangre últimamente, ¿no crees? —Hace una pausa, y luego añade—: Le gustaría que confirmaras su estado.

Supongo que la señorita Chen cree que se ha quedado embarazada. Puedo entender que no quiera decírselo a la señora Kuo, porque la noticia podría no ser recibida con alegría.

—Tal vez a la señorita Chen le apetecería tomar el té conmigo esta tarde —sugiero.

—Te estaría eternamente agradecida.

Unas horas más tarde, después de que mi suegra se haya marchado a revisar el número de sacos de grano y otras provisiones en el almacén, me retiro a mi habitación. La señorita Chen no tarda en llegar. Tiene el mismo aspecto pálido que veo cuando contemplo mi imagen en el espejo.

—¿Puedo tomarte el pulso? —pregunto.

Ella extiende el brazo sin pronunciar palabra. Mis dedos tratan de obtener una respuesta. Cuando lo consigo, suelto su muñeca.

—He buscado lo que llamamos yin llamativo y yang notorio. Esto ocurre cuando el pulso palpita muy fuerte contra las yemas de mis dedos. Estas dos características únicas me dicen que la sangre menstrual y la esencia se han combinado con éxito. Estás embarazada.

La señorita Chen parpadea.

—¿Qué debo hacer?

—Tu primera responsabilidad es decírselo a la señora Kuo. —Al ver que la señorita Chen vacila, añado—: ¿Quieres que te acompañe?

Es una joven inteligente, y puedo verla sopesando lo que mi ofrecimiento podría significar. Desde su perspectiva, ella ha acudido primero a mí, lo que seguramente molestará a la señora Kuo. También le he dado a la concubina un diagnóstico cuando mi suegra me ha ordenado de manera explícita que no use mis conocimientos médicos. La señorita Chen debe de creer que la ira de la señora Kuo recaerá sobre mí y no sobre ella, porque concluye:

—Sería un honor para mí y te agradecería mucho que me acompañaras.

A la mañana siguiente, a primera hora, se reúne conmigo ante mi habitación para que acudamos juntas a los aposentos de la señora Kuo. Mi suegra intenta ocultar su sorpresa cuando nos ve entrar a las dos, pero permanece en silencio mientras le sirvo el té. Luego me coloco junto a la señorita Chen. La concubina se mete las manos en las mangas y yo hago lo mismo, de modo que parecemos un par de marionetas a juego.

—A la señorita Chen le gustaría comunicarte que en su palacio del feto habita un residente —anuncio. Mi suegra se sonroja. Sospecho que está enfadada. Antes de que empiece a gritar, le doy mi propia noticia—: Yo también estoy encinta.

La señora Kuo da un respingo.

—¿Estás embarazada? —Me lanza una mirada dura como el pedernal—. ¿Cómo lo sabes?

—Llevo tres meses sin tener mi flujo de luna menstrual.

—¡Tres meses! —Su rubor aumenta un poco más—. ¿Y me lo dices ahora?

—Quería estar segura —contesto.

La señora Kuo parece nerviosa.

—Sólo una persona determina quién está embarazada en esta casa —dice en un tono vacilante—, y es el doctor Wong. —Le hace un gesto a Gorrión, su doncella—. Envía a alguien a buscarlo.

Un escalofrío me recorre de arriba abajo al recordar a la abuela advirtiéndome sobre los métodos que utilizan los médicos varones para confirmar este diagnóstico. Se trata del primer hijo de la señorita Chen y ella no se crió entre médicos, así que no debe de conocer el procedimiento, porque dice:

—Haré lo que haga falta.

La señora Kuo se queda mirando a la concubina.

—¿Y tú cuánto tiempo has guardado tu secreto? ¿O ya se lo has contado a mi esposo?

A mi lado, la señorita Chen se tambalea un poco.

—¡Respóndeme! —exclama con acritud la señora Kuo.

A la concubina se le llenan los ojos de lágrimas, y yo me aferro los codos por dentro de las mangas. Es posible que la señorita Chen creyera que mi presencia la beneficiaría, pero yo había interpretado la situación de otro modo y hecho planes en consecuencia. No puedo decir que mis motivos fueran los de un corazón puro. Lo único que pretendía es que me vieran con mejores ojos. Mi oportunidad llegó hace un par de semanas, cuando sospeché por primera vez que la señorita Chen estaba embarazada. Sólo tenía que esperar. No me gustaría tildarme de artera, pero necesitaba estar segura de mi propio embarazo y comunicar la noticia de forma que mi suegra tuviera una opinión más amable de mí. Aunque «amable» quizá no es la palabra correcta. Digamos que esperaba que la señora Kuo se alegrara al saber que la esposa de su único hijo varón estaba embarazada. Aun así, estaba convencida de que no podría contener sus habituales críticas hacia mi persona, pues esa conducta está demasiado arraigada en ella. Y se me ocurrió que, orquestando el anuncio para que se desarrollara de la manera que he descrito, la ira de la señora Kuo se dirigiría hacia la concubina de su esposo en lugar de hacia mí.

En cualquier caso, esperaba también encontrar una aliada en la señorita Chen, y que pudiéramos pasar juntas nuestros embarazos.

El doctor Wong llega esa misma tarde para vernos a la señorita Chen y a mí, y se sienta tras un biombo en mis aposentos. Intento imaginar su aspecto al oír su voz mientras instruye a Amapola sobre cómo preparar una infusión de raíz cruda de levístico de Sichuan y hojas de artemisa. Yo estoy acostumbrada a los olores medicinales de las pócimas que se cuecen en un brasero, pero la tez de la señorita Chen se pone blanca, luego verde y de nuevo blanca.

—Tomaos el té —ordena el doctor Wong desde el otro lado de la habitación. Por su voz parece mayor, distinguido y seguro de sí mismo. Me lo imagino acariciándose la barba entrecana cuando añade—: Si notáis el movimiento de una mariposa en el vientre, estáis embarazadas.

Yo no siento nada, y diría que la señorita Chen tampoco. Aun así, anuncio:

—La mariposa está revoloteando.

El doctor Wong afirma lo que yo ya sé:

—Entonces sí vas a tener un hijo.

A mi lado, la señorita Chen titubea.

—Dile que notas una mariposa —le aconsejo en voz baja.

—Pero no la siento —me susurra.

—¿Necesitas que un hombre te confirme lo que tu cuerpo ya te dice que es cierto? —le pregunto.

Ella ignora mi pregunta y se dirige directamente a él. Capto familiaridad entre ellos.

—Doctor Wong, me conoces bien. ¿Me has ayudado a quedarme embarazada?

Qué pregunta tan extraña, pienso, pero la risa del médico es jovial y sorprendentemente cálida.

—¡Claro que sí! Pero queremos pruebas, ¿no?

Desde el otro lado del biombo, le ordena a Amapola que añada miel de algarroba al té.

—Estás embarazada —murmuro—. No hace falta que te bebas eso.

Intento advertirla, pero la señorita Chen es testaruda.

—No eres mayor que yo. ¿Qué sabrás tú?

Amapola trae el brebaje, y yo le pido que nos acerque también una palangana. Luego adopto una expresión plácida y observo en silencio cómo la señorita Chen se bebe la pócima. Cuando empieza a vomitar en la palangana, le aparto el pelo de la frente. Al oír los espantosos sonidos, el doctor Wong, claramente complacido, proclama:

—No se trata de una dolencia insignificante. Es una prueba de embarazo.

También es el comienzo de lo que serán semanas de náuseas matutinas para la señorita Chen. Ojalá tuviera los ingredientes necesarios para preparar un bebedizo con el que calmar al feto, pero en mi habitación no tengo hojas de perilla, con su sutil regusto a regaliz y menta, ni es una hierba que pueda obtener fácilmente en la cocina principal. Lo que sí le sugiero es que chupe ciruelas pasas en conserva, algo que siempre está disponible en todas las casas para calmar los malestares estomacales.

He ayudado a la abuela en muchos embarazos, aunque no por ello dejo de tener las mismas preocupaciones que cualquier mujer encinta. Dar a luz a un varón es primordial. El siguiente objetivo es tener un alumbramiento fácil, pero ¿qué pasa si el bebé viene de nalgas o está atravesado, o si el parto dura más de tres días? «En el parto, por cada mujer que vive, mueren diez.» Es obvio que este dicho no puede ser cierto, pero refleja la forma en que la gente interpreta los riesgos inherentes al nacimiento. Los rituales protectores se han transmitido durante generaciones, y yo los sigo todos. Eso supone que no debo cargar con nada pesado, ni con los brazos ni con el entendimiento; tengo cuidado de no ingerir alimentos sustanciosos, porque podrían provocar una hoguera en mi interior; no como conejo, porque puede hacer que mi bebé nazca con labio leporino, y tampoco carne de gorrión, porque se sabe que esas pequeñas aves tienen ceguera nocturna, y no quiero que mi bebé venga al mundo con la misma dolencia. Ay, los gorriones... Cuántos problemas causan.

Esperaba tener a la señorita Chen como compañera de embarazo, pero incluso ahora las reglas de la casa nos mantienen separadas.

—Ella es una concubina —me dice Tía Solterona—. Tú eres una esposa. No querrás que tu bebé se impregne de sus frivolidades.

Sospecho que la señorita Chen podría tener una opinión distinta: soy demasiado aburrida para ella.

Por supuesto, se habla mucho en las cámaras interiores sobre si la señorita Chen y yo daremos a luz a varones o niñas.

—Es una cuestión de yin y yang —nos cuenta Tía Solterona—. Si es un varón, lo sentiréis aletear a los cuatro meses, porque el yang es ascendente. Si esperáis una niña, ese aleteo no hará acto de presencia en vuestro cuerpo hasta los cinco meses, porque está en la naturaleza del yin llegar tarde.

Tanto la señorita Chen como yo notamos que nuestros bebés se mueven a los cuatro meses y medio, lo que suscita una nueva serie de probabilidades por parte de Tía Solterona.

—Ahora podemos determinar el sexo por la posición de los bebés dentro de sus madres. Hay que palparles el vientre: si está blando, significa que es una niña, porque esconde la cara junto a la columna vertebral de su madre; si está duro, entonces es un niño, porque está dispuesto a enfrentarse al mundo.

A la señorita Chen y a mí nos palpan el vientre a diario. Las mujeres discuten sobre si llevamos dentro un hijo o una hija. Algunas hacen apuestas. ¿Qué sensación tengo yo? El vientre de la señorita Chen no me parece distinto del mío: no lo noto blando ni duro, sólo que aumenta de tamaño.

Mi esposo parece muy satisfecho, y eso me hace feliz. Cuando cumplo los siete meses, mis abuelos me envían un cesto cubierto de flores y lleno de bollos de la suerte y de huevos de pato pintados, deseándome buena fortuna en mi próxima prueba. Estoy tan contenta que me animo a preguntarle a mi suegra cuándo vendrá la comadrona Shi.

—Yo ya conozco a la comadrona y a su hija —añado, como si la señora Kuo no estuviera al corriente de ese hecho—. Pero será útil para la señorita Chen conocer de antemano a las mujeres que traerán al mundo a su bebé.

—En esta casa no usamos a la comadrona Shi —responde la señora Kuo—. Aunque no te hubiera prohibido el contacto con la joven partera, te insistiría igualmente en que utilicemos a la anciana que ha traído al mundo a todos los niños Yang. Se llama comadrona Lin. La conocerás a su debido tiempo. —Hace una pausa—. Y ya conoces a Tía Solterona, que ayudará en el parto, como es costumbre en nuestra casa.

Intento mantener la calma, pero me siento desconsolada. Necesito a la comadrona Shi y quiero a Meiling a mi lado.

Cuando entro en el «último mes», mi marido se traslada de habitación para que no nos tienten los asuntos de alcoba, ya que según se dice son perjudiciales para el feto en este momento del embarazo. Me siento sola y asustada, pero Tía Solterona viene a verme todos los días. Quiere que nos conozcamos mejor, e intenta animarme un poco.

—Tienes a Amapola —me recuerda durante una de sus visitas matutinas.

—No es ningún secreto que me traicionó...

Tía Solterona asiente con la cabeza.

—Nunca lo olvides —añade—, pero ¿qué otra cosa podía hacer? Su deber era seguir las instrucciones de la señora Kuo.

—Sí, lo entiendo, pero ahora me cuesta confiar en Amapola.

—Y sin embargo, deberías hacerlo.

—Me esforzaré más. —Tras una pausa, añado—: Sigo teniendo la sensación de que tú eres la única persona aquí a quien le importo de verdad.

Tía Solterona se ríe.

—¡Te equivocas! Le importas a tu esposo, el señor Yang está deseando tener un nieto varón, las mujeres de las cámaras interiores preguntan por ti todos los días... Eres más querida de lo que imaginas.

Me doy cuenta de que no ha incluido a mi suegra en su lista.

Siempre disfruto de la compañía de Tía Solterona. Le gusta cotillear, y sus historias suelen estar llenas de humor. También es una fuente inagotable de información sobre el embarazo y los fetos.

—Ahora que estás tan grandota, podemos determinar el sexo sin lugar a dudas —comenta durante otra visita—. Si el bebé se mueve en el lado izquierdo del cuerpo, es un niño. Si se mueve en el lado derecho, es una niña.

Eso no me revela el sexo, porque a mi bebé le gusta darme patadas y puñetazos en ambos costados, pero me tranquiliza porque me demuestra que está sano y fuerte.

Unos días después, la señora Kuo trae por fin a la comadrona Lin a mi habitación para presentarnos. Me parece tan ancha como alta y tiene cara de manzana podrida. Bajo la atenta mirada de mi suegra, la comadrona me palpa el abdomen y declara que el bebé llegará dentro de unos días. Las criadas se ponen en marcha y traen todo lo que hará falta cuando empiece el parto: la pila con su lecho de paja para recoger los contaminantes que saldrán de mí; carbón en una cesta junto al brasero para calentar el agua; una cuerda que se ata al techo de mi cama para que me cuelgue de ella cuando esté a punto de expulsar al bebé. También traen toallas para limpiar al pequeño cuando nazca, mantillas para mantenerlo caliente y un recipiente en el que depositar la placenta. Cuatro noches más tarde, mi bebé anuncia su deseo de abandonar el palacio del feto. Sacan de la cama a Tía Solterona y la hacen venir a ayudarme. La comadrona Lin dispone las herramientas más importantes de su oficio: un cuchillo, cordel y una palangana especial para lavar al bebé en cuanto salga.

He asistido a muchos partos. Sé muy bien lo que debería estar notando, y no es esto. Las contracciones son cada vez más fuertes, pero el bebé se niega a completar su viaje. Transcurren las horas. Me cuelgo de la cuerda, dejando que el peso del vacío anime al bebé a bajar, al tiempo que asciendo para que mis partes abiertas nunca toquen la paja que hay debajo de mí. Tía Solterona se coloca delante, de modo que pueda apoyarme en ella cuando lleguen los espasmos. Entre contracción y contracción me frota la espalda, me masajea el vientre y me susurra:

—Relájate. Descansa. Respira. —Nada de esto me sirve. Pasan las horas. Estoy agotada.

Como es de esperar cuando surgen dificultades durante un parto, llaman a un médico. El doctor Wong llega y se sitúa detrás de un biombo. Propone diferentes tácticas para facilitar las cosas.

—Le haremos comer claras de huevo crudas, que ayudarán al niño a salir —ordena.

Me trago el contenido viscoso de una pequeña taza y lo vomito. El médico me hace ingerir entonces el tuétano cerebral de un conejo.

—Los conejos son rápidos —declara.

En mi caso, el brebaje de conejo tarda mucho menos en salir que en entrar. Siento en mi fuero interno que cualquier cosa que el doctor Wong sugiera tendrá malos resultados. Aun así, lo oigo detrás del biombo, hablando con mi suegra y cambiando de nuevo de estrategia:

—A veces es mejor dejar que estas cosas sigan su curso por sí solas.

La mañana del segundo día estoy tan agotada y tengo tantos calambres en los muslos de estar en cuclillas que me vengo abajo. Tía Solterona me limpia la frente. La comadrona Lin murmura palabras de aliento, pero su rostro me revela que está preocupada. Me hago un ovillo cuando llega la siguiente contracción. El dolor es tan intenso que me atraviesa la cabeza de forma tan limpia y aguda como un rayo. Cuando el espasmo remite y puedo concentrarme lo suficiente para que de mi boca salgan palabras, digo:

—Tráeme té.

Amapola se acerca con la tetera y una taza.

—No, no es para bebérmelo. Viértemelo en la mano.

Todo el mundo sabe que tomar té es mejor que beber agua directamente de un pozo. Lo segundo puede enfermar a una persona; lo primero no. No sé por qué: quizá se debe a la astringencia de las hojas. Pienso estas cosas mientras el líquido me quema en la mano. Entonces tomo aliento y uso los dedos mojados para explorar el umbral del parto. Noto algo, y no es una cabeza. Gimo mientras saco la mano.

—¿Qué pasa? —pregunta la comadrona.

—El bebé viene con las piernas por delante —respondo.

La comadrona Lin se lleva el dorso del puño a la boca y se sienta sobre las rodillas. Tía Solterona suelta un gemido de angustia. Desde el otro lado del biombo, mi suegra exige que alguien la informe de lo que está pasando, y lo mismo pide el médico. Veo en los ojos de la comadrona que esta situación la supera.

Grito cuando llega la siguiente contracción. Y no sólo por el dolor que siento cuando el pie de mi bebé emerge del umbral del parto y toca el aire, sino por la certeza de que voy a morir y por la tristeza que me supone dudar de que la comadrona tenga los conocimientos necesarios para arrancar al bebé de mi vientre una vez que me haya ido, de modo que el pequeño pueda vivir.

No sé cuánto tiempo transcurre. Los dolores en mi cuerpo son como cuchilladas insoportables. Cada vez que una nueva contracción arremete contra mí, mi mente se queda en blanco. Entonces me llega una voz...

—Yunxian, estamos aquí.

Intento regresar del abismo en el que se ha refugiado mi entendimiento.

—Yunxian, abre los ojos. Estoy aquí, y mi madre también.

—Meiling...

—Sí, soy yo. Más tarde podrás agradecérselo a Amapola. Ahora intenta relajarte. Deja que mamá y yo echemos un vistazo.

Otro espasmo. Me alejo a la deriva en un mar negro mientras las tres comadronas hablan.

—He hecho lo que he podido —confiesa con un gemido lastimero la comadrona Lin.

—Te doy las gracias por mantenerla con vida —contesta la comadrona Shi—. Ahora hay que poner todas las energías en sacar al bebé. Debemos utilizar medidas extremas.

—Amapola, ¿puedes traer tinta y un pincel? —pide Meiling.

Los gritos confusos del doctor Wong se arremolinan en el oscuro mar que me rodea.

—Debéis escucharme... el médico soy yo... la señora Kuo quiere...

Otra contracción. ¿Cuánto tardará en llegar la siguiente, segundos o minutos?

Meiling acerca sus labios a mi oído.

—Voy a escribir un mensaje en la planta del pie de tu bebé. Sólo tres caracteres: «Vuelve a casa.»

No soy consciente de que hace eso, pero sí advierto que ha terminado cuando dice en voz lo bastante alta para que todos la oigan:

—Lo que mamá va a hacer ahora no le hará daño al bebé, pero tú lo notarás. Vamos a levantarte. Agárrate a la cuerda. Sí, sé que es duro, pero puedes hacerlo.

Dos pares de manos me ayudan a ponerme en posición. Me aferro a la cuerda. El suave vientre de Tía Solterona amortigua mi costado izquierdo. Los brazos familiares de Meiling abrazan mi lado derecho. La comadrona Shi me muestra un alfiler.

—Tu bebé ha recibido nuestro mensaje en el pie. Lo que voy a hacer a continuación lo animará a obedecer, pero debe hacerse con gran precisión o el bebé tendrá la tentación de levantar la mano y agarrarte el corazón.

Lo que significa que podría morir.

—«Donde no hay barro, no hay loto» —dice Meiling para animarme—. Ahora sufres, pero pronto acunarás a un hijo en tus brazos.

Aferro las manos a la cuerda. Cuatro brazos me sostienen. La partera Shi pincha el pie de mi bebé con el alfiler. Suelto un grito cuando la criatura da un tirón y vuelve a meter la pierna y el pie en su hogar de estos meses. Durante la siguiente hora, la comadrona Shi me masajea el abdomen hasta que el bebé se coloca en la posición adecuada con la cabeza hacia abajo. Y de repente, como si todas las horas anteriores no hubieran pasado, sale suavemente. Sin mediar palabra, la comadrona Shi lo envuelve y se lo lleva detrás del biombo para mostrárselo a la señora Kuo y al doctor Wong. El bebé llora, lo que me indica que está vivo, pero aún no sé si es niño o niña.

Sigo colgada de la cuerda hasta que sale la placenta. Deseo tumbarme, pero los dos pares de brazos me mantienen erguida.

—Deja que todo el rocío nocivo salga de ti —me aconseja Meiling.

Cuando mi suegra aparece ante mi vista de camino hacia la puerta, comprendo que he dado a luz a una niña: un terrible chasco para la familia, una decepción para el médico y su reputación, y un fracaso para mí. Lo siguiente que pienso, con el corazón encogido, es que tendré que volver a pasar por todo esto. Y otra vez. Y otra más. Hasta que tenga un varón.

Durante los próximos veintiocho días debo permanecer recluida mientras «cumplo el mes»: así estaré protegida de las miradas de todos los que albergan pensamientos hostiles y de cualquier demonio que quiera causarnos problemas, en forma de enfermedad o de muerte, a mí o a mi hija.

—Es preferible que no te laves el pelo ni te bañes, porque no debes exponerte a los efectos yin de esas actividades —me advierte Tía Solterona a la mañana siguiente de haber dado a luz.

Luego me cuenta que el doctor Wong ha despedido a la comadrona Lin, culpándola de las dificultades de mi parto, y que la comadrona Shi ha tenido que irse a asistir un parto en otra casa.

—La señora Kuo le ha pedido a la hija de la comadrona Shi que venga esta tarde a ver cómo estás.

Eso supone una grata sorpresa que agradezco muchísimo.

Mi bebé duerme en la cama, a mi lado, cuando llega Meiling. Estoy deseando ver a mi amiga, pero ella está aquí para cumplir con su deber. Su tono es serio y me hace preguntas básicas sobre mi estado de salud. Cuando queda satisfecha con mis respuestas, dice:

—Nada es más importante ahora que limpiarte bien el rocío nocivo. Deja que te ayude a colocarte...

Sus manos me sostienen mientras me levanto la túnica y me agacho sobre una palangana baja. De este modo, lo que aún llevo dentro puede drenarse y desecharse junto con las restantes materias corruptas del alumbramiento. Para facilitar las cosas, me masajea el vientre con un rodillo. De vez en cuando hace una pausa para acercarme a los labios una taza con una mezcla de vinagre y tinta, una combinación bien conocida por su enorme eficacia a la hora de deshacer coágulos

170

de sangre. Deja a un lado la taza y me mira fijamente a los ojos. Por fin estamos cara a cara, alma frente a alma. Me echo a llorar, transmitiéndole mi desilusión a la única persona que me comprende de verdad.

—Gracias por salvar a mi bebé, pero ¿por qué tenía que ser una niña? ¿Por qué no es un varón?

Meiling mira a mi hija antes de centrar de nuevo su atención en mí.

—Si llegan a los cuarenta y cinco, las mujeres de la casa de tus abuelos, y también las de aquí, tienen al menos seis hijos. Muchas quedan embarazadas diez veces o más...

—Yo quería un varón, necesitaba un varón...

—... sólo para perder a sus bebés en abortos o en el parto. —Su cálida voz se sobrepone a la mía, empapada de decepción—. Volverás a quedarte embarazada, y probablemente la próxima vez tendrás un varón. Por ahora abraza a esta criatura que ha salido de tu cuerpo. Mírala a la cara, deja que te traiga alegría.

Me agarro a la cuerda con una mano para poder tocar la mejilla de mi recién nacida. Pese a su difícil viaje de llegada a este mundo, está bien formada. Pero cuando la miro, sólo veo los peligros que la acechan.

—Aunque los bebés consigan respirar el aire de este mundo —digo en un susurro—, muchos morirán de fiebres de verano sin llegar a cumplir los siete años...

Las manos de Meiling dejan de moverse.

—¡No puedo creer que digas palabras tan feas! ¿Has visto alguna vez a una mujer que se compadezca tanto de sí misma? Por lo menos has tenido una hija; llevo casada más tiempo que tú y no me he quedado embarazada. Tú aún tienes esperanzas de parir un varón, pero con cada día que pasa mis sueños de tener hijos se transforman en desesperanza.

Su angustia me hace olvidar momentáneamente mis preocupaciones.

—¿Has pedido consejo a la abuela? —le pregunto.

—Sí, pero mi madre también me ha enviado a otros médicos. Algo que es natural para la mayoría de las mujeres no parece serlo para mí.

Estoy a punto de interrogarla sobre las hierbas que le han recetado y de preguntarle si puedo tomarle el pulso, cuando se abre la puerta y entra la señora Kuo con una mujer que parece tener el doble de años que yo. Sigo en equilibrio sobre la palangana, pero se abren paso hasta el primer vestíbulo de mi lecho conyugal sin tener en cuenta mi vergonzosa posición.

—He traído una nodriza —anuncia mi suegra, sin saludarme y haciendo caso omiso de Meiling—. La he contratado muchas veces.

Recorro con la mirada a la mujer. Las amas de cría son habituales en los hogares de la élite, y la mayoría de las mujeres las utilizan. Desde luego, ésta parece bastante sana, pero mi limitada experiencia me dice que la mejor forma de crear un vínculo entre los bebés y sus madres es a través de los pezones.

—Gracias, señora Kuo —le digo—, pero yo misma daré de mamar a tu nieta.

Su respuesta me sorprende.

—Me alegra ver esta muestra de devoción maternal.

La nodriza, sin embargo, parece decepcionada, porque tanto ella como su familia van a perder unos ingresos.

Al tercer día lavan a mi hija en agua tonificada con medicinas especiales y se la llevan para presentársela a toda la familia. Tía Solterona me dice que Maoren ha llamado a nuestra hija Yuelan, «Orquídea de la Luna». Se me llena de alegría el corazón, consciente de que me está enviando un mensaje privado sobre nuestras noches juntos en el pabellón del Mirador de las Tres Caras de la Luna.

—Yuelan bien puede ser una niña —me confiesa Tía Solterona—, pero tu esposo no conseguía dejar de sonreír.

Me gustaría ver a Maoren para comprobar si eso es cierto, pero no podemos estar en la misma habitación hasta que termine de cumplir el mes. Aun así, me siento más animada.

Al día siguiente Meiling vuelve a venir. No sé por qué la señora Kuo permite que se ocupe de mí, pero no pienso interrogar a nadie al respecto.

—¿Cómo te encuentras? —pregunta Meiling—. ¿Dónde te duele?

Me llevo las manos al pecho.

—Aquí está todo duro e hinchado. La leche quiere salir, pero es como si el pitorro de una tetera se hubiera atascado.

—Aliviar este problema es la especialidad de una vieja arpía como yo —bromea.

Para facilitar la subida de la leche, Meiling presiona piedras calientes contra mis pechos doloridos y los masajea con un preparado de hierbas refrescantes. Siento que algo dentro de mí se afloja. Mi hija se agarra al pezón, y de repente la leche empieza a gotear de las comisuras de la boca.

A medida que pasan los días, mi sangrado disminuye y finalmente se acaba. Cuanto mejor me siento, más recupero mi antigua afinidad con Meiling, pero capto una barrera entre nosotras. Suponía que su reticencia era una manifestación de su profesión: ella era la comadrona y yo una madre primeriza. Ella entraba en contacto a diario con mi sangre, algo que a mí me repelía. Pero ahora veo que la distancia entre nosotras no tiene nada que ver con esas cosas: es más bien emocional. Es demasiado educada para decirme qué le preocupa, pero creo saber qué pasa. En el duodécimo día de vida de Yuelan, encuentro el valor suficiente para sacar el tema.

—Te he escrito muchas veces —empiezo, suponiendo que le llevará un rato abrirme su corazón.

Pero por lo visto he malinterpretado su conducta, porque me suelta:

—No recibí ni una sola carta.

—Eso no significa que no las haya escrito.

Continúo relatando lo sucedido con la señora Kuo, pero mi explicación no parece suficiente para Meiling, que responde:

—Podrías haber enviado a Amapola con una nota que explicara lo sucedido.

—¡Pero si fue Amapola quien nos traicionó! ¡Le daba las cartas a la señora Kuo!

—Podrías haber enviado a Amapola con un mensaje de viva voz —insiste—. Así es como las mujeres como tú se han comunicado con las mujeres como yo durante toda la eternidad.

Eso me duele.

—Tenía miedo de mi suegra...

—¿Y quién no? Eso no es más que una excusa.

Miro en mi interior en busca de mis defectos y errores. Los veo con claridad, pero vuelvo a culpar a mi criada. Ante eso, Meiling niega con la cabeza, impaciente.

—Amapola se escapó de este recinto y vino a contarnos a mi madre y a mí lo de tu parto. Probablemente te salvó la vida, y lo hizo corriendo un enorme riesgo.

Me cuestiono una vez más. ¿Cómo es posible que no haya pensado en que la comadrona Shi y Meiling aparecieron como por arte de magia a mi lado? ¿Será porque todavía estoy muy débil, o porque siempre he sido una egocéntrica? Aun así...

—Pero ¿y mañana, y pasado mañana? —pregunto tímidamente—. ¿Puedo confiar en que Amapola te lleve una carta o incluso un mensaje de viva voz?

—¿Ahora? Lo dudo mucho —me responde Meiling—. Amapola te pertenece, pero vive aquí. Es una criada, pero no puede olvidar que su destino y su suerte dependen de cómo actúe.

De modo que nada de cartas ni mensajes.

Tomo la mano de Meiling.

—Siento haberte hecho daño, aunque espero que entiendas que yo también me sentí herida. El día de mi boda prometiste que me visitarías...

—Lo intenté, pero los guardias no me dejaron entrar. No les costó mucho despachar a una comadrona.

—Sea como sea, ahora estás aquí. Me alegro de que hayamos pasado estos días juntas, aunque yo no haya sido la mejor compañía.

Los hombros de Meiling se relajan.

—Espero que podamos continuar viéndonos cuando termines de cumplir el mes —dice, y nuestras miradas se encuentran por primera vez en esta visita.

—La concubina de mi suegro dará a luz pronto. Quizá podamos vernos cuando tú y tu madre vengáis a ayudar a la señorita Chen mientras cumple el mes.

Meiling arquea las cejas y parece considerar mis palabras.

—Corresponde a la señora Kuo y al doctor Wong decidir si quieren contratar a mi madre, pero deberían estar complacidos de que su destreza te ayudara a traer a tu hija al mundo.

Me atrevo a pensar que ese éxito dará pie a otros, y que Meiling y su madre se convertirán en visitantes habituales del Jardín de las Delicias Fragantes, como lo han sido durante muchos años en la casa de mis abuelos. Por ahora, espero haber empezado a reparar la brecha que nos separa. Mis palabras de despedida expresan lo que siento:

—Incluso cuando estamos separadas, mis pensamientos están contigo. Los lazos que nos unen se han estrechado todavía más.

La sonrisa apenas esbozada de Meiling, sin embargo, me revela que no hemos resuelto del todo las cosas entre nosotras. Y se marcha antes de que pueda preguntarle nada más.

· · ·

Al día siguiente Tía Solterona viene a visitarme. Aunque nunca ha parido un hijo, sabe mucho sobre la maternidad. Me ha enseñado a curarme los pezones cuando se irritan y se agrietan, y se ha ofrecido a pasar la noche en mi habitación para ocuparse de Yuelan cuando se despierte, lo que me permite dormir un poco más. También me ha aconsejado sobre los mejores aceites para calmar el umbral del parto cuando Maoren y yo reanudemos los asuntos de alcoba, pero lo mejor de todo es que me hace reír. Hoy arrastra un taburete hasta el vestidor de mi cama matrimonial y se sienta en él. Coge a mi bebé en brazos, me mira y entonces empieza la lección del día.

—Debes proteger a tu hija de las corrientes de aire y de la humedad, porque el *chi* de un bebé es, por naturaleza, joven y débil. —Lo sé, pero me tranquiliza que lo repita—. Sus huesos son blandos y no se han formado del todo, lo que significa que debes tratarla con cuidado. No le quites la faja protectora que le rodea el vientre: impide que el viento y otros elementos nocivos entren a través del ombligo, que todavía está sanando.

Repito algo que me enseñó mi abuela:

—Todo bebé, sea niño o niña, es como una burbuja que flota en el agua o como una nube en el cielo que el viento se lleva con facilidad.

Yuelan suelta un gorgoteo y Tía Solterona le frota suavemente la barriga.

—Deberías empezar a hacer zapatos para la niña —sugiere.

—Faltan muchos años para que le venden los pies —contesto.

—¡Ah, pero tendrás que hacer muchos pares! Necesitará zapatos nuevos para cada etapa del proceso de vendado. —Tía Solterona me señala con el dedo—. Voy a enseñarte a hacer zapatos como es debido: desde mezclar la pasta y disponerla en capas para las suelas hasta coser las cubiertas exteriores

176

decorativas. Pero antes, mientras cumples el mes, puedes comenzar por aprender técnicas de bordado que elevarán tu posición como esposa y madre...

Mi pensamiento divaga y me imagino haciendo ofrendas con Yuelan a la Doncella de los Pies Diminutos, implorándole que vuelva los pies de mi hija tan perfectos para su futuro esposo como los míos lo son para Maoren. La voz de Tía Solterona me devuelve de golpe a la realidad.

—Empezaremos hoy como si fuera la primera vez que hundes una aguja en la tela.

Abandona el lecho conyugal, le entrega el bebé a Amapola y regresa con los útiles de bordado. Me incorporo apoyándome en las almohadas y escucho sus instrucciones.

—Voy a enseñarte cómo bordar un murciélago para que parezca que está volando —dice muy convencida, encantada con la idea—. Y cómo bordar un melocotón para que tenga aspecto de recién cogido.

Sonrío. *Fu*, la palabra para «murciélago», suena como «buena fortuna». Pero un murciélago no es sólo un símbolo de felicidad y buena suerte, porque también encarna el principio masculino, en especial cuando se combina con un melocotón, que representa el principio femenino. Tía Solterona me está animando a ir en busca de mi próximo hijo.

Una hora más tarde seguimos trabajando juntas y en silencio, con Yuelan durmiendo acurrucada junto a mi muslo, cuando entra mi suegra. Se detiene en la entrada de mi lecho conyugal y alza una mano.

—No hace falta que te levantes —me dice, y cuando se lo agradezco con una inclinación de cabeza, continúa—: La joven comadrona me ha dicho que estabas casi recuperada. Me satisface comprobar que su valoración es correcta.

—Me alegra oír que has hablado con Shi Meiling. Espero que te haya demostrado su valía —le respondo.

—En efecto, lo ha hecho, y su madre también. —Y con cierta brusquedad, añade—: Por sugerencia del doctor Wong, vamos a utilizarlas para atender a las embarazadas y parturientas del Jardín de las Delicias Fragantes.

Eso significa que Meiling y su madre se convertirán en visitantes habituales. La noticia me anima visiblemente.

—Aun así, no podemos permitir una amistad entre vosotras dos. —La señora Kuo dirige su mirada a Tía Solterona—. Puesto que Yunxian se está recuperando tan bien y tú tienes tanta experiencia, puedes ocuparte de ella hasta que cumpla el mes. —Y antes de que yo pueda mostrar mi desacuerdo, se vuelve hacia mí—. Nada de discusiones. Te he dado este regalo temporal y debes estar agradecida, y espero que seas capaz de mostrar tu gratitud a Tía Solterona. Ahora que tu sangrado ha terminado, ella es perfectamente capaz de atenderte.

Después Tía Solterona me muestra otra de sus facetas cuando me consuela mientras lloro. Meiling y yo ni siquiera hemos tenido la oportunidad de despedirnos.

Tres días más tarde, cuando Yuelan lleva dieciséis días respirando el aire de este mundo, me despiertan sus gritos de pájaro. Amapola me la trae y me abro la túnica para que mi bebé pueda mamar. Cuando se prende y me baja la leche, de pronto empiezo a temblar, y para cuando termina con el primer pecho, mi temperatura ha cambiado y estoy sudando. Sufro un instante de pánico, pensando que podría haber contraído rigidez de cordón fetal, pero mi espalda está bien, mi mandíbula sigue relajada y no he padecido convulsiones.

Cuando la niña termina de mamar, tengo ganas de levantarme y caminar con ella mientras la hago eructar. Es la primera vez que salgo del lecho conyugal desde que comenzó el parto, y me siento muy débil. De nuevo noto una oleada de calor y empiezo a sudar tanto y tan deprisa que la habitación da vueltas a mi alrededor. Rápidamente le doy a Yuelan a Amapola y me tambaleo de vuelta a la cama.

—Se supone que debes quedarte acostada hasta que hayas cumplido el mes —me regaña Amapola, como si aún fuera una niña pequeña.

Mi cuerpo vuelve a temblar.

—Creo que algo va mal —le digo—. ¿Puedes traer a Tía Solterona?

Amapola deja a Yuelan acurrucada en mis brazos y sale corriendo de la habitación. Vuelve al cabo de unos minutos.

—El bebé de la señorita Chen está en camino. Tía Solterona está con ella.

Levanto la cabeza de la almohada, momentáneamente llena de esperanza.

—¿Ha venido la comadrona Shi? ¿Está Meiling aquí?

—La comadrona Shi está con la señorita Chen. Meiling está atendiendo sola un parto en otra parte de Wuxi.

—Sola... —repito. Es la primera vez que Meiling trae un niño al mundo sin supervisión. Estoy orgullosa de mi amiga y me alegro por ella, pero me gustaría que estuviera aquí—. Hazme saber cómo le va a la señorita Chen. Cuando haya nacido su bebé, pídele a Tía Solterona o a la comadrona Shi que vengan a verme.

—El doctor Wong está aquí...

—Preferiría hablar con una mujer.

Espero todo el día. No puedo comer y no quiero beber. Siento que mi *chi* disminuye. Soy médica, debería hacer algo, pero me siento demasiado mal para pensar como es debido. Voy y vengo del sueño a la vigilia. Amapola tiene que despertarme para dar el pecho a mi bebé. Mientras Yuelan mama, intento someterme a los Cuatro Exámenes: fiebre, escalofríos, falta de apetito... Vuelvo a poner a Yuelan en los brazos de Amapola y me quedo dormida de inmediato.

El restallido de unos petardos me despierta. También oigo címbalos, tambores y gritos estridentes. Amapola se cierne sobre mí.

—La señorita Chen ha tenido a su bebé. Es un niño. El señor Yang está muy contento: ha llamado al niño Manzi, y toda la casa lo está celebrando.

Me asaltan pensamientos oscuros. Este hijo de la señorita Chen... ¿Qué cambios traerá su presencia? ¿Lo reclamará mi suegra como hijo ritual? De ser así, aunque en mi estado febril no puedo estar segura, creo que significaría que sería el siguiente en la línea de sucesión si a Maoren le ocurriera algo. Y mi estado empeora, pero todo el mundo está ocupado en otra cosa.

Tía Solterona me visita a primera hora de la tarde. Debería decirle cómo me siento, pero la veo tan apagada que temo perturbarla. Si me sintiera mejor, le preguntaría por el parto de la señorita Chen, pero no lo hago. Tía Solterona tampoco me cuenta nada al respecto, aunque en circunstancias normales posiblemente me hubiera revelado que la concubina se quejaba de lo injusto de su destino, que lamentaba que su umbral del parto nunca recuperaría el feliz estado que antaño cautivó al señor Yang o, y esto es lo peor que puedo imaginar, que se alegraba de haber traído a un varón al mundo cuando yo sólo había dado a luz a una niña.

—Esta noche no pareces la de siempre —consigo decir—. ¿Puedo pedirle a Amapola que te sirva una taza de té? ¿Quieres unas pepitas de sandía? Sé que son tus favoritas.

—No te preocupes por mí —responde—. En estos momentos toda la preocupación debería centrarse en ti.

Pese a todo, ella parece ajena a mi estado físico, y eso me revela hasta qué punto su mente se siente perturbada. Ignorando mis propios síntomas, hurgo en mi interior en busca de un modo de ayudarla.

—Has hecho tanto por mí... —le digo—. ¿Hay algo que pueda hacer por ti?

Con los ojos entornados, se retuerce el dobladillo de su túnica, así que me obligo a preguntar:

—¿Ha ocurrido algo durante el parto de la señorita Chen?

Los ojos de Tía Solterona brillan durante unos instantes, pero se limita a responder:

—Termina de cumplir el mes y después hablaremos.

En dos ocasiones más intento que me revele qué le preocupa, pero elude mis preguntas. No me encuentro lo bastante bien como para seguir intentándolo, y no quiero agobiarla confiándole mi malestar. Ella, por su parte, está demasiado distraída con lo que sea que la inquieta como para percatarse de que me pasa algo.

Al cabo de unos minutos se levanta lentamente.

—Vendré mañana.

Al día siguiente abro los ojos tan temprano que Amapola sigue dormida en la primera antecámara de mi lecho matrimonial. La luz que se filtra entre los postigos de las ventanas es tenue, lo que me indica que el sol no ha salido todavía. No tengo ni frío ni calor, y eso está bien. Me muevo sobre el colchón. Noto algo húmedo entre las piernas. Aparto las sábanas y me las encuentro manchadas de sangre. Es demasiado pronto tras el nacimiento de Yuelan para que se trate del primer flujo de luna menstrual, y demasiado tarde para que sea rocío nocivo. No debería levantarme, no debería caminar. Pero necesito encontrar paños para no mancharme de sangre.

Me deslizo hasta el borde de la cama, tanteo el suelo con los pies y paso sin hacer ruido y con cuidado por encima de Amapola. Tras haberme ocupado de mí misma, me detengo en medio de la habitación. Se supone que no debo abandonarla todavía, pero ansío respirar aire fresco. Es temprano y nadie me verá. Busco un chal, me lo echo sobre los hombros y salgo. En lo alto, el cielo se está tiñendo de rosa; el aire está inmóvil y el verdor de las plantas me refresca los ojos. Desde la galería porticada me siento atraída por el jardín y por unas matas de orquídeas, blancas como la escarcha sobre el cristal, que crecen en la base del puente de piedra que cruza el estanque.

Recorro con mucha cautela el camino de guijarros empapado de rocío. Mis dedos rozan las copas de los arbustos de azaleas, tan grandes que por un instante me impiden ver las orquídeas. Tambaleándome, rodeo los arbustos y de pronto me encuentro con un par de piernas espatarradas en el suelo. Doy un respingo y caigo hacia atrás sobre la tierra. Asustada, avanzo a rastras y echo un vistazo entre las azaleas. Las piernas siguen ahí y terminan en unos pies vendados. Reconozco el fino bordado de los zapatos, que sólo han podido hacer los dedos de una persona.

—Tía Solterona... —susurro.

La extraña posición de sus piernas... las calzas empapadas... Algo va terriblemente mal. Rodeo un poco más el arbusto, siguiendo las piernas, y veo la mitad superior del cuerpo de Tía Solterona sumergida boca abajo en el estanque. Suelto un grito. Y otro, y otro más. Sigo gritando hasta que las mujeres de este patio, soñolientas y aún con la ropa de dormir, acuden a ver qué ha pasado. Las siguen las criadas y otras sirvientas. Y entonces todas gritan también.

Un círculo de bienestar

Dos días después de mi hallazgo del cuerpo de Tía Solterona, mi suegro y mi esposo aparecen en mi habitación sin previo aviso. Su visita es muy poco habitual, sobre todo porque todavía estoy cumpliendo el mes. No he tenido ocasión de vestirme ni de peinarme, pero no parece que la falta de decoro o mi aspecto les importen lo más mínimo. El señor Yang se dirige a mí directamente, quizá por primera vez desde mi boda:

—Si hubieras sido más discreta, las criadas no se habrían angustiado tanto. A estas alturas ya deberías saber que en esta casa hay ojos y oídos que se dedican a espiarnos y que la noticia de tu histeria traspasaría nuestros muros. Si hubieras actuado con decoro, la familia podría haber manejado la muerte de Tía Solterona con dignidad y en privado. Ahora, en cambio...

Me cuenta que la noticia de que se encontró a una mujer sin vida en el Jardín de las Delicias Fragantes siguió su tortuoso curso hasta llegar al juez de paz de la zona, y que ahora se ha puesto en marcha una investigación para determinar si la muerte de Tía Solterona fue un accidente o un crimen. El doctor Wong testificará que dictaminó la muerte de la anciana. La comadrona Shi y Meiling informarán sobre la autopsia en nombre del forense, ya que él está ocupado en otra parte.

183

—Y a ti, por ser quien descubrió el cuerpo, te llamarán como testigo —continúa el señor Yang con tono severo—. Nada de esto habría ocurrido si hubieras obedecido las normas básicas de la maternidad quedándote en el interior mientras cumplías el mes.

Mi marido se muestra incluso menos comprensivo, y me duele aún más que no se fije en los evidentes cambios físicos en mi persona.

—Tus actos me han avergonzado ante mi familia.

Su actitud es decepcionante, y me recuerda el caso de la criada a la que hallaron ahorcada, del que me habló una vez Meiling. Aquella familia también trató de proteger su reputación y evitar el escándalo, aunque al final sólo consiguieron empeorar las cosas.

Al día siguiente Amapola me ayuda a vestirme. Mientras me peina y me maquilla, tomo té con la esperanza de que me fortalezca. Pese al intento, la persona que me devuelve la mirada en el espejo parece apagada y falta de energía. Con tanto ajetreo en casa, no he tenido ocasión de pedir que me vea la comadrona Shi, y tampoco el doctor Wong. Exhalo un suspiro mientras me levanto. Tengo una última tarea que llevar a cabo antes de poder abandonar mis dependencias. Me cambio los paños, con la esperanza de que resistan durante todo el proceso de investigación.

Al menos no tengo que andar mucho. Todos se han reunido en la galería porticada del cuarto patio, para que podamos ver dónde ocurrió la muerte, como es la costumbre. Los hombres se sientan juntos en el lado izquierdo del corredor. Los tres más importantes de la casa están en primera fila: mi esposo, a la izquierda del señor Yang, y Tío Segundo, a su derecha. Nunca los había visto a los tres juntos, y me llama la atención cómo se nota que la sangre Yang corre por sus venas, con sus rostros de luna llena, su estatura y complexión idénticas e incluso el cabello cayéndoles igual. También veo al doctor Wong por primera vez. No es en absoluto como lo había imaginado, sino mucho más joven, de unos treinta años, con pómulos altos y unas cejas perfectas que atraen la atención hacia sus ojos. Va bien afeitado, como mi esposo, y viste de forma sencilla pero elegante. Estoy en el lado derecho de la galería con la señora Kuo y varias de las mujeres que acudieron al patio en respuesta a mis gritos. Veo a la comadrona Shi, pero Meiling no está presente, aunque yo esperaba que viniera como parte de su aprendizaje. Tía Solterona yace sobre una mesa bajo una sábana de muselina. Desde mi posición, veo las orquídeas blancas que me llamaron la atención hace tres noches.

Un hombre se sienta a una mesita frente a nosotros, de espaldas al patio. Viste una larga túnica con las insignias bordadas de su rango. Lleva un gorro alto y negro en la cabeza, con dos alas que se extienden sobre las orejas. Una barba rala le cubre el mentón y pende en dos largos mechones que le llegan hasta el pecho, como la lengua bífida de una serpiente. Comienza presentándose.

—Soy el mandarín Fu, y seré el único investigador de este caso. Puedo llevar a cabo un arresto; también actúo como juez y puedo dictar sentencia si se descubre algún delito. —Hace una pausa para mirarnos y continúa hablando con parsimonia—: Espero obtener la verdad, y para garantizarla, si es necesario, ordenaré uno de los tres métodos de tortura aceptados: golpes con un palo, cepo de tobillos para los hombres y cepo de dedos para las mujeres. Aquellos que mientan o falsifiquen pruebas recibirán cien golpes con una vara pesada según lo establecido por el Consejo de Castigos.

El mandarín guarda silencio para dejarnos asimilar esa información. Luego añade:

—Todas las pesquisas judiciales deben tener lugar ante la familia reunida y ante el acusado, si lo hay, de modo que el bien y el mal puedan encontrarse cara a cara, sin secretos, sin burocracia, sin oportunidad de proteger a padres, abuelos, hermanos o sirvientes ni de permitir que el culpable evite las consecuencias de sus actos. —Se tironea de un extremo de su barba—. No hay nada más grave que un caso que suponga la pena capital, si éste resulta serlo. Ninguna prueba puede tratarse a la ligera. Si se comete incluso el más mínimo error, las repercusiones pueden ser de diez mil *li*.

Procede entonces, con lenguaje oficial, a dejar constancia de la fecha, la provincia, la prefectura y los nombres y cargos de los asistentes. Luego lee de un papel que está extendido sobre la mesa que tiene ante él.

—Nos hemos reunido hoy para determinar las causas de la muerte de Yang Fengshi, conocida por su familia como Tía Solterona. Por el apelativo honorífico con el que se dirigían a ella, entiendo que nunca estuvo casada. Tenía setenta años.

Yang Fengshi. ¿Cómo es posible que yo no supiera su nombre de pila?

El mandarín Fu observa a los reunidos para comprobar si alguien necesita o desea hacer alguna corrección. Como no hay reacción alguna, continúa:

—Todos los funcionarios en mi posición siguen las normas establecidas hace más de dos siglos en el *Manual para médicos forenses. Cómo limpiar los agravios*, escrito por Song Ci, que fue el primero en el mundo en desarrollar y dejar constancia del proceso forense. Seguiremos su ejemplo, y empezaremos por examinar el lugar donde se produjo la muerte. Esto es especialmente importante en los casos de ahogamiento. Vamos a inspeccionar el terreno para averiguar si la víctima perdió el equilibrio y cayó al agua o fue empujada. Ruego al señor Yang y al doctor Wong que me acompañen.

Los tres hombres se dirigen hacia el sendero que recorrí la otra noche. El paso del doctor Wong es decidido pero sorprendentemente elegante. Se quedan unos minutos farfullando tras los arbustos de azaleas donde encontré el cuerpo de Tía Solterona, antes de regresar a la galería porticada. Una vez sentados, el mandarín Fu toma la palabra de nuevo:

—¿Estaba el terreno removido en la orilla del agua? Sí. De haber sido la víctima un hombre, sospecharía que se había producido un forcejeo, puesto que en esa zona se ven muy revueltos la tierra y el barro, pero la víctima era una mujer de pies vendados. Como hombres, admiramos el sacrificio y el dolor que soportan nuestras mujeres para proporcionarnos el disfrute de algo tan bello, pero eso mismo las vuelve inestables. Me temo que no es el primer caso en el que una mujer pierde el equilibrio, cae y encuentra la muerte. Las mujeres mayores son especialmente vulnerables.

Sus palabras flotan un momento en el aire antes de que se decida a continuar.

—La siguiente cuestión que debemos plantearnos es si la mujer se ahogó. En circunstancias normales diría que el agua es poco profunda para eso. ¿Estás de acuerdo, señor Yang?

—Sí —coincide mi suegro con un gesto de asentimiento.

—¿Opinas lo mismo, doctor Wong?

—Estoy totalmente de acuerdo con esa apreciación.

Yo también, pues estoy convencida de que podría vadear el estanque mojándome sólo hasta las rodillas.

—Pasemos ahora a las pruebas que nos han facilitado sobre el cadáver —dice el mandarín Fu—. Comadrona Shi, por favor, acércate y explícanos qué ha hallado el forense durante su examen.

Siempre me habían intrigado las historias de Meiling sobre las autopsias, pero antes eran sólo casos entretenidos por resolver; ahora, en cambio, todo adquiere un significado muy distinto, pues se trata de alguien a quien yo conocía y apreciaba. Sin embargo, la comadrona Shi ha hecho esto muchas veces, y sus modales y su tono transmiten la misma autoridad de la que hace gala en la sala de partos. A medida que habla, me entero de más detalles de los que habría deseado oír. Y también veo más de lo que habría querido ver cuando la comadrona Shi retira la sábana para revelar el cuerpo desnudo de Tía Solterona. Las mujeres sueltan gritos ahogados, mientras que los hombres permanecen en absoluto silencio. Es posible que hacer eso sea habitual en una investigación, pero no deja de resultar espeluznante. El té que he tomado se me revuelve en el estómago y tengo que cerrar los ojos para serenarme.

—Como veis, le he quitado la ropa y los adornos del pelo —explica la comadrona Shi—. Dichos artículos se han envuelto en papel de arroz para que la familia pueda conservarlos. Suelo lavar el cuerpo con una mezcla de agua caliente, vino y vinagre, pero el forense consideraba importante que vierais las huellas de barro y agua del estanque. En todos los casos de ahogamiento, el agua busca alojarse en el vientre, algo que él constató a través de la palpitación.

Reflexiono sobre lo que dice, y me parece que cuadra con ciertas cosas que Meiling me ha contado en el pasado.

—La cuestión entonces es: ¿por qué se ahogó? —pregunta el mandarín Fu.

La comadrona Shi titubea.

—Continúa —insiste él.

La comadrona Shi mira al doctor Wong, que asiente para animarla. Me sorprende que busque su aprobación, pero la única vez que he visto a la comadrona Shi en presencia de un hombre fue durante mi parto, y también se trataba del doctor Wong.

—Si la señorita Yang sufrió una caída —dice ella por fin—, sería lógico hallarla con las palmas de las manos abiertas. Si se hubiera arrojado de forma voluntaria, en un acto suicida, digamos, tendría los puños apretados y los ojos cerrados. Si alguien la retuvo debajo del agua...

Una nueva oleada de gritos ahogados interrumpe la perorata de la comadrona. Una súbita sensación de calor me recorre el cuerpo y, sin embargo, tengo frío.

—Hemos mirado si tenía barro bajo las uñas, en la boca o en las fosas nasales —continúa la comadrona Shi—. Eso sugeriría que la habían sujetado a la fuerza en el fondo del estanque. No hemos encontrado muestras de ello.

188

Desde el sitio donde estoy sentada, no obstante, sí parece haber barro cubriendo las manos y la boca de Tía Solterona. Me pregunto si otras personas habrán notado también esa discrepancia.

—Estás omitiendo un hecho importante, ¿no es así? —interviene el mandarín Fu.

La comadrona Shi asiente despacio.

—El cuerpo se ha colocado de forma que a los presentes no les perturbe la herida que la víctima tiene en el costado izquierdo de la cabeza, donde es probable que se golpeara al caer.

Aunque es mi deseo honrar a Tía Solterona siguiendo y cuestionando todos los detalles, el ligero arranque de energía causado por el té ya ha disminuido. Vuelvo a sentirme mareada y febril. Además, es hora de dar de mamar a mi bebé, de modo que me duelen los pechos... Tía Solterona... Cuánto agradezco no haber visto estas heridas cuando di con ella.

—¿Opinas que la señorita Yang fue víctima de violencia? —pregunta el mandarín Fu.

—En casos como éste —responde la comadrona Shi sin alterarse—, el forense y yo siempre tenemos en cuenta la expresión facial. Y no percibimos miedo: la señorita Yang parecía en paz.

Mis ojos vuelven a recorrer de mala gana el cuerpo de Tía Solterona. La abuela me enseñó el arte de observar como parte de los Cuatro Exámenes, pero también me decía que debían evitarse las cuestiones sobre anatomía y muerte.

—¿Puedes confirmar que era virgen? —pregunta el mandarín Fu.

No veo qué tiene que ver eso con la muerte de Tía Solterona, pero la comadrona Shi responde de todos modos.

—He llevado a cabo el debido examen. El umbral del parto está intacto.

Pensar que Tía Solterona protegió su umbral del parto toda la vida sólo para que el dedo de la comadrona Shi la violara en la muerte hace que me estremezca... No soy la única que se siente presa de la desazón: dos mujeres sentadas a mis espaldas se desvanecen, y los sirvientes se las llevan al interior de la casa. El mandarín no deja que nada de eso lo detenga.

—Por dejar claro este punto: ¿no se le introdujo por ahí un cuchillo que penetrara hasta los órganos vitales?

La comadrona Shi niega con la cabeza.

—Necesito una respuesta verbal —le recuerda el mandarín.

—No se introdujo ningún cuchillo. Hasta donde puedo determinar, ningún objeto extraño, ni ningún ser humano, ha atravesado nunca su umbral del parto.

—De modo que podemos suponer que no se suicidó para salvar las apariencias o para proteger a un amante secreto —declara el mandarín.

Estas ideas me parecen espantosas. ¿Por qué no impide el señor Yang que el interrogatorio siga por esos vericuetos?

—Correcto —responde la comadrona Shi—. Y es poco probable que alguien la retuviera bajo el agua.

El mandarín Fu no interroga a la comadrona Shi sobre la herida en la cabeza de Tía Solterona, pese a que, como él mismo ha dicho antes, parece un hecho relevante. En lugar de ello, despacha a la comadrona y me llama a mí como testigo. Cuando me levanto, casi me vence el mareo. Una vez que todo deja de darme vueltas, recorro lentamente la galería y tomo asiento. Debo de tener un aspecto horrible, pero es posible que todos piensen que es algo que cabe esperar, puesto que soy una mujer, frágil por naturaleza, poco acostumbrada a estar en una situación pública como ésta y más mermada incluso por la dura experiencia que supone el parto.

El mandarín me pregunta por las circunstancias en las que descubrí a Tía Solterona. Doy una respuesta sencilla y concisa:

—Salí y me la encontré.

Espero que me interrogue con detalle sobre la posición del cuerpo y sobre otras cosas que yo hubiera podido ver, pero su planteamiento resulta totalmente distinto.

—Según me han dicho, estabas muy unida a la señorita Yang —dice.

—Sí, lo estaba.

—Y conoces las costumbres que imperan en el Jardín de las Delicias Fragantes.

—Llegué aquí hace poco, al casarme, así que no estoy muy bien informada.

—Pero comprendes las normas que han de seguir las mujeres de élite.

—Me criaron según las *Analectas para mujeres* y el *Clásico de la piedad filial para niñas*.

—¿Debo entender que la señorita Yang no tenía conocimiento del mundo exterior? —pregunta.

—Tía Solterona pasó toda su vida entre estos muros, sin aventurarse nunca fuera de aquí —respondo.

—¿Era propio de ella pasearse sola por el recinto a altas horas de la noche?

—No.

—Pero, por lo visto, es lo que hizo. —Hace una pausa para considerar semejante incongruencia—. Permíteme plantear la pregunta de manera ligeramente distinta. ¿Se habría caído en un camino que recorría desde niña, aunque fuera de noche?

—Tía Solterona creció con estanques cerca, ya fuera en este patio o en cualquier otro lugar del recinto de la casa, y sobre todo en el Jardín de las Delicias Fragantes. Pero cualquier mujer de pies vendados puede caerse.

—El estanque es poco profundo. Un hombre simplemente se habría levantado y alejado, pero ella era una mujer. Quizá fue presa del pánico.

Recuerdo la calma de Tía Solterona cuando mi parto iba mal.

—No era una de esas personas que se dejan llevar por el pánico. Pero si se golpeó la cabeza, quizá perdió el conocimiento.

El mandarín se tironea de los dos extremos de la barba.

—Y tal vez deseaba morir —añade, deseoso al parecer de abarcar todas las explicaciones posibles—. Al fin y al cabo, para una mujer es duro no cumplir con los deberes femeninos que se le exigen.

—Si estás sugiriendo el suicidio porque era solterona, creo que te equivocas. —El tono áspero de mi voz provoca gruñidos entre los hombres. Miro a mi esposo. Está con la cabeza gacha, humillado por mi atrevimiento. Debería contenerme y no decir más, pero no puedo—. Tía Solterona me visitó la noche que murió y quedamos en volver a vernos a la mañana siguiente. Y había algo que quería contarme cuando hubiera cumplido el mes...

—Te lo pregunto una vez más: ¿crees que fue un accidente?

—Sólo soy una mujer. No me corresponde sacar conclusiones —respondo, con la esperanza de desagraviar a mi esposo y a su familia por haber abandonado mi habitación, por haberme mancillado con el hallazgo de Tía Solterona y por haber avergonzado al clan con mis gritos llamando la atención de otras personas.

El mandarín Fu me despacha. Cuando me pongo de pie, noto que un borbotón de sangre me empapa los paños. Me quedo helada. Esto no debería estar pasando tanto tiempo después del nacimiento de Yuelan. Consciente de que todos me miran, intento recorrer el pasillo con paso firme hasta mi asiento. Y entonces paso de largo y continúo, con la esperanza de llegar a mi habitación antes de que la sangre me empape la túnica.

A mis espaldas, oigo al mandarín Fu.

—Como no hay más testigos que llamar, procederé a tomar una decisión.

Me obligo a seguir caminando. Llego a la galería porticada y me apoyo en la balaustrada para no perder el equilibrio.

—Creo que Yang Fengshi resbaló, se golpeó la cabeza y pasó sus últimos momentos inconsciente y respirando agua —continúa el mandarín—. Declaro, por tanto, que se trató de una muerte accidental. Si las circunstancias cambian y aparecen nuevas pruebas, la familia podrá solicitar que se abra una nueva investigación.

Los arreglos fúnebres se disponen rápidamente. Al ser la fallecida una mujer soltera —una rama sin valor en el árbol genealógico de la familia—, la ceremonia, sencilla y privada, se celebra sólo un día después de la investigación. No puedo asistir porque todavía estoy cumpliendo el mes, y aunque no fuera así no podría estar presente porque estoy muy enferma. Debería tratar de analizar mis síntomas, en busca de algún tipo de infección, pero con la tensión añadida de la pesquisa judicial estoy demasiado débil como para pensar como es debido. Alguien (¿Amapola tal vez?) debe de haberse dado cuenta por fin e informado a la señora Kuo, porque soy vagamente consciente de cómo entran unas criadas y colocan una silla y un biombo en un rincón al fondo de mi estancia, lo que me indica que han llamado al doctor Wong.

Cuando entran, vislumbro por segunda vez al doctor Wong. He pasado poco tiempo con hombres en mi vida, y de nuevo me sorprende que sea tan distinto de mi padre y de mi abuelo, con su porte de eruditos, o de mi suegro y de mi esposo. El doctor Wong es más alto que cualquiera de ellos y sus hombros parecen capaces de soportar un gran peso. Desaparece rápidamente detrás del biombo y me envía preguntas a través de mi suegra. Le contesto lo mejor que puedo. Durante los dos días siguientes prueba con diferentes remedios, que yo debo tomar. Primero me receta una bebida a base de vino y orina de niño; luego me hace inhalar vapores de vinagre. Ninguno de esos tratamientos alivia mis síntomas. Al tercer día me extiende la receta de una infusión, que Amapola prepara para mí. No sirve de nada. Mi estado empeora. Proceden a atenuar la luz en mi habitación. No soy consciente del paso del tiempo, pero mis pechos se endurecen y luego se vuelven blandos porque se me acaba la leche. Traen a la nodriza que rechacé al principio. Entonces, un día, un hermoso rostro aparece sobre mí. Es el espíritu de un zorro o un fantasma. Me estremezco, cierro los ojos y me doy la vuelta.

—Yunxian —me llama el espectro—. Yunxian, abre los ojos. Soy yo, Meiling.

Levanto los párpados. La criatura es demasiado perfecta para ser real: mejillas como nubes iluminadas por el sol, ojos negros como la obsidiana y cabellos que reflejan la luz como rayos de luna en un estanque a medianoche. Es imposible que sea mi amiga.

—Estás más flaca que el tallo de una flor —proclama la criatura, dejándose caer junto a mí en la cama. Luego mira por encima del hombro, y cuando sigo su mirada veo a mi suegra de pie en la entrada de mi lecho nupcial—. Tiene que verla su abuela. La señora Ru es la mejor doctora de todo Wuxi para tratar las dolencias por debajo de la cintura que afligen a las mujeres.

La señora Kuo no se inmuta.

—No será necesario —dice—. Le pediré al doctor Wong que vuelva. Es el médico de la familia y la persona en la que más confío cuando se trata de las dependencias de las mujeres.

—Iré en busca de la señora Ru de todos modos —responde el espectro.

Cuando se encamina hacia la puerta, miro a ver si la cola de zorro le asoma por debajo de la túnica. No lo hace.

En mi habitación todo se dispone de nuevo para la llegada del doctor Wong. Esta vez trae consigo a Maoren. Es la segunda visita de mi esposo a mis aposentos mientras estoy cumpliendo el mes. No debería estar aquí, y su presencia me llena de angustia hasta que un nuevo pensamiento, más perturbador incluso, me pasa por la cabeza: a lo mejor he cumplido ya el mes y no me he dado ni cuenta.

El doctor Wong y Maoren hablan tan bajo que no puedo distinguir sus palabras. Maoren cruza la primera antecámara y se sienta en el vestíbulo, junto a mi cama. Se lo ve muy tieso y orgulloso: ser padre lo ha convertido en un hombre; sin embargo, en sus ojos sólo veo preocupación.

—El médico tiene varias preguntas y quiere que yo te las haga —dice, y me acuerdo de cuando yo actué en nombre de mi padre, por deseo expreso de mi madre, como intermediaria entre ella y su médico. Yo no entendía lo que preguntaba, de modo que no me daba vergüenza, pero mi esposo se pone rojo hasta la línea de nacimiento del pelo cuando plantea la primera pregunta—. Al doctor Wong le gustaría saber si la sangre que sale de ti se parece a la parte blanca de las cebolletas, al agua en la que se ha lavado el arroz o a la carne que se ha podrido bajo el sol del verano.

—Al agua de arroz —respondo. Este síntoma sugeriría un exceso de humedad.

Maoren se aleja para informar al médico y vuelve para indagar más.

—¿Fluye como agua, gotea como aceite de linaza o brota en coágulos?

—Un poco de las tres cosas.

Esa respuesta confunde al médico, tanto como me ha desconcertado a mí.

Mi esposo vuelve a mi lado con otra pregunta.

—¿Los fluidos que salen de tu cuerpo son de color apagado como pétalos de crisantemo caídos en otoño o brillantes como sesos de pez?

—Como sesos de pez.

Una vez más, mi respuesta parece desconcertar al médico, que con voz apenas lo bastante alta para que yo la oiga, comenta:

—Algunos de sus síntomas indican frío, pero el brillo sugiere calor. Esas dos cosas no deberían coexistir.

—Quizá deberíamos pedirle a la comadrona que venga otra vez —propone Maoren tímidamente.

—«Sólo los tontos y los idiotas ponen a sus esposas en manos de viejas arpías.» —El médico recita el aforismo como quien no quiere la cosa.

Recuerdo un dicho del *Libro de los ritos*: «Si un médico no desciende de tres generaciones de doctores, no tomes sus medicinas.» Ni se me ocurriría pronunciar eso en voz alta, pero sí le digo a Maoren que me gustaría ver a mi abuela.

Desde el otro extremo de la habitación, el médico replica:

—Una médica no es mucho mejor que una vieja arpía. Puede ver y tocar mientras lleva a cabo los Cuatro Exámenes, pero ¿qué sabe en realidad?

—Ni mi esposa ni su abuela son viejas arpías —responde mi marido.

El médico se ríe un poco, como si todo este rato hubiera estado bromeando. Acto seguido veo que cuelgan unas cortinas del techo de mi cama y me envuelven la muñeca con un trozo de tela; luego me dicen que extienda el brazo entre las cortinas.

—Por favor, no te preocupes —dice el doctor Wong, aunque sus tranquilizadoras palabras no van dirigidas a mí, porque justo después añade—: Puedo captar los pulsos de tu esposa sin entrar en contacto con su piel.

Una vez más, mi mente se remonta a cuando la señora Respetable estaba moribunda. Como el médico no tenía permitido ver a mi madre, no podía examinar su figura ni su *chi*, ni el brillo o el color de su tez. Tampoco podía captar su pulso a través del pañuelo de lino. Y al doctor Wong debe de ocurrirle otro tanto.

—Los médicos como yo debemos tener en cuenta las emociones de la mujer; debemos averiguar cómo han provocado la enfermedad y cómo pueden afectar al tratamiento

—le dice a Maoren—. Tu mujer no está recuperando la buena salud...

Aun así, no parece preguntarse por qué. Además, ha planteado la cosa al revés, pero yo tengo un fugaz momento de lucidez: está muy bien creer que las emociones pueden enfermar a una mujer y afectar al tratamiento, pero primero hay que observar los síntomas orgánicos. Sólo cuando llegan a entenderse los síntomas, es posible considerar cómo las emociones pueden haber agravado la dolencia y cómo hay que tratarlas a la hora de buscar una cura. En mi caso, el sangrado y la fiebre se han visto exacerbados por mi tristeza ante el hecho de no haber tenido un varón, por mi soledad en un hogar donde continúan sin aceptarme y por la ansiedad que me ha causado la muerte de Tía Solterona. No al revés.

—Pese a que estoy captando frío, la raíz del padecimiento de tu mujer se debe a un exceso de calor —declara el médico—. ¿Os habéis dedicado a asuntos de alcoba durante el mes anterior o el posterior al alumbramiento?

—¡Ni una sola vez! —Maoren se indigna.

—Entonces ella tiene que haber comido cosas que producen calor: guindillas, pimientos, alimentos fritos. A menudo dificultan el parto —añade el doctor—. Tienes suerte de que el feto no haya muerto en su vientre. Sí, hay un exceso de calor —concluye, y anuncia con tono decidido—: Le daré medicinas refrescantes para reforzar su yin.

Estoy bastante segura de que el doctor Wong se equivoca en su diagnóstico, y eso significa que su plan de tratamiento no funcionará, pero estoy tan débil y tengo la cabeza tan embotada que no sé qué hacer ni cómo defenderme. Al igual que muchas mujeres tras haber dado a luz, busco refugio en la oscuridad.

Estoy dormitando cuando noto unos dedos en la muñeca. Abro los ojos y veo a la abuela Ru. Mi suegra, la señorita

Zhao, Fosca y Amapola rondan a sus espaldas. La persona a la que confundí con un espíritu de zorro, Meiling, también está presente.

Planteo una pregunta lógica:

—¿Me estoy muriendo?

La abuela resopla.

—¡Claro que no! Pero no estás bien. —Su expresión se vuelve severa cuando pregunta—: ¿Cómo has podido dejar que las cosas hayan llegado tan lejos? Sabes muy bien que no es conveniente.

—He estado muy preocupada por ella —dice la señora Kuo antes de que yo pueda responder—. Me he asegurado personalmente de que tomara todos los preparados que le ha recetado el doctor Wong.

La abuela ignora a mi suegra y vuelve a dirigirse a mí.

—Lo que necesitas es la Decocción de las Cuatro Sustancias, que te ayudará con el agotamiento provocado por el frío. Es la mejor estrategia para regular la sangre menstrual y las emociones en casi todos los trastornos femeninos, desde los sarpullidos hasta la tristeza posterior al parto. La raíz de angélica, el levístico, la raíz de peonía blanca y la *rehmannia* calentarán tu centro y ayudarán a que la sangre estancada abandone tu cuerpo y a que se forme sangre nueva, y eso repondrá tu *chi*.

La señorita Zhao habló en cierta ocasión de crear un círculo de bienestar para protegerme, y un círculo de mujeres me rodea ahora: Amapola y Fosca se turnan junto a la puerta para avisarnos si alguien se acerca; la abuela y la señorita Zhao me bañan, me dan de comer, me sostienen sobre la bacinilla y me ayudan con la ropa. La abuela me toma el pulso al menos cinco veces al día. La señorita Zhao me desenvuelve los pies y me los cuida, porque estoy tan débil que ni siquiera puedo realizar una tarea tan básica. Me cuesta no pensar en mi madre en esos momentos.

Poco a poco recupero fuerzas y, al cabo de diez días, puedo vestirme y caminar por la habitación. Me dejan tener en mis brazos a Yuelan, y espero que el hilo que nos unía cuando vivía dentro de mí pueda volver a anudarse. Me duele cada vez que se la devuelvo a la nodriza.

Aunque me estoy recuperando, la abuela me hace una advertencia cuando ella y la señorita Zhao vienen un día de visita:

—No quiero que te pase lo que le ocurrió a tu madre. La atormentaban tristes emociones yin, y esa fragilidad permitió que influencias malignas arraigaran en su cuerpo.

Me veo obligada a contradecirla.

—Tú no estabas allí. Murió de una infección en los pies.

—Yo no traté a tu madre, sólo sé lo que me han contado la señorita Zhao y Amapola. —La abuela tamborilea con los dedos sobre la mesa—. La cuestión es que el viento ha descubierto tu cuerpo y ahora sabe con cuánta facilidad puede invadirte. Esa susceptibilidad te ha vuelto vulnerable a las Seis Influencias Perniciosas, especialmente al frío.

Tiene razón, por supuesto. Caí enferma al mudarme aquí, y ahora, esto. Es de esperar que el viento me siga los pasos a partir de ahora. La idea resulta desalentadora.

—Es una suerte que Meiling viniera a buscarnos —comenta la abuela—. Al comprobar que no la reconocías, vino directa a casa. Y mayor fortuna supuso incluso que seas como una perla en la palma de la mano de tu abuelo: él nos envió aquí a averiguar qué estaba pasando. —Tras una larga pausa, añade—: Menos mal que vinimos cuando lo hicimos.

No me gusta pensar que estuve a punto de morir, de modo que pregunto:

—¿Y la señorita Chen? ¿Cómo está?

—Qué propio de ti andar pensando en los demás —comenta la señorita Zhao.

—La comadrona Shi cumplió con su deber sin incidentes. Tanto la madre como el hijo están bien —responde la abuela.

Un hijo... Esperaba que sólo hubiera sido un sueño horrible.

—Y el doctor Wong —continúa la abuela— ha decidido que, de ahora en adelante, sólo Meiling atenderá sus casos. La gente deberá llamarla Joven Comadrona.

Es una noticia inesperada. Creía haberle oído decir a la señora Kuo que el doctor Wong quería aquí tanto a la comadrona Shi como a su hija. La abuela debe de haber captado mi confusión, porque añade:

—Has estado enferma, así que supongo que nadie te ha contado todavía lo de la comadrona Shi.

—¿Está bien? —pregunto de inmediato.

La respuesta de la abuela es poco clara:

—Estos médicos, todos devotos seguidores de Confucio, andan repitiendo sus dichos sobre cómo hay que tratar a las mujeres y sobre cuántas morirán de parto, pero en realidad no entienden lo que eso significa.

Me doy cuenta de que quiere evitar que me inquiete.

—Abuela, por favor, dime qué ha pasado.

—Primero, el doctor Wong le contó a la gente que la comadrona Shi obligó a una mujer a empujar demasiado pronto, y eso provocó la muerte del bebé, pero yo la he visto atender muchos partos y nunca ha cometido un descuido como ése. Luego, el doctor Wong estaba presente cuando nació otro bebé con la cabeza llena de agua. Era una niña y murió al cabo de dos días, lo que todos consideraron una bendición. Aun así, supuso otra muerte. Después, un bebé vino al mundo con el cordón rodeándole el cuello. La matrona Shi me contó que había hecho todo lo posible para deslizarle el cordón sobre el hombro, y al final... En fin, ¡da igual! Más te vale ni saber estas cosas, porque te angustiarán, y por supuesto no debes hablar de ellas con Meiling. —La abuela exhala un suspiro—. Constantemente mueren recién nacidos y sus madres, pero ¿una, dos, tres muertes seguidas? ¿Es pura desgracia, o cosa del destino o la mala fortuna? No sabría decirlo, pero es bien sabido que, en los casos en que muere la madre, el feto o ambos, siempre se culpa a las comadronas.

—Entonces, ¿por qué iba el doctor Wong a utilizar los servicios de una?

—Ya sabes la respuesta. Los médicos como nosotros no tocamos la sangre, y alguien tiene que sacar al bebé. Incluso tu abuelo acepta a regañadientes estas verdades.

—Y quizá el doctor Wong está dando muestras de su benevolencia al ayudar a Meiling.

—Sí, tal vez.

Me quedo callada y, al cabo de un momento, pregunto:

—¿No puedes hacer nada por la comadrona Shi?

La abuela cruza las manos sobre el regazo.

—Debes saber una cosa más: realizar la autopsia a la solterona supuso otra mancha negra en su reputación. El doctor Wong ha tildado a la comadrona Shi de demasiado corrupta para atender un parto en cualquier familia de élite, incluida ésta.

—Pero examinar a los muertos no es un oficio nuevo para la comadrona Shi.

—Por supuesto que no —admite la abuela—, pero la noticia de lo ocurrido aquí se ha extendido como grano derramado, y las ratas lo han esparcido por todos los rincones de Wuxi. Por ahora la reputación de la comadrona Shi está por los suelos. Ningún marido quiere arriesgar la vida de su futuro hijo. Ningún médico quiere que lo asocien con malos resultados; ni siquiera yo.

—¿Y todo porque así lo dice el doctor Wong?

—Sí, sólo porque él así lo dice. —La abuela desvía la mirada a un punto intermedio en el vacío—. Mi principal responsabilidad es velar por la salud y el bienestar de las mujeres de nuestra familia. Si ahora utilizara los servicios de la comadrona Shi con una de tus tías o primas y el resultado fuera malo, ¿cómo podría mirar a la cara a tu abuelo?

—¿Y por qué los fallos de la comadrona Shi no han mancillado a Meiling? —pregunto—. Parecería de lo más lógico que otras casas tampoco se arriesgaran con ella.

—Estoy de acuerdo. Los chismes y las sospechas son como las chispas y la yesca, pero el doctor Wong le dice a la gente que valora la forma en que Meiling manejó las dificultades del nacimiento de Yuelan. El mensaje escrito en su pie os salvó a las dos. Qué suerte para Meiling que le enseñaras a escribir caracteres básicos.

No sé cómo interpretar eso. ¿Está elogiando a Meiling por haber aprendido a leer y escribir? ¿O está criticando al doctor Wong por su deficiente actuación durante mi parto?

—No me gusta el doctor Wong, como puedes suponer —continúa la abuela—, pero debemos estarle agradecidas por darle trabajo a Meiling. Yo también utilizaré a la Joven Comadrona. Y tú deberías alegrarte, puesto que eso significa que ahora ella será la comadrona de esta casa...

—Viene alguien —sisea Fosca desde la puerta.

—Dime, Yunxian, ¿tu marido prefiere comer pollo o pato? —pregunta la abuela cambiando rápidamente de tema.

Una semana después Amapola me informa de que mi esposo va a venir a visitarme. Será la primera vez que nos veamos desde el embarazoso episodio con el doctor Wong. Me visto con una túnica de seda bordada sobre una enagua de fina gasa de seda que ondeará detrás de mí cuando camine. Me cepillo el pelo y lo recojo en un moño alto decorado con horquillas de oro y jade. Me peino el flequillo para que forme un fleco en la frente que imite las plumas del cormorán. La abuela y las demás me felicitan por lo preciosa que estoy y se marchan para dejarme a solas con mi esposo. Acuno a Yuelan en mis brazos. Tiene casi siete semanas y siento gratitud hacia la nodriza por lo regordeta que está. Maoren entra y se sienta a mi lado. Nos mira con ojos llenos de amor, pero cuando habla, sus palabras hacen añicos mi espíritu.

—Llevas enferma una larga temporada —me dice—, así que tal vez no seas del todo consciente de cuánto tiempo ha transcurrido. Dentro de tres días abandonaré el Jardín de las Delicias Fragantes para retomar mis últimos meses de estudio en Nankín antes de los exámenes municipales.

Cierro los ojos para que no se me escapen las lágrimas.

—Te echaré de menos —digo.

—Yo también te echaré de menos. —Se lleva una de mis manos a los labios y besa la palma.

—Siento haberte dado una hija.

—Por favor, no te disculpes. La próxima vez tendrás un varón.

Debo ser valiente, como lo era mi madre cuando mi padre viajaba por su trabajo, como lo fue mi abuela cuando mi abuelo estaba destinado en Nankín, y como lo es la señora Kuo cuando mi suegro pasa temporadas en el campo para comprobar cómo están sus tierras, sus cosechas, sus fábricas y toda la gente que trabaja para procurar nuestro bienestar.

—Imagino que necesitarás libros para ayudarte en tus estudios —le digo—. ¿Me permitirás que te los compre?

Maoren sonríe.

—Mi padre ha comprado ya cuanto necesito, pero tu ofrecimiento me dice no sólo que eres una esposa buena y correcta, sino que de verdad somos una pareja de patos mandarines.

—Flotando uno al lado del otro, emparejados para siempre. —Para mí, éstas ya no son palabras simplemente para ser recitadas: los sentimientos son reales.

—Traigo otras noticias —anuncia Maoren—. Tu abuelo está aquí.

Mi corazón da un vuelco.

—Ahora mismo está con mi padre —prosigue—. En lugar de estar triste por mi partida, por favor, alégrate porque vas a ver a tu abuelo dentro de muy poco.

Maoren se queda unos minutos más. Toma té conmigo y me dice que nuestra hijita es preciosa y que lamenta que yo haya estado enferma.

—Me duele que no hayamos podido volver a estar juntos como marido y mujer, pero el doctor Wong dice que así debe ser hasta que te hayas recuperado del todo.

Luego se levanta, me aprieta el hombro y se marcha. Me miro en el espejo, me doy unos toques más de color en las mejillas y arreglo un poco mejor mi pelo para asegurarme de que cada mechón esté en su sitio. Poco después entra la abuela. Al verme, las comisuras de sus labios se curvan levemente hacia arriba.

—De modo que te has enterado.

—¿Puedo verlo? —pregunto con anhelo.

—Te espera en la terraza de la ermita.

Si cuento los días, he cumplido el mes con creces, pero es la primera vez que salgo del cuarto patio desde que di a luz. Aunque la expectación y la alegría me levantan el ánimo, no he llegado muy lejos cuando mis piernas, que han perdido la costumbre de caminar más allá de los confines de mi habitación, empiezan a temblar.

Mis ojos se humedecen cuando llego ante el abuelo. Me coge la cara entre las manos y me seca las lágrimas con los pulgares. Yo podría hacer lo mismo por él: nunca había visto a un hombre tan afectado por emociones yin.

—Te llevaría a casa conmigo si pudiera —dice por fin—, pero no es posible. «Una esposa sólo sigue a su marido.» Aun así, he dispuesto una serie de cosas que deberían serte de ayuda. He hablado con el señor Yang.

Trato de imaginar cómo habrá ido esa charla. El señor Yang tiene muchas más propiedades y más dinero que mi abuelo, quien, a su vez, supera en rango a mi suegro en los círculos oficiales. También me sorprende que haya pasado por encima de mi abuela, que debería haber sido quien hablara, de mujer a mujer, con mi suegra. Más que cualquier otra cosa, eso me revela cuánto me quiere mi abuelo, aunque esté casada.

—Te lo explicaré con detalle —continúa—. En situaciones como ésta, la familia natal de una chica puede enviar dinero en metálico o ceder otro *mou* de tierras para asegurarse un favor. Pero nuestra familia tiene algo aún mejor: contactos. Le he recordado a tu suegro que mi padre, mi hermano, mi hijo y yo somos todos eruditos presentados ante el emperador gracias a nuestros logros en los exámenes imperiales.

Me recorre un escalofrío. Si el señor Yang es como su esposa, no se habrá tomado muy bien la sugerencia de que es menos que otro...

El abuelo mira hacia el otro extremo del estanque. Las carpas koi se han reunido bajo el pabellón y nos miran boquiabiertas.

—Nunca me has preguntado qué hacía cuando trabajaba en el Consejo de Castigos —comenta tras una larga pausa.

Y no lo habría preguntado jamás, porque el mundo entero sabe que es uno de los cargos más poderosos del Gobierno y también uno de los que más desprecio generan.

—La gente como yo sigue el Código del Gran Ming para determinar sentencias —explica—. Consideramos qué método de tortura se utilizará para arrancar la verdad. Decidimos si se castigará al culpable con el servicio militar, si se lo obligará a llevar una pesada canga al cuello o si se le pondrán grilletes en la plaza pública. Y durante cuánto tiempo. ¿Debemos desterrar a alguien a una provincia lejana o poner rápido fin a sus desdichas con la decapitación?

Mientras escucho, percibo su angustia.

—Tu abuela y yo te hemos enseñado el equilibrio de la vida a través del yin y el yang, la oscuridad y la luz, la muerte y la vida. Todo lo que yo hacía, aunque necesario para que la sociedad funcionara y floreciera, procedía del lado más oscuro de la existencia.

—¿Por eso te convertiste en médico?

Mi abuelo asiente.

—Seguir a tu abuela en su consulta era lo contrario de todo eso. La medicina mantiene a la gente conectada con el cosmos.

De nuevo reina el silencio entre nosotros. Soy consciente del trinar de los pájaros, del gorgoteo del riachuelo que serpentea en el jardín, del agua que cae en cascada sobre la gruta... Y también percibo los ruidos lejanos del mundo exterior, procedentes del otro lado del muro.

Me mira a los ojos.

—No sabemos cómo le irá a tu esposo en el primer nivel de los exámenes, y aún le quedarán muchos años de estudio y de formación por delante; entonces habrá que ver si son suficientes para superar los exámenes y convertirse en un *jinshi* como tu padre y como yo. No todas las recompensas provienen del mérito, Yunxian. Algunos se benefician de títulos hereditarios; hay hombres que progresan a través de sus contactos. Le he dicho al señor Yang que ayudaría a su hijo...

—Maoren será capaz de hacerlo por sí mismo...

—Muchos hombres tienen aspiraciones nobles, pero pocos las hacen realidad —declara el abuelo como si tal cosa—. No todos tienen el talento suficiente para conseguir el casquete, la toga y la insignia que darán fe de sus aptitudes. No todos, aunque aprueben los exámenes imperiales, pueden alcanzar la inmortalidad dejando huella en nuestra civilización. Tu esposo es un hombre decente, pero no creo que tenga el espíritu de un dragón. El padre está dispuesto a hacer algunas concesiones ahora para garantizarle un futuro a su hijo.

Sus palabras caen en mi estómago como un saco de piedras. Si Maoren era tan indigno, ¿por qué mi padre aceptó emparejarme con él? ¿Y por qué estuvieron de acuerdo los abuelos? Sin embargo no me corresponde a mí plantear esas cuestiones.

—Bueeeno... —El abuelo alarga la sílaba—. Como bien sabes, nunca me han gustado las parteras ni las de su clase, pero no puedo permitir que no tengas compañía. Meiling, en su calidad de comadrona elegida por el doctor Wong, vendrá a verte cada día hasta que estés bien del todo. Después, he sugerido que te someta a una revisión periódica para que nos informe a tu abuela y a mí. Además, enviaré un palanquín que te llevará a la Mansión de la Luz Dorada una vez al mes. Le he dicho al señor Yang que debe permitirte continuar tus estudios con tu abuela. Por último, me ha prometido que las mujeres de las cámaras interiores serán más amables contigo.

—Gracias, abuelo.

Esas palabras parecen insignificantes teniendo en cuenta los regalos que me ha brindado, pero él hace un ademán como quitándole importancia a lo que ha hecho. La visita se alarga un rato más. Tomamos té y nos quedamos observando a las carpas koi, con su color dorado y sus destellos plateados, viendo cómo surgen una y otra vez de las sombras. Finalmente el abuelo se levanta.

—Si no te proporcionan lo que he negociado, díselo a Meiling. Y si a ella no la dejan entrar... —Sus facciones se suavizan, y lucho por controlar mis emociones—. Si no la dejan entrar, busca una criada de pies grandes en la que puedas confiar y envíamela. —Saca del bolsillo varias monedas de plata, me las pone en la palma de la mano y me cierra los dedos—. Págale lo que te pida.

Según lo prometido, Meiling viene a verme todos los días y me trae remedios de mi abuela. En cuanto me recupero del todo, sus visitas negociadas se reducen a una al mes, pero a veces podemos hablar un poco después de que haya atendido a otra mujer de la casa. Hoy nos sentamos en la terraza de la ermita, donde podemos conversar en privado. Cuanto más tiempo paso en el jardín, más cosas descubro: cómo se refleja la luz en los charcos de agua; cuánto les gusta a las mariposas bailar sobre las flores; cómo los cantos de los pájaros relatan sus viajes; cómo se lamentan sin cesar las cigarras... Todo esto tiene un efecto relajante en mi hijita, que se duerme en mis brazos. Su presencia contribuye a aumentar la atmósfera de paz.

Meiling ha traído cartas de mi abuela, de mi abuelo, de mi hermano, de la señora Huang y de la señorita Zhao. También yo tengo misivas para que las lleve a la Mansión de la Luz Dorada, pero noto cierta reticencia en Meiling cuando intercambiamos los sobres. Ahora que estoy cerca de volver a ser yo misma, me atrevo a preguntarle:

—¿Sigues enfadada por que no te escribiera en su momento? Ya te dije que la señora Kuo me quitaba las cartas.

Ella aparta la mirada hacia un rincón lejano del jardín.

—No te preocupes por lo que ya hemos dejado atrás.

—Pero todavía hay algo que te inquieta. —Espero a que diga algo y, al ver que no lo hace, le pregunto—: ¿No te alegras de que podamos pasar tiempo juntas? —Me río un poco—. Ahora nos vemos más que cuando éramos niñas.

—Pero no es lo mismo.

—No hacemos carreras de hojas, si te refieres a eso. Pero aún podemos intercambiar confidencias...

—Así es —contesta, aunque en su voz no detecto alegría.

—¿Meiling?

—Este último año nos ha cambiado a las dos. Ahora tú eres una gran dama, y yo sigo siendo sólo una comadrona. Es como pedirles a un cerdo y a un tigre que se lleven bien.

—Yo no lo veo así en absoluto. Las dos somos serpientes de metal —le recuerdo.

—Con diferencias...

—Sí, la abuela y tu madre hablaron de eso una vez, pero estuvieron de acuerdo en que somos iguales en las cosas que importan...

—En las cosas que importan —repite ella—. Ahora eres rica...

—Y tú sigues pudiendo ir adonde quieras cuando te apetezca.

—Llegaste aquí con todo lo que perteneció a tu madre, su oro y su jade —continúa ella—. Es posible que tus suegros tengan el control sobre tu dote, pero estas cosas te pertenecen.

—Señala las muestras de esplendor que nos rodean—. Pero el tiempo y las vidas humanas son impredecibles. Hay familias que mejoran y familias que empeoran. Puede que llegue un momento en que tus pertenencias ayuden a salvar a esta gente.

Me fijo en que ha dicho «gente» y no «tu familia» o «tu esposo».

—Lo que dices no es justo ni correcto. Primero has dicho que soy diferente porque la familia de mi marido es rica; luego, que siempre he sido diferente porque tenía una buena dote, y después insinúas que la familia Yang podría perder su posición y su fortuna. No lo entiendo.

—No, no lo entiendes —responde ella con voz temblorosa por la emoción—. He venido a verte de vez en cuando desde el nacimiento de tu hija y ni una sola vez has preguntado por mi madre. Tampoco has querido saber nada de mi esposo. ¿Acaso no te intereso? ¿Supones que vivo en una casa con patio o en simples habitaciones en el piso de arriba de la tienda de té de mi marido? ¿Cómo crees que sobrevive mi madre ahora que nadie la contrata?

—Ay, Meiling. He sido una egoísta...

Me ofrece una sonrisa triste.

—Ni siquiera ahora me estás escuchando. No se trata de tus emociones. Soy una mujer trabajadora, siempre he tenido que arreglármelas sola. Sé lo que cuestan la comida, la leña, la ropa, la vivienda...

Levanto una mano para evitar que su lista continúe.

—¿Qué te ocurre y cómo puedo ayudarte?

Al oír eso se lleva las manos a la cara y se echa a llorar. Despacio, lentamente, empieza a contarme cómo es su vida. Su esposo tiene problemas con el negocio y viven, en efecto, en unas habitaciones encima de la tienda. La madre de Meiling, sin familias de élite que la contraten, vive ahora con ellos.

—Kailoo es un buen hombre y nos llevamos bien —confiesa—, pero que tres personas vivan juntas en dos habitaciones no es comparable a decenas de personas viviendo en una residencia con patios y jardines como ésta. Anhelo tener un hijo, aunque es difícil concebirlo cuando mi madre nunca se encuentra a más de dos cuerpos de distancia.

No tengo los conocimientos ni la experiencia suficientes para imaginar cómo debe de ser su vida.

—Todos estos años he creído que tú eras la afortunada —le cuento—. Cuando pienso en las cosas que has visto...

—Las cosas que he visto... —repite ella—. Yunxian, no creerías lo que he visto ni aunque te lo contara con todo detalle: niños huérfanos mendigando en las esquinas... Los efectos de parir a diez hijos o más en una mujer sin un solo criado... El horror de las autopsias...

El tormento de estas experiencias araña el barniz de belleza de sus rasgos y me recuerda, quizá por enésima vez, la naturaleza del yin y el yang. Soy consciente de cómo se entretejen en el entramado de todos los aspectos de nuestras vidas, desde los detalles más íntimos concernientes a dos mujeres hasta la forma en que afectan al cosmos. Cuando una persona se eleva, la otra se hunde. Cuando una es feliz, la otra se sume en la desesperanza. Mi naturaleza y la de Meiling pueden fluctuar, pero nuestra amistad nos hace formar parte de un todo. Siento que es mi deber ayudarla a salir del abismo, al igual que ella contribuyó a traerme de vuelta cuando estaba al borde de la muerte. De lo contrario, no podría considerarme su amiga.

TERCERA PARTE

Los tiempos de arroz y sal

Años tercero al quinto del reinado
del emperador Hongzhi (1490-1492)

La esposa es la Tierra

Es posible que los años de arroz y sal no constituyan el período más largo en la vida de una mujer, pero sí son los más importantes y los más arduos. Para una esposa y madre, un día puede parecer un año. Empiezo este día escribiendo los resultados de un caso en mi cuaderno.

Una criada de quince años padecía escrófula y tenía en el cuello más de treinta llagas y bultos, enrojecidos y amoratados. Con la dura carga de su trabajo, en particular en verano, los bultos se multiplicaban y la paciente presentaba fiebre y escalofríos. Detecté deficiencias pulmonares y renales, exacerbadas por la tensión y el calor estival. Apliqué conos de moxibustión de artemisa en sus codos y en otros siete puntos. Los bultos supuraron y desde entonces han desaparecido, sin recidiva.

Enumero los ocho puntos de moxibustión para futuras consultas, pero no dejo constancia del nombre de la chica ni de que reside en el Jardín de las Delicias Fragantes. Siempre mantengo esa clase de información en privado. Limpio el pincel y guardo el cuaderno. Justo antes de salir de mi habitación, me meto en el bolsillo una bolita de té envuelta en papel de arroz. Meiling me la trajo de la tienda de su marido la última vez que me visitó. Unos minutos después llamo a la puerta de mi suegra y entro. La señora Kuo sigue durmiendo, pero su doncella, Gorrión, ya se ha levantado de su camastro y está vestida; también ha echado combustible en el brasero y ha puesto un cazo de agua a calentar.

—Buenos días, señora Tan —me saluda Gorrión en voz baja.

—Buenos días —respondo—. ¿Ha dormido bien la señora Kuo?

—Igual que siempre —contesta incómoda la doncella, mirando de soslayo una jarra de vino vacía.

Eso explica el olor agrio que flota en la habitación. Es la misma clase de olor que trae mi esposo a casa después de pasarse una noche bebiendo con los amigos, esto es, cuando está aquí, en Wuxi.

—¿Qué tipo de té me traes esta mañana? —pregunta una soñolienta señora Kuo al incorporarse en la cama.

Observo cómo coge una taza de la mesilla y escupe en ella. Hace ya un año que tiene tos. No se trata de la enfermedad de los huesos húmedos, que se manifiesta lentamente: al principio el paciente no para de toser y va perdiendo peso y energía, hasta que empieza a escupir sangre. Esos casos, si no se tratan, acaban de manera espantosa, con el paciente muriendo mientras le brota sangre de la boca. No, lo que aqueja a la señora Kuo es algo totalmente distinto. A medida que avanza el día, se aclara repetidas veces la garganta («ejem, ejem») y luego escupe la saliva en la taza que siempre tiene cerca. El doctor Wong le ha dado remedios, aunque nada parece ayudarla. Yo tengo mis sospechas sobre qué podría estar causándole tanta angustia, pero la señora Kuo nunca me permitiría tratarla.

—¿Vas a responder a mi pregunta? —insiste la señora Kuo.

Saco la bola del bolsillo y abro con cuidado el envoltorio de papel. Dentro hay un pequeño cítrico seco, perfectamente formado, al que llaman mandarina. La señora Kuo lo mira con interés. Le hago un gesto a Gorrión, que trae en una bandeja un cazo lleno de agua caliente, una elegante tetera de porcelana y una pequeña taza.

—Lejos de aquí, en un pueblecito de la provincia de Guangdong, los agricultores cultivan esta mandarina, que es única en toda China —explico—. Hacen un pequeño corte circular en la parte superior, como cuando se le quita el tallo a una calabaza o a un melón. Luego, sin dañar la cáscara, raspan para extraer el fruto que hay dentro, secan la cáscara hasta que se endurece, rellenan el interior con té y vuelven a poner la tapa, y entonces dejan que todo se seque un poco más hasta que tiene este aspecto: impecable y sin marca alguna.

—Como recién salida del árbol.

Emito un leve sonido para mostrar que estoy de acuerdo, contenta de que mi suegra aprecie hasta qué punto es exquisita. La señora Kuo me observa mientras aplasto la fruta en la palma de la mano para revelar las hojas de su interior. Lo echo todo en la tetera de porcelana, vierto el agua caliente sobre las hojas y la cáscara, las dejo reposar unos segundos, sirvo la aromática infusión en la taza y se la ofrezco a mi suegra.

La señora Kuo toma un sorbo y dice:

—Noto el sabor de las flores del cítrico el día que el sol las abrió. —Su placer dura un instante y luego me mira con desconfianza—. No será una medicina, ¿verdad?

—Por supuesto que no. Esperaba que disfrutaras de su sabor.

La señora Kuo toma unos sorbos más y luego suelta «ejem, ejem». Tiende la mano hacia su taza para escupir y me despacha con una imperiosa inclinación de cabeza. Hago una reverencia y vuelvo a mi habitación. Detrás de mi escritorio hay dos estantes donde guardo una pequeña selección de hierbas que cualquier esposa tendría en casa para tratar a su familia. Reúno unos cuantos ingredientes, vuelvo a salir y recorro la galería hacia mi segunda responsabilidad de la mañana.

Llevo viviendo en el Jardín de las Delicias Fragantes catorce años, durante los cuales los antepasados no han dejado de recompensar a la familia con prosperidad y buena salud. Como señala con frecuencia la señora Kuo: «Los antepasados nos aseguran el porvenir, pero la única forma de tenerlos contentos es haciendo ofrendas, y la única persona que puede hacer esas ofrendas es el hijo mayor.» Actualmente el señor Yang es quien lleva a cabo los rituales ancestrales como cabeza de familia. Cuando él muera, este deber pasará por alto a Tío Segundo y recaerá en mi marido, de acuerdo con la línea directa de sucesión. Como esposa de Maoren, es mi obligación proporcionar un hijo que se ocupe de esas responsabilidades para cuando él muera. Que tenga varones de más no hará ningún daño, pero necesito traer al mundo a ese primer hijo primordial, que llevará la carga de proteger a la familia y garantizar su futuro en las generaciones venideras.

He cumplido ya los veintinueve años, uno más de los que tenía mi madre cuando murió. He desarrollado plenamente la elegancia que los pies vendados proporcionan a una mujer. Soy madre de tres niñas, una terrible decepción. No he dado a luz a ningún heredero ni he vuelto a quedarme embarazada en los últimos seis años. Es algo que a mi suegra no le pasa desapercibido. ¿Cuántas veces la he oído decir: «Si fueras tan lista como crees, volverías a estar embarazada»? Demasiadas para contarlas siquiera, pero cuesta lo suyo engendrar un hijo cuando uno de los implicados está siempre ocupado en otra parte. Poco después de nacer Yuelan, Maoren aprobó el primer nivel de los exámenes imperiales y se convirtió en «erudito de distrito». Tres años después, superó los exámenes provinciales y alcanzó el rango de *juren*, un «hombre recomendado». Aunque Maoren está estudiando para presentarse a los exámenes definitivos y llegar al nivel de *jinshi*, sospecho que no aprobará. Sin embargo, el abuelo cumplió su promesa y le encontró a mi esposo un puesto en el Consejo de Castigos de Nankín. Queda a varios días de distancia, así que Maoren rara vez viene a casa. Cuando está aquí, nos esforzamos en engendrar un hijo, pero aún no hemos tenido suerte.

Entro en la habitación que comparten mis hijas. Las dos mayores ya están levantadas y vestidas. Mi hija pequeña, Ailan, sigue en la cama y me llama con voz débil:

—Mamá.

Incluso desde el otro extremo de la habitación puedo ver cómo las lágrimas brillan en sus mejillas.

—Siéntate —le digo—. Ya sabes lo que tenemos que hacer hoy.

—Los lavamos y apretamos cada cuatro días —gimotea.

Yuelan se muerde el interior de la mejilla. Chunlan se da la vuelta, coge un peine y, dándonos la espalda, se lo pasa por el cuero cabelludo hasta alcanzar las puntas de su cabello negro.

—Hijas, tenéis que ayudar. Sólo así aprenderéis.

De mala gana, mis dos hijas mayores se acercan a la cama. Yuelan tiene ahora trece años. Sus esponsales ya se han concertado y la unión será beneficiosa para ambas familias. La tendré conmigo dos años más. Chunlan, cuyo nombre significa «Orquídea de Primavera», ha cumplido los diez. Se parece mucho a su padre: tiene la cara redonda y pálida y un carácter dulce, pero debo estar pendiente y esforzarme en frenar su tendencia a la pereza. Su matrimonio también se ha fijado.

—Veo que Amapola ha reunido todo lo que necesitaremos hoy —digo con aparente calma, cuando en realidad siento una gran confusión ante lo que debo hacer.

Ojalá pudiera explicarles a mis hijas que, si bien me enorgullezco de mis logros a la hora de vendarles los pies, desprecio esta tarea en igual medida. ¿Qué madre desearía hacer sufrir tanto a su hija? Decimos que queremos hijos varones para perpetuar el linaje familiar, pero a veces me pregunto si lo que realmente estamos diciendo es que preferiríamos tener un hijo varón antes que vernos obligadas a hacer esto.

Ofrezco algunas palabras de consuelo ante lo que está por venir.

—Sientes dolor, pero recuerda que el vendado de pies te enseña a tolerar el padecimiento físico y te prepara para los rigores del parto. —Acaricio la mejilla de Ailan—. ¿Estás lista?

Ella asiente con gesto solemne. Ailan, «Orquídea del Amor», tiene ahora cinco años. Me preocupa que sea frágil y vulnerable. Es la única de mis hijas que no se ha sometido a la variolización del maestro sembrador: la última vez que él vino a la ciudad, Ailan estaba enferma, así que no pudo someterse al procedimiento. Me digo que no debo preocuparme, porque durante el tiempo que llevo viviendo aquí no hemos tenido ni un solo caso de viruela. De igual modo, no hemos tenido ninguna muerte como consecuencia del vendado de los pies, cuando una de cada diez niñas suele morir durante los dos años que se tarda en completar el proceso. No permitiré que Ailan se convierta en ese porcentaje en la familia Yang.

Me dirijo a la mesa donde se alinean las cosas que necesito: tijeras, aguja, hilo, dos rollos de venda limpia, dos vasijas de cerámica y un pequeño tarro. En un estante detrás de la mesa, una hilera de zapatos, todos bordados con mis propias manos, esperan a que los calce Ailan. Cojo el tarro, vierto en una taza un poco del tónico que me enseñó a preparar la abuela y se lo acerco a los labios a mi hija.

—Bebe unos sorbos. Como te he dicho otras veces, ahuyentará el dolor.

La medicina actúa con rapidez, pero incluso antes de que los ojos de Ailan empiecen a nublarse, hago que Yuelan y Chunlan desenvuelvan cada una un pie de su hermana pequeña.

—Las dos sabéis ser delicadas —les digo a modo de elogio a medida que los largos trozos de tela se desenrollan y se amontonan en el suelo.

Cuando terminan, la medicina ha hecho ya pleno efecto. Los pies descalzos de Ailan están rojos, magullados e hinchados, pero no tanto como para que yo no pueda ver que están tomando forma. El dedo gordo permanece en su posición natural, mientras que los cuatro dedos más pequeños ya se han doblado bajo el pie. El arco todavía está en proceso de flexión; aún transcurrirá un tiempo antes de que los dedos lleguen al talón.

—¿De qué tamaño los queremos? —pregunto.

Yuelan recita la respuesta:

—«De la longitud del pulgar de una madre...» —Y para animar a su hermanita, añade—: Tus pies florecerán como lotos dorados.

—De esta manera mamá nos demuestra su amor —susurra Chunlan.

Pongo los pies de Ailan en una palangana para remojarlos en agua tibia mezclada con raíz de morera, bálsamo blanco, tanino e incienso.

Dejo el secado a mis hijas.

—Tenéis que llegar a todas las grietas y hendiduras —les indico—. Debéis comprobar las uñas y aseguraros de que estén lo bastante cortas para no rasgar la piel.

Cuando han terminado, masajeo los pies de Ailan. Ninguna medicina que adormezca la mente puede eliminar por completo las sensaciones que recorren a mi hija cuando presiono tan fuerte como puedo con los pulgares entre los huesos de sus pies, estirando músculos y tendones.

Yuelan intenta tranquilizar a su hermana, que no deja de sollozar.

—Ya falta poco.

—Prometo traerte una ciruela si puedes aguantar un poco más —le dice Chunlan.

Su ternura me llega al corazón. Algún día serán buenas madres.

Cuando termino de trabajar el arco de Ailan, le froto la piel con alumbre para mantener el pie seco e inhibir la hinchazón. Luego le aplico un polvo de hierbas machacadas que ablandará los huesos, minimizará el dolor y prevendrá las infecciones. Por último, saco un paquete de mi túnica y se lo enseño a Ailan.

—Hoy te he traído algo especial. Es lo que uso para mis propios pies, y creo que te gustará.

Espolvoreo una pequeña dosis sobre un rollo de venda, liberando un agradable aroma a clavo, canela y pétalos de flores a nuestro alrededor. Entonces da comienzo el vendado. Normalmente me gusta usar gasa húmeda porque la tela se tensa al secarse, pero hoy no lo hago. Ailan se ha ganado un pequeño respiro.

Envuelvo con un extremo de la venda la parte superior de su pie y tiro para doblar los cuatro dedos pequeños tanto como puedo hacia el talón. Ailan gime. La venda vuelve a subir, rodea el talón, cruza el empeine y pasa por debajo del arco. Aseguro el dedo gordo creando lo mejor que puedo una forma puntiaguda, y continúo trazando con la venda el dibujo del infinito hasta haber utilizado los tres metros. Sin que se lo pida, Ailan coloca un dedo índice en el extremo de la tela para sujetarla mientras yo enhebro una aguja. Hago las puntadas pequeñas y las anudo para que mi hija no pueda quitarse los vendajes en los próximos cuatro días.

—Hemos terminado —le digo cuando he completado el proceso con el otro pie—. Hoy llevarás un bonito par de zapatos nuevos. —Espolvoreo más mezcla especial en el interior de los zapatos y se los calzo. Me he esforzado sobre todo en el diseño. Este par es de seda azul oscuro, y el bordado está inspirado en lo que he visto desde la terraza de la ermita: un patito flota por el lateral del zapato hacia una planta acuática que florece en la punta; unas carpas koi nadan por el empeine; tres mariposas danzan juntas en la parte trasera del tacón. Ailan no puede evitar sonreír ante su belleza.

Le limpio la cara mojada con mi pañuelo.

—Eres muy valiente —le digo—. Aún no sabemos cuál será el resultado final, pero lo que hemos conseguido hasta ahora me inspira confianza. Me aseguraré de hacerle ofrendas especiales a Tía Solterona por la guía y el cuidado que nos proporciona desde el Más Allá.

Me vuelvo hacia mis dos hijas mayores. Tienen los ojos empañados. Las comprendo muy bien: siento un gran dolor de corazón por Ailan, como lo he sentido por cada una de mis hijas durante los duros meses del vendado de pies.

—En lugar de ir a las cámaras interiores, quedémonos juntas aquí un rato —sugiero.

Yuelan endereza la espalda y cruza las manos en el regazo.

—La abuela Kuo quería ponernos a prueba hoy con el *Clásico de la piedad filial para niñas*.

Mantengo el rostro tan tranquilo como la superficie de un estanque en una noche sin viento, pero el estómago se me revuelve. Su madre soy yo. Las he ido formando con los clásicos tal como la señora Respetable hizo conmigo. Imitando a mi hija mayor, enderezo la espalda y dejo que mis manos descansen en el regazo.

—Chicas, sois afortunadas por tener una abuela que os ofrece tantas muestras de amor, pero nos quedaremos aquí un rato, tal como os he propuesto. Así podréis perfeccionar vuestra memorización, y vuestra hermanita tendrá unos minutos para recuperarse.

Yuelan sopesa lo que acabo de decir. Sus pensamientos se reflejan con tanta claridad en su rostro como si los hubiera pronunciado en voz alta: «¿Debo obedecer a mi madre o a mi abuela?» Aún no ha tenido su primer flujo de luna menstrual y todavía le faltan dos años para irse a casa de su esposo, pero la transparencia de sus emociones me parece preocupante.

Chunlan toma la decisión por todas nosotras y empieza a recitar:

—«El marido es el Cielo. La esposa es la Tierra. El marido es el sol, y eso lo vuelve tan constante como la brillante esfera. La esposa es la luna, creciente y menguante, fuerte pero inevitablemente débil.»

Yuelan interviene en la siguiente sección.

—«El Cielo es digno de honra, al residir en lo alto sobre nosotros como lo hace, mientras que la Tierra es humilde y está sucia y pisoteada.»

Ninguna de mis hijas ha mostrado interés alguno por mis conocimientos de medicina, más allá de aprender lo básico para tratar a un niño con dolor de oído o con malestar estomacal. Ha supuesto una decepción para mí, pero quizá sea comprensible. De hecho, yo me inspiré en la abuela Ru. Aunque he enseñado a mis hijas lo que necesitan aprender para convertirse en esposas adecuadas y madres felices, la influencia de su abuela Kuo, cabeza de familia, está siendo fuerte.

Tras una hora de tranquilidad, aparece Amapola y me hace un gesto con la cabeza.

—Ojalá pudiéramos quedarnos así hasta la cena —les digo a mis hijas—, pero hoy es el día en que visito a mi abuela, y seguramente la vuestra está esperando a que lleguéis. —Pongo una mano sobre una rodilla de Ailan—. Hoy tendrás que caminar —le recuerdo—. Será duro, pero tienes a tus hermanas para que te ayuden.

Ailan toma aliento. Debe obedecer.

Miro a Yuelan y a Chunlan.

—Prestad atención durante vuestras clases con la abuela Kuo, pero aseguraos de encontrar el momento para que Ailan se ponga en pie y camine. —Levanto una mano para impedir cualquier objeción—. Sí, le dolerá. Sí, llorará. Pero sois buenas hermanas, y este regalo que le hacéis a Ailan será algo que atesorará para siempre. —Tras una pausa, añado—: Por la tarde, llevadla al patio. Eso le gusta.

El sol aún está ascendiendo en el cielo cuando me dirijo a la puerta principal del recinto. El guardia levanta el pasador, cruzo el umbral y camino hasta donde me esperan mis porteadores con un palanquín.

Mi vida sigue limitándose en su mayor parte a los cuatro muros del Jardín de las Delicias Fragantes. Todavía no he ido al mercado, y por supuesto tampoco al Festival del Barco Dragón. La razón de mi abuela para no permitir que las esposas e hijas de la Mansión de la Luz Dorada asistieran al festival tenía que ver con su posición como doctora. Era consciente de que ser médica rebasaba los límites de lo apropiado para una mujer. Sin embargo, la señora Kuo tiene una razón distinta.

—Dejad que vayan las concubinas —dice cada año—. Esta noche, cuando vuestros esposos vuelvan a casa, sacad partido de todo lo que hayan experimentado durante el día para unir la esencia y la sangre. Otro hijo varón es la mejor recompensa por permanecer dentro de la casa.

De modo que, para mí, cada salida constituye una oportunidad única. En esta época del año, cuando hace buen tiempo, sólo una gasa cubre las ventanas del palanquín, lo que me permite tener vistas filtradas de la ciudad. Hoy las calles están tranquilas.

Cuando llego a la Mansión de la Luz Dorada, voy directamente a la botica, donde encuentro a mis abuelos sentados a una mesa, esperándome.

—Bienvenida a casa, Yunxian —me dice el abuelo.

Acaba de cumplir ochenta años. Su pelo y su barba han empezado a ralear y se han vuelto completamente blancos. Me indica que me siente, y a continuación la abuela me sirve té. Me intereso por la salud de ambos, y es mi abuelo quien responde:

—Los dos estamos bien. —Da un ruidoso sorbo de su taza y sonríe agradecido—. Cuéntanos qué has aprendido esta semana.

—He estado leyendo textos antiguos sobre casos y teoría médica —contesto.

—¿Cuáles? —quiere saber la abuela. En su próximo aniversario cumplirá setenta y seis años. Su cabello ha tardado más en cambiar que el del abuelo, pero ya tiene vetas grises—. ¿Qué puedes contarnos?

Y así comienza una hora de instrucción y charla, que incluye el repaso de los casos poco relevantes que he tratado este mes en el recinto de la familia Yang: la concubina que se quejaba de hemorragias nasales y dolores de cabeza recurrentes, afecciones que, aunque leves, son peligrosas para una mujer que debe confiar en su belleza y su salud para proteger su posición; una anciana tía que pidió algo para aliviar el dolor de cadera; una infección ocular que amenazaba con extenderse a todos los niños de las cámaras interiores, pero que logré reducir a sólo tres casos...

Cuando ha transcurrido una hora, el abuelo se retira.

—Déjame tomarte el pulso —dice la abuela asiéndome el brazo derecho; toma mi muñeca en la mano y deja que las yemas de sus dedos se posen en el primer nivel de mis pulsaciones.

—No es necesario —le digo con suavidad, intentando zafarme.

Ella no me suelta.

—Sigo preocupándome por ti.

—Abuela, todas las madres acaban cansadas.

—Tienes un largo historial de dolencias. Enfermaste cuando viniste a vivir aquí y volviste a enfermar después, cuando te mudaste a casa de tu esposo. —Hace una pausa—. Además, estuviste a punto de morir tras el nacimiento de Yuelan; la debilidad que provoca algo así nunca te abandona del todo.

—Mis otros embarazos y partos transcurrieron sin incidentes.

—Porque nos tenías a Meiling y a mí para cuidarte —señala ella mientras me aprieta un poco más la muñeca para alcanzar el segundo nivel de pulsaciones—. Algunas mujeres padecen debilidad en el hígado; cuando ese órgano sufre de falta de riego, puede provocar una desarmonía del *chi* que se manifiesta en forma de dolores, frustración y mal humor. Otras nacen con debilidad en el riñón, que puede liberar sentimientos de no querer o no poder hacer ciertas cosas, de desear quedarse en la cama todo el día, a oscuras...

—Abuela...

—Debes ser siempre precavida, porque, como serpiente, eres propensa a este tipo de desequilibrios. —Sus dedos buscan el tercer nivel de pulsaciones—. Una serpiente se pone tensa con facilidad. Una serpiente es susceptible a las enfermedades de la mente. A una serpiente no le gusta comer.

—Yo sí como...

—Pero ¿comes lo suficiente? —No espera a que le responda—. Las serpientes parecen hermosas por fuera, pero tienen almas endebles. —Hace una pausa—. No podemos permitir que vuelva a ocurrir lo que pasó tras el nacimiento de Yuelan.

Sonrío para tranquilizarla.

—¿Qué te ha revelado hoy mi pulso? ¿Era ondulante, huidizo, grumoso, disperso, oculto...?

—¿Vas a recitar los veintiocho tipos de pulso? —La abuela me suelta finalmente la muñeca, un tanto irritada.

—Si quieres que lo haga...

—Basta con que sepas que me preocupo por ti. —Decide cambiar de tema—: Tu hermano está bien. La esposa de Yifeng está embarazada otra vez. Cuatro varones en seis años... La casa está llena del ruido de sus travesuras.

—El linaje de la familia Tan está asegurado —comento.

—Cierto, aunque es una pena que la mujer de tu padre no le haya dado hijos.

—Él siempre está viajando. —No sé por qué me siento obligada a excusar a mi padre, un hombre al que no veo desde que superó los exámenes imperiales.

—¡Eso no cambia nada! —exclama la abuela con aspereza—. Esta señora Respetable se aloja con él.

Sí, la experiencia de esa esposa es muy diferente de la que yo tengo con mi marido.

—Mi padre debe de quererla mucho para tenerla tan cerca.

La abuela resopla con fuerza. Por mucho que yo la quiera, es una suegra; nunca estará satisfecha con su nuera.

—Háblame más de Yifeng —le pido—. ¿Sus estudios progresan?

—Espera presentarse al siguiente nivel de exámenes dentro de dos años. Seguro que le irá bien.

Pregunto entonces por las tres concubinas Jade del abuelo —todas están bien—, y luego por la señorita Zhao, a quien mi padre ha mantenido en el seno de la familia para no causar consternación a Yifeng; también está bien.

Fosca trae dos cuencos de sopa de fideos y más agua caliente para el té. Después de comer, la abuela me interroga sobre las propiedades de las hierbas y otros ingredientes. Me presenta casos hipotéticos y me pregunta qué tratamientos emplearía.

—Si una mujer tiene el pulso acelerado...

—Es un indicio de calor...

—También experimenta dificultad para respirar y tiene la tez roja y el cuerpo abotargado. No le apetece comer y su lengua está pálida y húmeda, pero hinchada. Aunque lleva una chaqueta acolchada, no deja de tiritar. Nada de eso sugiere calor.

—En ese caso, el pulso rápido, que normalmente indicaría un trastorno de calor, es una manifestación de extrema debilidad. La paciente sufre de una desarmonía fría del yin.

—Bien —dice la abuela. Acto seguido me presenta los casos de varios pacientes con tres tipos diferentes de tos—. ¿Qué te revela el sonido de una tos violenta que aparece sin previo aviso?

—Sería un indicio de exceso.

—¿Y el de una tos áspera, que recuerda a las arenas del desierto?

—De calor. Tal vez de sequedad.

226

—¿Y qué indicaría una tos débil y con una vibración húmeda?

—Una deficiencia.

Y así sucesivamente. Mi mente se expande para encontrar las respuestas, pues sé que en nuestra medicina existen múltiples formas de llegar al diagnóstico y al tratamiento. Dos horas más tarde, noto el interior de mi cráneo tan espeso y pesado como las gachas de arroz.

—Tus conocimientos y tu comprensión aumentan año tras año —me felicita la abuela señalando el final de nuestra sesión.

—Pero ¿sabré alguna vez lo suficiente? ¿Seré alguna vez tan hábil como tú?

—¡Nunca jamás! —Se echa a reír—. ¡Yo misma sigo aprendiendo! Sospecho que seguiré aprendiendo incluso en mi lecho de muerte.

Eso es algo que me niego a contemplar.

—¿Cuándo leíste por última vez a Lao Tse? —pregunta.

—No me acuerdo.

—Vuelve a leerlo antes de venir el mes que viene. Prepárate bien para hablar de sus ideas sobre el equilibrio y la armonía. —Mi abuela empieza a recitar—: «El ser y el no ser se producen mutuamente. Lo difícil y lo fácil se complementan.»

—«Lo largo y lo corto se contrastan» —continúo—. «Lo alto y lo bajo se distinguen entre sí...»

—En la vida y en la medicina, siempre volvemos a la armonía y la desarmonía. —A la abuela le brillan los ojos y añade—: El yin y el yang siempre están en movimiento, manteniéndose a flote y cambiándose entre sí.

Ya es tarde y aún tengo que hacer otra parada. La abuela intenta que me quede.

—Ven conmigo a las cámaras interiores. A todas les encantará verte, en especial a la señorita Zhao.

Sonrío.

—A mí también me gustaría visitarla, pero Meiling me espera. Por favor, saluda a la señorita Zhao de mi parte y dile que la veré la próxima vez.

Fosca aguarda en la puerta para acompañarme hasta la verja. En lugar de volver por las tranquilas callejuelas hasta el Jardín de las Delicias Fragantes, mis porteadores me llevan por caminos atestados de carros, carretas, caballos, mulas y camellos hasta el centro de Wuxi. Cuando cruzamos la plaza principal, levanto con cuidado la cortina y veo a cuatro criminales convictos sentados en fila con las muñecas y los tobillos inmovilizados en una estructura de madera. Vislumbro a otro hombre caminando por la plaza con una canga de castigo al cuello. También es de madera, pero lo bastante grande para que no pueda alimentarse y tan pesada que le cuesta mantenerse erguido. Cierro la cortina.

El palanquín se posa en el suelo con un golpetazo. Pago a mis porteadores por el trabajo que hacen para mí y por su silencio, pues hasta ahora han mantenido en secreto mis visitas a Meiling. Me cubro la cara con la manga —para evitar olores y, sobre todo, para que no me descubran— y me apresuro a recorrer los pocos pasos que separan el palanquín de la tienda de té Paz y Armonía. El local está mejor surtido incluso que la última vez que estuve aquí. En la pared de la izquierda hay montones de pastitas de té. Las más exquisitas se han colocado en una estantería, cada una en su propio expositor, mirando hacia fuera, para que los clientes se sientan atraídos por las imágenes en planchas de madera de los envoltorios de papel de arroz. Kailoo, el marido de Meiling, está detrás del mostrador atendiendo a un cliente. Lo saludo con la cabeza y subo por la escalera trasera al apartamento del primer piso. Entro en la habitación principal y allí está sentada mi amiga, inclinada sobre una palangana y lavando ropa.

—Meiling.

Se vuelve hacia mí y se seca la frente con la muñeca.

—No estaba segura de a qué hora vendrías. Casi había perdido la esperanza.

—La abuela tenía muchos casos que discutir hoy.

—Siéntate. —Meiling ladea la cabeza como hace desde que era niña—. ¿Has comido? ¿Te apetece un té?

Ignora mi cortés respuesta de que no tengo hambre ni sed y saca un plato de cosas para picar y pone agua a calentar. Lleva una túnica que le llega a medio muslo, con ranitas tejidas que abotonan la tela en el cuello, en el pecho y debajo del brazo. Los pantalones le llegan hasta debajo de las rodillas, dejando al descubierto sus fuertes y bronceadas pantorrillas. Un pañuelo atado en la nuca le cubre el cabello. Todas las prendas son de algodón corriente teñido de un azul índigo intenso. La ropa está limpia, sin un solo deshilachado. Viste como una mujer trabajadora, pero se las apaña para resultar elegante. Cierto aspecto melancólico en sus facciones hace que su belleza parezca aún más límpida y pura. Sospecho que, desde la última vez que la vi, ha vuelto a experimentar su flujo lunar. Ha pasado otro mes sin que se plante en su seno un bebé.

Nos sentamos juntas y disfrutamos de la comida y del té que ha preparado. A través de la ventana abierta nos llega el bullicio del exterior.

—Este té está delicioso —digo después de probarlo.

—A todo el mundo le gusta el té de jazmín —responde—, pero casi siempre se prepara rociando las hojas de té con aceite de jazmín. Mi marido ha conseguido té de jazmín de verdad. —Toma un sorbo, retiene el líquido en la boca para disfrutar de su sabor y luego traga con tanta delicadeza que prácticamente puedo ver cómo se desliza el té por su garganta—. El agricultor extiende las hojas de té y luego coloca encima miles y miles de flores de jazmín sin abrir —continúa, esforzándose en promocionar la mercancía de su esposo—. Por la mañana las flores se abren y transmiten su aroma, su esencia, a las hojas. Luego el agricultor y su familia pasan los dos días siguientes quitando todas las flores del té.

—Parece un trabajo duro, o por lo menos parece exigir mucho tiempo.

—¡Ja! ¡Pues eso es sólo el principio! El granjero repite ese proceso otras nueve veces. El té absorbe el aroma de las flores de jazmín durante treinta días.

—No me extraña que tenga este sabor.

Meiling se inclina hacia delante.

—Supongo que querrás un poco para llevárselo a tu suegra.

Como es natural, el té es caro, pero estoy encantada de pagarlo.

Meiling me da las gracias y añade:

—El hecho de que compartas nuestro té con tu familia ha dado fama a la calidad de nuestros productos. Kailoo y yo te estaremos eternamente agradecidos.

—Soy yo quien os da las gracias. Vuestros tés evitan que mi suegra me eche a la calle.

Nos reímos de mi chiste, pero es cierto que mis compras de tés como el Diosa de Hierro de la Misericordia, el de peonía blanca silvestre, el Pozo del Dragón y el *pu-erh* de mandarina seca han complacido a mi suegra a lo largo de los años. Kailoo ha sabido sacar provecho de mi patrocinio y del de otros moradores del Jardín de las Delicias Fragantes. La reputación de los tés Paz y Armonía ha crecido, ha atraído a clientes adinerados, y el negocio se ha expandido. Kailoo se ha convertido en un comerciante acomodado, y eso, entre otras cosas, le ha permitido contratar a una criada para su esposa.

—¿Puedo preguntar por tu madre? —añado—. Hace muchos meses que no la veo.

—Los bebés vienen cuando vienen —responde mi amiga—. Las familias importantes ya no la contratan, pero las mujeres pobres siguen necesitando ayuda.

La comadrona Shi no ha conseguido reparar su dañada reputación después de todos estos años. Me parece vergonzoso, pero me limito a decir:

—Me alegro de que tu prestigio siga creciendo.

—Mi madre me enseñó bien —responde—. Sé lo que hago, las mujeres confían en mí. Nadie es tan capaz como yo, te lo aseguro.

—El doctor Wong...

—Ha sido bueno conmigo. Si no fuera por él, no sé qué habríamos hecho mi madre y yo. —Su mandíbula se tensa bajo la piel impecable—. A mi esposo le está yendo bien, pero si queremos seguir mejorando nuestras vidas, los tres tenemos que trabajar. —No dice «a diferencia de ti», pero parece sobreentenderse—. Ahora las mejores familias de Wuxi me piden que las atienda en sus partos.

—Eso es... —Trato de meter baza para decirle que me alegro por ella, pero su necesidad de demostrar algo la empuja a seguir.

—Desde la última vez que nos vimos —prosigue sin dejarme hablar—, he traído al mundo al hijo del mandarín Fu. No se puede aspirar a mucho más.

—¡Eso es maravilloso! Y me alegra ver que cosechas los frutos de tu buena reputación como comadrona. La abuela y yo estamos orgullosas de ti.

—Me han obsequiado con muchos *jin* de carne, sacos de arroz y cajas de carbón. —Toma aliento antes de continuar—. ¡Y muebles! Jarrones de porcelana, biombos de bambú.

En mi fuero interno, me encojo un poco. Su entusiasmo me parece demasiado materialista, si bien es cierto que ella y su esposo siempre han sido gente trabajadora. Los resultados de su esfuerzo se pueden ver en la tienda, con su mercancía mejorada, y en este apartamento de dos habitaciones, donde, a lo largo de los años, he visto cómo adquirían y colocaban bajo la ventana un bonito *kang* para que duerman Meiling y su esposo, y un *kang* más pequeño en la otra habitación para la comadrona Shi.

—Si tengo suerte —comenta—, algún día una familia agradecida podría honrarme con un lujoso funeral.

—Ésa es la mayor recompensa que alguien puede recibir —admito.

—Kailoo dice que pronto podremos comprar nuestra propia plantación de té, ampliar el negocio y... —Sonríe—. Estaba deseando contarte que vamos a construir una casa de un solo patio.

—¡Oh, Meiling, eso me complace muchísimo!

—Nada de esto habría ocurrido de no ser por el doctor Wong. Una comadrona necesita médicos varones si quiere llenar el cuenco de arroz.

Me parece una exageración, aunque tal vez no lo es. Sólo conozco a dos doctoras: la abuela y yo. Pero la abuela se limita a cuidar a las mujeres que habitan en la Mansión de la Luz Dorada, y la señora Kuo se encarga de contratar al médico del Jardín de las Delicias Fragantes. A ella le gusta el doctor Wong, y él recurre a Meiling.

—Cuando sea la señora de la casa Yang —le digo—, tú y yo traeremos muchos bebés al mundo.

—Lo estoy deseando. —Coge una ciruela pasa—. ¿Has visto el libro del doctor Wong?

—Mmm...

Es algo de lo que no me apetece hablar. El doctor Wong ha publicado un libro con sus casos. En él figuran remedios habituales para enfermedades corrientes y recetas de «fórmulas especiales» para hacer perfumes, eliminar arrugas y proporcionar brillo al cabello. Pero lo más molesto, a mi entender, es que relata únicamente casos de personas ricas o ilustres. (Sí, eso significa que incluye casos de la familia Yang.) La abuela lo explica así: «Escribir un libro de esa clase es el típico atajo para que a uno lo nombren *ming yi*, médico famoso. ¡Qué arrogancia!»

Al advertir mi vacilación, Meiling exhala un suspiro.

—No olvides que, gracias al doctor Wong, tú y yo podemos vernos más, pues siempre lo acompaño cuando va a tu casa.

Es cierto. Como médico oficial de la familia Yang, el doctor Wong viene cada mes al Jardín de las Delicias Fragantes para ofrecer sus servicios, antes que nada a los hombres y a los niños varones; luego visita las cámaras interiores para someter a revisión a las mujeres, incluyéndome a mí. Meiling y yo no pasamos mucho tiempo juntas durante esas sesiones, pero podemos mirarnos a los ojos mientras ella me transmite las preguntas del doctor Wong y le lleva a él mis respuestas.

—Agradezco cualquier cosa que nos permita estar juntas, por fugaz que sea —contesto.

Pero mis palabras conciliadoras no parecen ser suficientes para Meiling.

—No entiendo por qué no te inspira más respeto el doctor Wong. Él y yo hemos pasado por situaciones difíciles, y no siempre han terminado de un modo satisfactorio, pero no conozco a otro médico en la ciudad a quien se le dé tan bien comunicarle a un esposo que su mujer ha dejado este mundo. ¿Y has visto? Incluso me incluye en algunos casos sobre los que escribe en su libro, citándome por mi nombre.

Me siento como si Meiling me hubiera pasado una lima de hierro por las entrañas. El doctor Wong no tendría que comunicarle a un marido que su mujer ha muerto si hiciera mejor su trabajo. Pero hay algo más preocupante incluso: ¿se está convirtiendo Meiling en una persona que aspira al mismo tipo de fama que persigue el doctor Wong?

Decido cambiar de tema y hablar de algo que nos concierne a las dos.

—A veces un marido y su mujer necesitan ayuda con los asuntos de alcoba.

Pero he sido demasiado torpe, demasiado brusca. Meiling se encoge de hombros como quien se quita pétalos de cerezo caídos en primavera. Al cabo de unos instantes, dice:

—A Kailoo y a mí nos gustan los asuntos de alcoba. Nuestro problema no es ése. Yo me bebo esto, él se bebe aquello, pero no conseguimos engendrar un bebé.

Alargo la mano sobre la mesa para asir la suya.

—Me pregunto si podría ayudarte.

Me mira fijamente, con expresión impenetrable.

—¿En qué estás pensando? —le pregunto—. ¿Por qué no me dejas tratarte? ¿Es porque soy mujer? ¿O porque aún soy demasiado joven?

Ella desestima esas ideas, pero en su expresión, conociéndola tan bien, capto que me oculta algo.

—¿El doctor Wong te está dando fórmulas para que las tomes?

—Sí.

Eso me duele hasta el tuétano, pero intento disimular mis sentimientos.

—¿Qué te ha recetado?

Meiling agita una mano.

—No quiero preocuparte con eso. —Hace una pausa y añade—: De verdad, no necesito que me ayudes, pero conozco a una mujer que sí lo necesita.

—Yo sólo atiendo a gente de mi familia...

—Hay otras mujeres necesitadas de ayuda.

—Tendría que pedirle permiso a Maoren para visitar otra casa de élite, pero está en Nankín —contesto.

—La persona en la que estoy pensando no es de una familia de élite. —Cuando niego con la cabeza, Meiling dice—: Tu suegra no se enterará. —Tras una nueva pausa, añade—: Por favor, Yunxian. ¿Dejarías que una mujer sufriera sólo porque no vive entre los muros de la casa de tu esposo?

—Tráela aquí la próxima vez que te visite...

—Eso no servirá. Tenemos que ir a verla. —Antes de que pueda discutírselo, se pone en pie y empieza a abrir armarios y a sacar ropa—. No puedes ir así por la calle. Tendrás que cambiarte.

—¡Claro que no! —exclamo, pero tras su rechazo a mi ofrecimiento de ayuda, tengo la sensación de que debo hacer esto para demostrarle que aún la quiero.

En contra de toda la sabiduría que he adquirido en la vida, me quito la túnica y me pongo los pantalones y la chaqueta de algodón de color índigo que me da Meiling. Los pantalones son más largos que los que lleva ella, de modo que cubren mis blancas y atrofiadas pantorrillas.

Quedan tres problemas: el maquillaje cuidadosamente aplicado que me distingue como esposa de una familia de élite; el alto moño decorado con adornos de jade y oro sobre mi cabeza, y mis pies. Meiling usa un paño para quitarme del rostro la pomada, los polvos, el colorete y la pintura de labios.

—No quiero desmontarte el peinado, porque no tendremos tiempo de recomponerlo antes de que vuelvas a casa —comenta, y acto seguido envuelve mi moño y los adornos con un pañuelo teñido a mano y me ata la tela en la nuca.

Nos plantamos juntas ante un espejo para contemplarnos. Estos sencillos cambios nos hacen parecer hermanas, pero no deja de sorprenderme que sólo una capa de pintura y un peinado puedan separar a las mujeres por clases.

Y nuestros pies, por supuesto.

—Siéntate —me ordena Meiling.

Obedezco mientras ella rebusca en más cajones y armarios. Me trae unos trapos limpios y un par de botas. Mete un trapo en la puntera de una y yo deslizo dentro mi zapatito de seda. Ella presiona la puntera con el pulgar, me mira y dice:

—Aún sobra espacio.

Saco el pie y Meiling añade más trapos. Esta vez la bota encaja a la perfección. Hacemos lo mismo con el otro pie. Me quedo sentada con los talones apoyados en el suelo y los dedos apuntando al techo. Mis pies se ven inquietantemente grandes.

—Intenta ponerte de pie —me dice Meiling—. Da unos pasos.

Me tambaleo al levantarme y me invade el pánico.

—No deberíamos hacer esto. Si alguien se entera...

—Nadie se enterará.

Me sujeta del codo cuando bajamos por las escaleras y salimos por la puerta trasera a un callejón. Las botas, que se me antojan enormes y pesadas como anclas, me hacen caminar con torpeza. Levanto mucho cada pie y luego lo poso en el suelo con sumo cuidado. Meiling, como es natural, camina más deprisa de lo que yo sería capaz y me arrastra a un ritmo tan rápido que me resulta muy incómodo. Doblamos una esquina y tomamos un sendero muy transitado que bordea un canal. Pasamos por delante de varias tiendas donde los clientes regatean y negocian. En un salón de té al aire libre, veo a dos hombres discutiendo sobre filosofía. Meiling me rodea la cintura con un brazo y me atrae hacia sí. Lleva el otro brazo extendido y lo mueve de izquierda a derecha y viceversa, evitando que la gente que viene en nuestra dirección se acerque demasiado o choque contra nosotras.

—Volvamos —murmuro—. Esto es un error.

Ella me ignora.

—Te he dicho que Kailoo y yo vamos a construir una casa. Ya hemos visitado una fábrica de ladrillos para hacer nuestro pedido. Hay una mujer...

—¿Una mujer trabajadora?

—Yo soy una mujer trabajadora —responde ella con impaciencia—. Amapola, tu cocinera y todas las demás sirvientas y concubinas de tu casa son mujeres trabajadoras.

Tiene razón, pero eso no vuelve menos grave lo que estamos haciendo. Si me pillan...

Es como si lleváramos una eternidad caminando, pero las anchas suelas de las botas de Meiling me sostienen bastante bien. Nos desviamos por otra esquina y nos alejamos del canal. Lo que veo se parece mucho a lo que Meiling me describía cuando éramos niñas. Los colores son vibrantes. Las tiendas exhiben sus mercancías: altos montones de rollos de seda y brocado; fruta que reluce en sus cestas; carne roja y sudorosa que atrae a las moscas... Todas estas cosas me parecen hermosas y abrumadoras al mismo tiempo. Los escaparates se convierten poco a poco en hileras de casas pegadas unas a otras, sin espacio entre ellas. Después, las estructuras vuelven a transformarse en talleres que elaboran cestas y otros productos y en fábricas que procesan e hilan seda. Doy un brinco cuando oigo un fuerte golpe en el puesto de un herrero, y el sonido del grano al molerse me crispa los nervios.

Llegamos ante un portón, Meiling tira de una campanilla y una anciana nos abre. Se alegra al ver a Meiling.

—¡Joven Comadrona! Bienvenida.

—Me alegro de verte, Oriole. He traído a alguien que quizá pueda ayudarte.

La mujer nos invita a entrar con un gesto. Encontrarme en una fábrica de ladrillos me resulta del todo incomprensible. Oriole nos lleva a un sitio a la sombra de un alero y nos indica que nos sentemos en unas cajas puestas del revés. Nos sirve té, retrocede como lo haría una sirvienta y se queda de pie con la cabeza gacha y las manos cruzadas.

—Siéntate, por favor —le pide Meiling.

Al ver que Oriole vacila, añado:

—No puedo examinarte si te quedas ahí.

Acerca otra caja y se une a nosotras. Mientras Meiling entabla conversación con ella, aprovecho para empezar con los Cuatro Exámenes. Primero, observo: como es natural, tiene la piel curtida por pasarse los días al sol en este patio, donde también está en contacto constante con el calor seco del horno. A pesar de ello, detecto palidez bajo su piel. Tiene las manos ásperas, ajadas y con nudos en las articulaciones. Luce una delgadez desfavorecedora: en lugar de quitarle años de encima, como si tuviera la figura esbelta de una chica casadera, su cuerpo parece consumido, como si se le secara la carne sobre los huesos. Lo más chocante es que lleva unas sandalias de paja que revelan unos pies oscurecidos no sólo por el sol, sino por la mugre y el polvo de este lugar. Tiene las uñas de los pies largas y sucias. Gruesos callos bordean sus dedos gordos y sus talones. La visión es tan inquietante para mí que vuelvo a fijarme en el rostro de la mujer. Calculo que Oriole rondará la sexta década de vida. En segundo lugar, uso el olfato: desprende el mismo aroma que mis porteadores en un día como hoy. Es el olor del trabajo duro y del ajo. Ahora toca preguntar:

—¿Qué edad tienes?

—Treinta y ocho años —responde Oriole.

La abuela y el abuelo me enseñaron muy al principio a no mostrar nunca mi sorpresa cuando un paciente revela algo perturbador.

—¿De modo que sigues teniendo tu flujo lunar menstrual?

Oriole dirige una mirada inquisitiva a Meiling.

—El problema no es que lo tenga —explica Meiling—, sino que nunca se detiene.

—¿Cuándo y cómo empezó eso? —pregunto.

—Una vez, cuando tenía mi flujo lunar, mi esposo se pasó el día en la ciudad y tuve que cargar yo sola con todos los ladrillos. No acabé la tarea hasta mucho después de que anocheciera. Mi flujo manó a chorro sin parar durante tres meses; luego se convirtió en un goteo incesante durante tres años.

¡¿Tres años?!

Mi siguiente pregunta es obvia:

—¿Te han servido de algo los medicamentos?

Oriole niega con la cabeza y Meiling interviene:

—¿Cómo pueden funcionar las medicinas si no le han dado un diagnóstico adecuado?

—Oriole, hoy estás sola aquí —comento con la esperanza de obtener más información.

—Mi marido suele estar fuera —dice—. Se ocupa de la entrega de nuestros ladrillos. También le gusta visitar las tabernas. Y otros lugares... —Su rostro se tiñe de un intenso carmesí. ¿Se sonroja por la vergüenza de que su marido visite a mujeres que venden su cuerpo o por el resentimiento y la ira?—. Cuando él no está —continúa, con la voz llena de emoción—, me quedo cargando y apilando los ladrillos y las tejas que fabricamos. Muchas noches duermo sola.

Asiento para mostrar que la comprendo; yo también paso muchas noches sola en mi lecho conyugal.

—¿Puedo tomarte el pulso? —pregunto.

Llevo años estudiando medicina y tratando a mujeres. Tengo confianza en mí misma, pero me tomo mi tiempo y palpo hasta haber alcanzado los tres niveles en ambas muñecas. Su pulso es como esperaba: fino como un hilo, pero nítido y claro. Reflexiono sobre sus síntomas, en particular el sangrado constante, y me planteo las posibilidades de tratamiento sabiendo que nunca podré pedirle consejo a la abuela en este caso.

—Sufres una deficiencia del *chi* del bazo y una lesión del yin del riñón, ambas cosas causadas por el agotamiento que te provoca tanto esfuerzo —declaro—. Este tipo de fatiga profunda puede estar causada por un trabajo físico excesivo o por labores mentales extremas, como estudiar demasiado.

—Yo duermo...

—Una sola noche de sueño no permitirá que tu cuerpo se recupere. La extenuación a causa del trabajo es muy profunda. Mira lo que te ha hecho ya. Si te extiendo una receta, ¿serás capaz de conseguir los ingredientes?

—Oriole puede ir adonde quiera —responde Meiling en nombre de la fabricante de ladrillos.

—Entonces me gustaría que lo hicieras. Primero, por favor, haz que el herbolario te prepare una decocción para suplementar el centro y reponer el *chi*. —No sé si esto va a interesarle mucho a Oriole, pero me decido a explicárselo de todos modos—: Se trata de un remedio clásico de un libro llamado *Fórmulas profundas*. Mi abuela dice que ella posee el último ejemplar existente. —Los ojos de Oriole se abren como platos mientras asimila esa información—. Las mujeres confiamos en el ingrediente más importante de este remedio, el astrágalo, que te ayudará con la fatiga y la postración por el sangrado. He añadido algunas ideas de cosecha propia a la receta. La raíz de casida purga el fuego y la inflamación. El rizoma de juncia real no sólo posee propiedades refrescantes, sino que tiene fama de ayudar con los problemas del flujo lunar, la pérdida de peso y los trastornos del sueño. El cardo japonés es una de las mejores sustancias para detener sangrados descontrolados.

—¿Será caro? —pregunta Oriole.

—Aquí no hay ingredientes extraordinarios —respondo.

—Te pondrás bien —añade Meiling para tranquilizarla.

—Cuando hayas terminado con este remedio, quiero que tomes la Píldora para Suplementar en Gran Medida el Yin —continúo—. Entre sus muchos ingredientes, incluye caparazón de tortuga de agua dulce y corteza de alcornoque.

—¿Y mejoraré?

—Sí, sin duda —respondo—. Enviaré a la Joven Comadrona para que se asegure de que te recuperas. Si tienes otros problemas, ella me traerá aquí.

Hago este ofrecimiento porque confío lo suficiente en mi plan de tratamiento como para tener la certeza de que no me hará falta volver. Esa píldora ya la he usado antes. Aunque se sabe que sofoca el fuego en el yin y es un suplemento para el riñón, también ayuda con las emociones turbulentas. Oriole es educada y acogedora, pero la amargura que le provoca su vida irradia de ella en igual medida que el horno de ladrillos irradia calor. Su ira está mucho más arraigada y es más difícil de tratar que el sangrado de su vientre, pero mi remedio también funcionará en este caso.

Meiling y yo nos despedimos y volvemos sobre nuestros pasos hasta la casa de mi amiga, a la que conseguimos subir sin ser vistas. Estoy agotada y los pies me duelen más que cuando me los vendaban. Me muerdo los labios para no gemir cuando Meiling me quita las botas, y lucho por serenarme mientras vuelvo a ponerme la ropa. Las capas de enagua, sobrefalda, túnica y calzas me resultan asfixiantes.

Los porteadores no me miran con recelo cuando salgo por la puerta principal, lo que supone un alivio. Cuando llegamos al Jardín de las Delicias Fragantes, el guardia me abre el portón y empiezo a cruzar el recinto. Necesito tomar un té. Necesito cambiarme de ropa y maquillarme. Necesito, sobre todo, tumbarme para que mis pies palpitantes descansen. Sin embargo, hacer cualquiera de esas cosas levantaría sospechas. Cada paso que doy me provoca oleadas de dolor en las piernas, pero intento mantener una expresión serena.

Encuentro a las niñas y a las mujeres de la casa en el último patio. Unas leen, otras bordan y pintan. Mi suegra está sentada con esposas de su edad, pero de rango inferior. Todas beben vino de arroz en vasitos de jade, para desviar la atención de la recién descubierta necesidad de la señora Kuo de saciar la sed que mora en su interior. Desde el pabellón me llegan los chasquidos de las fichas del mahjong; las tías deben de estar enzarzadas en otra de sus furibundas partidas. Paso junto al grupo de concubinas. Inclino la cabeza ante la señorita Chen y ella me devuelve el saludo. Soy una esposa; ella es una concubina. No somos amigas, pero nos comportamos con educación la una con la otra.

La señorita Chen es el mayor éxito del doctor Wong, puesto que juntos le han dado al clan Yang un segundo heredero. Manzi, que ahora ya tiene trece años, asiste a la escuela de la casa con otros chicos. Mi suegra lo adora y lo mima con dátiles y dulces. Está en condiciones de convertirse en su hijo ritual. Hay días en los que ese hecho parece haber disminuido las intrigas en las cámaras interiores; otros, en cambio, Tía Segunda puede mostrarse particularmente mordaz sobre la injusticia que todo lo abarca. Pero la tradición es la tradición, y la sangre es la sangre. La sucesión la establece el Cielo, y todo seguirá igual para Tío Segundo a menos que les ocurra algo tanto a mi esposo como a Manzi. Por ahora, sin embargo, el hijo de la señorita Chen tiene una posición elevada. Así las cosas, la casamentera ya ha concertado los esponsales entre Manzi y la hija de un acaudalado comerciante de sal, lo que ha contribuido a consolidar la riqueza y el poder de ambas familias. Todo ello le ha valido a la señorita Chen el puesto de emperatriz de las concubinas. También ha dado a luz a cuatro niñas, la menor de las cuales aún no tiene tres años. Sus otras hijas, de diez, nueve y siete años, tienen los pies exquisitamente vendados. (¿Quién mejor para vendar los pies de una niña que un caballo flaco? Y, por supuesto, todas han heredado la belleza de su madre.) Con todo, la señorita Chen no tiene motivos para preocuparse. Tan segura está de su posición que incluso ha permitido que se le acumule grasa bajo la barbilla y alrededor de la cintura, o en la poca que le queda tras haber dado a luz a cinco hijos.

Veo a Yuelan y a Chunlan flanqueando a su hermana pequeña mientras pasean con ella por un camino lleno de guijarros. En el caso de los hombres, los guijarros masajean los puntos de acupuntura en las plantas de los pies; para las mujeres, los guijarros son motivo de precaución. Un paso en falso o una pérdida de equilibrio pueden provocar una caída. En el caso de una niña en pleno proceso de vendado, los guijarros presionan y se clavan en sus partes más dolorosas.

—¡Mamá! —exclama Ailan al verme. El sudor que perla su frente y su labio superior me revela su angustia. Su valentía me ayuda a disimular mi propio malestar.

La felicito por ser tan valiente y doy las gracias a mis hijas mayores por ayudarla. Luego pregunto:

—¿Jugamos a nuestro juego especial? Yuelan, Chunlan, vosotras recoged las hojas y las flores, yo cuidaré de vuestra hermana.

Sujeto a Ailan por el codo mientras da un paso tras otro por la pasarela de guijarros que sube al puente de piedra. Mis dos hijas mayores se unen a nosotras con las palmas de las manos ahuecadas como cuencos, llenas de pétalos y hojas. Las cuatro formamos una hilera, una al lado de otra, con las faldas ondeando. Cada una sostiene una hoja con el brazo extendido. Dejamos que Ailan cuente.

—¡Una, dos, tres y fuera!

Nuestras hojas se arremolinan, caen al agua y flotan bajo el puente. Sujeto de nuevo el codo de Ailan para cruzar hasta la otra balaustrada, pero cuando apenas hemos dado unos pasos oigo un fuerte chasquido. Con una repentina inhalación, Ailan levanta la pierna asiéndose la rodilla y luego la baja lentamente hasta el suelo. Se tambalea y yo la sostengo.

—Se ha roto otro hueso —digo con orgullo—. Cada día haces más progresos.

Se pone tan blanca como el vientre de un pez. Se traga el dolor, recupera el equilibrio y da seis pasos más, cada uno de los cuales debe de suponerle una agonía, al alcanzar la balaustrada. Se agarra al pasamanos de piedra, se inclina y mira hacia el agua. Intenta ocultar sus lágrimas, pero la corriente del arroyo es lo bastante tranquila para mostrarnos cómo caen en la superficie igual que gotas de lluvia. Cuando llegue el momento, me aseguraré de contarle a la casamentera que cada diminuto chapoteo de esas lágrimas era un indicio de la clase de esposa que será Ailan: diligente, resignada y obediente.

Al ver que su hoja aparece en primer lugar, alza la vista hacia mí. Sus ojos muestran la mirada distante que provoca el sufrimiento, pero las comisuras de sus labios se curvan hacia arriba cuando anuncia:

—Mira, mamá. He ganado.

Más tarde, esa misma noche, escribo en mi cuaderno sobre el caso de la fabricante de ladrillos. Apunto los detalles básicos, dejando de lado mis sentimientos sobre el estado de sus pies. Termino mi entrada como suelo hacerlo: con los ingredientes elementales de las recetas y los añadidos que las volverán más potentes. Cuando termino, me voy a la cama. Observo a mi alrededor las diminutas viñetas talladas en madera de peral que capturan momentos de felicidad doméstica. La sola idea de tocar el *erhu* junto a un riachuelo... Presiono el panel que ha estado suelto desde que era niña. Moviéndolo un poco, lo libero de su marco. Deslizo el cuaderno por la abertura, lo dejo en la pequeña estantería con los zapatos rojos de mi madre y vuelvo a colocar el panel en su sitio.

Por fin puedo descansar. Mi suegra sabe que sigo estudiando con mis abuelos. Es una forma más de ejercer su poder sobre mí, de mantenerme sumisa y obediente, pero si supiera que voy a visitar a Meiling, me lo prohibiría de inmediato. No lo permitiría bajo ninguna circunstancia, y jamás me dejaría tratar a una mujer trabajadora. Los secretos, sin embargo, se cobran un precio emocional, y además del cansancio de un típico día de arroz y sal, mi cuerpo y mi mente son víctimas de una fatiga absoluta. Sin que pueda identificar el motivo, afloran lágrimas silenciosas a mis ojos.

Los cien pulsos

—¿Cómo recibirás a tu esposo cuando lo veas? —El tono de Tía Segunda es cordial, pero su amargura por la ambición de que su marido ostente la autoridad en la casa no ha hecho más que crecer con los años, dejándole el rostro surcado por el resentimiento—. ¿Serás amable o...?

—¿... te quejarás de que no te haya traído un rollo de seda...?

—¿... o una pulsera de jade...?

—¿... o lo llevarás a toda prisa a la alcoba para que te dé un hijo?

Observo las caras de las mujeres sentadas en sus círculos en las cámaras interiores. Ya casi es mediodía, y la estancia es un hervidero de expectación. Mi marido vuelve a casa para una visita de tres meses. Trae consigo a un mandarín del Departamento de Servicios de Pekín que, según dicen, es uno de los hombres más ricos, refinados, cultivados e influyentes de la capital, por lo que tiene poderosos contactos en el palacio imperial. En las cámaras interiores, las mujeres experimentan sorpresa, y horror, al enterarse de que el mandarín viene con su esposa y su madre. La comitiva debería estar a punto de llegar, y todas aguzamos el oído, atentas a los sonidos de los címbalos, tambores, badajos y cornos que acompañan siempre la procesión de un funcionario de alto rango.

Inclino la cabeza con modestia, como he visto hacer a Meiling tantas veces.

—Estoy deseando ver a Maoren. Han pasado meses desde la última vez que estuvo aquí.

—La mujer tiene por naturaleza cierta tendencia a la mordacidad —comenta Tía Segunda—, de modo que no te olvides de mostrar una bonita sonrisa cuando lo veas.

Su consejo me parece tan valioso como un solo grano de arroz en el caldero de un banquete; aun así, mi respuesta es respetuosa.

—Eso haré, Tía Segunda.

—Al fin y al cabo —continúa—, quién sabe qué habrán estado haciendo nuestros esposos, y con quién, mientras estaban fuera.

—Eso que dices es fruto de los celos —interviene Tía Cuarta, como si todas y cada una de las presentes no supieran que ese mismo sentimiento la hace quejarse ante su marido siempre que él está en casa.

—O de la envidia —bromea desde el otro extremo de la habitación una de las concubinas de Tío Segundo—. ¿Quién no te ha oído aporrear mi puerta cuando el señor me visita?

La señora Kuo levanta una mano.

—¡Ya es suficiente!

Y en efecto, lo es durante unos instantes. Pero más allá, donde se sientan las viudas y las solteronas, se está tramando algo: esas damas ancianas pueden ser impredecibles. Tía Abuela, que se mudó aquí tras la muerte de la familia de su esposo, puede resultar a veces particularmente irritante. Aun así, cuando empieza a hablar, su tono parece despreocupado.

—Hubo una vez un grupo de maridos que temían a sus mujeres. —Las cabezas se vuelven hacia Tía Abuela cuando las presentes reconocen el comienzo de la conocida historia—. Un día, aquellos hombres se reunieron en una taberna para decidir qué hacer. El primero dijo: «Pegaré a mi mujer hasta que se vuelva sumisa. Acabará tan dócil como una cierva en primavera.»

Otra viuda sigue con el juego:

—El segundo hombre dijo: «Dejaré de alimentar a mi novia. El hambre domará su carácter autoritario.»

—El tercer hombre añadió: «Ataré a mi esposa a la cama» —retoma el hilo Tía Abuela—. «Así no podrá huir de mis encantos.»

Escuchándolas, echo de menos a Tía Solterona. Creo que a un par de mujeres más les ocurre lo mismo.

—Y de repente, ¿quién aparece? —pregunta Tía Abuela fingiendo alarma—. Pues una de las Seis Abuelas, una vieja arpía que se ganaba la vida como adivina. Y les advirtió a los maridos: «¡Cuidado, cuidado, que vienen vuestras mujeres!» Pese a sus atrevidas palabras de antes, dos de los hombres huyeron despavoridos como pulgas de un gato muerto. El tercero permaneció tieso en su silla, demostrando que era el más valiente. —Hace una pausa para dejar que aumente el suspense. Entonces, de forma muy parecida a como lo hacía Tía Solterona en el pasado, se inclina hacia delante y, en una voz apenas lo bastante alta como para hacerse oír, revela—: Pero cuando los otros maridos recobraron el valor y se acercaron, descubrieron que el miedo lo había matado.

Me uno a las risas, aunque en mi fuero interno estoy tan nerviosa como una novia. Tengo la suerte de amar a mi marido y de que él me ame a mí, pero no es lo mismo intercambiar cartas y que un mensajero las lleve de aquí para allá, cubriendo grandes distancias, que compartir lecho.

Justo entonces nos llegan los primeros sonidos de la procesión. La señora Kuo tamborilea con los nudillos en el brazo de su silla, indicando que desea que me acerque. De pie ante ella, me da la sensación de que todas las miradas de la estancia se clavan en mí. Amapola me ha ayudado con el pelo, cepillándolo hasta dejarlo brillante y adornándolo con mis mejores alfileres de oro y jade. La pintura roja de labios y el brillo rosado de los polvos en mis mejillas resaltan más, y espero que también resulten más seductores, al contrastar con mi vestido blanco como la nieve, confeccionado con una seda tan fina y transparente como el ala de una cigarra. Mi suegra nunca me haría un cumplido, pero hoy no podrá quejarse de mi aspecto.

—¿Qué crees que será mejor cuando llegue mi hijo: que estés en la puerta principal, que asistas al banquete o que aguardes en tu alcoba? —pregunta.

Sólo hay una respuesta correcta.

—Aunque anhelo ver a mi esposo y cada minuto separados ha sido como una espada en mi corazón, permaneceré en mis dependencias. Espero que sus deseos lo traigan cuanto antes hasta mí.

La señora Kuo asiente mostrando su aprobación, y añade:

—Aunque mi deber es supervisar el banquete para nuestros invitados, puedes tener la certeza de que estaré pendiente de que mi hijo no coma ni beba demasiado: lo quiero activo en el lecho.

Inclino la cabeza por deferencia, aunque me cuesta imaginar qué control puede ejercer sobre mi marido en ese sentido. Vuelve a tamborilear con los nudillos para despacharme y se levanta para dirigirse a las reunidas.

—No solemos recibir huéspedes en las cámaras interiores. Espero que todas seáis hospitalarias. —Hace una pausa antes de continuar—: Mañana es el día en que el doctor Wong y la Joven Comadrona nos hacen su visita mensual. Su tarea es demasiado importante para cancelarla. Me aseguraré de que cada una de vosotras tenga la oportunidad de verlos, pero, por favor, no olvidéis que nuestros hombres están afianzando contactos que pueden consolidar la riqueza y la reputación de la familia Yang. Debemos hacer cuanto podamos por ayudar, mostrando a estas mujeres viajeras —esas últimas palabras brotan de su boca como si hablara de engendros— que vivimos según los valores establecidos por Confucio y por el emperador.

No mucho después de que mi suegra se haya ido, les digo a mis hijas que sigan trabajando en sus bordados y me retiro a mi habitación. Mientras escucho los lejanos sonidos de los saludos a los recién llegados, y más tarde el murmullo del banquete de bienvenida que se celebra en el segundo patio, rememoro una y otra vez mi noche de bodas y la expectación que sentía. Se acerca con sigilo la medianoche, pero me quedo inmóvil donde estoy para no dañar el maquillaje y evitar que un solo cabello acabe fuera de su sitio. El vestido me cae desde el regazo hasta el suelo. Ajusto la tela para que las puntas de mis zapatitos asomen del charco de seda de modo tentador. Y así sigo, tan sublime como una estatuilla de la diosa de la Misericordia en plena meditación, cuando entra Maoren. Mi aspecto produce el efecto deseado.

—Esta noche engendraremos un hijo —declara mi esposo estrechándome entre sus brazos.

A la mañana siguiente las visitantes ya están instaladas en las cámaras interiores cuando entro. Todas las mujeres se hallan presentes, lo que significa que el doctor Wong y Meiling aún no han llegado. Mi suegra me indica con un gesto que me siente a su lado: es la primera vez que me sitúa como la segunda mujer en importancia de la casa. Debería sentirme honrada, y lo estoy, pero las desconocidas que están aquí como invitadas, tan distintas a nosotras, captan toda mi atención. La señora Liu, la esposa del dignatario visitante, nos dice que tiene veintitrés años. Su suegra, la viuda Bao, tiene cincuenta y uno. Llevan ropas finas, pero no tan elegantes como las que podemos encargar en nuestra provincia, donde la seda y los tintes son espléndidos y abundantes. Aun así, la sencillez de sus gestos revela su refinamiento, mientras que de sus labios brota lo que imagino que es sofisticación de la gran ciudad.

—El emperador ha enviado a mi esposo a viajar a lo largo y ancho de nuestro país. Tiene la misión de encontrar hombres y niños que quieran servir como eunucos en palacio —nos explica la señora Liu—. Muchos maridos pasan años lejos, y las mujeres debemos aceptar nuestra soledad. Mi esposo adopta un punto de vista distinto. Quiere que su mujer y su madre lo acompañen en sus viajes. En ese sentido, no somos tan diferentes de las esposas de los eruditos *juren* de menor nivel que acompañan a sus maridos a destinos remotos.

—Es admirable —dice la señora Kuo, aunque para ella semejante opción está tan lejos de ser admirable como lo está la luna de parecerse al sol.

—Conociendo a mi hijo como lo conozco —interviene la viuda Bao—, puedo deciros que se alegra de tener cerca a las mujeres de su familia durante su búsqueda cotidiana de otras familias dispuestas a vender a sus hijos varones, y de hombres adultos dispuestos a ofrecerse para que les corten sus tres partes pudendas, de modo que puedan ser empleados en palacio. El trabajo que lleva a cabo mi hijo es importante, sin duda, pero se beneficia de las penurias de muchos.

La señora Kuo aprieta los labios ante esas palabras tan francas y directas. En medio del silencio, la señora Liu intenta suavizar un poco los comentarios de su suegra.

—Los eunucos son necesarios en la Ciudad Prohibida para velar por el emperador, pero su trabajo más importante es vigilar a las mujeres de palacio. Algunos emperadores llegan a tener diez mil esposas, concubinas y consortes.

—¡Diez mil! —murmura alguien en el otro extremo de la habitación.

—En las condiciones adecuadas, el hijo de una concubina puede convertirse en el próximo emperador si la emperatriz no trae al mundo un varón —añade inocentemente la viuda Bao.

Mi suegra me dirige una mirada para recordarme que una situación así también podría afectarme a mí en el futuro.

—Hay que tomar todas las precauciones posibles para que la emperatriz y las demás mujeres de palacio se mantengan puras para el emperador —prosigue la señora Liu—. Eso significa...

—... que nada de flechas masculinas —concluye la viuda Bao con un guiño travieso—. De modo que tenemos eunucos, dignos de confianza por su exclusiva incapacidad para desempeñar su deber confuciano como hombres: producir hijos. —Le brillan los ojos—. Los castradores tienen tiendas y puestos al otro lado de los muros de la Ciudad Prohibida. El hombre o el niño entra con sus tres preciados órganos unidos a su cuerpo. Una vez despojados de ellos, los atributos se meten en un frasco, se sellan y se guardan en un estante para reunirlos con el cuerpo del eunuco a su muerte.

—¿Y por qué se hace algo así? —pregunta la señora Kuo con interés.

—Para engañar a los demonios del Más Allá y hacerles creer que sigue siendo un hombre. —La viuda Bao se permite una carcajada impropia de una dama—. Si no recupera sus tres valiosos atributos, se reencarnará en una mula.

Se hace el silencio mientras reflexionamos sobre la indignidad de semejante destino. Luego la viuda Bao continúa ya con otro tono:

—Muchas cosas han cambiado desde que el emperador Hongzhi ascendió al trono hace dos años. En nuestros viajes con mi hijo, tanto mi nuera como yo buscamos...

La señora Liu la interrumpe, haciéndome sospechar, y apuesto que a muchas otras también, que no quiere que se divulguen ciertos hechos.

—Los niños eunucos son como muñecos; juguetes, si se quiere, para mantener contentas a las mujeres. No rehúyen ni siquiera las peticiones más privadas.

Mi suegra parece incómoda, como si tuviera hormigas bajo la túnica.

—Los eunucos mayores suelen liderar la búsqueda de quienes deseen unirse a ellos en esta vida —prosigue la señora Liu—, pero el emperador y los dirigentes del Departamento de Servicios coinciden en que es sensato enviar periódicamente a alguien que tenga sus partes intactas y sea irreprochable ante las prefecturas locales, para que se asegure de que todo se está llevando a cabo de manera honesta. Aunque no va contra la ley que un padre pobre venda a un segundo, tercer o cuarto hijo varón para el servicio, mi esposo debe asegurarse de que las sumas correspondientes no sólo cambien de manos, sino que vayan a parar a las adecuadas.

Esta cámara suele ser un hervidero de conversación y actividad. Hoy no lo es. Todas las esposas aguzan el oído, atentas a las voces de nuestras visitantes. Es toda una novedad. Bajo el silencio percibo que concubinas, criadas y sirvientas escuchan incluso con mayor concentración, pues es probable que cada una de ellas siguiera un camino similar al de los chicos que acabaron convirtiéndose en eunucos, sólo que los padres de las muchachas las vendieron a una dama de los dientes o a algún otro alcahuete. Para muchas de las presentes en esta sala, la rama inútil del árbol genealógico sólo se volvió valiosa cuando las vendieron para ayudar a mantener viva a la familia.

—Nos han dicho que hay una persona que ejerce la medicina en vuestra casa —comenta la viuda Bao.

—Ah, sí, vendrá de visita hoy. ¿Os gustaría conocerlo? —pregunta la señora Kuo.

—Me refería a una doctora —aclara la viuda Bao.

—En el Jardín de las Delicias Fragantes sólo recurrimos al doctor Wong —responde mi suegra con frialdad—. Y puedo garantizarte que es un hombre.

—Pues no es lo que dice tu hijo. El día que nos conocimos, comentó que su esposa lleva preparándose para ser médica desde los ocho años. —La viuda mira en mi dirección—. Supongo que se refería a ti.

Un dragón siempre es leal a sus seres queridos. A mí, sin embargo, no me gusta alardear.

—El doctor Wong tiene fama de ser el mejor médico de Wuxi —dice la señora Kuo—. Ha publicado un libro con sus casos.

La viuda suelta un resoplido.

—Sí, lo hemos visto.

—Está claro que busca cierto tipo de clientela —comenta la señora Liu—. Mucha gente quiere codearse con los ricos. A su vez, los ricos aspiran a obtener lo mejor que el dinero puede darles...

—Lo que me preocupa —interrumpe en ese preciso momento la viuda Bao— es que no sea un médico exclusivamente para mujeres.

Mi suegra tuerce el gesto.

—El doctor Wong lleva mucho tiempo supervisando las cuestiones de fertilidad en nuestra casa.

Nuestras dos invitadas escuchan con educación: la más joven con una energía nerviosa, la mayor con una paciencia forzada.

—Nuestro grupo ha dado un rodeo hasta Wuxi para ver a... —La viuda Bao saca una mano de debajo de la manga y gira la muñeca para señalarme a mí—. Viajamos con mi hijo porque lo amamos y no queremos que se sienta solo, pero mi nuera y yo tenemos otros asuntos; se podría decir que es un doble negocio. Mi hija vive en Nankín. La vimos cuando estuvimos allí. Ha estado bastante enferma.

—Su médico dice que podría morir —interviene la señora Liu—, pero tu hijo nos ha dado una nueva esperanza al hablarnos de su esposa.

—No os toméis nuestra petición como una simple locura de mujeres —añade la viuda—. Mi hijo insistió en que viniéramos aquí, porque quiere mucho a su hermana y le gustaría hacer lo posible para revertir el curso de su enfermedad. Una familia como la vuestra puede conseguir grandes recompensas en agradecimiento por su hospitalidad, sus consejos y sus buenas acciones.

La señora Kuo permanece en silencio. Me resulta imposible adivinar lo que le pasa por la cabeza.

—Sólo tienes que pensar en las historias con moraleja que hemos oído desde niñas. —La viuda Bao extiende su mano derecha, dispuesta a ofrecer un ejemplo—: Un hombre pobre ayuda a un mendigo en una cuneta. El mendigo resulta ser un dios o un emperador disfrazado, y el pobre recibe muchos regalos por haber sido tan bueno y generoso, cuando él mismo tenía tan poco. —Extiende su mano izquierda para ofrecer un segundo ejemplo—. Una familia de gran riqueza y distinción, con almacenes rebosantes, se niega a dejar ni un solo bocado en el cuenco de un mendigo. Muchos años más tarde, después de que la familia haya padecido incendios, sequías y mala suerte en el juego, ¿quién llega en una magnífica procesión? Todas conocemos el final de esa historia.

La señora Kuo tamborilea con las uñas, y yo interpreto que me está ordenando que hable.

—Te sugiero que visites a mi abuela. Es muy conocida en Wuxi por sus magníficos tratamientos.

—Hemos oído hablar de ella —responde la señora Liu—, pero mi suegra y yo estamos de acuerdo en que alguien más joven podría tener ideas más novedosas. Y tu esposo nos ha dicho que has tenido ciertos éxitos.

—Nunca he tratado a una mujer a distancia —admito.

Mi suegra zanja el asunto diciendo:

—Pues ahora lo harás.

—Entonces intentaré hacerlo lo mejor posible. —Me vuelvo hacia nuestras invitadas—. Podemos hablar aquí, pero quizá prefiráis venir a mis dependencias.

—Por favor, quedaos aquí. A todas nos gustaría escuchar lo que tengáis que decir.

La señora Kuo parece solícita, pero nuestras invitadas no se dejan engañar.

—En tus dependencias estaremos más cómodas —dice la viuda—. Me parece una gran idea, retirémonos allí.

254

Recorremos lentamente las galerías porticadas, deteniéndonos aquí y allá para que nuestras visitantes puedan disfrutar del aroma a jazmín y admirar el penacho de un pájaro enjaulado, mientras Amapola se adelanta corriendo para prepararlo todo. Cuando llegamos y nos ponemos cómodas, Amapola nos sirve té.

—Por favor, háblame de tu hija —empiezo—. ¿Qué edad tiene? ¿Qué síntomas presenta?

A la viuda se le llenan los ojos de lágrimas, de modo que la señora Liu habla por ella.

—Mi cuñada tiene treinta y cinco años. Cuando oye hablar a la gente, se marea.

Se trata de un síntoma extraño, sin duda, pero no me parece tan preocupante. Sin embargo, ya hemos llegado al quinto mes, cuando el calor y la humedad crecientes pueden traer consigo enfermedades.

—¿Tiene un sarpullido? —pregunto.

—No se han registrado casos de viruela en Nankín —responde la señora Liu.

Pues eso es un alivio.

—Habéis querido hablar conmigo porque soy mujer —digo—. Espero que no os importe que os haga algunas preguntas íntimas. —Cuando ambas mujeres asienten, continúo—: Contadme cómo son sus heces y su orina.

—Se ha desmayado varias veces cuando estaba sentada en la bacinilla —declara la señora Liu.

—¿Qué dice su médico? —pregunto.

—Dice que sufre deficiencias en el flujo menstrual y en el *chi* —contesta la señora Liu—. Ahora tose sangre.

Podrían haber mencionado este síntoma primero. Al oírlo, digo:

—Por lo que parece, el doctor ha hecho el diagnóstico correcto.

—¿Se está muriendo? —pregunta la viuda Bao con la voz quebrada—. Es mi hija...

—No puedo realizar los Cuatro Exámenes desde lejos. —Intento que mi tono suene tranquilizador cuando añado—: Contadme más. Quizá su médico haya pasado algo por alto.

—Pregúntanos lo que quieras.

—¿Podéis describirme su temperamento?

—Antes siempre había sido una muchacha irascible e impaciente —responde la viuda—. Ahora está postrada en la cama, llorando día y noche.

Ése es otro síntoma importante, pero ¿cuál es la causa? Permanezco en silencio, esperando a que una de las mujeres me cuente qué ha provocado tanta tristeza. Tomamos el té a sorbitos. Los ojos de la viuda Bao vuelven a llenarse de lágrimas; la señora Liu exhala uno de esos suspiros que, desde la noche de los tiempos, indican desaliento.

—La hija de mi cuñada murió hace diez meses —me confía por fin—. Fue entonces cuando empezó a llorar. Cuatro meses más tarde, unos bandidos mataron a su hijo.

La viuda Bao solloza abiertamente. Al ver que la señora Liu posa una mano reconfortante sobre la de su suegra, pienso que ojalá tuviera yo una relación así con la señora Kuo, pero ella no muestra el más mínimo interés, y mis deseos no son lo que importa ahora.

—Viuda Bao, creo que tu hija sufre un tipo de deficiencia del *chi* que llamamos quebranto causado por llanto. Me habéis dicho que tu hija tenía antes un genio vivo. Esto lo provoca la congestión del *chi*, que induce calor en el hígado, lo que a su vez enciende y bombea la sangre, que la tos debe expulsar. No tengo una botica completa aquí, pero permitidme escribir algunas recetas para que las llevéis a Nankín.

El primer remedio es el Jarabe de Jade Hermoso, en el que uno de los ingredientes, la miel, se pasa por un tamiz de seda salvaje. El segundo es más complejo, pues combina la Decocción de los Seis Caballeros con la Decocción de los Cuatro Caballeros. Y, en tercer lugar, escribo una receta de píldoras para calmar el espíritu de la paciente, enfriar su sangre y ayudarla a dormir. Estoy segura de que la abuela estaría de acuerdo con mi plan de tratamiento.

—Puede que tu hija tarde un tiempo en recuperar la salud —le digo a la viuda Bao cuando le hago entrega de las recetas—, pero al final lo conseguirá.

—¿Cuánto tiempo? —pregunta la viuda Bao.

—Debería notar cierta mejoría en dos semanas, pero no se recobrará del todo hasta dentro de tres meses, quizá más.

—Pareces muy segura.

—Tengo mucha confianza en todo lo que me enseñó mi abuela y en todos los que le enseñaron a ella.

—Entonces quizá también puedas ayudarme a mí —dice la viuda Bao.

Sospechaba que esto iba a pasar. Tras tantos años al lado de la abuela, he desarrollado el hábito de examinar el color y la textura de la piel, el vigor o la opacidad del cabello y el estado de ánimo de cualquier mujer o niño que me encuentro, me pidan consejo o no. La abuela dice que es una buena forma de mantener engrasadas mis herramientas de diagnóstico: así, cuando soliciten mi ayuda, por ejemplo si la señora Kuo me pide algún día que le cure la tos, estaré preparada.

La viuda me cuenta que su flujo de luna menstrual es irregular. Tiene problemas para dormir y experimenta oleadas repentinas de sudor. Dice haberse sentido siempre modestamente orgullosa de su agudeza mental.

—Pero ahora no me acuerdo de nada —se queja.

Le tomo el pulso, que flamea y se agita. Diagnostico una deficiencia del *chi* y de sangre.

—¿Es lo mismo que le pasa a mi hija? —pregunta la viuda Bao.

—Términos idénticos, con resultados diferentes —respondo—. De todas formas, no tienes por qué preocuparte. Al margen de lo que yo pueda hacer, tu flujo lunar probablemente habrá cesado por completo para cuando llegue el Festival de Año Nuevo. Aun así, detesto que sufras estos síntomas tan molestos.

Las quejas de la viuda Bao son corrientes en una mujer de su edad, por eso tengo las píldoras necesarias en mis anaqueles. Vierto algunas en una bolsita de seda y tiro de la cinta para cerrarla bien.

—Esto aliviará tus molestias. Dormirás mejor, y tus tiempos de flujo lunar menstrual no tardarán en quedar atrás.

La viuda Bao se guarda la bolsa bajo la túnica.

—Hemos mencionado que teníamos un doble asunto que tratar en este viaje. Hablemos ahora de la segunda cuestión. Mi nuera y yo también estamos buscando comadronas para llevarlas a la capital. Tu esposo nos ha contado que tienes una amiga que es comadrona. Nos sorprendió saberlo.

—Y despertó nuestra curiosidad —añade la señora Liu—. Debe de ser alguien especial, para moverse cómodamente y contar con la aceptación de una persona como tú.

—Mi abuela reconoció esa cualidad en ella desde que Meiling era muy joven. —Hago una pausa y, al cabo de unos instantes, añado—: ¿Os gustaría conocerla?

—Lo agradeceríamos mucho —responde la señora Liu.

Nos encaminamos hacia el último patio y, una vez allí, entramos en una estancia donde vemos al doctor Wong a la izquierda, tras un biombo, y a una joven esposa encaramada a un *kang*, con Meiling de rodillas ante ella, a la derecha. El doctor nos ve, se levanta y luego se postra en el suelo para rendirnos pleitesía.

—Sed bienvenidas —dice con su voz amortiguada.

—Puedes levantarte —dice la señora Liu—. Venimos a observar, si no te importa.

—¿Cómo va a importarme? —El médico se apresura a ponerse en pie—. Es un honor tener a unas damas tan estimadas en Wuxi.

La señora Liu y la viuda Bao deben de estar acostumbradas a esa clase de servilismo, porque, con movimientos sincronizados, rechazan sus palabras con sendos ademanes. Observan cómo Meiling acerca tres sillas al *kang*. Lleva puesto uno de mis antiguos vestidos, sencillo pero elegante. Ha intentado imitar mis andares desde niña, por lo que sus pasos son delicados y gráciles. Hago las presentaciones pertinentes y las tres nos sentamos frente a la joven esposa, pálida de puro nerviosismo. Le toco la mano.

—No te preocupes. Sólo estamos aquí para escuchar.

Meiling actúa como intermediaria: traslada las preguntas del doctor Wong desde detrás del biombo y luego le transmite las respuestas detalladas de la joven esposa. Me siento orgullosa de Meiling. No sólo comunica los mensajes mucho mejor de lo que podría hacerlo un marido avergonzado, sino que también se desenvuelve muy bien, mostrando el mismo respeto tanto al médico como a la paciente.

La joven esposa acaba de dar a luz. Padece fuertes picores en las orejas, las mejillas y la nuca. Solloza y oculta las lágrimas detrás de las mangas.

—Me siento sola. Mi marido se niega a escucharme y no presta atención a mis consejos.

Meiling desaparece detrás del biombo para transmitir estas palabras. Como el doctor Wong no puede ver a la paciente, Meiling le describe también la cara enrojecida y cubierta de escamas de la joven, así como las zonas donde se ha rascado tanto que la piel supura. Las dos visitantes y yo la oímos con claridad cuando añade:

—Como comadrona, he visto muchas veces casos de picor por viento posparto. Esto ocurre cuando el umbral del parto queda demasiado tiempo expuesto durante el alumbramiento. ¿Recuerdas, doctor Wong, cuánto tiempo tardó en nacer su bebé? Tu buen juicio salvó dos vidas aquel día.

Se hace el silencio en la estancia mientras el doctor Wong reflexiona. Finalmente repite el diagnóstico que acaba de darle Meiling:

—Dile a la paciente que padece prurito de viento posparto.

Le da la misma receta que yo habría recomendado para rellenar los espacios vacíos entre las capas de la piel de la muchacha, pero no le sugiere nada para aliviar el picor.

Desde detrás del biombo, el doctor Wong vuelve a hablar:

—El objetivo de un médico varón es ocuparse de que una mujer cumpla con su destino de traer hijos al mundo, y ese tipo de cosas las determina el Cielo.

—Gracias por sus palabras, doctor Wong —dice con tono cortés la señora Liu, pero a mí me arde la sangre.

Me levanto y me acerco a la ventana para que nuestras invitadas no vean las emociones que surcan mi rostro. Es posible que no sea decoroso decirlo en voz alta, pero las mujeres, ya seamos ricas o pobres, cultivadas o incultas, estamos a merced de nuestros cuerpos: nos condicionan los ciclos de la sangre, los vaivenes de energía, la profundidad y complejidad de nuestros sentimientos. El Cielo no tiene nada que ver con eso.

Recompongo mis facciones y vuelvo al centro de la habitación. La señora Liu se ha sentado en el *kang* con la joven esposa, y ambas están cuchicheando con las cabezas juntas. La viuda Bao y Meiling están en el rincón del fondo, también hablando en susurros. Al parecer, ambos grupos de mujeres desean compartir confidencias donde no pueda oírlas el doctor Wong.

Me aclaro la garganta y me acerco al *kang*. La señora Liu se levanta, y la viuda Bao se aparta de Meiling. Nos inclinamos por turnos para agradecer a la joven esposa que nos haya permitido observar cómo la trataba el doctor Wong. Este pequeño ritual va acompañado de mensajes individuales de cada una pronunciados en voz baja para que el médico no los oiga.

—Es raro el esposo que escucha a su mujer, y mucho más el que sigue sus consejos —declara suavemente la viuda Bao—. No dejes que eso te siga perturbando.

—Gracias por contarme cómo fue el nacimiento de tu hija —murmura la señora Liu—. La próxima vez tendrás un varón.

—Le contaré a la señora Kuo lo gentil que has sido —añado yo, y entonces, envalentonada por los acontecimientos del día, pero aún atenta a quien pueda oírme, bajo aún más la voz—. Ven a visitarme a mi habitación. Te daré una loción especial a base de hierbas. Úsala durante dos semanas y tu rostro quedará tan hermoso como el día de tu boda.

Pasamos el resto de la tarde en las cámaras interiores, donde mi suegra sirve licor de arroz a nuestras invitadas y rellena su propio vasito con mayor frecuencia de la aconsejable. Lo comprendo; el día no ha transcurrido como ella había planeado, y la atención se ha centrado más en mí de lo que le habría gustado. Pero aún estaría más irritada si supiera que sus invitadas parecían especialmente interesadas en Meiling y que mi amiga no sólo se ha conducido como una comadrona consumada, sino también como una dama.

Por la noche se celebra otro banquete. No estoy invitada, pero una vez más llegan a mis oídos los alegres sonidos de la conversación y los lastimeros compases de un *erhu* tocado con maestría. Estoy cansada y no me importaría echarme un sueñecito antes de que Maoren venga a acostarse y volvamos a intentar engendrar un hijo, pero tengo tres nuevos casos que escribir en mi cuaderno.

Por la mañana el mandarín anuncia que él y su familia regresarán a Nankín al día siguiente y le pide a Maoren que viaje con ellos. Yo estaba ilusionada ante la idea de pasar tres meses con mi esposo; ahora sólo me queda una noche más. Nuestras actividades de alcoba transcurren bien, pero al cabo de dos semanas descubro que mi esposo no ha plantado un bebé dentro de mí. La noticia hace fruncir el ceño a mi suegra y arranca una sonrisa maliciosa a la señorita Chen. Seis semanas después, un mensajero trae una carta en la que Maoren me comunica que volverá al cabo de un mes. Aun así, no dice cuánto tiempo se quedará ni me informa del estado de la viuda Bao ni del de su hija. Puedo entender lo primero, pero ¿por qué no me dice nada sobre la hija?

—Más te vale que nada haya salido mal —me advierte mi suegra, lo que no hace sino aumentar mi preocupación.

El día señalado para la llegada de Maoren, me peino, me maquillo y me pongo un vestido bonito, con la esperanza de que el tiempo que ha pasado fuera lo haya hecho almacenar su esencia, que buscará así un torrente de liberación. Esta vez, sin embargo, me dicen que me dirija a la Sala de Recepción. Cuando entro, descubro a la señora Kuo en su silla, con mi esposo sentado frente a ella. Aunque mi suegra siempre me ha dicho con franqueza lo que opina sobre mi fecundidad, y yo daba por hecho que toda la culpa y la responsabilidad recaerían en mí, me sorprende al introducir a Maoren en el asunto.

—La sangre y la esencia no pueden engendrar un hijo a menos que el marido visite el lecho conyugal —comienza la señora Kuo—, cosa que tú, hijo mío, estás haciendo con muy poca frecuencia.

—Estoy en Nankín...

—También es deber del marido asegurarse de que su esposa experimente la misma oleada de gozo desbordante en el momento exacto en que él lo hace —prosigue ella—. ¿Procuras suficiente placer a tu mujer? ¿Te aseguras de que los cien pulsos lleguen juntos?

Las puntas de las orejas de Maoren enrojecen. Ningún hombre desea que su madre cuestione su capacidad de orquestar los asuntos de alcoba para que ambos sientan la gratificación definitiva al mismo tiempo.

—Hago todo lo que se supone que debo hacer —murmura.

Considero a Maoren un buen hombre, y lo es en la mayoría de los aspectos, pero el abuelo tenía razón sobre él. Mi marido nació en el año del Dragón, y como tal lo afectan algunos de los peores atributos del dragón, en particular el hecho de que no sabe aceptar el fracaso con elegancia. A veces, como ahora, echa la culpa a otros. Aunque aún sería peor que buscara refugio en una cueva de resentimiento porque no ha logrado sus objetivos. Reconozco que debe de ser difícil para él haber suspendido varias veces el siguiente nivel de los exámenes imperiales, y más aún que todo el mundo lo sepa.

—Engendrar un bebé supone una competición interna entre el yin y el yang —le dice la señora Kuo—. Corresponde al yang imponerse sobre el yin.

Mi esposo mira fijamente el suelo. Dudo que nunca lo hayan regañado tanto, pero su madre aún no ha terminado:

—Los escritos sagrados taoístas nos dicen que, si quieres un hijo varón —le recuerda—, los asuntos de alcoba deben tener lugar el primer, tercer y quinto día tras el cese mensual del flujo lunar. Haz el favor de ignorar los días segundo, cuarto y sexto, a menos que quieras engendrar otra niña. Después ya puedes olvidarte de toda actividad de alcoba, pues el palacio del feto permanecerá cerrado para esos menesteres.

Ya he oído antes esta teoría. En las cámaras interiores, sin embargo, varias mujeres creen que, para conseguir dar a luz a un varón, hay que dedicarse a los asuntos de alcoba justo antes de la aparición del flujo. Personalmente siempre me he atenido al consejo de la abuela: después del acto en sí, túmbate boca arriba con las rodillas en alto. Si prefieres un niño, inclínate hacia la derecha para que el bebé se aloje en el costado yang del cuerpo; si quieres que sea niña, inclínate hacia la izquierda para que anide en el costado yin. Por supuesto, he cumplido con estas tradiciones, pero aún no he tenido un varón.

Antes de que mi esposo pueda hablar, la señora Kuo pronuncia las palabras que yo temía:

—Quizá ha llegado la hora de comprar una o más concubinas para que me den nietos varones.

Confío en que Maoren rechace de plano esta sugerencia, pues sé que un dragón puede ser grosero y rudo en su forma de decir la verdad. Aparte de eso, la tradición dicta que, si un hombre llega a cumplir cuarenta años y no ha dado un varón a su mujer, entonces ella misma tiene el deber de elegirle una concubina o una esposa secundaria. Pero mi marido sólo tiene treinta años; es demasiado joven para traerle una concubina con ese fin. Sea como sea, cuando mi esposo se niega a mirarme a los ojos, veo aparecer la otra parte de su personalidad: a un dragón le gustan las cosas fáciles; un dragón es un ser privilegiado, consentido y acostumbrado a salirse con la suya; da por sentados el amor y las prerrogativas, pues cree que se le deben por ser un dragón.

—Debemos tener un hijo para asegurar el linaje familiar —me dice más tarde, mientras me desnudo, como si yo no lo supiera ya.

Hacemos lo que se supone que debemos hacer. Lo hacemos todas las noches durante una semana; en un par de ocasiones, practicamos las actividades nocturnas incluso durante el día. Y entonces llega mi flujo de luna menstrual. A los dragones les gusta atribuirse méritos, pero si no ganan enseguida, su interés se apaga. Eso es justo lo que le ocurre a mi marido: en lugar de venir a mi lecho conyugal, empieza a acudir a las casas de té y a las tabernas. Una noche se celebra una fiesta, y a la siguiente hay teatro. En las cámaras interiores me llegan rumores de que está dándose al juego. Mi marido dragón, decepcionado, busca más el placer que la responsabilidad. Al hombre de miras estrechas le resulta sencillo dedicarse a una vida de diversiones.

Me salto mis visitas a la abuela y a Meiling. No quiero que se enteren de mi humillación. Estoy decidida a retener a Maoren para mí sola. Me acuerdo de aquellos libros ilustrados que vi antes de mi boda, y durante las noches en las que Maoren sí acude a mi habitación, lo sorprendo retorciéndome para adoptar nuevas posturas. Resulta excitante y diferente, pero mi flujo de luna menstrual aparece de nuevo, lo que supone una decepción tremenda... Volvemos a adoptar las costumbres de la mayoría de los esposos. Es todo tan rutinario y triste que tardo un par de semanas en advertir que incluso la fascinación que mi marido sentía por mis pies se ha desvanecido. A partir de ese momento empieza a dormir en su biblioteca, con el pretexto de que quiere concentrarse en su próximo intento de aprobar los exámenes imperiales. Es entonces cuando comprendo que es sólo cuestión de tiempo que mi suegra cumpla con su deber y traiga una concubina.

Noto que me estoy dejando llevar hacia ese síndrome sobre el que siempre me advierte la abuela. Continúo con el proceso de vendado de pies de Ailan, pero mi interés por el bordado de Yuelan y Chunlan y por el resto de las tareas domésticas se desvanece. Entonces ocurre lo peor: mi suegra encuentra una concubina para Maoren. Me quedo en mi habitación, negándome a conocer a la muchacha. Amapola me cuenta que tiene catorce años y que su belleza es excepcional.

—Se llama Rosa de Nieve, y sus mejillas son tan hermosas como el rubor rosado del amanecer sobre la nieve recién caída.

Me hago un ovillo. Me acometen la desesperanza y la sensación de fracaso. La culpa es sólo mía. Si Rosa de Nieve tiene un varón, podré adoptarlo como hijo ritual, como hizo la señora Respetable con Yifeng y como podría hacerlo la señora Kuo con Manzi. Pero yo deseo mi propio hijo varón, y no quiero pasar el resto de mi vida viéndome obligada a alojar a una concubina de alto nivel. Mi mente intenta resistirse: quién sabe cómo reaccionará Maoren ante el regalo de su madre; a lo mejor no le gusta la muchacha. Pero esa batalla conmigo misma está perdida de antemano, porque ¿a qué hombre no le agradaría una jovencita tersa, obediente y maleable?

Unos días después Maoren viene a mi habitación a última hora de la tarde. Lleva una carta sellada con cera. Va dirigida a mí, pero la abre y la lee de principio a fin.

—Te ha escrito la señora Liu —anuncia—. Quiere que sepas que su madre tiene la cabeza tan clara como antes de que empezaran sus problemas. —Me mira en busca de una explicación, pero no se la doy—. La cuñada de la señora Liu... ¿Dice aquí que sufre un quebranto por llorar? —De nuevo me mira, pero jamás voy a contarle lo que hablé en su día con la señora Liu y la viuda Bao—. A la señora Liu le complace informarte de que su cuñada ha mejorado mucho al cabo de tres meses, como tú dijiste que pasaría. También te da las gracias por haberle presentado a la Joven Comadrona. Y añade que pronto tendremos nuevas noticias al respecto.

Aunque esa información me levanta brevemente el ánimo, me siento demasiado frustrada para pedir ver la carta por mí misma. Sin embargo, hay algo más. Maoren me brinda una sonrisa de oreja a oreja.

—Como consecuencia de este buen resultado, así como del esfuerzo y la consideración que mostramos hacia ellos mi padre y yo, a nuestra familia le llegarán buenas oportunidades en la forma de contratos imperiales para proveer de seda a la capital.

Un dragón puede ser astuto y manipulador, pero me temo que sus ambiciones y deseos superan con creces sus talentos. Sea como sea, hoy la carta lo ha llenado de luz, y dejamos a un lado todo pensamiento sobre el deber y la responsabilidad para disfrutar de las gratificaciones de la carne. En nuestros momentos culminantes, tengo la seguridad de que se ha olvidado de Rosa de Nieve.

Una serpiente siempre muda la piel

Dos semanas más tarde, la felicidad de mi marido y la calidez que hemos compartido se interrumpen de forma brusca cuando nos llega la noticia de que Meiling ha sido elegida para ir a la capital y presentarse en el Pabellón de Rituales y Ceremonias, que proporciona médicos, comadronas y nodrizas a las mujeres del palacio imperial. Hasta hoy Maoren y yo habíamos tenido pocos desacuerdos, y nunca nos habíamos alzado la voz. Él siempre ha preferido seguir las normas de un esposo modelo: «En el lecho, actúa como un marido; fuera del lecho, actúa como un caballero.» Esta vez no lo hace...

—Se suponía que ibas a promover a la familia, no a la comadrona —suelta Maoren entre dientes.

—Hice exactamente lo que tu madre me pidió que hiciera. Fui hospitalaria y ayudé a la viuda Bao y a la señora Liu. Las llevé a conocer a la Joven Comadrona porque me pidieron que...

—Mi padre y yo invertimos tiempo y dinero en hospedar al mandarín y a su familia aquí y entreteniéndolos en Nankín. ¿Por qué es la comadrona la que recibe la recompensa?

Quiero a Meiling, pero debo admitir que me duele un poco que la hayan elegido para este honor. Me recuerdo a mí misma que ser llamada a servir a las mujeres de palacio es la mayor distinción que puede alcanzar una comadrona, y que tal vez fue ese potencial lo que vio la abuela en Meiling tiempo atrás.

—Yo no tengo la culpa de que las invitadas que enviaste a nuestras cámaras interiores buscaran una comadrona —contesto—. Pero debes recordar que nuestras huéspedes también buscaban orientación sobre la hija de la viuda Bao. Mi receta ayudó. Tu padre sin duda estará contento con los nuevos contratos de seda que mis buenos consejos han traído a la familia.

Mis comentarios podrían considerarse impertinentes —a decir verdad, ¿no debería haber sabido Maoren qué era lo que buscaban la señora Liu y la viuda Bao con su gira imperial?—, y en efecto, a mi esposo no le sientan bien. Es como si se hubiera tragado un lagarto y éste intentara escapar de nuevo garganta arriba. Sus maquinaciones de dragón no han funcionado como esperaba.

—Ve a verla —ordena, negándose a llamar a Meiling por su nombre o su título—. Recuérdale de dónde ha salido esta oportunidad. Hazle ver hasta qué punto es importante ayudar a la familia Yang.

No sé qué espera conseguir con esto. En cualquier caso, dispone que un palanquín me lleve de inmediato a casa de Meiling, y lo hace abiertamente, sin estratagemas ni trucos secretos con los que engañar a su madre.

Cuando llego a la tienda de té Paz y Armonía, veo a la comadrona Shi apretando los labios con gesto resuelto mientras trata de atender a los exigentes clientes que llenan el local. La noticia de la buena fortuna de Meiling ya se ha extendido y está actuando como reclamo para clientes que esperan que se les contagie algo de la suerte de la familia. Me cuelo entre la multitud, subo por las escaleras traseras y encuentro a Meiling y Kailoo en la salita principal, ante un baúl abierto rodeado de montones de ropa y zapatos.

—No creo que nada de lo que tengo sea adecuado para el palacio —dice Meiling al verme.

—No han requerido tu presencia por la calidad de tus sedas y brocados —contesto.

—Eso le he dicho yo. —El rostro de Kailoo está radiante de orgullo.

—A lo mejor puedo ayudarla —digo.

Al parecer, eso es justo lo que Kailoo anhelaba oír, pues abandona la habitación en cuestión de segundos. Meiling niega con la cabeza y sonríe.

—Lo echaré de menos.

Me acerco y le cojo las manos.

—Y yo a ti.

Se aparta de mí.

—Tengo miedo, Yunxian.

—¿Del viaje? No sufras por eso. Recorrerás el Gran Canal durante cinco semanas, quizá menos si el tiempo y las condiciones lo permiten. Supongo que recuerdas que una vez viajé...

—No me da miedo el trayecto. ¡Quieren que me ocupe de las mujeres de la corte!

—Eso me ha dicho Maoren. —Hago una pausa, confiando en que mi serenidad la tranquilice—. Eres la mejor comadrona de Wuxi.

—Pero hay ciudades mucho más grandes, donde las comadronas deben de ser mucho más habilidosas...

—Esas comadronas no conocían a la gente adecuada —señalo—. Y aunque tuvieran esos contactos, dudo que haya muchas tan refinadas como tú.

—Pero ¿y si tengo que tratar a la emperatriz?

Me río ante semejante idea, y ella hace lo mismo. Cuando he conseguido serenarme, digo:

—Aunque así fuera, ¿acaso la emperatriz Zhang tiene un umbral del parto diferente al tuyo o al mío o al de cualquier mujer de nuestro gran país?

Meiling reconoce la verdad en mis palabras con una inclinación de la barbilla, pero la preocupación no desaparece de su rostro.

—Si algo saliera mal...

—Han solicitado tu servicio porque la señora Liu y la viuda Bao te vieron trabajar.

—¡Sólo estaba transmitiendo mensajes!

—Tú le diste el diagnóstico al doctor Wong —la corrijo—. Además, ¿de veras crees que sus pesquisas se limitaron a aquel día?

—Vinieron unos emisarios a hablar con el doctor Wong —admite—. Debió de decirles cosas buenas de mí.

—Porque tu luz también brilla sobre él. Las mismas personas que hablaron con el doctor Wong visitaron también a la abuela Ru. Ella les contó que, además de tus aptitudes como comadrona, de niña pasaste mucho tiempo en la Mansión de la Luz Dorada y aprendiste a vestirte y a conducirte entre mujeres de alto rango. —Sus ojos indagan en los míos, hasta que añado—: Y yo les conté cómo tú y tu madre habíais salvado mi vida y la de Yuelan.

—Al doctor Wong también le habría gustado que lo designaran a él.

—Nunca lo elegirían, porque los médicos varones no pueden entrar en el palacio de las esposas y concubinas imperiales. Sólo el emperador puede ver a esas mujeres.

—Los eunucos...

—Es posible que algunos sean médicos, aunque no son hombres.

—Pero podrían haber contratado al doctor Wong para velar por los hombres...

—Meiling, para ya.

Y dicho esto, me vuelvo hacia las prendas esparcidas en torno al baúl.

—Bueno, ¿qué vas a llevarte? Siempre me han gustado esas calzas. Son largas y cubren...

—... mis grandes pies.

—No creo que necesites sandalias...

—...porque no tengo ninguna intención de ofender a nadie —completa ella una vez más.

—Porque en Pekín hace mucho frío —la corrijo.

—No estaré fuera tanto tiempo.

—El verano ya está llegando a su fin. Necesitarás al menos un mes para llegar al norte, y otro mes para volver a casa. Y no sabes cuánto te retendrán allí. —Hago una pausa para que piense en lo que le estoy diciendo—. ¿Qué tienes para los meses de invierno? ¿Botas? ¿Una chaqueta forrada de piel?

—Sólo tengo unas botas para caminar por el barro cuando llueve. Son las que te pusiste tú...

—Pues tendrán que servir por ahora.

Y así prosigue la cosa, con Meiling mostrándome prendas una por una —en muchos casos es ropa desechada por mí en su día— y yo asintiendo o negando con la cabeza para dar mi opinión. Meiling mete en el baúl la túnica y los pantalones teñidos de azul índigo que se pone cuando asiste en los partos, pero también incluye el sencillo vestido de seda que ha empezado a ponerse para sus visitas mensuales al Jardín de las Delicias Fragantes con el doctor Wong.

—Este vestido me ha traído suerte —dice.

—Y queda elegante allá adonde vayas.

Seleccionamos nueve horquillas, dos collares y ocho pares de pendientes, números todos ellos que se consideran los más propicios para una serpiente. Llenamos su cesta de bordados, para que tenga algo con lo que entretenerse no sólo durante la travesía por el Gran Canal, sino también después, durante los días previos a que las mujeres de palacio se pongan de parto. Por último añadimos al equipaje una selección de tés para que Meiling pueda tomarlos en el barco y en su habitación una vez que haya llegado a su destino.

—El sabor y el aroma te recordarán a tu hogar y a todas las personas que se preocupan por ti —le digo.

Estoy pensando en todas las mujeres a las que ella suele ayudar, pero su cabeza va en otra dirección.

—Espero que Kailoo me eche de menos, pero dudo que eso llegue a ocurrir. —Parece dolida—. Ha perdido la paciencia con mi incapacidad para darle un hijo. Incluso una niña bastaría en este momento. —Al darse cuenta de que ha hecho referencia a lo que más me duele a mí, a mi propia incapacidad de concebir un varón, añade—: Tú también estás preocupada por eso. Lo lamento si te he hecho daño.

—Tú nunca podrías hacerme daño. —Al ver que los ojos de Meiling empiezan a nublarse, vuelvo a cogerle las manos—. No dejes que el miedo te venza. Recuerda que una serpiente desciende del dragón, y que eso le da grandes dosis de fuerza y resistencia.

Cuando llego a casa, informo a mi marido de casi todo lo ocurrido. Él accede a enviar varios rollos de seda a Meiling para que pueda confeccionarse algunas prendas durante la travesía, pues supondrá una buena publicidad de los productos de la familia Yang entre las mujeres de palacio. Esa noche él se retira a la habitación de Rosa de Nieve y yo duermo sola en mi lecho conyugal. Al día siguiente parte hacia Nankín.

Los tres primeros meses de ausencia de Meiling pasan deprisa. Las flores del verano han caído por completo, y los árboles se han teñido de dorado. Un fresco día de otoño Maoren nos sorprende a todos con una visita imprevista. Envía a un sirviente para pedirme que acuda de inmediato a su biblioteca, y eso es lo que hago. Tengo una noticia para Maoren, pero, antes de que pueda dársela, se saca un pergamino de la manga: lleva incluso más sellos de cera que la carta anterior, la enviada por la señora Liu.

—El Pabellón de Rituales y Ceremonias te solicita que acudas a la capital de inmediato para tratar a una mujer de la

Ciudad Prohibida que padece una infección ocular —anuncia Maoren leyendo del documento. Me mira—. Supongo que la comadrona te ha recomendado. Debes darle las gracias en nombre de la familia cuando la veas.

Levanto una mano.

—No pienso irme de casa. Cualquier médico puede tratar una infección ocular. No me necesitan.

—No quieren «cualquier» médico; te quieren a ti. Y como bien dices, es una tarea sencilla.

No era mi deseo compartir mi noticia de esta forma, pero me llevo una mano al palacio del feto y anuncio:

—Estoy embarazada. No puedo ir.

A Maoren se le ilumina el rostro.

—¿Será un varón?

—No lo sabremos hasta que el niño nazca —respondo, aunque mi uso de la palabra «niño» no pasa inadvertido.

Maoren sonríe, pero también veo preocupación en su rostro mientras sopesa esa información. Da unos golpecitos sobre el pergamino.

—«Un mar vasto permite saltar a los peces; un cielo alto permite volar a los pájaros.»

—Pero...

—No podemos ignorar una petición imperial. No puedes, más bien. Debes obedecer. Y ¿quién sabe? Si un día tratas una infección ocular, al día siguiente quizá te nombren médica de la casa imperial. Piensa en el honor que eso supondría para nuestra familia.

Tiene razón, pero no me siento honrada; me siento irritada por el hecho de que Meiling me haya puesto en esta tesitura. ¿No bastaba con que el destino le diera a ella una oportunidad propicia? ¿Por qué no dejarme llevar mi propia vida, con mi esposo, mis hijas y el bebé que está en camino? Pero no puedo seguir dándole vueltas a mi malestar. Hay demasiadas cosas que hablar y planear.

—No quiero que viajes sola —dice Maoren.

—Cuando abandoné el hogar de mi infancia, mi padre me proporcionó guardaespaldas...

—Y llevarás guardaespaldas, pero mi padre y yo también queremos que tengas una acompañante.

Lo miro con curiosidad.

—¿Una acompañante?

—Como la que tenías cuando llegaste a Wuxi, a casa de tus abuelos. Cuando mis padres fueron informados sobre ese viaje, estábamos en plenas negociaciones matrimoniales. La casamentera concertó una cita con la señorita Zhao, y ella confirmó que no había habido oportunidad de... —Aparta la mirada, avergonzado.

—¡Sólo tenía ocho años!

—Pero había piratas en cada ola del mar, y el campo estaba lleno de bandidos. Tu señorita Zhao pudo responder por tu...

Levanto una mano para evitar que diga una palabra más. Hasta ahora no había tenido ni idea de que la señorita Zhao me había acompañado para verificar mi virginidad. ¿Y ahora Maoren quiere que certifique mi comportamiento mientras estoy fuera?

—La señorita Zhao es la madre de mi hermano —digo—. Estaré encantada de que me vigile en tu nombre. —Creo haber ocultado completamente mis emociones, o eso espero.

—En nombre de mi madre —corrige él—. En el de nuestra familia.

Maoren pasa la noche conmigo. Se tiende a mi lado, presionando mi espalda con el abdomen y el pecho y encajando las rodillas en el hueco que forman mis piernas, con una mano extendida sobre mi vientre. Sé que me quiere y que se preocupa por mí y por nuestra familia, pero esta decisión tendrá consecuencias. Cuando yo esté lejos del Jardín de las Delicias Fragantes, él podrá pasar todo el tiempo que desee con Rosa de Nieve. Podría quedarse embarazada; podría estar ya embarazada. Yo podría tener una cuarta niña, y ella, un varón.

Hay un aforismo que dice: «Un hombre inteligente amolda sus actos según la ocasión», pero ¿no podría decirse lo mismo de una concubina?

Amapola, que también se unirá al grupo de la travesía, empieza a preparar mi equipaje mientras visito a mis abuelos para pedirles consejo. También aprovecho para hacer acopio de una amplia selección de hierbas y otros ingredientes con los que tratar una infección ocular de causa no especificada que probablemente habrá desaparecido mucho antes de mi llegada a la capital. El abuelo me ofrece esta recomendación:

—Aunque la paciente sea la concubina favorita del emperador, no olvides que no es diferente de cualquier otra mujer, y será por tanto diez veces más difícil de tratar que un hombre.

Sólo alguien como mi abuela, que lleva tanto tiempo casada, tendría la audacia de dar una fuerte palmada en la manga de su marido en señal de rechazo: en primer lugar, ante la idea misma de que me hayan llamado para ayudar a alguien tan insigne, y en segundo lugar, por su propia intolerancia hacia esa antigua creencia. Le brillan los ojos cuando pronuncia una verdad elemental:

—Una mujer es una mujer, haya nacido en la tierra o rodeada de seda.

Mi hermano Yifeng me desea suerte y me recuerda que lo que estoy haciendo será bueno no sólo para la familia Yang, sino también para la familia Tan.

—Mi mujer, nuestros hijos y yo te damos las gracias —añade. Sin embargo, sabe que todo depende del resultado de mis tratamientos.

No está en manos de la señorita Zhao decidir si me acompaña o no. Lo cierto es que ha tenido pocas posibilidades de elegir en su vida, si es que ha tenido alguna. Confío en que disfrute del viaje y en que sus experiencias pasadas me proporcionen información útil.

Lo más difícil de todo es despedirme de mis hijas. A la mayor le digo:

—Estás en una edad en la que puede haber tentaciones. No te conviertas en una horquilla de jade que cae al barro.

Ante eso, Yuelan se ríe brevemente y pregunta:

—¿Dónde iba a encontrarme con un extraño?

A mi hija mediana le digo:

—Confío en ti para que te ocupes de que tu hermana mayor no mancille su reputación cuando falta tan poco para su boda, y para que estés muy cerca de Ailan y te asegures de que camina cada día.

Chunlan asiente con expresión solemne.

¿Y la pequeña Ailan? No para de llorar.

—No te vayas, mamá. No te vayas.

Sus lágrimas amenazan con resquebrajar mi compostura, de modo que mis palabras son tanto para mí como para ella:

—Sé valiente.

Todos los habitantes de la casa acuden al portón de entrada para despedirse de mí. Amapola ronda cerca, brincando de un pie al otro, lista para trotar junto al palanquín hasta el muelle, como ha hecho en todos los viajes importantes de mi vida. Mis baúles, cajas y fardos se han enviado ya al barco.

Mi esposo y yo actuamos formalmente, como lo requiere la ocasión. Yo me inclino ante él, y él se inclina ante mí. Y ahí acaba la cosa.

La señorita Zhao y los guardaespaldas ya están a bordo del barco cuando Amapola y yo llegamos al muelle. Compartiré camarote con la concubina de mi padre, y Amapola dormirá en el suelo. Abrimos nuestros baúles y sacamos los objetos que nos serán útiles durante el viaje: pinceles, tinta y papel para escribir, capas de distintos grosores dependiendo del tiempo que haga, frascos con jengibre confitado por si tenemos náuseas.

—¿Piensas quedarte en nuestro camarote durante todo el viaje? —pregunta la señorita Zhao.

Ya no es tan guapa como antes, pero su aceptación del paso del tiempo la hace irradiar una belleza silenciosa que me resulta entrañable y al mismo tiempo admirable.

—No, y espero que tú tampoco. Aprendí de ti, hace muchos años, a viajar con mi propio dinero. Estoy dispuesta a pagar lo que haga falta para que nos dejen sentarnos en cubierta.

La señorita Zhao sonríe.

—De modo que vamos a ver mundo otra vez.

Cuando soplan vientos favorables, se izan las velas. Cuando los vientos son contrarios, los hombres de los caminos de sirga del Gran Canal tiran del barco río arriba mediante cuerdas. En aguas poco profundas, los barqueros usan pértigas para impulsarnos. Si el agua es profunda, utilizan remos. Atravesamos esclusas que suben o bajan el barco a los niveles requeridos. Navegamos día y noche, cubriendo unos noventa *li* de un amanecer a otro. Lo más sorprendente es que la persona que gobierna el barco es una mujer. Tiene el rostro tostado por el sol y un cuerpo enjuto y nervudo. Sin duda es humilde, pues tiene un oficio en el que trabaja con las manos, y como tal, duerme bajo un cobertizo en cubierta.

Ya estamos a las puertas del otoño: el clima es templado y no hay nubes en el cielo, y eso nos permite a la señorita Zhao y a mí pasar mucho tiempo en cubierta y disfrutar del paisaje. Aquí, en el sur, vemos abundancia en todas direcciones. Las aldeas se ven densamente pobladas, con casas y otros edificios de ladrillo y tejados de tejas. Los campos se extienden alrededor, amplios y exuberantes con las cosechas otoñales. De vez en cuando vemos a una mujer sacando agua de un pozo o moliendo grano; por lo demás, da la impresión de que la tierra sea tan abundante y rica que incluso las esposas e hijas de los granjeros podrían quedarse en casa tejiendo y bordando.

La señorita Zhao entabla conversación conmigo y me pregunta por mis hijas y mi esposo. Soy sincera al hablar de las niñas y circunspecta cuando se trata de mi marido. Maoren y yo tenemos la suerte de amarnos, pero aún me duele que, en su búsqueda de mayor gloria para la familia Yang, me haya alejado de nuestro hogar y de mis responsabilidades con nuestras hijas, sobre todo teniendo en cuenta que tal vez lleve un varón en mi seno. La señorita Zhao considera lo que he dicho y lo que he callado, y me hace una sugerencia:

—Deberías escribirle. —Durante todos estos años no habría mantenido su posición, por precaria que sea, si no fuera tan sofisticada en el trato con los hombres y sus familias—. No hace falta que compartas expresiones de cariño, aunque tampoco harían ningún daño.

—Pero ¿cómo voy a enviar una carta? El sistema de correo funciona tan sólo para el emperador y el Gobierno.

—Podrías contratar a un mensajero, o esperar a comprobar si en palacio aceptarían enviar una carta por ti. —Me observa mientras considero esas posibilidades—. Lo principal es que tu marido y tu suegra vean que llevas a tu esposo en el corazón, a pesar del tiempo y la distancia.

Cuando trato de redactar una carta, sin embargo, no encuentro las palabras adecuadas. Lo único que me apetece escribir es: «Quiero volver a casa, quiero que mi bebé crezca bien y con buena salud, quiero dar a luz a un varón.» Me rindo y no vuelvo a intentarlo.

En otra ocasión la señorita Zhao me pregunta si tengo ganas de ver a Meiling.

—Siempre habéis estado muy unidas —comenta—. Esto va a permitir que las dos paséis más tiempo juntas.

Y como nos conoce a ambas desde hace tanto tiempo, me siento capaz de confesarle mi breve arranque de celos por el nombramiento de Meiling. Me es imposible interpretar la expresión de la señorita Zhao cuando contesta:

—Me decepcionas. Naciste en una buena familia y tu única tragedia fue la muerte de tu madre. Un pelo de tu brazo es más grueso que la cintura de un hombre si se compara con alguien con unos orígenes tan pobres como los de Meiling. Su éxito debería hacerte feliz.

Las palabras de la señorita Zhao me recuerdan uno de los peores atributos de una serpiente: la envidia. Noto cómo me sonrojo, pero ella no ha terminado aún.

—«Nunca encontrarás una amiga sin defectos» —recita—. Muchas mujeres se hacen llamar amigas, pero un día el viento sopla del este y al día siguiente del oeste. Nunca creí que te convertirías en una persona voluble o mezquina, y mucho menos con Meiling.

Durante unos instantes me siento desconcertada. ¿Quién se ha creído que es para criticarme así? Pero, por supuesto, conozco la respuesta: la señorita Zhao es la persona más parecida a una madre que he tenido en mi vida.

—Gracias, señorita Zhao. Me has recordado una lección importante: «La distancia pone a prueba la fuerza de un caballo; el tiempo revela el corazón de una persona.» Siempre has sido leal y amable conmigo. Por favor, debes saber que te estoy agradecida.

Su respuesta encierra otra lección.

—Has dedicado ese aforismo a la persona equivocada. Quizá deberías considerarlo en referencia a Meiling. Cuando la enviaron a miles de *li* de casa, ¿en quién pensó primero para que compartiera con ella su buena fortuna?

Cuando empezamos a viajar hacia el norte, los cambios en el paisaje y el clima fueron graduales. Ahora, al cabo de tres semanas de travesía, el tiempo es cada día más frío y húmedo. Los pocos pueblos por los que pasamos parecen pequeños y tristes. Apenas se ve hierba y ni rastro de los cinco cereales plantados. A Amapola le aburre tanto el paisaje que prefiere quedarse en nuestro compartimento. Yo no, aunque llueva a cántaros. Necesito aire fresco. La señorita Zhao y yo nos vestimos lo mejor que podemos contra el mal tiempo y nos reunimos con la timonel bajo la toldilla engrasada, desde donde gobierna el barco. Me sorprendo cuando me habla directamente.

—He oído a tus guardaespaldas refiriéndose a ti como doctora —se atreve a decir.

Es una frase extraña.

—¿Hablaban de mí?

La timonel encoge un hombro, dando a entender que los hombres no hablaban de mí con respeto, precisamente. Me deja asimilar ese mensaje sin palabras y luego pregunta:

—¿Estarías dispuesta a tratar a una mujer como yo?

Me inquieta que los guardaespaldas se lo cuenten a mi marido y a mi suegra y decido que no sería una idea muy prudente, pero la señorita Zhao se anticipa:

—Por supuesto que sí. Cuando mira a una mujer, la doctora Tan ve a una mujer, sea cual sea su estatus. Y hablo por experiencia.

No sé qué me conmueve más: que la señorita Zhao me haya llamado doctora Tan o que aprecie la relación que forjamos tras la muerte de la señora Respetable.

—No tengo forma de pagarte —confiesa la timonel.

Una vez más, la señorita Zhao habla en mi nombre:

—Puedes agradecérselo proporcionándonos una travesía segura.

Cuando empiezo con los Cuatro Exámenes, me doy cuenta de que he asimilado más información sobre la timonel de la que he sido consciente. Eso me revela que observo y absorbo detalles incluso cuando no estoy concentrada. A la abuela le encantaría.

La mujer me explica que acaba de cumplir cuarenta años, de modo que está todavía en sus días de arroz y sal, igual que yo.

—¿Cuál es tu principal problema? —le pregunto.

—Llevo seis años con las manos entumecidas. —Quita una mano del timón, me la acerca a la cara, la aprieta en un puño y vuelve a abrirla, y repite ese gesto varias veces seguidas—. Estoy en esta cubierta una estación tras otra. A veces me encuentro en el norte durante heladas durísimas. El calor del verano debería procurarme alivio, pero la mayoría de los días estoy aquí de pie bajo las lluvias torrenciales del monzón.

—¿Alguien o algo te ha sido de ayuda? —quiero saber.

Aprieta los dientes.

—Sólo he visto a médicos callejeros.

Un par de preguntas más y unos minutos tomándole el pulso me dan una posible respuesta.

—El entumecimiento de tus manos es una dolencia causada por la humedad del viento. En la próxima parada que hagamos, ven a mi camarote.

En la siguiente ocasión en que nuestro barco atraca, mientras los barqueros están ocupados subiendo nuevas provisiones a bordo, la timonel nos visita a la señorita Zhao y a mí. La forma en que observa el modesto compartimento en el que me alojo sugiere que nunca le han permitido entrar en las dependencias de un pasajero, ni mucho menos dormir en un sitio tan agradable. Le pido que se tienda y la trato con moxibustión en ocho puntos para calentar sus canales, secar su humedad y estimular su *chi* y su sangre. Cuando le anuncio que el tratamiento ha terminado, se incorpora.

—¿Me siento mejor? —El hecho de que lo cuestione, como si no consiguiera creer el alivio que siente, me confirma que ya está funcionando—. ¿Cómo es posible?

—«Cuando hay dolor, el cuerpo no tiene libertad de movimiento. Sin dolor, el cuerpo es libre.» Me lo enseñó mi abuela.

La timonel se mira las manos con aire vacilante mientras abre y cierra los puños.

—¿Durará?

Levanto la barbilla. Por supuesto.

En la puerta, la timonel hace una reverencia formal, como si se hubiera criado en una buena casa.

—«La mujer que ayuda a los demás se ayuda a sí misma.»
A lo que la señorita Zhao añade:

—Nuestra querida doctora aún no ha asimilado del todo esa lección.

Cinco semanas después de nuestra partida de Wuxi, llegamos a Pekín al caer la noche. En el muelle, hombres y animales transportan pesadas cargas. Unos guardias de uniforme portan antorchas, mientras que otros permanecen en posición de firmes con sus lanzas y espadas a la vista. Sin embargo, lo que más abunda son los mendigos, que se aglomeran en todos los rincones. El aire apesta a estiércol y basura, y hace un frío feroz. La señorita Zhao desembarca intentando disimular su desagrado. No me hacen falta las aptitudes de un adivino para leerle el pensamiento: «Esto no es Shanghái.»

Una hora más tarde nos presentan a Lin Ta, el eunuco encargado del Pabellón de Rituales y Ceremonias.

—Responderéis ante mí cuando estéis aquí o entre los muros de palacio —dice—. ¿Entendido?

La señorita Zhao y yo asentimos. Amapola anda por alguna parte, sacando el contenido de nuestros baúles.

—Quienes dirigimos el pabellón no sólo seleccionamos médicos, comadronas y nodrizas para servir en la Ciudad Prohibida, sino que también imponemos castigos —continúa.

Mantengo los ojos entornados por respeto y porque temo mirar demasiado fijamente al eunuco. Los pocos vistazos que me atrevo a dirigirle me revelan que coincide con las descripciones que he oído en susurros sobre los de su clase. Sin sus tres preciadas partes, su voz es aguda. Aunque Lin Ta es alto y delgado, la carne le cuelga floja de la cara, y sus opulentas ropas no pueden ocultar la capa de grasa que pende de su cintura, como si fuera una mujer que ha llegado a los días del recogimiento.

—No robéis —entona—. No mintáis, no cotilleéis. No os creáis mejores que las demás.

La señorita Zhao y yo no pronunciamos palabra.

—Lo más importante —prosigue— es no hacer nada que pueda encender la ira o despertar emociones indeseables en las damas de la casa imperial...

—Nunca haríamos algo así. —No estoy acostumbrada a que me hablen de forma tan despectiva, y las palabras han brotado de mi boca antes de que pudiera detenerlas.

Lin Ta ignora mi arrebato.

—Los castigos incluyen la expulsión del palacio, la flagelación y la decapitación. A vuestra familia se le exigirá el pago de una indemnización, así como reembolsar al palacio todos los gastos ocasionados durante vuestra visita a la capital, ya estéis vivas o muertas. —Se nos queda mirando—. Aquí estáis protegidas, de modo que vuestros guardaespaldas permanecerán en el barco hasta que yo reciba la orden de enviaros de vuelta a Wuxi. ¿Alguna pregunta?

La señorita Zhao y yo negamos con la cabeza.

—Esta noche os mandaré comida a vuestra habitación —dice Lin Ta—. Mañana por la mañana os llevarán al Gran Interior, las cámaras del palacio reservadas exclusivamente a las mujeres. Por favor, vestid atuendos adecuados. Ahora, seguidme.

Me han dicho que los eunucos tienen unos andares peculiares que los vuelven reconocibles incluso a gran distancia. Pues resulta que es cierto. Lin Ta se inclina ligeramente hacia delante y junta mucho los muslos mientras da pasitos desiguales con los dedos de los pies hacia fuera. Nosotras, las mujeres, dejamos una estela del aroma de nuestros pies. Lin Ta huele a pérdidas de orina.

Cuando nos deja en nuestros aposentos y cierra la puerta tras él, la señorita Zhao susurra:

—He oído que en el Gran Interior se aloja la mayor congregación privada de mujeres del mundo. La emperatriz, las damas de la familia real y miles de concubinas sirven a la Presencia Imperial. Las teteras sin pitorro garantizan que cualquier niño nacido en el Gran Interior sea únicamente del emperador.

—Nunca estaré tan informada como tú, señorita Zhao, pero, por favor, no vuelvas a repetir la expresión «tetera sin pitorro». O «perro sin cola». Incluso yo sé que son los peores apelativos posibles para esas criaturas. Maoren dice que los eunucos son poderosos...

—¡Son perros guardianes y espías!

—... así que abstente de usar cualquiera de esos dos epítetos mientras estemos aquí, puesto que no conocemos el castigo por insultar a un eunuco.

—Tu cautela me parece muy razonable —responde la señorita Zhao.

A la mañana siguiente nos despertamos en medio del silencio de los copos de nieve que caen del cielo. Amapola nos ayuda a asearnos y a vestirnos con nuestras mejores y más elegantes galas. La señorita Zhao y yo nos ponemos sendas capas forradas de armiño sobre las túnicas y salimos de la habitación. Teniendo en cuenta la cantidad de mujeres que deben de servir a los millares de damas de la Ciudad Prohibida, en los pasillos del Pabellón de Rituales y Ceremonias reina un silencio sorprendente. Miro a la señorita Zhao con el rabillo del ojo. Parece inquieta, y eso me revela que ella tampoco lo esperaba.

Salimos al patio. Detesto el frío, pero soy capaz de apreciar su pureza elemental. En el aire bailan copos de nieve llevados por el viento. De los aleros cuelgan carámbanos como palillos de marfil.

—Es raro que la nieve llegue tan temprano aquí en el norte —saluda Lin Ta. Los copos cristalinos se le pegan a las pestañas cuando alza la vista. Luego me mira de nuevo a mí—. Me he ocupado de que pongan calentadores de carbón para pies y manos en el carruaje, para que vuestro viaje sea más cómodo.

Agradezco el gesto, pero los calentadores no logran impedir que tiritemos. Unas cortinas cubren las ventanillas del carruaje, de modo que no vemos nada. Nos detenemos un par de veces.

—Mujeres para el Gran Interior —anuncia el cochero a quienes supongo que son guardias—. Dejadnos pasar.

Cuando llegamos a nuestro destino, un eunuco abre la puerta del carruaje. Ya estamos dentro de la Ciudad Prohibida, rodeada de muros protectores de cuatro pisos de altura y pintados del color de la sangre seca. La señorita Zhao y yo, escoltadas, cruzamos un umbral tras otro, cada uno de ellos custodiado por una pareja de elefantes; elefantes vivos, nada menos. Llegamos al Palacio Oriental, donde viven las mujeres de la casa imperial. Veo las terrazas de mármol habituales, sólo que son mucho mayores que las del Jardín de las Delicias Fragantes. Todas las vigas están talladas y pintadas. Los patios no exhiben la frondosidad a la que estoy acostumbrada, sino que están pavimentados y se extienden amplios y desiertos bajo blancos mantos de nieve. Hay eunucos por todas partes, y muchos de ellos son niños. Lo que más me sorprende es que no vemos mujeres. ¿Dónde están las diez mil bellezas que según se rumorea viven aquí?

—Esperad —ordena el eunuco. Cruza una puerta.

La señorita Zhao y yo nos miramos a los ojos. Tiendo la mano y le toco la manga, tratando de transmitirle el mensaje de que me alegra que esté conmigo.

La puerta se abre de nuevo y el eunuco nos indica por señas que pasemos. Entramos con sigilo en un gran salón que podría parecer austero por la severidad de su arquitectura, si no fuera por los tapices bordados en las paredes y las coloridas alfombras de seda desplegadas bajo nuestros pies. Unas veinte mujeres están sentadas en aparente reposo. Todas llevan preciosos vestidos largos y sueltos, el cabello recogido en moños altos y decorados con muchos adornos y horquillas. Están dispuestas como pétalos abiertos alrededor de una mujer que se cubre los ojos con un apósito. Debe de ser mi paciente, y advierto que también está encinta, en un estado más avanzado que yo. Sospecho que podría tratarse de una concubina muy querida. Mi mirada se posa entonces en la señora Liu y en la viuda Bao, que reconocen mi llegada con sendas inclinaciones de cabeza.

Una mujer se levanta y echa a andar hacia nosotras. Lleva un vestido de damasco rojo y una chaquetilla de seda negra sin mangas y de bordes festoneados. Se ha recogido el pelo en una elaborada constelación de moños, de los que brotan flores artificiales y plumas de martín pescador. Sus pasos son tan ligeros y etéreos que parece flotar entre las nubes. Se la ve radiante, como si hubiera bebido de un tazón lleno de estrellas. Sólo alguien ducho en medicina como yo, tal vez, podría distinguir los indicios de que también está embarazada: el brillo excepcional en sus mejillas, el leve balanceo de sus caderas, la forma en que posa de manera inconsciente una mano en su vientre al caminar. Cuando se acerca un poco más, reconozco quién es: Meiling.

«Una serpiente siempre muda la piel.»

Meiling advierte mi confusión y sonríe a modo de saludo.

—La costumbre dicta que las comadronas y las nodrizas vayan ataviadas y peinadas a la moda de la corte. ¿Esperabas acaso que me vistiera de arpillera? No se me permitiría entrar en la Ciudad Prohibida, ni mucho menos atender a la emperatriz.

¿A la emperatriz?

Meiling abre la palma de la mano y mueve suavemente el brazo en dirección a la mujer situada en el centro de la flor de las damas de la corte.

—La emperatriz Zhang, la Compasiva.

La señorita Zhao se arroja al suelo al instante para rendirle pleitesía. Vacilo unos instantes y veo cómo la mujer que había creído una concubina se quita lánguidamente el apósito de los ojos. En cuestión de un segundo estoy postrada en el suelo junto a la señorita Zhao.

Una voz tan meliflua como el agua al correr sobre los guijarros dice:

—Podéis levantaros las dos. —Una vez que estamos en pie, la emperatriz vuelve a hablar—: Bienvenidas a palacio.

El Gran Interior

No dejo de repetirme que la emperatriz no es diferente de cualquier otra mujer a la que yo pueda tratar, pero por supuesto que lo es. Viste prendas bordadas con hilos de oro y plata, y los adornos de su tocado son joyas preciosas. Cada mañana un trío de muchachas artistas la maquilla con esmero. Todos se equivocaban con respecto al número de mujeres que el emperador tiene en palacio: no son miles, ni siquiera centenares. El emperador Hongzhi sólo tiene una esposa, la emperatriz Zhang. Ella pasa la mayor parte de sus días en la sala especial del Gran Interior donde la vi por primera vez, pero prefiere que trate su infección ocular en la intimidad de su alcoba, llena de muebles elaborados por los mejores artesanos de nuestra tierra. Debo llamarla la Compasiva, pero aún no he sido testigo de ese aspecto de su carácter.

—La infección de la Compasiva está hoy mucho mejor —le digo esta mañana de mi quinto día en la capital—. Es una pena que se haya dejado supurar durante tanto tiempo...

—Muchos meses —confirma la emperatriz negando con la cabeza—. Pero por fin has abierto la senda hacia el bienestar.

—En cuanto estés totalmente recuperada, mi comitiva y yo regresaremos a Wuxi. —Inclino la cabeza—. Me siento agradecida por haber podido servirte.

La emperatriz Zhang sonríe.

—No vas a irte tan deprisa. —Se acaricia el vientre con ambas manos—. Mientras viajabas hacia aquí, la señora Liu, la viuda Bao y la comadrona contaban maravillas sobre tu capacidad para volver más resbaladizo el paso de un bebé en un parto. Como madre del próximo emperador, yo las escuchaba. Me gustaría que te quedaras.

—Hay muchos buenos médicos en la capital que sin duda serían más capaces...

—Por favor, no seas modesta.

—Estoy encinta...

—Y la comadrona también. Las tres podemos pasar nuestros embarazos juntas.

Permanezco en silencio.

—Si me ayudas a que el bebé sea más resbaladizo, seguramente no sufriré complicaciones durante el parto. —Hace una pausa para reflexionar—. Lo expresaré de otra manera: soy la emperatriz, y por tanto no espero tener ningún problema, pero me tranquilizará tener presente a una doctora, que ha dado a luz ella misma, cuando el próximo emperador venga al mundo.

Me arrodillo y apoyo la cabeza en el suelo.

—Sería un gran honor para mí —digo. En mi fuero interno, sin embargo, estoy destrozada. He hecho ya aquello para lo que me hicieron venir, ¿y ahora debo quedarme más tiempo? Me esfuerzo por contener el llanto.

Tras terminar el tratamiento de la jornada, sigo a la emperatriz a una distancia respetuosa en su camino hacia la sala principal del Gran Interior. Cuando entramos, todos, desde las bellas damas hasta los niños eunucos, se postran a sus pies. Una vez que la emperatriz les ha indicado con un ademán que se levanten, las mujeres retoman sus actividades, que son las mismas que nos ocupan en casa: bordar, jugar al ajedrez, afanarse con el pincel y la tinta. La viuda Bao y la señora Liu me sonríen. Parecen satisfechas de sí mismas, y yo debería estarles agradecida por su recomendación. Meiling, sentada con ellas, se mira las manos. Además de la consternación que siento por no poder volver a Wuxi, me duele que ella supiera que esta orden imperial iba a llegar y no me avisara. Estoy desesperada por hablar con ella, pero no hemos tenido ni un momento a solas. Quizá me ha estado evitando, o no. Sea cual sea la razón, por ahora debo guardarme mis pensamientos y emociones.

El día transcurre como el de ayer y el de anteayer, con juegos, comidas, música y la emperatriz contando historias. En la estancia hace frío, y los criados se afanan en mantener los braseros encendidos. Llevamos capas o abrigos forrados de piel para conservar el calor. Meiling ha establecido un fuerte vínculo con la emperatriz, exactamente como debe ser. Mi amiga y yo aprendimos esa costumbre el día que nos conocimos, tantos años atrás, en los aposentos de la señora Huang. La abuela insistía en que a una parturienta siempre le irá mejor si se siente cómoda con la comadrona que va a traer al mundo a su bebé. Aun así, lo que sucedía en la Mansión de la Luz Dorada y lo que ocurre en la Ciudad Prohibida dista mucho de ser comparable: la comadrona Shi no se vestía a juego con la señora Huang; aquí se espera que el atuendo de Meiling esté en armonía con el entorno. Toda su ropa, zapatos y adornos han sido obsequios. Pero lo más impresionante de todo es que se mueve con absoluta soltura entre estas mujeres, incluida la emperatriz, si bien esto no debería sorprenderme, dada la gran cantidad de tiempo que hemos pasado juntas a lo largo de los años.

A última hora de la tarde, cuando la emperatriz se retira a sus aposentos, espero a que Meiling se despida para que podamos volver juntas al Pabellón de Rituales y Ceremonias. En cuanto nos sentamos en el carruaje, Meiling me coge de las manos.

—No sabía que estabas embarazada cuando le hablé de ti a la emperatriz. De haberlo sabido, nunca habría sugerido tus servicios. Por favor, Yunxian, no te enfades conmigo. —Me mira fijamente a los ojos—. Lo siento.

Por enojada que esté, veo que es sincera.

—Yo misma no supe que estaba embarazada hasta que me encontré en el barco viajando hacia el norte —continúa—. De haberlo sabido, tampoco habría venido.

—Es muy triste que tu esposo no pueda enterarse de la buena noticia hasta que vuelvas a casa.

—¿Y si intentamos enfocarlo de otra manera y vemos lo positivo de esta situación? Tú y yo parecemos estar en puntos similares de nuestros embarazos.

—Nuestros bebés deberían llegar unos dos meses después de que la emperatriz dé a luz, así que tal vez podamos viajar a casa antes de que nosotras entremos en el último mes del embarazo —sugiero con optimismo.

Ella baja la voz y entorna los ojos para mirar al suelo.

—No podemos hacer eso. Tendremos que quedarnos aquí mientras la emperatriz cumple el mes de puerperio.

Tiene razón, por supuesto. Intento ocultar mi decepción, pero no lo consigo.

—Lo entiendo, y entiendo lo que significa eso para nosotras. Cuando la emperatriz termine de cumplir el mes tras su parto, las dos estaremos entrando en el último de nuestro embarazo, y entonces no podremos viajar a casa, sería demasiado peligroso. Daremos a luz aquí y cumpliremos el mes del puerperio en el pabellón, antes de poder volver.

Meiling exhala un suspiro.

—Una vez más, lo siento mucho.

Retiro una de mis manos de la suya y le doy unas palmaditas en la mejilla.

—Por lo menos estaremos juntas.

Después de un mes en la capital, ya me siento más cómoda con lo que me rodea. La Ciudad Prohibida aún no ha cumplido cien años, y cada día me sobrecoge su magnificencia: los enormes muros, las grandiosas terrazas, los imponentes salones... Cada patio cuenta con un conjunto de cabañas donde viven los eunucos; así se los puede llamar con facilidad. Los eunucos menores de diez años se consideran «completamente puros», y ahora comprendo por qué la señora Liu se mostró tan reticente al referirse a ellos: una mujer tan fina no querría hablar de las tareas íntimas que realizan para las mujeres del círculo íntimo de la emperatriz. Los niños eunucos cambian los paños que usan las mujeres durante el flujo de luna menstrual, limpian los traseros de sus amas sobre las bacinillas y se ocupan de perfumar los pies de una esposa cuando sabe que su marido va a requerir su compañía. Aunque la emperatriz me ha ofrecido varios muchachos para servirme, los he rechazado. Cuando estás encinta y confías en tener un niño, no te apetece pensar en que le corten a alguien los mismísimos atributos que lo convierten en varón. Por lo demás, me he acostumbrado a las idas y venidas en el Pabellón de Rituales y Ceremonias, donde dormimos las comadronas, las nodrizas y yo. Los eunucos ya no perturban mis ojos con su aspecto ni ofenden mi nariz con su olor. Aun así, son un incordio, llenos como están de una ávida necesidad de poder y de un apetito insaciable de corrupción. La mayoría de mis interacciones son con Lin Ta, que me ha pedido que reciba a las mujeres que acuden al pabellón para conseguir un puesto en el Gran Interior.

Aunque yo estoy confinada en el Gran Interior y en el Pabellón de Rituales y Ceremonias, la señorita Zhao, que sólo es mi carabina, ha podido moverse con la precaución y el transporte adecuados por los callejones y callejas del Distrito Central, una zona protegida por sus propios muros y puertas que rodea los terrenos de la Ciudad Prohibida. Me ha hablado sobre avenidas flanqueadas por tiendas, puestos de comida, casas de té y emporios vinícolas, todos decorados con farolillos rojos y letreros dorados. La concubina de mi padre, que ha visto mucho más del mundo exterior de lo que yo veré nunca, ha dicho en más de una ocasión:

—Pekín no está tan atrasada como creía al principio. Sí, todo lo que es único o valioso viene del sur, pero la gente de este desolado puesto de avanzada ha sabido hacer buen uso de nuestra abundancia.

Casi a diario hace alguna observación perspicaz:

—Aunque el emperador Hongzhi sigue la tradición en sus pensamientos y sus actos, las mujeres tienen más oportunidades en Pekín que en el lugar de donde venimos. Aquí hay mujeres prestamistas y comerciantes. ¡Y el médico de la emperatriz es una mujer! ¡Tú! Y piensa en todas las nodrizas y comadronas que se beneficiarán durante años de la benevolencia de palacio.

Es verdad. Como solía decir la abuela, a una comadrona se la puede recompensar con ropa, joyas, posición y poder, y todas esas cosas acabarán revelando sus éxitos al mundo. Incluso podría acabar ostentando un título aristocrático. Yo, por mi parte, también recibiré algunos obsequios similares. Sin embargo, en el caso de Meiling se trata de una oportunidad única. No me extraña que esté tan contenta. En cuanto a mí, echo de menos a mis hijas y a mi esposo. Incluso echo de menos a la señora Kuo y su «ejem, ejem», a la señorita Chen y su conducta egoísta, y a las demás mujeres de las cámaras interiores de mi hogar de casada. Sobre todo, desearía poder dar a luz a mi bebé entre los seguros muros del Jardín de las Delicias Fragantes.

Meiling me salva de mis pensamientos más sombríos. Todas las noches, cuando volvemos al pabellón, cenamos juntas, a veces las dos solas, otras veces con la señorita Zhao. Las dos ponemos buen cuidado en ingerir los alimentos correctos y evitar los que podrían provocar el nacimiento de una niña. Después Meiling y yo solemos retirarnos a su habitación. A lo largo de los años, ha tenido muchas oportunidades de ver cómo vivo: conoce los grabados de mi lecho conyugal, sabe cómo tengo clasificadas las hierbas que guardo. Ahora me toca a mí ver cómo es su vida. Su habitación es idéntica a la mía en lo concerniente al tamaño y al mobiliario, pero las diferencias en nuestras personalidades de serpiente son visibles por todas partes. Sobre su tocador hay un espejo con el marco lacado y varias borlas de algodón manchadas de colorete esparcidas con indolencia. Las finas prendas que le han proporcionado para vestir en presencia de la emperatriz no reciben mejor trato que si fueran de muselina, aunque su forma de dejarlas sobre el respaldo de una silla o encima de la cama resulta suntuosa, creativa y despreocupada. Enciende velas en lugar de lámparas de aceite, y la habitación se tiñe de parpadeantes tonos dorados.

Como cada noche, la someto a los Cuatro Exámenes. Según mis cálculos, ambas estamos a punto de entrar en el sexto mes de embarazo. Meiling tiene mucha energía y se la ve floreciente. Su aspecto es saludable: tiene color en las mejillas, el pelo brillante y los brazos rellenitos y con la piel hidratada. Noto su pulso fuerte en todos los niveles, lo que indica que tanto la madre como el feto están bien. Huele a perfume, pero no se lo ha puesto para ocultar acidez alguna, y tampoco percibo aguas turbulentas en sus emociones. Me aseguro de que beba hasta la última gota de la decocción que le he preparado para calentar la sangre. Cuando quedo satisfecha, afloja el fajín que le cierra la túnica. Yo hago lo mismo. Nos trasladamos a la cama y nos reclinamos en las almohadas, con una bandeja de té entre las dos. Nos soltamos el cabello y dejamos que nos caiga hasta la cintura. Las horquillas de jade y oro yacen esparcidas a nuestro alrededor, como si fuéramos una pareja casada que acaba de llevar a cabo los asuntos de alcoba.

—Ojalá estuviéramos en casa —digo.

—Ninguna madre desea dar a luz lejos de su habitación —admite Meiling—. Pero tú puedes hacerlo sin dificultad porque eres valiente. Y me tienes a mí.

—No soy valiente. No lo soy en absoluto.

—Si yo no estoy preocupada, tampoco tú deberías estarlo. —Su voz tiene un tono soñador cuando añade—: La fortuna se ha pronunciado al permitirnos quedar embarazadas al mismo tiempo. Si nuestro destino es dar a luz lejos de casa, debemos aceptarlo. Hay muchas comadronas aquí en el pabellón, y no tendré miedo si tú estás cerca.

Tiene razón. En el pabellón habitan más comadronas de las que la señorita Zhao y yo sospechamos en un principio, aunque no en el número que haría falta si el emperador tuviera varias esposas y centenares, si no miles, de concubinas.

Las comisuras de los labios de Meiling se elevan.

—Me has cuidado tan bien como a la emperatriz.

—Siempre sentiré mayor preocupación por ti que por nadie.

Meiling coge la bandeja del té y la deja sobre una mesa auxiliar. Luego se arrebuja contra mí y apoya la cabeza en mi hombro. El calor de su cuerpo penetra en el mío. No me movería por nada del mundo.

—Esta experiencia no va a cambiarte la vida —murmura—, pero ya está cambiando la mía. Por una vez, tú y yo somos iguales.

—Me hace muy feliz que...

—¡Oh! ¡El bebé! ¡Mira! —Me coge la mano y se la lleva al vientre. Mi bebé tiene su sitio favorito en mi cuerpo para torturarme, pero el de Meiling nos entretiene todas las noches con sus empujones, patadas, cabezazos y quién sabe qué más.

—Si no es un hijo que ya practica cómo correr sujetando el hilo de una cometa —comento—, entonces es una hija que dará pasos tan ligeros como la Doncella de los Pies Diminutos.

—Si es una niña, ¿me ayudarás a vendarle los pies? —pregunta Meiling—. Quiero que se case con alguien de una buena familia.

—Por supuesto. Y si tienes un niño, le preguntaré a Maoren si puede asistir a nuestra escuela en el Jardín de las Delicias Fragantes. Tenemos unos tutores excepcionales. —Dejo que se sobreentienda que no es inaudito que una familia como la mía invite a los hijos de parientes o amigos pobres a beneficiarse de la generosidad de un clan—. Si yo también consigo tener un varón, los dos chicos podrán convertirse en compañeros de estudio desde los primeros tiempos de práctica de la caligrafía hasta el día en que lleguen a la capital para presentarse a los exámenes.

—Si las dos tenemos hijas, espero que estén tan unidas como lo hemos estado nosotras.

—Y siempre lo estaremos.

—Si una de nosotras tiene un varón y la otra tiene una hija...

—¿Ya estás pensando en una casamentera? —Lo digo en tono de broma y confío en que mi amiga se lo tome así, porque por mucho que quiera a Meiling, ese casamiento nunca podría producirse, aunque su hija tuviera un par de pies perfectamente vendados.

—Déjame soñar, Yunxian. Déjame soñar.

Al percatarse de que volveré a pasar la noche aquí, Amapola aviva la lumbre bajo el *kang* y alimenta los braseros. Se hace un pequeño nido con su fardo de ropa y se apoya en la caja que trajo consigo de Wuxi. (A veces me despierto en plena noche y la veo sentada sobre sus pertenencias, revisándolas como si hubiera algo que yo pudiera tener la tentación de robar. Sólo pensarlo me hace sonreír.) A mi lado, el cuerpo de Meiling se relaja contra el mío cuando se queda dormida. Su respiración se vuelve más profunda, y el aire que expulsa me recorre el pecho como una oleada cálida hasta llegar a mis manos. Debería despertarla para ponernos las túnicas de dormir. En lugar de eso, acaricio las puntas de su melena, alisando los mechones de pelo contra mi muslo.

Permanezco despierta mucho rato, como suelo hacer, y dejo que mi mente divague sobre las posibilidades y las improbabilidades. Puede que Meiling y yo compartamos un estatus similar en el Gran Interior, y que yo sólo desee lo mejor para ella, pero nuestras vidas son muy distintas. Nada podrá cambiar eso, aunque las dos lo deseemos. Y me preocupa... Al igual que el ave fénix resurge de sus cenizas, y que Meiling ha ascendido de estatus, otra cosa es cierta: «Cuanto más alto vuelas, más violenta es la caída.» Mantengo los ojos abiertos el tiempo suficiente como para que se consuma la primera mecha y se atenúen tanto la luz dorada de la habitación como las chispas de mi pensamiento.

La noche sigue al día y el día a la noche. Han transcurrido ya dos meses desde que la señorita Zhao y yo llegamos a Pekín. La emperatriz Zhang ha entrado en el último mes y podría ponerse de parto en cualquier momento. Meiling y yo entraremos en esa etapa dentro de otras cuatro semanas. Pasaré ese último mes no en confinamiento como una dama, sino como una mujer trabajadora, igual que Meiling. Mis emociones siguen siendo turbulentas. Me recuerdo a todas horas las advertencias de la abuela sobre mis flaquezas; Meiling también vigila que no aparezcan. Lucho por no desanimarme ni ponerme enferma, y debo agradecer a Meiling que vele por estos defectos innatos míos, al igual que yo permanezco alerta ante cualquier cosa que pueda causarle daño a ella o a su bebé.

Hoy estamos reunidas en el Gran Interior, y la emperatriz está contando una de sus historias favoritas. Meiling se sienta cerca de ella. Está pálida. Hasta la semana pasada, la veía feliz y satisfecha, más que nunca. Entonces algo cambió, y hace dos días que vomita a menudo. Creemos que las náuseas matutinas sólo aparecen en los tres primeros meses, pero en algunas mujeres pueden aparecer en cualquier momento y durar hasta el parto. Haré unos retoques en su fórmula esta noche, pero por ahora debo centrar mi atención en la emperatriz.

—Mi marido es el único emperador en la larga historia de China con una sola esposa y sin concubinas —declara en su elaborado estilo habitual. Parte una semilla de melón entre los dientes, la examina y se la lleva a la boca—. Hasta el día de su muerte, seré la única mujer para él.

Le gusta repetir la historia, lo que significa que he tenido que oírla varias veces desde que llegué aquí.

—Cuando mi marido era un niño, su padre tenía miles de concubinas. Su favorita era la consorte Wan. El emperador Chunghua perdió todo interés en su esposa, la emperatriz Wu, que ya le había dado un hijo varón. Mientras tanto, la consorte se esforzaba en quedar embarazada. —La emperatriz Zhang baja la voz al revelar lo que muy pocos fuera de palacio saben—. Cada vez que la consorte Wan se enteraba de que otra concubina estaba encinta, mandaba envenenar a esa mujer o le daba hierbas en secreto para que abortara. La emperatriz Wu comprendió que ella y su hijo podían convertirse también en blancos de la consorte, así que ambos se escondieron. Eunucos y otras personas los protegieron. Cuando el emperador murió, mi esposo ascendió al trono. La consorte Wan desapareció. Nadie ha vuelto a saber nada de ella.

Aunque la historia es de una generación anterior, supone un recordatorio de que la emperatriz Zhang está muy atenta a las intrigas palaciegas y no las permite. Ahora mira a su alrededor, fijándose en las mujeres que la rodean.

—Mi esposo es seguidor de Confucio, del budismo y del taoísmo. Cree en la rectitud y la obediencia. Para honrar a su madre y cuanto hizo por protegerlo, da ejemplo al resto del país, no sólo aquí en palacio. Por eso hoy en día no hay concubinas, consortes ni esposas secundarias en el Gran Interior.

Tener la oportunidad de supervisar el alumbramiento de la emperatriz es sin duda un gran honor para mí, aunque no venga acompañado de las mismas recompensas que recibirá Meiling. (Así debe ser, pues Meiling participará de forma activa en el parto, mientras que yo sólo asistiré cuando la emperatriz requiera mi presencia o si surge alguna complicación.) Admito que preferiría que la emperatriz Zhang me agradara más. Aunque sabe recitar la historia y su lugar en ella, me parece una mujer superficial. Se maravilla ante cualquier nueva compra o regalo, pero el hechizo le dura poco. De inmediato quiere otra cosa exótica o de valor incalculable: un tocado de varias capas y engastado de joyas, una estatuilla de la diosa Guanyin tallada en marfil, un par de leones de mármol de tamaño natural... Disfruta de los alimentos que llegan al palacio como tributo, pero luego necesita mi ayuda para la indigestión y el insomnio que le provocan. Y sin embargo...

Sigue siendo sólo una mujer. Está tan nerviosa por dar a luz a su primer hijo —que todos esperamos que sea un varón y se convierta en el futuro emperador— como Meiling, una comadrona con mucha experiencia. Yo soy médica, pero me doy cuenta de que ambas mujeres me buscan más por mi experiencia personal, por haber experimentado el parto y haber traído al mundo con éxito a tres bebés, aunque fueran niñas, que por las hierbas que deben tomar.

—Doctora Tan.

Vuelvo de mis propios pensamientos.

—¿Sí, ilustre Compasiva?

—¿Qué ingredientes utiliza tu familia para hacer la sopa de la madre? —pregunta la emperatriz Zhang.

Me ha interrogado sobre el tema muchas veces en las últimas semanas, con la esperanza, diría, de que nombre algo que requiera que ella despache a hombres en busca de algún ingrediente raro. En eso, la emperatriz es la encarnación de «un ojo en el plato que tienes delante y un ojo en la cazuela».

—Cada mujer hace la sopa de la madre de forma distinta —contesto—. Hay quienes echan una dosis extra de licor de arroz para ayudar a que suba la leche materna...

—Tenemos nodrizas imperiales para eso —dice con un leve resoplido.

—Por supuesto —convengo yo—. También hay quien añade a la sopa más jengibre y algunos cacahuetes, que ayudan a la mujer a recuperar fuerzas después del parto. Me aseguraré de que las cocineras preparen la sopa idónea para tus necesidades particulares.

Pero ella ya ha perdido el interés.

—¿Quién quiere jugar a un juego?

Mi bebé me clava un codo o una rodilla en las costillas, en el lado derecho de mi cuerpo. A mi niño le gusta ese sitio concreto. (Mi niño, mi niño... Quizá, si lo repito lo suficiente, se hará realidad.) Me ha soltado una patada o se ha desperezado contra ese punto tantas veces que tengo el convencimiento de que la cara interior de mis costillas está amoratada. Aprieto esa zona con la palma de la mano y miro a Meiling. Está ensimismada, con una mano en el vientre.

Más tarde, cuando la examino, descubro con preocupación que su pulso es errático. Reviso su fórmula y es la correcta. Le sugiero que permanezca en cama unos días, y eso hace. Al quinto día se levanta decidida a volver al Gran Interior.

—No he llegado hasta aquí para acabar fracasando —murmura—. Tú sabes tan bien como yo que la emperatriz debe estar cómoda conmigo cuando llegue el momento de traer al mundo a su bebé.

—¿Sigues teniendo náuseas? ¿Algún mareo o dolor?

—Estoy bien. De verdad.

Pero sigo viéndola muy pálida.

• • •

Durante la segunda semana de su «último mes», la emperatriz se pone de parto. Para pasar el tiempo hasta que me mande llamar, entrevisto a una mujer que solicita el puesto de nodriza imperial. La candidata se sienta frente a mí, con sus manos blancas y suaves cruzadas sobre la mesa.

—Mi esposo está en el ejército y a mucha distancia de mí —responde cuando le pregunto por qué razón quiere el puesto.

—¿Qué edad tienes?

—Acabo de cumplir los diecinueve.

—¿Cuántos hijos has traído al mundo?

—Tres, y todos se han criado bien.

Tres hijos es el número requerido. De hecho, cumple todos los requisitos para ser nodriza: tiene entre quince y veinte años, se conduce como es debido, está casada con un militar y sus pechos se ven turgentes de leche incluso a través de la ropa. Es bastante guapa, aunque nunca podría competir con la emperatriz por el afecto de su marido, si bien es cierto que al emperador no le interesa nadie aparte de la propia emperatriz Zhang.

Aun así, un hombre es un hombre...

—El de nodriza se considera un puesto vitalicio —le digo.

—Este nombramiento sería un honor para mí. No sé cuándo volveré a ver a mi esposo. Ni siquiera sé si volveré a verlo. Es importante que pueda mantener a mi familia en caso de que...

—Es una suerte que no estemos en guerra —la interrumpo, pero me he vuelto lo bastante desconfiada como para reparar en que, en realidad, no piensa en la muerte de su marido. Este puesto conlleva recompensas incluso mayores de las que reciben las comadronas, y mucho mayores de las que reciben los médicos.

Entra Lin Ta, que se inclina y me susurra algo al oído. Miro a la mujer sentada frente a mí.

—Me temo que deberemos seguir con esto otro día —concluyo levantándome.

Me apresuro a pasar por mi habitación para recoger la bolsa que dejé lista con antelación pensando en este momento. Luego sigo a Lin Ta hasta el carruaje que recorrerá la escasa distancia hasta la Ciudad Prohibida. Cuando llego al Gran Interior, todo el mundo ha sido expulsado de la habitación de la emperatriz excepto Meiling, dos parteras asistentes —la comadrona Quon y la comadrona Guo— y unos cuantos eunucos que traen agua para calentarla en el brasero y ayudar en el parto, y para preparar té e infusiones de hierbas de ser necesario. La emperatriz Zhang está acurrucada en los brazos de las dos asistentes, con el rostro contraído por la concentración. Parece estar llevándolo bien, pero cuando vislumbro las facciones de Meiling, intuyo que algo va mal.

Me arrodillo junto a las mujeres. Mis dedos buscan el pulso de la emperatriz. Lo noto estable.

Meiling, sentada a mi lado, encorva repentinamente los hombros y se encoge sobre su vientre. Respira hondo y contiene el aliento. Sus labios se esfuerzan en mostrar una sonrisa tranquilizadora, pero los músculos de su cara están crispados. Pasan unos segundos. Exhala y dice con voz tensa:

—La emperatriz lleva seis horas de parto. Le está yendo tan bien que no le parecía necesario que vinieras, pero yo he pensado que te gustaría asistir de todos modos.

La emperatriz gruñe cuando la acomete una contracción. En cuanto pasa, se relaja y se apoya en las parteras. No veo nada fuera de lo corriente y no entiendo por qué Meiling ha sentido la necesidad de convocarme.

—Éste será sin duda un parto resbaladizo —dice Meiling con la voz tensa como una cuerda—. No tardaré en pedirle a la emperatriz que adopte la posición adecuada y se agarre a la cuerda.

De nuevo Meiling se inclina hacia delante y, en esta ocasión, se lleva una mano al vientre. Le toco el hombro para llamar su atención. Ella vuelve lentamente los ojos hacia los míos. Veo en ellos preocupación y miedo.

—Ilustre Compasiva —digo dirigiéndome a la emperatriz—, permíteme que te robe un instante a la comadrona para que podamos hablar. Volveremos enseguida.

Sujeto con una mano el codo de Meiling y la ayudo a ponerse en pie. Le cuesta incorporarse. Sonríe a la emperatriz, pero, en cuanto nos damos la vuelta, su cara se retuerce de dolor. La llevo detrás del biombo que me han preparado y nos sentamos en unos taburetes de porcelana.

—Tal vez sean falsos dolores de parto —le susurro para tranquilizarla—. Muchas mujeres los experimentan antes de que su hijo venga al mundo. Yo misma...

—Soy comadrona, Yunxian. Lo que siento no es eso. Mis contracciones son cada vez más frecuentes. —Respira con dificultad—. Y cada vez más fuertes...

—Nuestros bebés no han de nacer hasta dentro de dos meses —le recuerdo—. Déjame tomarte el pulso. Ya lo verás, seguro que no es nada que deba preocuparnos.

En cuanto rozo con los dedos la muñeca de Meiling, noto el latido galopante que indica que una mujer ya está de parto. Cierra los ojos cuando le sobreviene otro espasmo.

—Tienes que volver al pabellón —le digo.

Meiling niega con la cabeza.

—No. Debo asistir el parto de la emperatriz, luego ya volveremos a nuestras habitaciones.

La emperatriz suelta un gemido. Meiling recompone sus facciones, se levanta y regresa junto a ella. Incumpliendo la tradición, la sigo.

—Ilustre Compasiva —digo—, aquí somos todas mujeres. Aunque sea contrario a la tradición, ¿prefieres que me quede a tu lado? Eres la emperatriz y mereces un trato especial.

La emperatriz Zhang acepta con un asentimiento, lo que significa que ahora puedo vigilar a Meiling. No dejo de darle vueltas a qué puede estar saliendo mal, cuando su embarazo ha seguido, hasta hace bien poco, un senda tan venturosa. Las fórmulas que preparé para ella eran perfectas, estoy segura de ello. Lo que está experimentando ahora tiene que ser un falso parto... Cuando regresemos a nuestras habitaciones, la examinaré y, si es necesario, ajustaré las recetas.

Al cabo de otras tres horas, Meiling se agacha detrás de la emperatriz.

—Por favor, sujeta la cuerda —le ordena.

La emperatriz, que no tiene la costumbre de obedecer a nadie que no sea su esposo, se coloca en posición. En este momento es como cualquier otra parturienta: permanece en cuclillas, con el espacio entre las piernas abultado y con las facciones pálidas por el dolor. Observo cómo asoma la cabeza del bebé, oigo las palabras de aliento de Meiling y veo cómo salen primero un hombro y luego el otro, seguidos por un espasmo más cuando el torso, las piernas y los pies se deslizan suavemente hasta salir al mundo. Meiling corta el cordón y se lleva al recién nacido antes de que la madre pueda ver su sexo.

—¿Es el futuro emperador? —implora la emperatriz Zhang.

Antes de que pueda responder, Meiling vacila, todavía con el bebé en los brazos. Me apresuro a acercarme y cojo al bebé antes de que se le doblen las rodillas.

—Es un niño —logra declarar Meiling antes de que su cuerpo se haga un ovillo.

El bebé agita los brazos ante esa repentina libertad. Su rostro se retuerce en una expresión de extrema infelicidad, pero su llanto es saludable y fuerte. Lo envuelvo rápidamente en paños, lo dejo sobre la mesa y le indico por gestos a un niño eunuco que se acerque a vigilarlo. El bebé estará bien cuidado mientras yo me ocupo de Meiling.

Al otro lado de la habitación, la emperatriz suplica: «Dejadme verlo, dejadme verlo...», mientras una de las comadronas recoge la placenta antes de que caiga sobre el lecho de paja. Los niños eunucos guardan un silencio inusitado, y advierto que la razón es que dos de ellos han salido sigilosamente de la habitación para comunicar la noticia del nacimiento a quienes tienen ojos y oídos más grandes.

Meiling suelta un gemido. Cierra los ojos y niega con la cabeza.

—Esto no está pasando... No dejes que ocurra...

Sus palabras son como dedos que se aferran a mi cuello. Estaba convencida de que eran dolores fortuitos... Quizá debería haber insistido en que guardara cama y mantuviera las piernas elevadas... Pero Meiling tenía que ayudar a la emperatriz... Tiene que haber algo que yo pueda hacer...

Los forcejeos de Meiling atraen la atención de la emperatriz.

—¿Qué hacéis ahí? —Su tono exige una respuesta, pero temo dársela—. ¡Tú, averigua a qué viene tanto jaleo!

La comadrona Quon cruza la sala hacia nosotras. Entiende el problema de inmediato.

—Tenemos que sacarte de aquí —dice lo más discretamente posible—. ¿Puedes andar?

—Lo intentaré. —Pero cuando se levanta, Meiling suelta un grito al ver que tiene la túnica de seda empapada en sangre y vuelve a desplomarse en el suelo.

—¿Qué es ese alboroto? —insiste la emperatriz.

La comadrona Quon empieza a apartar las capas de ropa de Meiling. Recuerdo todas las advertencias que me hacían mis abuelos sobre las propiedades contaminantes de la sangre. Debería retroceder, pero mi preocupación por mi amiga tiene más fuerza. Meiling vuelve a gritar y la cojo de la mano.

—No dejes que esto ocurra, Yunxian... —gime a mi lado—. Por favor, por favor, por favor...

Pero no puedo hacer nada para detener o retrasar lo inevitable.

—Ayúdame a sentarme —ordena la emperatriz—. Quiero ver...

Meiling grita.

La otra partera ayudante está atendiendo a la emperatriz, y los niños eunucos no tienen ningún deber para con Meiling. La comadrona Quon me mira a los ojos y me da instrucciones sin decir palabra. Sostengo a Meiling mientras su bebé se precipita del umbral del parto envuelto en un río de sangre. Es una niña —una pequeña bendición—, demasiado pequeña, demasiado azul y demasiado inmóvil para estar viva. Cubro con una mano los ojos de Meiling, pero ya ha visto lo que no podía dejar de ver. Los sollozos estremecen su cuerpo.

La sangre

En cuanto llegamos al Pabellón de Rituales y Ceremonias, la comadrona Quon insiste en que el umbral de parto de Meiling se tapone con paños limpios para contener la hemorragia. Le ofrezco un rollo de vendas sin usar que me traje de casa, hechas por las tías solteronas.

—Menudo desperdicio de algo tan valioso —comenta la comadrona cuando le entrego el rollo intacto.

Más tarde la acompaño a la puerta y le pregunto cómo cree que está Meiling, y la comadrona aparta la mirada.

—Es una verdadera lástima —contesta.

La noche siguiente la comadrona Quon pasa a ver a mi amiga, pero sus labios permanecen sellados y evita mirarme a los ojos. Lo considero una mala señal.

Pienso en todas las veces que Meiling me ha cuidado. Ahora me toca a mí. Ha perdido muchísima sangre, y sus mejillas y sus labios están tan blancos como el mármol. Le administro una dosis de una mezcla de hierbas, en un intento de prevenir la infección y la fiebre. Durante los dos días siguientes mis dedos están constantemente ocupados en controlar los pulsos de Meiling. Le hago preguntas: ¿siente dolor?, ¿tiene hambre?, ¿tomará un sorbo de té? No obtengo respuestas: ni un gesto de asentimiento o negación con la cabeza, ni un apretón en mi mano. Mantiene los ojos cerrados incluso cuando por su forma de respirar sé que está despierta. Yo no puedo dormir y apenas como. Me aterroriza pensar que, si bajo la guardia un instante, Meiling se me irá. Y sigo sin entender cómo ha podido pasar esto, cuando he estado tan pendiente de ella.

—Meiling necesita que estés fuerte —me dice la señorita Zhao el quinto día—. Deberías tratar de descansar. —Me niego, pero ella insiste—: Yo estaré aquí. Os cuidaré a las dos.

Cojo la mano flácida de Meiling y apoyo la cabeza sobre la colcha. Estoy a punto de caer vencida por el sueño cuando cuatro hombres irrumpen en la habitación. Dos de ellos se sitúan de espaldas a la puerta, con sus lanzas plantadas en el suelo. Los otros dos se abalanzan sobre Meiling y sobre mí. Uno me aparta de un empujón. Luego ambos agarran a Meiling de los codos y la arrancan de la cama.

—¡¿Qué estáis haciendo?! —grito aterrorizada, mientras la señorita Zhao retrocede hasta un rincón llevándose las manos a la boca.

Meiling intenta liberarse, pero es menuda y está débil por todo lo que ha pasado. Del exterior de la habitación nos llegan gritos de angustia, con las voces estridentes de los eunucos fácilmente distinguibles de las de comadronas y nodrizas. Las piernas de Meiling ceden y se desploma en los brazos de los guardias. El más corpulento de los dos hombres nos señala a mí y a la señorita Zhao.

—Vosotras también venís.

Tengo tantísimo miedo que apenas puedo respirar. La señorita Zhao y yo nos apoyamos la una en la otra cuando nos conducen al exterior, donde esperan dos palanquines en lugar del habitual carruaje. Lin Ta está ahí plantado con las manos ocultas en las mangas y aparta la mirada al vernos llegar. Meten a Meiling a la fuerza en el primer palanquín. Estoy a punto de seguirla cuando uno de los guardias me agarra del brazo y me retiene. No me atrevo a forcejear, pero no quiero separarme de Meiling.

—Lin Ta —ruego con una profunda reverencia—. Por favor...

Él libera una mano de su manga y, sin decir palabra, ordena con un gesto al guardia que se aparte. Antes de que el eunuco pueda cambiar de opinión, subo junto a Meiling, que se ha desplomado en un rincón del palanquín. El cuerpo entero me palpita con una energía que jamás había experimentado, pero Meiling apenas es consciente de nada.

A estas alturas ya estoy familiarizada con el trayecto hasta el Gran Interior. Esta vez vamos en una dirección distinta.

—¿Adónde nos llevan? —La voz de Meiling es tan frágil como una flor dejada sobre una piedra bajo el sol del verano.

Niego con la cabeza. No lo sé.

El trayecto es extremadamente duro, con baches y bandazos. Incluso tengo la sensación de que los porteadores quieren aumentar nuestro sufrimiento. Cuando el palanquín aterriza en el suelo con un golpe sordo, Meiling casi sale despedida del asiento. La portezuela se abre, y un par de manos la sacan de un tirón. Cuando salgo, veo que estamos en un patio ante la entrada de una estancia que me es desconocida. La señorita Zhao desciende de su palanquín y se une a mí, y ambas seguimos a los guardias que arrastran a Meiling. La espalda de su túnica de dormir tiene grandes manchas de sangre fresca. Está demasiado débil para caminar sola, y sus pies descalzos se arrastran sobre los adoquines con las plantas mirando hacia el cielo. Ningún hombre se molesta siquiera en echar un vistazo a semejante desnudez, lo que me revela hasta qué punto la situación es grave.

Entramos en una gran sala. Hombres con atuendos de gala se alinean contra las paredes. Frente a nosotras, en una plataforma elevada, hay dos tronos, uno de los cuales está ocupado.

El emperador...

La señorita Zhao y yo nos vemos empujadas hacia delante. Cuando el hombre que me sujeta de los hombros me suelta, caigo postrada en el suelo, con la señorita Zhao a mi lado en total sumisión.

—Me he esforzado por hacer del palacio un lugar de buenos pensamientos y actos correctos.

La voz del emperador no es en absoluto como yo la habría imaginado, de haber pensado alguna vez en ello: suena como la de un hombre normal, como las de mi esposo o mi abuelo, sólo que las palabras que pronuncia con esa voz corriente hacen que mi cuerpo se eche a temblar.

—Sólo tengo una esposa —prosigue—. La emperatriz Zhang es la luna donde yo soy el sol. Algún día muy lejano se convertirá en la emperatriz viuda y ayudará a nuestro hijo en su gobierno de China. Pero tú —levanta un dedo para blandirlo hacia Meiling— has ofendido sus ojos con tu vil comportamiento. Me siento indignado en nombre de la emperatriz, que tuvo que presenciar semejante contaminación en el Gran Interior.

Meiling llora quedamente.

—He debatido la ofensa con los miembros de mi Consejo de Castigos y con los supervisores del Pabellón de Rituales y Ceremonias —continúa el emperador—. Todos han recomendado de forma unánime que la infractora sea condenada a muerte. Puesto que eres una mujer, no veo razón para prolongar tu sufrimiento de forma que sirva de advertencia a otros. La decapitación será rápida e indolora.

Justo en ese momento se abren unas puertas de doble hoja. La emperatriz hace su entrada, seguida por la señora Liu, la viuda Bao y otras damas que le proporcionan compañía en el Gran Interior.

—Esposo —dice la emperatriz Zhang con una reverencia formal. Luego sube al estrado real y se sienta en su trono.

Una de las damas arregla los ropajes de la emperatriz para que se extiendan en torno a ella, lo que hace que se vea menuda en el mar de brocado y bordado que la rodea, pero también igual de digna y poderosa que el emperador. Las demás mujeres se sitúan abriéndose en abanico, a ambos lados de la señorita Zhao y de mí.

—Deberías estar con nuestro hijo —dice el emperador—. Deberías estar cumpliendo el mes.

La respuesta de la emperatriz Zhang llega de inmediato:

—Sí, esposo mío. He dejado mi lecho para poder apelar a tu magnanimidad.

—Por favor, continúa.

Cuando la emperatriz Zhang empieza a hablar, comprendo que está a punto de revelar el aspecto de sí misma que le ha granjeado el título de la Compasiva. Rezo para que sea así.

—La comadrona puso el nacimiento del próximo emperador por encima de la seguridad de su persona y de su hijo —declara la emperatriz.

—¿Qué importa eso cuando insultó a tus ojos?

—Te ruego que muestres benevolencia.

El emperador no se deja convencer.

—Ya he tomado una decisión.

La emperatriz Zhang señala con un gesto la hilera de mujeres ante ella.

—Cada una de nosotras te lo implora.

Al oírla pronunciar esas palabras, hago acopio del coraje suficiente para hablar.

—Me gustaría decir unas palabras en nombre de la comadrona.

El emperador parece sobresaltado. Algunos de los hombres de majestuosas vestiduras emiten gruñidos de disgusto.

—La emperatriz Zhang es verdaderamente la Compasiva —prosigo—. Y tú eres el emperador Hongzhi, el emperador del Altísimo Gobierno.

—¿Y ésta quién es?

La pregunta del emperador no va dirigida a mí, pero respondo de todos modos:

—Soy Tan Yunxian, la doctora que supervisó la llegada al mundo de tu hijo. Vengo de Wuxi. Mi padre, mi abuelo y mi bisabuelo, así como mi tío, han servido lealmente al imperio durante generaciones.

El emperador le hace un gesto a alguien, que se acerca para recibir instrucciones. El hombre en cuestión sale a toda prisa de la sala. Sospecho que ha ido a confirmar todo lo que he dicho, pero no puedo esperar a la verificación para que se me permita seguir hablando.

—Pido al emperador Hongzhi que considere a esta mujer que tiene ante sí —digo señalando a Meiling—. Imagina cómo debió de sentirse. Imagina cómo debió de sentirse la Compasiva. —Me llevo las manos al vientre, y sus ojos se abren como platos al reconocer lo que se oculta bajo el drapeado de mi túnica—. Mírate como si fueras una de nosotras en este estado. Por un instante imagina a la criatura desgarrando tu cuerpo para salir al mundo...

El emperador esboza una mueca de dolor y aparta la mirada.

—Eso le estaba pasando a la comadrona, al igual que me ocurría a mí —interviene la emperatriz para insistir en la imagen.

—Aun así, la comadrona continuó con su cometido —prosigo—, sin abandonar en ningún momento sus responsabilidades para con su emperatriz. La comadrona estaba dispuesta a dar su vida y la de su propia criatura. Una de las dos no sobrevivió... ¿Y ahora castigas a esta mujer que ya ha pagado un precio tan alto por hacer lo correcto?

El emperador exhibe la sublime gracia de sopesar mis palabras, pero dudo que lo hagan cambiar de opinión.

A mis espaldas, una vocecita dice:

—Deja vivir a la comadrona.

Miro atrás para ver quién ha hablado, y descubro a la señora Liu postrándose y apoyando la frente en el suelo.

—Sí, deja vivir a la comadrona. —La viuda Bao se ha postrado junto a su nuera. La viuda es anciana, tiene poco que perder.

Entonces las demás mujeres exclaman:

—¡Deja vivir a la comadrona! ¡Deja vivir a la comadrona!

El rostro del emperador esboza una fina sonrisa. Cuando el silencio vuelve a reinar en la sala, declara:

—La partera puede vivir, pero aun así deberá ser castigada. —Permite que esas palabras pendan un momento en el aire—. Recibirá treinta azotes. También la destierro de la capital durante los años que le queden, y las recompensas que se le iban a otorgar serán revocadas.

La emperatriz asiente.

—Que se transfieran a la doctora Tan.

Su esposo se la queda mirando.

—Desde luego, eres la Compasiva.

Cuando los guardias se llevan a rastras a Meiling, la emperatriz Zhang exclama tras ellos:

—¡Tened cuidado, usad un látigo en lugar de un garrote. Es hermosa. Ha perdido mucho y está a punto de perder aún más; dejad que conserve el rostro!

A la señorita Zhao y a mí vuelven a llevarnos al pabellón. Amapola prepara té para nosotras, pero los tazones permanecen intactos. Cada minuto que pasa parece una hora. Mi cuerpo se tensa cada vez que oigo una pisada o una voz en el pasillo. Finalmente Lin Ta abre la puerta. Entran una camilla y la dejan en el suelo. Meiling está boca abajo, con los rasgos ocultos por los largos mechones de pelo que se le han soltado durante su calvario. Su brazo derecho cae de la camilla y yace inerte sobre la alfombra. La espalda de su vestido, desde el cuello hasta los tobillos, está saturada de sangre de distintos tonos y consistencias: desde el carmesí hasta el óxido oscuro; desde una humedad vidriosa por la que sigue fluyendo su preciosa vida, hasta grumos densos y coagulados. Amapola, consciente de que los médicos no deben tocar la sangre, se ofrece voluntaria para quitarle la ropa a Meiling.

—Puedes esperar fuera mientras la lavo —me ofrece.

—Lo haré yo —contesto.

La señorita Zhao sisea entre dientes y finalmente dice:

—Yo también me quedo a ayudar.

El vestido de Meiling no sólo está empapado; el látigo ha destrozado la seda. En algunos puntos hay que arrancar la tela de su piel desollada. Con el mayor cuidado posible, la señorita Zhao y yo cortamos el tejido y dejamos expuestas las terribles heridas. La carne está desgarrada y algunos tajos revelan atisbos de hueso blanco.

Todavía sangra mucho también de su aborto involuntario.

—Amapola, vamos a necesitar a la comadrona Quon.

Mi criada desaparece y regresa con la comadrona, que ni se inmuta ni palidece; la sangre es su materia prima.

—La señorita Zhao y yo nos ocuparemos de la espalda de la Joven Comadrona —le digo—. ¿Podrías...?

—¿Tienes más de esos paños limpios? —me interrumpe la comadrona Quon—. Si la ponemos sobre una pila como haríamos normalmente después del parto, se desangrará hasta morir. Volveré a restañar y a acomodar sus entrañas.

Amapola trae una palangana y la llena de agua hirviendo. El rostro de la señorita Zhao es una máscara de determinación mientras da suaves toques en la espalda de Meiling con un paño húmedo. Cada roce provoca un gemido de mi amiga. Abro mi cofre de hierbas en busca de ingredientes para preparar tés, cataplasmas... cualquier cosa que alivie su dolor y evite infecciones.

Vuelvo junto a la camilla. Ya no quedan restos de seda. La espalda de Meiling es la zona más lastimada, pero algunos latigazos han lacerado sus nalgas y muslos. Me siento incapaz de soportarlo. Aprieto la mandíbula para darme fuerzas. Me arrodillo y aparto con cuidado los mechones de pelo sueltos que cubren el lado izquierdo de la cara de Meiling. No hay ni una sola huella del látigo en esa mejilla, y me atrevo a suponer que el perfil derecho también estará intacto, por lo que siempre estaré agradecida a la emperatriz. Pero me sobresalta que mi amiga tenga los ojos abiertos y mire sin parpadear al frente. La señora Respetable perdió las ganas de vivir cuando mis dos hermanos mayores murieron. Ahora veo la misma lejanía en la mirada de Meiling.

Me inclino y le susurro al oído:

—Tienes un corazón tan fuerte como el hierro. Sobrevivirás. Me aseguraré de que así sea.

De niña, la abuela me contaba historias sobre mujeres que se cortaban trozos de carne de los muslos para añadir nutrientes a las sopas que luego ofrecían a sus suegras o a sus hijos enfermos. Hablaba de esposas tan entregadas y leales que lamían las heridas de sus maridos o succionaban el veneno de las mordeduras de serpientes o insectos. Elogiaba a la esposa que se plantaba en plena ventisca de nieve para enfriarse al máximo, y así poder tenderse junto a su esposo y bajarle la fiebre. Aquellas mujeres usaban sus cuerpos para demostrar su lealtad. Ahora yo utilizo el mío para darle muestras de mi amor a Meiling. Cada mañana me pincho una vena en la muñeca, dejo que la sangre gotee en una taza, añado té preparado con hierbas curativas y se la llevo a los labios. Durante el día, envuelvo mi muñeca con una gasa; aun así, la sangre se filtra en manchas como de tinta roja hasta la noche, cuando vuelvo a abrir la herida por completo y preparo a Meiling otra taza de té enriquecido con mi fuerza vital.

He recibido una ayuda inesperada. Lin Ta vino a verme aquel horrible día y me preguntó si quería que mandara a buscar a un médico especialista en heridas de guerra.

—No me refiero a un curandero que ensalme huesos —me explicó—, sino a un hombre familiarizado con heridas de lanza, espada y, sí, de garrote y látigo. —Cuando vacilé, indagó en mis conocimientos sobre sangre, huesos expuestos y piel y músculos destrozados—: ¿A qué profundidad laceró el látigo las partes blandas de la espalda de la Joven Comadrona? ¿Sabes cómo volver a cerrar la piel? Necesitas ayuda.

El emperador Hongzhi ha gobernado durante sólo cuatro años de paz, de modo que a Lin Ta no le resulta difícil dar con un hombre mayor que haya tratado a hombres heridos en combate. No tiene permitida la entrada en el Pabellón de Rituales y Ceremonias, pero cada noche me reúno con él ante el portón trasero, donde le describo los detalles del estado de mi paciente para que él me instruya. Lo qué más me importa es saber qué debo hacer con la carne hecha jirones de Meiling.

—Hay que coserla —me aconseja el médico. La idea me horroriza, pero me proporciona un hilo hecho de finas fibras de corteza de morera blanca y una aguja especial—. En las zonas demasiado maltrechas para coserlas, te sugiero que busques telarañas en los rincones de la habitación. Procura cogerlas sin estropearlas y lo más intactas que puedas, y luego colócalas sobre las heridas. Funcionan bien para cerrar lo que se niega a cerrarse.

Es posible que concurran circunstancias diferentes entre lo que le sucedió a Meiling y lo que padece un soldado, pero aun así estoy en pie de guerra. En la batalla que a mí me ocupa se enfrentan la curación y la infección. Aplico un astringente en la espalda de Meiling cuatro veces al día. Cuando su carne se enrojece o empieza a supurar pus, hurgo en mi cabeza en busca de las hierbas que, según las enseñanzas de mi abuela, ayudarán a las mujeres en las peores circunstancias, aun siendo consciente de que, pese a la similitud de las heridas, una mujer no es un hombre en el campo de batalla. Nosotras tenemos preocupaciones y responsabilidades que un hombre jamás experimentará, así que también debo intentar curar las emociones de Meiling. Su mente está tan dispersa como el grano que se derrama de un cubo. Unas noches se muestra coherente; otras, gime y llora, a veces increpando a gritos a fantasmas imaginarios. En más de una ocasión me ha agarrado de la muñeca y me ha suplicado: «Déjame morir, Yunxian.»

Entre el alba y el atardecer dejo a Meiling en manos de la señorita Zhao y de Amapola para poder atender a la emperatriz mientras cumple el mes de puerperio. La emperatriz Zhang demostró que en verdad podía ser la Compasiva cuando salvó la vida de Meiling, y le estaré eternamente agradecida por sus actos, pero ella apenas necesita mi presencia y no parece tener mucho interés por el cuidado de su hijo. El crío está casi siempre con una nodriza, lo que le permite a su madre seguir jugando a placer con sus damas de compañía.

Mis emociones se agitan como si un mar turbulento arremetiera contra ellas. La añoranza de mis hijas, mi esposo y mis abuelos casi me desgarra por dentro, y me preocupo sin tregua por Meiling. ¿Y si muere por su propia mano o a causa de mi ineptitud? Suponiendo que viva, ¿me culpará de la pérdida de su hija? Por si todo eso no fuera suficiente, dudo de mí misma. ¿Cómo pude pasar por alto la gravedad de los problemas de Meiling? Eso hace que me cuestione mi valía como médica de mujeres... Y como médica de cualquiera.

La vida sin una amiga...

Me pongo de parto siete semanas después del nacimiento del futuro emperador. Meiling sigue demasiado delicada de salud para ayudarme, pero estoy en el pabellón y tengo a la comadrona Quon para asistirme en el alumbramiento. Éste es mi cuarto hijo, y el proceso es rápido, lo que no quiere decir que no sienta dolor. Aun así, es soportable. Seguimos todas las reglas menos dos: en primer lugar, insisto en que la señorita Zhao y Amapola permanezcan en la habitación conmigo, y en segundo, cuando nace el bebé y lo separan de mi cuerpo, la señorita Zhao anuncia de inmediato: «Es un niño.»

Vierto lágrimas de felicidad. He cumplido mi principal deber como mujer: traer al mundo a un hijo varón que vele por los antepasados de la familia Yang mediante ofrendas y oraciones. Amapola me lo pone en los brazos, lavado y envuelto en pañales. Tiene una buena mata de pelo negro. Su boca y sus labios se ven rosados y perfectamente formados. Aparto la mantita para contarle los dedos de manos y pies: son diez y diez. Cuento sus tres atributos más preciados: están todos ahí.

—No me corresponde a mí darle su nombre oficial —digo alzando la vista hacia la señorita Zhao y Amapola—, pero por el momento lo llamaremos Lian.

Y de repente, da la impresión de que, más que una mujer refinada, soy una campesina que da a luz y vuelve a los campos al día siguiente, porque la emperatriz Zhang insiste en que vaya al Gran Interior a visitarla, a pesar de que ya ha terminado de cumplir el mes.

—Felicidades por el nacimiento de un varón —dice la emperatriz Zhang cuando me ve.

La viuda Bao y la señora Liu también me felicitan y me ofrecen regalos grandes y pequeños, algunos para el bebé y otros para mí.

—Estoy conmovida, gracias —digo, aunque siento dolor y noto que la sangre empapa el paño que llevo entre las piernas.

—Has sido una buena compañera —añade la emperatriz—, y el nacimiento del futuro emperador fue realmente resbaladizo, o al menos tanto como cabía esperar. —Se ríe un poco, y las damas de la corte la secundan—. Aunque me gustaría que te quedaras aquí, tienes mi permiso para volver a Wuxi.

—Por supuesto, nadie consideraría una gran prebenda obligar a una mujer a cumplir el mes en el Gran Canal. —Este comentario lo ha hecho la viuda Bao, la única con los años y el rango suficientes para soltar algo parecido delante de la emperatriz.

No es lo ideal ni lo apropiado que las mujeres cumplan el mes de puerperio fuera de las cámaras interiores, ni mucho menos en el Gran Canal, pero si soy capaz de velar por la emperatriz al día siguiente de dar a luz, entonces seguro que sabré cuidar de mí misma en un barco. Podré llegar antes a casa y comunicarle en persona a mi esposo la feliz llegada de nuestro hijo, incluso más rápido que si envío un mensajero. Me incorporo. La sangre rezuma y noto un momentáneo mareo.

—La emperatriz tiene buen aspecto hoy —me atrevo a decir—. ¿Puedo tomarte el pulso? ¿Te beberás el té que he preparado?

• • •

Los días siguientes son complicados, pues se ponen en marcha los planes para nuestro viaje a casa. Amapola comienza a llenar baúles, mientras yo cumplo con mis deberes para con la emperatriz. Lin Ta me asigna una nodriza para alimentar a mi hijo durante el día, pero por la noche, cuando regreso a mi habitación, le doy el pecho. La succión de Lian provoca que el palacio del feto se contraiga y recupere su forma original. Esto me produce más dolor incluso que las contracciones del parto y, desde luego, más del que sentí después de que nacieran mis hijas. Me duelen los pechos por la leche que se ha acumulado y no ha podido salir por entero, pero no me doy por vencida. Y por mucho que me esté esforzando en crear un vínculo con mi hijo, mi corazón nunca está lejos de mi amiga.

—Me gustaría ver a tu bebé —anuncia Meiling. Está ya lo bastante consciente para percatarse de que mi hijo ya no mora en mi interior—. ¿Tuviste un varón?

—Sí. Podrás verlo más tarde —respondo.

—No le haré daño, no te preocupes.

—Claro que no, pero mejor otro día. —Me inquieta que tener en brazos a Lian le cause dolor físico y emocional.

—Lo comprendo. —Se queda callada, y poco después añade—: Creía que, cuando te unieras a mí en Pekín, por fin me considerarías alguien digno, pero ahora veo que eso nunca será posible. —Hace una pausa—. Tú eras una perla en la palma de la mano de tu familia. Yo no soy más que un guijarro que ha rodado y se ha pulido hasta tener una apariencia agradable, pero por dentro sólo soy barro compacto.

—Meiling...

—No, escúchame. Tú has llevado una vida de pureza y has sido recompensada con hijos. Yo he tocado con mis manos a los muertos. Estoy contaminada y sucia, ¿cómo podría un bebé encontrar alimento en mi palacio del feto o un santuario en mis brazos? Incluso es posible que mi triste destino sea un castigo por los pecados cometidos en una vida anterior. En cualquier caso, ¿cómo va a permitir una buena madre como tú que toque a su hijo? No puedes consentirlo.

—No estás ni contaminada ni sucia. Lo que ocurrió fue culpa mía, Meiling. Pasé algo por alto y...

Ella me interrumpe con una pregunta.

—¿Alguna vez te has arrepentido de que tu abuela y mi madre unieran nuestros destinos?

Le cojo la mano, la misma mano que ha aferrado la mía cuando me ha suplicado que la dejara morir.

—Jamás. Ahora intenta volver a dormirte. Debes ponerte tan fuerte como puedas. Dentro de tres días abandonaremos este lugar; regresamos a casa.

Se echa a llorar y a temblar.

—¿Y si Kailoo no me quiere de vuelta?

Le aliso el pelo y luego le toco la frente. Todavía está caliente, aún no he conseguido bajarle la fiebre.

—No pongas en duda ni por un instante que se alegrará de tenerte en casa.

—Yo...

—Tú y Kailoo formáis un matrimonio digno de envidia. Te quiere con todo su corazón y no por su obligación como esposo.

Suelta unos hipidos, como una niña que ha llorado demasiado, pero por ahora no tiene lágrimas que verter.

En nuestra última noche en Pekín, la comadrona Quon viene a ver cómo está Meiling y le dice que puede sustituir las vendas para restañar la sangre por los paños que utilizamos normalmente para el flujo de luna menstrual. Le doy a Meiling una sopa de brotes de bambú encurtidos, piel de pollo y azufaifas, sabiendo que estos alimentos le proporcionarán calor y propiedades curativas. Amapola recoge en silencio nuestras últimas cosas. Parece abatida. Yo habría dicho que estaría ansiosa por volver al Jardín de las Delicias Fragantes.

Por la mañana Lin Ta escolta los palanquines y carros tirados por burros hasta el muelle, donde nuestro barco y nuestra gente han esperado todos estos meses. Amapola lleva a mi hijo, y los guardaespaldas ayudan a la señorita Zhao y a Meiling a subir a bordo. La timonel acompaña al grupo de viajeros hasta el camarote que volveremos a compartir. Ver esos rostros familiares me llena de una serena alegría. Regresamos a casa.

Tengo que esperar, en pie junto al eunuco, para ver cómo cargan en el barco los obsequios que me ha proporcionado la gratitud imperial. Eso me permite una vista previa de las recompensas que únicamente yo he recibido como resultado de este viaje: diez celemines de arroz y muchos *jin* de carbón; varias clases de manjares, como té de los confines del imperio, setas lingzhi para prolongar la vida y mao-tai muy picante para que lo beban los hombres en sus celebraciones; rollos de distintas telas (originarias de nuestra provincia); muebles, faroles, biombos de bambú, braseros de bronce y otras vasijas ceremoniales; objetos de cerámica para todos los usos posibles; palillos y otros utensilios para la mesa de jade y marfil; pinceles, tinta, papel de arroz y libros; sombreros para la lluvia y parasoles de papel encerado; y fajos de billetes, y oro y plata en forma de lingotes y joyas. Al parecer, se ha enviado ya información, por decreto sellado, sobre una concesión real de tierras a la familia Yang.

Lin Ta me ofrece una sonrisa irónica.

—Tú vuelves a casa con suntuosos regalos, mientras que la Joven Comadrona tiene suerte de seguir respirando.

—No es correcto ni justo.

Lin Ta mira en torno a él para cerciorarse de que nadie puede oírlo y susurra:

—Yo en tu lugar dedicaría parte del tiempo en el barco a inspeccionar los regalos. Podrían redistribuirse mejor en tarros, cofres y otros recipientes más manejables.

—Has captado mi deseo y lo has expresado de una forma tan educada como discreta —le contesto, pues yo misma ya había previsto hacer un reparto del botín y desviar algunos regalos para Meiling a nuestra llegada a Wuxi.

Lin Ta vuelve a hablar en un tono normal.

—El barco está bien provisto de aves de corral vivas, fideos de trigo, tofu y nueces. Con esos ingredientes será más fácil hacer las comidas a bordo, y eso significará menos paradas en el trayecto de vuelta a casa.

—Eres muy amable, Lin Ta. Quizá algún día podré corresponder a tu hospitalidad y generosidad.

Eso lo conmueve claramente, pero desestima la idea con un ademán.

—No hace falta, no hace falta.

Me quedo en cubierta hasta que el muelle desaparece tras un meandro del canal. Aún no me siento preparada para reunirme con Meiling y las demás. Charlo un poco con la timonel, que levanta las manos y menea los dedos.

—¡Estoy totalmente recuperada! —exclama.

—Pues sí, ya lo veo.

—Ahora derrocho tanta energía que pongo nerviosos a los tripulantes —confiesa. Yo no había previsto ese problema, pero ella no parece darle importancia—. ¡Pues que se encojan de miedo ante una mujer con un espíritu renovado, que me llamen bravucona si quieren, sigo siendo quien manda aquí y quien les paga! —Sirve una taza de té de una tetera de barro y me la tiende—. Toma, siéntate un rato conmigo.

Permanecemos en silencio mientras dejamos atrás las afueras de la capital. Poco después oigo cómo llora mi hijo y noto que me baja la leche. Estoy a punto de ir con él cuando otro barco se desliza hacia el norte cerca de nuestra borda. Un eunuco con sus mejores galas de cortesano se halla de pie en la cubierta. Va armado con un arco y, de pronto, apunta y dispara una flecha a un hombre que lleva una cesta llena de coles sujeta a la espalda en su recorrido del camino de sirga hacia la ciudad. El buhonero cae al suelo. Por encima del agua, me llega la risa aguda del eunuco. El hombre en tierra se incorpora. Se palpa el cuerpo para asegurarse de que no está herido y empieza a recoger las coles desparramadas. El eunuco vuelve a tensar el arco y apunta a otro transeúnte. Esta vez la flecha no da en el blanco previsto y desaparece en un campo lleno de matojos. El eunuco hurga en el carcaj en busca de una tercera flecha. Es posible que el emperador Hongzhi confíe en devolver la rectitud a su reino, pero nunca lo conseguirá si los miembros de la corte se dedican a disparar a la gente corriente por pura diversión.

Llevamos el viento de popa, pero hay días en los que se diría que avanzamos impulsados por el río de lágrimas de Meiling. Pasamos gran parte del tiempo bajo cubierta, con las cortinas corridas y la llama vacilante de una lámpara de mecha por toda iluminación. Meiling suele llevar una de las sencillas túnicas que se trajo de Wuxi y el cabello recogido en un moño sin adornos. Ambas cosas acentúan su delgadez. No dejo de pensar en la primera vez que la vi a mi llegada a la capital, en lo feliz que parecía... Pero la felicidad es pasajera. El yin y el yang siempre andan luchando por el equilibrio, con la oscuridad del yin saliendo vencedora a veces y el resplandor del yang tratando de devolver el equilibrio a las cosas.

—Me siento culpable por el aborto de Meiling —le confieso a la señorita Zhao una noche en que nos sentamos juntas en cubierta tras haber dado de mamar a Lian—. Debería haberme percatado de que algo iba mal.

—Dudo que ella te culpe de eso.

—Pues yo creo que sí lo hace.

—Entonces deberías hablar con ella.

—No parece que le apetezca.

—¿Estás segura? ¿Lo has intentado?

No, no lo he hecho, pero me he tomado el silencio de Meiling como un reproche.

—¿Cómo puede perdonarme si yo no soy capaz de perdonarme a mí misma? —le pregunto a la señorita Zhao mientras acomodo a Lian entre mis brazos—. Sean cuales sean sus sentimientos hacia mí, son peores ahora que tengo un hijo. Cada ruido que el niño hace debe de ser como una puñalada para ella. —Vacilo un instante, temiendo revelar mi miedo más profundo—. No sé si existe un camino de vuelta a la confianza y al profundo cariño que Meiling y yo forjamos de niñas.

—Cada minuto que permitas que continúe el silencio pondrá más distancia entre vosotras. «Se tarda toda una vida en hacer una amiga, pero puedes perderla en sólo una hora» —recita—. «La vida sin una amiga es una vida sin sol. La vida sin una amiga es la muerte.»

Asiento con la cabeza, reconociendo su sabiduría.

—¿Puedes quedarte un rato con el bebé?

Lian ni siquiera abre los ojos cuando se lo paso a la señorita Zhao. Vuelvo a nuestro camarote y a la reticencia al parecer inquebrantable de Meiling. Le digo a Amapola que suba a cubierta. Cuando se va, me siento en el borde del catre junto a mi amiga. Ella se vuelve de costado, dándome la espalda. Le pongo una mano en el tobillo, con la esperanza de transmitirle el mensaje de que no pienso irme a ninguna parte.

—No dejo de pensar en lo que hice contigo y en si podría haberlo hecho de una manera distinta —empiezo, aunque parece que le hable al aire—. He vuelto a revisar todo lo que te di y a repasar todas las veces que te sometí a los Cuatro Exámenes. Debería encontrar algún error, tal vez un fallo en alguna fórmula, pero no lo consigo. Me pregunto si lo sucedido no será el resultado de un destino que se nos oculta. Quizá algún mal aquejaba al bebé, quizá tenía una deficiencia mental o era deforme. ¿Puede considerarse el aborto una desgracia afortunada?

—¿Una desgracia afortunada? —Su voz suena como si surgiera desde el fondo de un pozo.

—Eso no significaría que yo no sea la culpable —me apresuro a añadir—. Lo soy, y sin duda pagaré por mis errores en el Más Allá.

No mueve ni un músculo. Inspiro profundamente y trato de continuar.

—Tu pérdida...

—¡Basta!

—Sólo intento disculparme...

Se incorpora tan bruscamente que me deja desconcertada. Sus ojos expresan la misma angustia que he visto en ellos desde la primera vez que me dijo que estaba de parto.

—No ha sido culpa tuya, sino mía.

—No debes sentirte culpable por...

Niega con vehemencia.

—Estás equivocada del todo —me espeta—. Estaba tomando una medicina recetada por el doctor Wong. Esa medicina era para ti. Mi egoísmo te protegió.

Mi cuerpo se tensa al oírla, presa de la confusión.

—¿Qué quieres decir? El doctor Wong no me recetó nada.

—Sí que lo hizo.

Espero a que siga, porque tengo la sensación de que, si la presiono, se refugiará de vuelta en el silencio. Pero cuando empieza a hablar de nuevo, me hace desear con toda mi alma no haber oído nunca sus palabras.

—La señora Kuo le pidió al doctor Wong que escribiera su mejor fórmula para protegeros a ti y a tu bebé en la etapa final del embarazo —balbucea.

—Ella no me dio ninguna fórmula.

—Porque probablemente sabía que no la tomarías. —Sigue otro largo silencio, y luego añade—: Le dio las hierbas a Amapola.

—¿A Amapola?

—Ella tenía que preparar la fórmula y dártela cuando entraras en el séptimo mes. Yo robé los ingredientes y preparé la infusión para mí. —Meiling baja la cabeza para que no pueda verle los ojos—. Cuántos dichos hay que hablan de mi codicia y mi envidia... «La visión del tesoro proporciona el motivo»… «Un plan nace de la desesperación»… Pero ninguno es más adecuado aquí que «El descuido a la hora de guardar las cosas enseña a otros a robar». Sabía dónde estaban los ingredientes y los cogí. Deseaba con todas mis fuerzas un bebé, pero perdí lo que tanto anhelaba como castigo por haber robado lo que era para ti.

Su confesión no consigue aclarar las aguas.

—¿Por qué cogiste algo que iba destinado a mí, Meiling? ¿Por qué?

—Pensé que si era lo bastante bueno para ti, ¿por qué no iba a tenerlo yo? —Se echa a llorar—. ¿Recuerdas cuando mi madre dijo que una serpiente de metal puede tener una vena envidiosa? Pagué un precio por mi envidia, Yunxian. Mi bebé murió.

Niego con la cabeza.

—Aquí hay algo que no encaja. Es posible que el doctor Wong y yo tengamos ideas distintas sobre el calentamiento y el enfriamiento de la sangre durante el embarazo, y su receta podría haber estado contraindicada con lo que te daba yo, pero eso no habría tenido como resultado un aborto. ¿Tienes todavía alguno de los ingredientes? Quiero comprobar cuáles utilizó.

Haciendo un esfuerzo, Meiling se levanta de la cama, se acerca a uno de sus fardos, rebusca en el contenido y vuelve con una bolsita de seda atada con un cordón. La abro y vierto el contenido sobre la colcha. Mientras mis dedos van de un ingrediente a otro, siento que se me encoge el corazón.

—¿Y bien? —pregunta Meiling.

—La rodilla de buey se suele utilizar para expulsar los restos de flujo de luna menstrual o para limpiar el palacio del feto de la sangre que haya quedado después del parto —respondo con un nudo en la garganta ante mis propias palabras—. Pero también puede usarse en mujeres que se consideran demasiado enfermas para dar a luz: expulsar el embrión le da a la mujer una oportunidad de vivir.

Meiling se lleva una mano a la boca mientras asimila lo que acabo de decir.

Apenas soy capaz de pronunciar las siguientes palabras.

—Y aquí hay hueso de melocotón.

—Sí. ¿Y qué?

—Figura en todas las recetas abortivas. —Aparto la mirada mientras ella encaja esa noticia—. Esto es azafrán tibetano —continúo—, una medicina que mueve la sangre. Algunas mujeres lo utilizan para regular su flujo menstrual, pero también puede provocar un aborto. Si no se administra correctamente, una mujer puede morir desangrada, como casi te pasó a ti. Estas tragedias también me habrían ocurrido a mí si hubiera tomado esta fórmula.

Las implicaciones de lo que he dicho hacen que Meiling grite:

—¡Pero ¿por qué?!

No conozco la respuesta a esa pregunta, pero hay alguien a bordo que quizá sí. Dejo a Meiling sollozando en la cama. Vuelvo a cubierta y le pido a Amapola que me acompañe. La señorita Zhao nos sigue, con mi hijo en brazos.

Cuando llegamos al camarote, miro a Amapola.

—Háblanos de las hierbas que ibas a darme.

El rostro de mi criada parece perder todo su vigor. Es como si hubiera estado esperando y temiendo este momento.

—Lo siento mucho, señora Tan, pero debo de haberlas perdido.

Meiling, débil y destrozada, admite que ella robó los ingredientes.

Los ojos de Amapola se abren como platos: su alivio es evidente. La interrogo y ella contesta.

—Te ibas lejos, y la señora Kuo quería que tuvieras un nieto sano. Quería que vivieras lo suficiente para traerlo de vuelta a casa. Yo debía seguir las instrucciones del doctor Wong para preparar la infusión y asegurarme de que la tomaras. Él me dio los ingredientes.

¿Que viviera lo suficiente para traerlo de vuelta a casa? Eso es bastante irritante, pero me obligo a pensar que la señora Kuo creía estar haciendo lo mejor para mí. Aun así, eso no explica la receta del doctor Wong.

—¿Por qué el doctor Wong le habría dado a Amapola estos ingredientes, a menos que quisiera hacerme daño? —pregunto a mis compañeras de viaje—. ¿O es inepto hasta ese punto?

—No hallaremos las respuestas hasta que volvamos a casa —interviene la señorita Zhao, siempre defensora de la lógica y la calma.

—En cuanto lleguemos a Wuxi... —¿Qué haré exactamente? ¿Enfrentarme a mi suegra? ¿Exigirle una respuesta al doctor Wong? Me obligo a recuperar la compostura—. Aún nos quedan semanas por delante para llegar a Wuxi —les recuerdo a todas las presentes—. Ahora que sé lo que tomó Meiling, puedo dedicar ese tiempo a buscar un mejor tratamiento para ella. —Me vuelvo hacia mi amiga—. Empezaré con hierbas para frenar el sangrado y continuaré administrándote la Decocción de las Cuatro Sustancias y la de los Dos Ingredientes Antiguos. Complementaré estas últimas con cardamomo para regular tu *chi*, calmar tu estómago y abrirte el apetito, con rizoma de juncia real para aquietar y regular tu flujo sanguíneo, y con el fruto inmaduro del naranjo amargo para estimular la curación de las heridas. ¿Te parece bien?

A medida que navegamos hacia el sur, los días se vuelven más cálidos. Nos acercamos al final del quinto mes lunar, y cada hora trae consigo más calor y más humedad. Para encontrar alivio, nuestro pequeño grupo se sienta en cubierta bajo un toldo y observa cómo las nubes surcan el cielo. El aire algo más fresco y los sucesivos cambios en el paisaje resultan curativos para mi amiga, aunque sigue luchando contra la fatiga y la apatía. Después de cenar, a menudo volvemos a cubierta, donde los remeros nos impulsan en silencio a través de las aguas. Algunas noches, sin embargo, cuando mis compañeras de viaje ya se han dormido, recurro a la timonel para que me ayude a revisar mis obsequios imperiales. Redistribuyo muchos artículos en varios baúles grandes —telas, objetos de decoración, alimentos básicos—, y convengo con la timonel que los envíe a casa de Meiling a nuestra llegada. No estoy segura de cómo se sentirá mi amiga al respecto, pero espero que, de cara a sus vecinos y posibles pacientes, estas cosas sirvan como prueba tangible, y muy visible, del éxito que ha logrado en la capital. Nadie tiene por qué saber la verdad de lo ocurrido y, por suerte, no tendrán forma de averiguarlo. Tampoco repararán en que los regalos recibidos son míseros en comparación con lo que, en mi opinión, le correspondía por traer al mundo al futuro emperador.

Sabemos que hemos llegado a nuestra provincia cuando empezamos a ver huertos de naranjos, pomelos, ojos de dragón y lichis. Otras muestras de abundancia se nos van revelando: patos, gansos y cerdos; pinares y rodales de bambú; campos de arroz, colza y otros cultivos; hojas de morera que se están arrancando para alimentar a los gusanos de seda; el olor del pescado secándose al aire libre y de las ollas de arroz humeantes...

Cuando sólo faltan dos días de travesía para llegar a Wuxi, el barco se detiene para que un mensajero pueda adelantarse y avisar a nuestras familias de que no tardaremos en llegar a casa.

La mañana de nuestra llegada me levanto temprano y salgo a cubierta. El cielo es como un manto de humedad bajo y resplandeciente: las próximas horas serán calurosas y terribles. Le doy el pecho a mi hijo y tomo un desayuno sencillo. Luego me baño y procedo a vestirme para mi esposo, sin saber siquiera si en este momento estará alojado en el Jardín de las Delicias Fragantes, en Nankín o de viaje. De un baúl lleno de obsequios imperiales he sacado un vestido rosa sobre una falda blanca plisada, que conseguirá ocultar en gran medida que acabo de dar a luz. Encima me pongo una chaquetilla sin mangas de satén negro. Es posible que mi atuendo no sugiera que estoy anhelando la intimidad de la alcoba, pero revelará a mi marido y a su familia que he tenido éxito en las conexiones y recompensas que tanto ambicionaban.

Unos hombres amarran el barco al muelle principal de Wuxi. Confiaba en ver a mi esposo esperándome; que no haya venido a recibirme y a conocer a nuestro hijo supone una decepción. A mi lado, Meiling estira el cuello como un ganso en busca de su marido; cuando no lo ve, parece dolida y confusa. Aun así, han enviado tres palanquines y varios carros para transportarnos. Aunque en el muelle todo parece más apagado y la actividad no es ni mucho menos tan bulliciosa como la recordaba, muchos hombres suben y bajan del barco gritando órdenes y cargando con baúles. Todo eso hace que las despedidas se lleven a cabo a toda prisa. La señorita Zhao sube a su palanquín, los porteadores lo izan y, en cuestión de segundos, ha partido de camino a casa de mis abuelos. Le doy un abrazo a Meiling.

—Estás tan hermosa que avergüenzas a las flores —le digo, y hablo en serio: de algún modo, las desdichas que ha soportado la han vuelto tan bella y etérea como un hada de ensueño—. Tu esposo se alegrará de verte. ¿Crees que tu casa estará terminada?

—Iré adonde me lleven los porteadores. Si será a la tienda de té o a nuestro nuevo hogar continúa siendo una sorpresa. —Su tono es melancólico e inseguro cuando pregunta—: ¿Vendrás a verme?

—En cuanto pueda, te lo prometo.

Y entonces ella también se va. «De la despedida, ya sea en vida o a causa de la muerte, brotan todas las penas del mundo.»

Me quedo en el muelle hasta que todos los bultos se han desembarcado y cargado en los carros para transportarse a sus respectivos destinos.

—Cuando lleguéis al Jardín de las Delicias Fragantes, llevad los baúles con mi ropa y mis medicinas a mi alcoba —ordeno a los hombres mientras el sudor se desliza por mis piernas—. El resto lo supervisará la señora Kuo.

Doy las gracias a la timonel y me despido de ella, y luego subo al palanquín con mi hijo. Amapola, como de costumbre, irá corriendo a nuestro lado. Estoy deseando presentar a Lian a mi esposo y me siento preparada para cualquier forma que adopte mi enfrentamiento con el doctor Wong, pero una parte de mí intuye que algo va mal. No oigo a los mercaderes alardeando de la calidad de sus mercancías, ni a los hombres gritándoles a otros que se quiten de en medio, ni a las mujeres sobreponiéndose al barullo de las calles para decirles a sus hijos que vuelvan a casa: sólo me llega el sonido amortiguado de las pisadas de los porteadores a través de las paredes del palanquín. Y, en efecto, la llegada al Jardín de las Delicias Fragantes no es ni muchísimo menos como esperaba.

Un arbolillo bajo un tifón

No hay guardias apostados en la entrada para recibirme. Cruzo el umbral con mi hijo en brazos y me adentro en un silencio extraño e inquietante. Ni siquiera se oyen los cantos de las mujeres ante sus telares. Recorro deprisa y con sigilo el primer patio hasta llegar al segundo y sigo avanzando. En el Patio de los Sauces Susurrantes me encuentro a dos hombres a la entrada del jardín que da nombre a la casa. Retroceden cuando voy hacia ellos.

—No te acerques —me dice uno.

—Tiene la cara despejada —observa el otro, y acto seguido me ordena—: Enséñanos los brazos.

Al oír esas palabras, se me encoge el corazón.

—¿Se trata de la enfermedad de las flores celestiales? —pregunto.

El silencio me proporciona la respuesta. Ailan... Mi bebé... Ninguno de los dos ha recibido la visita del maestro sembrador de viruela.

—¿Están los enfermos en el jardín?

—Los han instalado en la ermita —responde el primer hombre—. Estamos aquí para impedir que nadie salga del jardín.

—¿Cuántos hay ahí dentro? —Señalo con la cabeza la verja de barrotes a sus espaldas. Mi respiración es tan entre-

333

cortada que mis palabras brotan tensas e irregulares—. ¿Hay niños? ¿Alguna niñita?

Los dos hombres intercambian una mirada. No sé muy bien qué significa eso. Quizá nadie los ha contado... Quizá hay demasiados para contarlos...

Mi siguiente pregunta es la más importante, porque la respuesta me revelará qué ha ocurrido ya y qué está por venir.

—¿Desde cuándo tenéis aquí la plaga?

—Los primeros casos se detectaron hace dos semanas —contesta uno de los hombres, lo que significa que los peores efectos de la enfermedad ya han aparecido.

Intento frenar mi corazón desbocado.

—¿Está aquí mi esposo?

—El joven señor Yang está en Nankín.

Es un alivio, pienso, él está a salvo, pero un instante después vuelvo a la aterradora realidad. No soy lo bastante valiente... No tengo la sabiduría suficiente... Me llevo tres dedos a los labios y me doy golpecitos. «Tap, tap, tap...» Ese gesto me calma, pero al mismo tiempo el ritmo de mis dedos reproduce los cálculos que estoy haciendo mentalmente, como si moviera piezas en un ábaco para llegar a una solución. Debo proteger a mi hijo... Debo encontrar a mis hijas... Sigo con mis silenciosos golpecitos...

Me vuelvo hacia Amapola. Está pálida y aterrorizada. Intento tranquilizarla.

—Tú no tienes que preocuparte, ya sobreviviste a la viruela, como yo. —La veo asentir despacio, pero no estoy segura de que me crea—. Sígueme.

Echo a andar a toda prisa hacia mis aposentos. Una vez allí, entrego el bebé a mi criada, que me mira sin pronunciar palabra.

—No lo saques de aquí —le digo—. No salgas tú tampoco, por ninguna razón, y no dejes entrar a nadie.

Me marcho, cierro la puerta detrás de mí y espero hasta oír cómo Amapola echa el pestillo. Empiezo a andar con los sentidos bien alerta, poniendo con cautela un pie delante del otro, pues no quiero caerme con las prisas. Cuando llego a la habitación de mis hijas, intento abrir. La puerta está cerrada por dentro, lo que me parece buena señal. Llamo con los nudillos y pronuncio el nombre de mi hija mayor en voz baja:

—Yuelan.

Oigo movimiento en el interior. Entonces, desde muy cerca, justo al otro lado de la puerta, Yuelan exclama:

—¡Mamá!

—¿Estáis bien?

—Chunlan y yo estamos bien, pero Ailan... —Mi hija se echa a llorar—. La dejamos fuera cuando le subió la fiebre... Alguien se la llevó al jardín.

Al oír eso, pese a lo llena de dudas que estoy, sé lo que debo hacer. Antes de nada, sin embargo, trato de levantarles el ánimo a mis hijas para lo que nos depare el futuro.

—Lo habéis hecho todo como es debido —les digo—. Me llena de orgullo ser vuestra madre. No lo olvidéis nunca.

El sonido desgarrador del llanto de mis dos hijas mayores me sigue pasillo abajo hasta mis dependencias. Amapola abre la puerta y me deja pasar. Reviso a toda prisa mis estantes y voy guardando en bolsas todas las hierbas que me parece que resultarán útiles. Cuando le cuento a mi criada lo que voy a hacer, rompe en grandes y entrecortados sollozos. Estoy esforzándome por contener mi propio miedo, de modo que no tengo ni tiempo ni ganas de consolarla. Amapola deja mis bultos en el pasillo de la galería; cojo a Lian en brazos y nos dirigimos a la habitación de mi suegra. Temo que, si me retraso un segundo, mis propias dudas levantarán ante mí un muro que no seré capaz de atravesar.

La puerta de mi suegra está cerrada a cal y canto, pero oigo su familiar «ejem, ejem». Está viva.

—Señora Kuo —llamo—. Señora Kuo...

Al igual que con mis hijas, oigo movimiento en el interior.

—¿Yunxian?

—Sí, soy yo. Estoy aquí.

No abre la puerta.

—Muchos han caído enfermos. —La forma en que esas pocas palabras brotan de la boca de la señora Kuo me revela que ha estado bebiendo—. Al principio creímos que los niños simplemente sufrían de terror infantil.

Se trata de un error corriente en el diagnóstico de la viruela. Los síntomas del terror pueden ir de la inquietud al llanto, desde negarse a mamar hasta rechazar del todo la comida o no poder mantenerla en el estómago, de la fiebre a las convulsiones... Todo ello puede manifestarse mucho antes de que broten lo que se conoce como «flores celestiales»: las pústulas de la viruela.

—¿Está el doctor Wong en el jardín? —pregunto.

Por primera vez oigo a mi suegra haciendo un comentario crítico sobre él:

—Al final resultó ser demasiado cobarde para entrar ahí. —Luego añade—: Yunxian, ¿puedes ayudar en algo?

No existe cura para la viruela —la gente sobrevive o no—, pero prometo hacer todo lo posible. Le hago unas cuantas preguntas más, tratando de no revelar mis temores. Tengo algunas peticiones para la señora Kuo, y la primera de ellas es que debe encontrar a una nodriza que se haya sometido a la variolización de niña o que haya sobrevivido a la viruela para que amamante a mi hijo.

—¡Un nieto! —exclama ella desde el interior.

La puerta se abre. Incluso en medio de semejante calamidad, es capaz de alegrarse ante la buena noticia. Se la ve algo inestable, pero no tanto como para que no pueda dejarle a mi hijo. Debo confiar en que hará todo lo posible para que esté alimentado, a salvo y bien cuidado.

—Es mi esposo quien tiene derecho a ponerle nombre a nuestro hijo —digo—, pero, por favor, hazle saber a Maoren que por el momento lo llamo Lian.

Poso los labios en la frente del pequeño. Si vuelvo a verlo antes de que esta plaga llegue a su fin, probablemente lo perderé para siempre. Su exposición al veneno fetal es muy reciente y eso lo vuelve demasiado joven para sobrevivir en caso de que lo alcance el malévolo miasma de la enfermedad.

La señora Kuo coge con cautela a Lian de mis brazos. Ahí tiene por fin al nieto que estaba esperando. Posa una mano en mi manga y me dice:

—Manzi está en el jardín. Por favor, sálvalo.

Comprendo que quiera a Manzi como a un segundo hijo. Lo ha adorado desde que nació y sin duda ha pasado más tiempo con él estos últimos catorce años que con su propio hijo biológico, mi esposo. Su afecto por el chico se ha reflejado en los regalos que ha enviado a la familia del comerciante de sal por su hija y en los planes que ya están en marcha para celebrar una boda, dentro de dos años, que rivalizará con la mía.

—Haré cuanto esté en mi mano —le prometo.

¿Puede haber algo más duro en el cosmos que darles la espalda a mi suegra, a mi hijo y a mi criada? El corazón me late con fuerza y me duelen los pechos, pero vuelvo sobre mis pasos, recojo las bolsas de hierbas y me dirijo a la entrada del Jardín de las Delicias Fragantes. Los dos guardias me dejan pasar, y al cabo de unos instantes me encuentro rodeada por la belleza y la tranquilidad de las plantas y la rocalla. Recorro los senderos de guijarros hasta la ermita, donde vislumbro unos fardos en la terraza. Cuando cruzo el puente en zigzag me percato de que esos bultos son personas, lo que significa que el interior de la ermita ya debe de estar lleno.

Al subir a la terraza veo por primera vez los efectos de la plaga. Pensaba que serían similares a los de cualquier otro sarpullido: manchas rojas, quizá con descamación o supuración, pero me equivocaba. Llamamos a la viruela *tian hua*, «flores celestiales», pero también se considera un *dou*, una erupción «alubia», porque las pústulas parecen, cuando las ves o las tocas, alubias duras bajo la superficie de la piel. Alubias muy duras.

Debo encontrar a mi hija.

Al pasar junto a cada una de esas personas, dejo que mi mirada recorra la piel expuesta. Algunos enfermos tienen sólo unas cuantas pústulas, pero otros tienen unas pupas sobre otras que les cubren prácticamente toda la superficie de la piel. Cuando cruzo el umbral de la ermita, tengo que taparme la boca y la nariz con la mano. El hedor es espantoso. Como cualquier cosa en la naturaleza, la alubia debe crecer, brotar y abrirse, sólo que, en lugar de florecer o producir frutos maduros, esta pupa acaba reventando para liberar el veneno que lleva dentro. Los pacientes que tengo ante mis ojos han entrado ya en esa fase de la enfermedad. Ahora morirán, como mis hermanos, o sobrevivirán, como yo. Si consiguen sobrevivir, algunos quedarán con tantas cicatrices que serán irreconocibles. Es posible que vean cancelados sus contratos matrimoniales. Si son sirvientes, podrían acabar en la calle. Los afortunados terminarán como yo: con sólo unas cuantas marcas de viruela para que el mundo sea testigo de su fortaleza interior.

—Mamá.

Me vuelvo en redondo, buscando el origen de la voz. En un rincón hay dos mujeres sentadas con la espalda apoyada en la pared. Una de ellas levanta una mano y me hace un gesto. Paso sobre personas tumbadas en esteras esparcidas sin orden ni concierto por el suelo. Al acercarme a las dos mujeres, veo que una de ellas tiene un bebé en brazos. Su rostro está tan cubierto de pústulas que no la reconozco, pero viste prendas tan decorativas y bonitas que concluyo que se tratará de una de las concubinas. La otra mujer lleva un atuendo similar. Está sentada junto a unos bultos que parecen niños.

Cuando me acerco, la segunda mujer dice:

—Soy yo, la señorita Chen.

Me sorprende lo mucho que ha adelgazado desde la última vez que la vi. Es como si su cuerpo hubiera retrocedido en el tiempo hasta el momento en que atrajo por primera vez la atención del señor Yang, lo que no hace sino acentuar las pocas pupas que salpican su rostro. La señorita Chen posa entonces las manos sobre los bultos acurrucados contra ella.

—Son mi hijo Manzi y su primera hermana.

Han pasado años desde que el niño abandonó las cámaras interiores, y desde entonces no lo veía de cerca, pero me sorprende lo poco que se parece a su padre o a su hermanastro. Él tiene unas facciones angulosas, mientras que los rostros de ellos son tan exquisitamente redondos como la luna llena. Incluso bajo la manta, distingo la gran anchura de los hombros de Manzi, mientras que el porte y la constitución de mi suegro y de mi esposo son las de hombres que realizan su trabajo más con la mente que con el cuerpo.

La señorita Chen se aclara la garganta para llamar mi atención. Inclina la cabeza para señalar a la otra mujer.

—Son Rosa de Nieve y su hijo.

De modo que mi esposo tiene ahora dos hijos varones. No puedo evitar preguntarme cuál es el mayor y qué discusiones por el orden de sucesión nos esperan, pero me quito todo eso de la cabeza porque no es momento de pensar en ello.

—¿Y mi hija? ¿La has visto?

La señorita Chen extiende la mano sobre la niña que está a su izquierda para tocar el siguiente bulto.

—Ailan está aquí, conmigo.

Rodeo a más enfermos para llegar junto a la señorita Chen y el bulto que me ha señalado. Dos ojos alzan la vista hacia mí.

—Mamá...

Me dejo caer de rodillas, aparto mechones de pelo de la cara de Ailan con la punta de un dedo y se los pongo detrás de la oreja. Tiene demasiadas pústulas en la cara como para poder contarlas. Más tarde le examinaré el cuerpo, pero por ahora le digo:

—No tengas miedo. Estoy aquí y cuidaré de ti.

Una levísima sonrisa levanta las comisuras de los labios de Ailan, mientras voces llegadas de todas direcciones suplican en respuesta a mis palabras.

El hijo de Rosa de Nieve, de sólo diez días, retorna a la inexistencia durante mi primera noche en la ermita. La concubina de mi marido muere tres días después. En ese mismo período, cuatro niños, cuyas madres no invitaron al maestro sembrador de viruela a realizar la variolización o a quienes el proceso no les proporcionó suficiente protección, entran en la fase de delirio y fallecen durante la noche. Son una niña y tres niños. De los varones, dos ya se habían alejado de sus madres y de las cámaras interiores y estudiaban con tutores en la escuela familiar. La señorita Chen me habla de otras personas que murieron antes de mi vuelta a casa, entre ellas sus dos hijas menores, una de siete años y otra que acababa de cumplir cuatro y estaba a punto de que le vendaran los pies. Su segunda hija aún no se ha visto afectada por la enfermedad.

El cuerpo de la señorita Chen permanece inmóvil como una estatua y la voz no se le quiebra cuando me cuenta todo esto.

—Ya habrá tiempo para llorar a los que he perdido —declara—. Ahora debo hacer todo lo posible para salvar a Manzi y a Hija Cuarta.

Manzi es hijo suyo, lo sé. Pero ¿Hija Cuarta? Arqueo las cejas en un gesto inquisitivo.

—La señora Kuo tiene tres hijas con el señor Yang —explica la señorita Chen—. Yo he tenido cuatro hijas con él, ésta es la primera, por lo que es la cuarta hija del señor Yang. —Que se le nublen los ojos me revela que ha utilizado esa táctica para ayudar a asegurar las posiciones de sus hijas. Se vuelve hacia un lado, tal vez avergonzada.

Hay muchos niños, cada uno en una etapa diferente de la enfermedad: con la fiebre inicial y vómitos; con llagas en la boca y la nariz... Cuando esas pústulas se rompen, la enfermedad florece cuello abajo y por los brazos hasta el torso. Algunos niños han llegado a la fase de formar costras, pero seguirán siendo contagiosos hasta que se formen cicatrices. En algunos casos, no tengo tiempo ni ocasión de aprenderme el nombre del niño. A última hora de la noche, tras haber hecho la ronda para visitar a todos los pacientes de la ermita, tiendo una esterilla en la terraza e intento perderme en las estrellas. A veces los gemidos y lamentos de madres desconsoladas traspasan los muros del jardín y nos llenan a todos de tanta desdicha y tanto temor que nos resultan abrumadores. En esos momentos desearía poder abrazar a mi hijo.

Lucho contra mi sensación de impotencia manteniéndome ocupada. Preparo la Infusión del Pulso Vivo: los ingredientes estimulan el *chi*, sobre todo en quienes han perdido la vitalidad a causa de los sudores febriles. Elaboro ungüentos y pomadas con vaina de jabón, uno de los cincuenta ingredientes más importantes de la medicina china, pues recuerdo que la abuela lo utilizaba para tratar forúnculos y otros problemas cutáneos. Me ocupo de las pústulas rotas y supurantes tratándolas del mismo modo que los nódulos de la escrófula o los tumores endurecidos por el cáncer: quemando conos de artemisa sobre la piel. Recuerdo el caso de una mujer con una erupción ardiente sobre la que escribí en mi cuaderno. La traté, con éxito, con la Decocción de los Cuatro Ingredientes y con la Decocción de los Dos Ingredientes Antiguos. Pruebo con esa fórmula en algunos pacientes, y parece que disminuye la erupción de nuevas pústulas y reduce el sufrimiento, pero allí donde miro veo el terror en los ojos de los niños y lo percibo en las llamadas lastimeras a sus madres. La luz de la vida se apaga deprisa en los adultos, que, paralizados y presas del pánico, con frecuencia se rinden demasiado rápido. Los bebés, por supuesto, no entienden lo que les ocurre, lo cual es una bendición. Con cada hora y cada día que pasa, y con cada cuerpo que envolvemos en su mortaja y trasladamos a la puerta trasera, tengo que aceptar que, en última instancia, estoy fracasando. Aun así, no dejo de intentarlo.

Tengo que ocuparme de mucha gente, pero mi corazón nunca se aleja de mi hija. En un momento dado está ardiendo de fiebre, vencida por el calor; al instante siguiente se estremece cuando el frío se cierne sobre ella como una escarcha terrible. Vigilo sus manos y sus pies porque, una vez que el frío se instala en las extremidades y empieza a avanzar hacia el torso, poco puede hacerse para revertir su curso y evitar que llegue al corazón cuando la muerte es inminente.

Un día, al quitarle las vendas a mi pequeña, descubro horrorizada que le han salido pústulas en las plantas de los pies. Durante mi ausencia Ailan terminó su proceso de vendado, pero sus pies aún están delicados. Ahora hará falta que permanezcan expuestos al aire para que, cuando las pústulas revienten, drenen libremente y no se descompongan y se infecten bajo las vendas. No sé cómo afectará todo esto al futuro de sus pies, si será necesario retocarlos o si tendremos que empezar el proceso desde el principio. Sobreviví a la viruela y soy médica, así que me digo que no debo tener miedo. Pero me aterra lo que la enfermedad pueda significar para su futuro.

La señorita Chen, que es un caso relativamente leve de flores celestiales, se dedica al cuidado de su hijo y de su hija con tanto fervor como yo al de Ailan. Cuando se ofrece a ayudarme, acepto. Es posible que hayamos sido rivales con respecto a la jerarquía de su hijo y a si yo daría a luz o no a un varón que pudiera desbancar a Manzi en importancia y posición, pero eso no le ha impedido cuidar de Ailan hasta mi llegada, por lo que le estaré eternamente agradecida. La señorita Chen no ha expresado en ningún momento su temor sobre lo que ocurrirá cuando los ojos del señor Yang vuelvan a posarse en ella, suponiendo que se recupere. En lugar de ello, se muestra diligente y desinteresada cuando aplica ungüento analgésico a un niño de siete años, da toques de pomada en las pústulas supurantes en las mejillas de una chica de quince o humedece los labios de un pequeñín demasiado débil para levantar la cabeza. Me ayuda a medir los ingredientes y a veces remueve la infusión de hierbas en la cazuela.

No es de extrañar, dado que es un caballo flaco, que cuente con una sabiduría —a la que yo no he estado expuesta— que le permita comprender mejor nuestra situación.

—¿Cómo podemos, nosotras las mujeres, no culpar de esta lacra a los hombres? —pregunta con un dejo de amargura una noche mientras tomamos té junto a nuestros hijos dormidos—. Cuando los hombres viajan, se alojan en posadas abarrotadas. Consumen alimentos y tés preparados por extraños, conversan con otros viajeros. Se exponen a la fiebre tifoidea y al cólera... —Toma aire antes de enumerar el resto de la lista—: A la difteria, al tifus y a la viruela. Cuando vuelven a casa, nos traen esos elementos malignos a todos los que residimos en las cámaras interiores: esposas, hijos, sirvientes y concubinas como yo. Dime, ¿no son los hombres la causa de todos los males que el mundo debe soportar?

Miro a los enfermos en sus esteras.

—Yo culpo a las madres.

—¿A las madres?

No puedo disimular el desdén en mi voz cuando respondo:

—Cualquier madre que tenga la oportunidad de contratar a un maestro sembrador de viruela y no lo haga habrá faltado a su deber no sólo para con sus hijos, sino también para con las futuras generaciones de la familia de su esposo.

Sigue un largo silencio. La señorita Chen deja la taza y posa los dedos en la frente de su hijo. Es como si intentara absorber su fiebre y trasladarla a su propio cuerpo. Manzi parece estar recuperándose. Sus mejillas se van rellenando de nuevo, aunque nunca alcanzarán la redondez con la que nacieron el señor Yang y mi esposo, pero su hermana se está deteriorando y ha entrado en una fase en la que no hace otra cosa que dormir. En un último intento de revertir el curso de su destino, le he administrado dosis de ginseng, regaliz quemado, raíz de astrágalo y corteza interior de canela, pero mis esperanzas van disminuyendo. Aun así, cuando veo la devoción de la señorita Chen, recuerdo hasta qué punto son afortunados sus hijos por tener una madre que puede cuidarlos a cualquier hora del día o de la noche, cuando tantos otros están aquí solos.

La señorita Chen se vuelve y me mira a los ojos.

—No recuerdo a mi madre, ni recuerdo haber visto a un maestro sembrador de viruela después de que la dama de los dientes me comprara, pero es obvio que nunca me sometieron a la variolización. ¿Y me reprochas ahora que no cumpla con mi deber de madre para con mis hijos? —Hace una pausa para que la acusación cale—. No todo el mundo cree en la variolización. ¿Hasta qué punto enfermará un niño? ¿Morirá o quedará lleno de señales? Las cosas pueden salir mal...

—Lo sé, pero...

—También he tenido que considerar el futuro de mis hijas. Desconozco cuáles son los planes de su padre, y tampoco sé qué tiene previsto para ellas la señora Kuo. No podía arriesgarme a que acabaran con cicatrices en la cara causadas por la variolización. A diferencia de ti —añade—, Hija Cuarta no cuenta con atributos extraordinarios, y carece de formación o de generaciones de eruditos imperiales en su linaje que le garanticen un futuro brillante, aunque tenga las mejillas ligeramente dañadas.

Hija Cuarta se revuelve en su estera y abre los ojos. Los niños más pequeños no entienden lo que les está pasando, pero sospecho que ella intuye lo que se avecina.

—Tu madre debió de hacer algo para proteger tu cara —me dice la señorita Chen—. ¿Hay algo que puedas hacer contra las cicatrices que va a tener mi hija?

Las cicatrices son ahora el menor de los problemas de Hija Cuarta, pero supongo que la señorita Chen se centra en eso para disipar los temores de la niña sobre el camino que tiene por delante. Intento parecer optimista.

—No es como intentar recuperar la virginidad con una decocción de piel de granada y alumbre —comento—, pero se pueden aplicar ungüentos que ayudarán en el proceso de curación.

Al cabo de sólo unas horas, me es imposible encontrar el pulso en las muñecas de Hija Cuarta. Cuando un bebé muere, soportarlo es doloroso para la madre, pero su conexión con él ha sido fugaz. No ocurre lo mismo con un hijo ya crecido, ni siquiera cuando sólo se trata de una hija. La señorita Chen llora mientras envuelvo a la niña en paños. Luego la concubina y yo arrastramos su cuerpo amortajado hasta la puerta trasera del recinto, donde hemos dejado otros cuerpos para que se los lleven y los entierren.

La señorita Chen se tambalea cuando nos volvemos y empezamos a alejarnos. Al asirla yo del codo para sostenerla, la concubina murmura, no sabría decir si para sí misma, para mí o para el universo:

—Al menos mi hija no tendrá que vivir una vida como la mía.

Las dudas que tuve tras el aborto de Meiling amenazan con abrumarme ahora. ¿Puedo decir con sinceridad que estoy ayudando a alguien? ¿Se ha recuperado por completo algún paciente de viruela bajo mis cuidados? A lo mejor la idea del doctor Wong fue la correcta: mantenerse alejado, dejar que la naturaleza siguiera su curso y proteger su reputación al evitar una larga estela de marcas de muerte junto a su nombre. Casi puedo oír sus palabras socarronas: «Tú no eres un médico de verdad. No eres más que una mujer.» Ojalá fuera un gigantesco árbol de ginkgo centenario, con las profundas raíces que hacen falta para resistir el embate de fuertes vientos. Me siento en cambio como un arbolillo bajo un tifón, tratando a la desesperada de mantenerme en pie.

Ni la señorita Chen ni yo dormimos esa noche mientras velamos a Manzi y a Ailan. Ambos niños han dado un giro a peor y parecen seguir ahora la senda de Hija Cuarta. No puedo permitir que eso ocurra, pero he hecho cuanto estaba en mi mano. Sólo hay una persona que pueda ayudarme. Pedir este sacrificio me resulta casi insoportable, pero debo hacer todo lo necesario para retener a mi hija en esta tierra. Cuando amanece, el aire parece tan denso como una colcha de plumas de ganso. Me dirijo a la verja que da acceso a la zona principal del recinto. Tres personas más han enfermado durante la noche. Las hago pasar y les indico el camino hacia la ermita. Luego espero en mi lado de la puerta a que uno de los guardias vaya en busca de la señora Kuo. No tardo en oír su «ejem, ejem» cuando se acerca.

La informo sobre la situación y termino preguntándole:

—¿Puedes enviar un palanquín en busca de mi abuela?

Mi petición impresiona a mi suegra. El hecho de que yo esté dispuesta a exponer a mi abuela a una situación tan peligrosa le revela hasta qué punto están mal las cosas dentro del jardín.

Los nuevos pacientes ya están instalados para cuando llega la abuela Ru, que trae consigo a la señorita Zhao. En lugar de lucir finos atuendos de seda y adornos en el pelo, van ataviadas con túnicas y faldas de algodón teñidas de índigo y pañuelos a juego en la cabeza. La abuela no pierde el tiempo en sutilezas.

—Llévame de paciente en paciente —dice—. Quiero ver cada caso. Lo primero es decidir quién vivirá y quién morirá. No perderemos el tiempo con los que no podamos salvar.

Durante los días siguientes me doy un baño de humildad observando a la abuela. Tanto su sabiduría como su fuerza emocional me ayudan a superar las horas más aterradoras. Nadie en la ermita me importa más que mi hija. Y nadie es más importante para la señorita Chen que su hijo. Disponer de dos nuevos pares de manos para tratar a los enfermos nos permite a la concubina y a mí pasar más tiempo con Manzi y Ailan, sobre todo durante las horas previas a la salida del sol, cuando los espíritus malignos acuden a la caza de los débiles y las madres tienen que aferrar a sus hijos para evitar que los arrastren al Más Allá.

Transcurren dos semanas más. Llega una noche en la que parece reinar un silencio apacible. Ailan se está recuperando y duerme un sueño profundo, con el aliento entrando y saliendo con suavidad de sus labios entreabiertos. La señorita Chen dormita junto a Manzi, ambos con la respiración algo áspera y entrecortada a causa del agotamiento de la madre y la fragilidad del niño. Como hacíamos la señorita Chen y yo en una fase anterior de la epidemia, me siento a tomar el té con la abuela y la señorita Zhao. La concubina de mi padre parece cansada. La abuela es de una raza distinta y su vitalidad siempre me ha impresionado; ahora, sin embargo, se la ve agotada. Este calvario se está cebando en todas nosotras, pero ella tiene setenta y siete años.

—Háblame del aborto de Meiling y de lo que pasó en la capital —me pide la abuela de forma inopinada.

Estas últimas semanas me he quitado ese asunto de la cabeza para centrarme en los enfermos y moribundos. Ahora me sirve como recordatorio de todo lo que todavía no soy capaz de comprender.

—Estoy esperando —insiste la abuela, y me ofrece una sonrisa alentadora.

Con cierta vacilación, le hablo de las hierbas que Meiling tomó en mi lugar, de la pérdida de su hijita y de los latigazos a los que sobrevivió. El rostro de la abuela se va ensombreciendo conforme yo hablo.

—Aún soy inexperta en comparación con el doctor Wong —digo como conclusión—, de modo que quizá su receta era ininteligible para mí...

—¡Ja! —exclama la abuela—. Ese hombre es como una mosca pegada a la cola de un caballo, mientras que tú te has beneficiado de la sabiduría transmitida de generación en generación en mi familia natal. —Hace una pausa, intentando contener su ira—. ¿Qué podemos decir del doctor Wong? Tiene más deseos de fama que de fabricar un buen remedio. Hay muchos médicos así, ¿sabes? Utilizan ingredientes exóticos, como pelusilla de la cornamenta de un ciervo en primavera o virutas del cuerno de un rinoceronte, pero sólo para que sus benefactores se sientan especiales. Al menos el doctor Wong no anda fingiendo que un ser inmortal le reveló el secreto de un tónico único que sólo él posee.

—¿Estás diciendo que crees que cometió un error...?

—¿Un error? Ningún médico debería cometerlo cuando se trata de abortivos. Sé que yo no lo cometería. —Cuando la miro con expresión inquisitiva, me pregunta—: ¿Te acuerdas de Jade Rojo?

—Por supuesto. Era una de las tres concubinas del abuelo.

—Cuando eras niña, le diagnostiqué un embarazo fantasma.

Mientras habla, empiezo a acordarme. Los embarazos fantasma afectan a mujeres viudas mucho después de que sus esposos hayan fallecido, a criadas solteras y a esposas y concubinas cuyos maridos y amos trabajan lejos de casa. Cuando la abuela trató a Jade Rojo, el abuelo llevaba varios meses en Nankín atendiendo sus obligaciones en el Consejo de Castigos.

—El abuelo no era el padre —digo al comprender a qué se refiere.

—«Un caballo viejo conoce el camino» —recita la abuela—. Para asegurarme la lealtad de Jade Rojo, era mejor ayudarla que sustituirla. Le proporcioné los artículos que purgarían el embrión de su cuerpo, salvarían a nuestra familia de la vergüenza y me proporcionarían un par de ojos y oídos en los que poder confiar en el futuro.

—Eso no explica lo que hizo el doctor Wong —señalo—. No soy una concubina ni una criada, y el doctor sabía que mi esposo ya había plantado en mí la semilla de un hijo antes de irme a la capital. ¿Es posible que haya creado ese remedio en particular para ayudarme en mi embarazo?

—No veo cómo. —Ésa es la única respuesta que puede darme la abuela. Me tiende la taza para que le sirva más té y añade—: Descansaremos un rato más, y luego haremos una última ronda para ver a nuestros pacientes antes de intentar dormir un poco.

Como siempre he hecho, obedezco las órdenes de la abuela Ru, aunque en mi fuero interno sigo tratando de entender los actos del doctor Wong. Visito a cada uno de los pacientes. Todos se están recuperando, excepto el hijo de la señorita Chen. He hecho cuanto se me ha ocurrido, y la abuela también, pero el muchacho sigue decayendo ante nuestros ojos. En su preocupación por su hijo, la señorita Chen ha abandonado cualquier atisbo de vanidad: ha perdido más peso, su tez está cenicienta, lleva el pelo despeinado y sus ojos tienen una expresión ausente. Le aprieto el hombro con un gesto de ánimo y luego sigo mi camino en silencio.

Cuando vuelvo a la terraza, la abuela ya se ha puesto la ropa de dormir y se ha acostado bajo una colcha ligera junto a la señorita Zhao. Estoy demasiado cansada para cambiarme, pero me enjuago la boca con té, lo escupo en el estanque que hay bajo la terraza y me tumbo en la esterilla. Miro al cielo como todas las noches desde que volví de la capital, intentando que las preocupaciones del día floten hacia él. Pero mi conversación de hace un rato con la abuela y el empeoramiento del estado de Manzi me tienen angustiada.

—Abuela... —Me vuelvo para mirarla—. La viruela es el gran pesar del mundo, pero ¿por qué continúa esta plaga cuando se puede prevenir? —Hago una pausa antes de soltar a bocajarro la cuestión que me viene atormentando estas últimas semanas—. ¿Por qué la señora Respetable no contrató a un maestro sembrador de viruela para mis hermanos y para mí?

—Son dos preguntas muy diferentes. —La abuela se incorpora y la señorita Zhao hace otro tanto a su lado. Me miran con preocupación en los ojos—. La respuesta a tu primera pregunta sólo puedo tratar de adivinarla. Quizá esas madres temían la variolización. Quizá eran ignorantes...

—Pero ¿y mi madre? ¿Por qué no...?

La señorita Zhao me interrumpe con su voz sosegada.

—Cuando el maestro sembrador de viruela regresó a Laizhou, después de que tus hermanos murieran y me hubieran llevado a mí a la casa, me aseguré de que tu hermano Yifeng recibiera el tratamiento. El anciano utilizó el método de envolver una costra en algodón y taponarle con eso la nariz.

—¡Y está vivo y sin una sola cicatriz!

La señorita Zhao me mira con expresión compasiva, mientras que la abuela lo hace con ecuanimidad.

—Tu madre venía de una familia de élite —dice mi abuela—. Debería haber sido más sensata, y tu padre también.

—Entonces, ¿por qué no...?

—En este mundo hay gente convencida de que nunca puede ocurrirle nada malo. Tu madre era así. Ella no había sufrido ni un solo día en su vida, pero...

—¿Pero...?

—¿Cuánto recuerdas de ella? —pregunta la abuela.

—La señora Respetable era hermosa. —Mi mente se llena de imágenes: su bonito semblante, la elegancia con la que se movía y la expresión de su rostro cuando me enseñaba las reglas para convertirme en una buena esposa y madre.

—Yunxian —dice la abuela colándose en mis recuerdos—, intenta pensar en ella no como su hija, sino como una doctora. Utiliza las herramientas de diagnóstico que te he enseñado.

Retrocedo en el tiempo, pero como médica, no como niña. Rememoro una escena de la señora Respetable en su habitación, sentada en el borde de su lecho conyugal.

—Siempre estaba pálida —recuerdo—. Incluso antes de que murieran mis hermanos, tenía tendencia a la melancolía. Me vendaba los pies. Me enseñó a leer y escribir. Me escuchaba recitar las normas para las niñas... Pero ahora que soy madre, me doy cuenta de lo distanciada que estaba de sus propios actos; su corazón no se hallaba en la habitación conmigo.

—La primera vez que eso ocurrió fue cuando nació tu hermano mayor —explica la abuela.

—Volvió a pasar después de que tu segundo hermano viniera al mundo, y de nuevo cuando llegaste tú —añade la señorita Zhao.

—Tras la muerte de tus hermanos, tu padre nos escribió a tu abuelo y a mí porque estaba preocupado —continúa la abuela en un tono suave—. Estabais lejos, en Laizhou, de modo que tu abuelo y yo sólo podíamos enviar recomendaciones mediante un mensajero. —Su mandíbula se tensa al recordar aquella época—. Cuando busco marcos de referencia en el cuerpo humano, como la relación entre los Cinco Órganos de Depósito, las Cinco Influencias y la abundancia con que las mujeres sienten las Siete Emociones, me centro en el más común de los sentimientos, que es...

—La ira —concluyo por ella—. A menudo, cuando llego a la raíz de las dolencias de una mujer, me encuentro con que la ira es la chispa, el combustible, y lo que ha provocado las cenizas.

—Eso es bien cierto —coincide la abuela—; aun así, estoy convencida de que la tristeza es la más poderosa y destructiva de las Siete Emociones. Incluso cuando tu madre se casó y pasó a formar parte de nuestra familia y se instaló a vivir en la Mansión de la Luz Dorada con tu abuelo y conmigo, ya era una joven melancólica y encerrada en sí misma. Ahora imagina cómo debió de sentirse tras la muerte de tus hermanos. ¿Cómo no iba a torturarla la culpa?

La señorita Zhao alarga la mano para tocar la mía.

—Muchas veces, después de que tu padre se quedara dormido en mi lecho, yo salía al patio y me encontraba a tu madre llorando. Como imaginarás, no quería mi consuelo, sobre todo después de que yo me quedara embarazada. Cuando di a luz a Yifeng, ella tuvo un nuevo hijo varón...

—Pero era un hijo ritual y un recordatorio constante de todo lo que ella había perdido —concluyo, comprendiéndolo todo de pronto.

Apenas puedo contener las lágrimas... ¿Acaso no se dio cuenta de que todavía me tenía a mí? Pero sé bien que una hija no es lo mismo que un hijo.

—La señora Respetable sabía muy bien lo que le ocurriría si no se ocupaba debidamente de sus pies —continúa la señorita Zhao—. Todavía hoy me sigo preguntando si los descuidó para poder reunirse con tus hermanos o si lo hizo para castigarse por haberse creído por encima de la tragedia.

Un silencio lúgubre se cierne sobre nosotras. Finalmente la abuela dice:

—Veo mucho de tu madre en ti.

Noto una punzada al intuir toda la preocupación que ha sentido por mí a lo largo de los años, pero entonces la señorita Zhao dice algo que cambia mi interpretación de lo que acaba de decir la abuela.

—Eres incluso más guapa que ella.

—Las dos estáis siendo amables —contesto—, pero no soy la típica serpiente de piel impecable.

Me llevo un dedo a una de mis cicatrices de viruela. La abuela y la señorita Zhao intercambian una mirada y luego vuelven sus rostros hacia mí. Ambas están sonriendo.

—¿No sabes que esas marcas de flores celestiales son precisamente las que te vuelven hermosa? —pregunta la señorita Zhao, que siempre me ha parecido más exquisita incluso que la señora Respetable—. La perfección absoluta no es tan atractiva.

Sufrimos algunas muertes más, pero empezamos a tener muchos éxitos y varios miembros de la familia y otros residentes pueden regresar a la parte principal de la casa. La mañana en que Ailan va a ser liberada, le envuelvo los pies con vendas limpias. Tiene las plantas llenas de cicatrices, pero cuando sea adulta nadie podrá verlas salvo ella misma y quizá alguna criada. Su futuro esposo podrá sostener en las manos sus zapatitos bordados sin conocer nunca la fealdad que ocultan los vendajes.

Sujeto a Ailan mientras recorremos juntas el puente en zigzag y los senderos que llevan hasta la verja del Patio de los Sauces Susurrantes. Ayer informé a los guardias de que la niña volvería a casa. Durante todo el brote de la enfermedad, he permanecido en mi lado de la verja para evitar que la infección se extendiera por la casa. Esta vez me sitúo en el umbral con la esperanza de encontrarme a Yuelan y Chunlan aguardando a su hermana. Sí, han venido. Y mi esposo también; se le ve bien y fuerte en su túnica negra de erudito. Amapola está cerca de ellos y levanta a Lian para que yo pueda verlo. Maoren me dice que ha aceptado oficialmente el nombre que le puse a nuestro hijo, cosa que me hace sentir agradecida, y advierto que Lian ha crecido mucho mientras he estado aquí. Cuando pueda volver a tenerlo entre mis brazos, espero que se acuerde de mí.

—Sólo faltan unos días —digo.

—Espero tu regreso de todo corazón —responde mi esposo.

Los guardias cierran el portón y echan el cerrojo, y me quedo preguntándome si Maoren sabrá lo de Rosa de Nieve y si estará al corriente de la muerte de su hijo recién nacido. También me pregunto qué habrá querido decir con ese «de todo corazón».

Ya estoy cerca de la ermita cuando un alarido rompe el silencio y reverbera en los muros circundantes. Me apresuro a llegar a la terraza y me encuentro a la señorita Chen cubriendo el cuerpo de Manzi con el suyo. Sufrió mucho al ver morir a su hija, pero esto de ahora la deja totalmente deshecha. Cuando llego a su lado, alza la vista al cielo. La oigo susurrar algo para sí, unas palabras que mis oídos apenas captan pero que agitan al instante mi pensamiento.

—Siempre le aseguré que nuestro hijo se convertiría en el señor del Jardín de las Delicias Fragantes. Y ahora Manzi ya nunca lo será.

Se echa a llorar como sólo puede hacerlo una madre que ha perdido a un hijo. Soy consciente de que debería consolarla, pero estoy demasiado perturbada por lo que acaba de decir. Sus palabras han girado una llave en mi mente y han abierto una puerta.

Manzi nunca se pareció al señor Yang. De haber muerto mi hijo antes de nacer, Manzi habría acabado convirtiéndose en el nuevo señor, un poder que ostentarían tanto el propio Manzi como su familia natal. Tía Solterona tenía algo que decirme tras el nacimiento de Manzi, pero le sobrevino la muerte antes de que pudiera contármelo... Me ha llevado muchos años encajar estas piezas. Ahora me doy cuenta de que el padre de Manzi sólo podía haber sido una persona, y que esa persona ha estado maquinando y conspirando desde el día en que nació su hijo, lo que a su vez significa... que la muerte de Tía Solterona no fue un accidente.

Manual para médicos forenses.
Cómo limpiar los agravios

Tras la completa desaparición de la enfermedad de las flores celestiales en el Jardín de las Delicias Fragantes, los últimos supervivientes regresan con sus familias —o, en el caso de concubinas y sirvientes, con sus amos y señores— y yo puedo permitirme volver a mis habitaciones. Estoy decidida a visitar a Meiling, pues las sospechas surgidas a raíz de las palabras de la señorita Chen conciernen directamente a mi amiga y a las hierbas que iban destinadas a mí, pero antes que nada necesito instalarme con mi familia. También hay muchas cosas que ansío hablar con mi esposo, pero en mi primera noche en casa no acude a mi alcoba. Eso supone una decepción para mí. Me duermo presa del agotamiento y el desánimo. A la mañana siguiente, cuando Amapola me sirve el té, lo acompaña con el chisme de que el señor Yang va a despachar a la señorita Chen y a su único retoño superviviente, Hija Quinta, del Jardín de las Delicias Fragantes. Me visto y me dirijo a toda prisa en busca de mi esposo. Está en su biblioteca.

—¿Es cierto que tu padre va a echar a su concubina y a su hija? —le pregunto.

Es posible que no sea la forma correcta de abordarlo, puesto que Maoren y yo no hemos estado juntos y a solas desde que me fui a Pekín hace siete meses. Han pasado muchas cosas, incluido el nacimiento de nuestro hijo, pero no le he dado a mi marido la oportunidad de expresar su alegría ni de agradecerme que hiciera todo lo que estaba en mi mano durante el brote de viruela.

—¿Desde cuándo han empezado a cacarear las gallinas? —pregunta entornando los ojos con expresión de desaprobación.

Tomo aire y me digo a mí misma que, antes que nada, soy una esposa.

—Lo siento. —Inclino la cabeza—. He sido muy brusca.

Maoren se levanta y se acerca a mí. Alarga la mano y me aparta un mechón de pelo de la mejilla.

—Pareces cansada.

—Lo estoy, hasta el tuétano. —Alzo la vista para mirarlo—. Maoren, ¿por qué va a echar tu padre a la señorita Chen?

—Ya no es una belleza —declara él.

Es cierto, pero no puedo dejar esto así.

—No permitas que tu padre la eche. Me ayudó durante la enfermedad. Fue muy valiente cuando...

—Ya se ha despachado a la concubina —me interrumpe apartándose de mí—. Se llevará a su hija con ella...

—La única superviviente —subrayo—. Además, Hija Quinta es tu hermanastra.

Veo cómo saborea semejante idea en su lengua y la encuentra amarga.

—Sin un hijo varón y sin su belleza, la señorita Chen ya no tiene ningún valor para mi padre.

—Hija Quinta sólo tiene diez años —insisto.

—No hay nada que yo pueda hacer. La decisión la ha tomado él.

Asiento y dejo a Maoren con sus libros. Me doy cuenta de que queda poco tiempo, así que voy directamente a la puerta principal, donde veo a la señorita Chen y a su hija.

—No sé qué va a ser de nosotras —susurra la concubina.

No encuentro palabras para tranquilizarla. A una mujer como ella no le quedan muchas opciones. Verla marchar con sólo lo puesto, con las cicatrices en la cara y con su hija cogida de la mano me produce una tristeza infinita.

Pocos días después, mi marido parte de repente hacia Nankín. Pese a las palabras amables que me ofreció cuando liberaron a Ailan —«Espero tu regreso de todo corazón»—, no ha venido a verme antes de partir. Me digo que debe de sentirse feliz por lo de Lian, pero ¿acaso está enojado porque piensa que no obtuve suficientes recompensas del palacio o que no hice lo suficiente para evitar la muerte de Rosa de Nieve y su hijo? Quizá sólo sea que hemos pasado demasiado tiempo separados.

La vida en el Jardín de las Delicias Fragantes es diferente ahora que todos hemos tenido que adaptarnos a los cambios provocados por la enfermedad de las flores celestiales. Paso muchas horas sentada con las madres que han perdido a sus hijos. No existe ningún remedio para aliviar su angustia, pero puedo llorar con ellas. Visito a antiguas pacientes, me aseguro de que coman bien y les proporciono fórmulas para reponer fuerzas. Y, por supuesto, aprecio cada momento que paso con mis hijas y mi hijo, que ha cumplido ya tres meses.

Dos semanas más tarde, con mi esposo lejos de casa y con la sensación de haber vuelto a conectar con mis hijos, decido que es hora de visitar a Meiling. Cruzo el umbral principal del recinto y subo a mi palanquín. Han pasado ocho semanas desde nuestra llegada a Wuxi y no sé qué voy a encontrarme cuando llegue a su nuevo hogar. Meiling y su madre se sometieron a la variolización, pero no sé nada con respecto a su esposo o sus clientes. Espero que no se hayan visto afectados.

Cuando llego, un criado abre el portón y entro en un pequeño patio que me recuerda a la primera casa donde viví. Meiling aparece en una puerta y me llama, sin aliento y con nerviosismo.

—¡Yunxian!

Nos fundimos en un estrecho abrazo. No quiero soltarla, ni ella a mí.

—Aquí estamos todos bien. Me alegro tanto de que sigas viva... —murmura—. Estaba aterrorizada por ti y por tus hijos. Cuéntame, ¿está bien Lian?

Sólo soy capaz de asentir con la cabeza contra su cuello. Me coge por los hombros y me aparta un poco para estudiar mi rostro. Sin pronunciar palabra, capta toda la pena que ha quedado grabada en mis facciones. Por mi parte, cuando la miro no veo a la mujer que apenas unos meses atrás estuvo a punto de morir, sino a mi amiga, tan hermosa como el día en que nos conocimos.

Me suelta y me hace las preguntas de rigor.

—¿Has comido? ¿Te apetece un té?

Nos sentamos a una mesa junto a una ventana abierta que da al patio. Los sonidos de la ciudad suben hasta nosotras, un recordatorio de que la vida continúa. Intercambiamos algunos cumplidos. La felicito por su bonita casa. Le pregunto con delicadeza por sus heridas, y me dice que ya están todas curadas. Tras un lapso adecuado de tiempo, le digo:

—No he venido sólo de visita.

Le cuento lo que dijo la señorita Chen cuando murió su hijo: «Siempre le aseguré que nuestro hijo se convertiría en el señor del Jardín de las Delicias Fragantes. Y ahora Manzi ya nunca lo será.»

Cuando Meiling me mira sin comprender, me doy cuenta de que he ido al grano demasiado rápido.

—Empezaré de nuevo. Sabemos que el doctor Wong le dio hierbas a Amapola con la intención de hacerle daño a mi bebé, pero no logramos imaginar por qué.

Meiling parpadea un par de veces, intentando asumir el giro que ha dado la conversación. Por unos instantes incluso pienso que tal vez no le apetece volver a hablar de lo sucedido.

—Sí, lo recuerdo —responde al fin—, pero ¿qué tiene que ver eso con lo que dijo la señorita Chen sobre su hijo?

Me inclino hacia delante.

—¿A quién crees que se refería cuando dijo: «¿Siempre le aseguré?»

—Al señor Yang, el padre del niño —responde Meiling.

—Pero eso no tiene sentido. La señorita Chen nunca le habría dicho tal cosa al señor Yang, y mucho menos varias veces, porque él nunca habría cuestionado quién iba a convertirse en amo cuando él muriera. Primero sería Maoren. Luego, si a Maoren le ocurriera algo o si mi esposo y yo nunca tuviéramos un varón, Manzi se convertiría en el señor.

—Manzi —repite ella.

—Mi suegro no tendría ninguna duda al respecto. —La observo mientras considera lo que he dicho—. Así que me pregunté: ¿con quién hablaría ella de eso? —Hago una pausa. Meiling espera—. Hizo que me planteara si Manzi era realmente hijo del señor Yang.

Meiling parece estupefacta.

—¿Tienes alguna prueba de lo que sugieres?

—Manzi no tenía los rasgos de un hombre Yang. Ni de su padre, ni de mi marido, ni de Tío Segundo...

—Eso no es ninguna prueba. Se podría alegar que Manzi se parecía al padre o a los hermanos de la señorita Chen. No habría forma de probar lo contrario.

—Quizá conviene más considerar quién podría tener un motivo para asegurarse de que yo no trajera al mundo un hijo. Si no daba a luz a un varón, la sucesión de Manzi estaría garantizada. Los ingredientes de la fórmula que tomaste demuestran que alguien pretendía matar a mi bebé, asegurando así el lugar de Manzi.

—La fórmula era obra del doctor Wong. —Los ojos de Meiling se abren como platos—. Crees que el doctor Wong y la señorita Chen...

—Él diagnosticó a la vez mi embarazo y el de la señorita Chen. Ya sé que eso fue hace mucho tiempo, y que yo estaba preocupada sobre todo por mi propio estado, pero recuerdo el tono familiar de su conversación. La señorita Chen le dijo al médico: «Me conoces bien. ¿Me has ayudado a quedarme embarazada?»

—Eso podría significar cualquier cosa. A lo mejor le dio una fórmula...

—Quizá, pero hay algo más, y sospecho que guarda relación con esto. —Titubeo, nerviosa por expresar lo que he llegado a creer. Tomo aire y dejo que las palabras broten—: La noche que la señorita Chen tuvo a su bebé, Tía Solterona vino a verme. Advertí que estaba disgustada, pero no me dijo qué le pasaba.

—¿Y?

—Incluso en aquel momento me pareció que había visto u oído algo durante el parto de la señorita Chen. Quizá mataron a Tía Solterona para que no me lo contara, para que no se lo contara a nadie.

Meiling me mira con recelo.

—Su muerte fue un accidente.

—Ya, pero... ¿y si no lo fue? —Antes de que pueda preguntarme nada, yo misma le digo—: No, no tengo pruebas de que la asesinaran. Pero está claro que algo ocurrió en la sala del parto; algo que perturbó lo suficiente a Tía Solterona como para que no se decidiera a confiar en mí. Creo que lo que vio u oyó también la empujó a entrar sola en el patio aquella la noche, algo que no hacía por costumbre. Tal vez iba a encontrarse con alguien... —Hago una pausa. De nuevo me preocupa estar yendo demasiado rápido—. Hay un testigo de lo que fuera que ocurrió durante el nacimiento de Manzi.

Meiling asiente despacio cuando por fin comprende lo que le estoy diciendo.

—Mi madre estaba en la habitación para traer al mundo al bebé de la señorita Chen. —Se levanta—. Espera aquí. Voy a buscarla.

Unos minutos después Meiling vuelve a entrar con su madre. No sé qué le ha dicho su hija, pero la comadrona me mira con desconfianza. Yo también la observo con un poco de recelo. Después de tantos años, la comadrona Shi sí que parece finalmente una vieja arpía. Está más rolliza y tiene el pelo entrecano.

Hace falta insistir mucho y engatusarla, pero acaba confesando lo que sabe. Cuando termina, permanecemos en silencio durante varios minutos.

Al cabo de un rato Meiling inspira hondo.

—Si todo eso es verdad...

—Lo es —confirma su madre.

—Entonces ¿por qué el doctor Wong no intentó interrumpir los embarazos anteriores de Yunxian, el segundo y el tercero?

—Hija, tú eres comadrona. Ya conoces la respuesta. Muchos niños no llegan a vivir ni siete años. ¿Para qué hacer planes de cara al futuro antes de que Manzi alcanzara esa edad? Mejor incluso, ¿por qué no esperar hasta que tuviera ocho años?

—Para entonces yo ya tenía tres hijas —argumento—. No suponían ninguna amenaza. Y ¿quién sabe? Lo que pudo empezar como la improbable semilla de una idea tardó años en germinar. Quizá el doctor Wong pensó que el destino intervendría y me daría un varón la cuarta vez que me quedara embarazada. Al final, la víctima fuiste tú.

Varias emociones recorren las facciones de Meiling mientras piensa en todo eso. Al final pregunta con voz trémula:

—¿Qué deberíamos hacer?

—Si actuamos —respondo—, podría haber repercusiones para la familia de mi esposo. Y para vosotras dos.

—Eso me temo —admite mi amiga—, pero ¿podemos quedarnos de brazos cruzados sin que nos remuerda la conciencia?

La comadrona Shi y yo guardamos silencio mientras Meiling se levanta. Cruza la habitación, rebusca en sus estanterías, vuelve con papel, una piedra de entintar y un bote de barro lleno de pinceles de caligrafía, y me lo pone todo delante.

—Tienes que escribir a tu padre.

Vacilo. Maoren y yo llevamos quince años casados: si escribo esa carta, tengo la sensación de que lo estaré traicionando.

—¿Y si me equivoco? ¿No debería consultar primero a Maoren sobre todo este asunto?

—¿Y si tienes razón en todo? —pregunta Meiling—. ¿Te dejaría enviar la carta? ¿Querría que se supiera la verdad?

Me siento impotente mientras Meiling trata de interpretar mi expresión, buscando las respuestas en mi rostro. Alarga la mano hacia el tarro de pinceles, elige uno de punta fina y me lo tiende. Cojo el pincel, lo mojo en tinta y empiezo a redactar una carta para mi padre en la que le expongo mis sospechas sobre el aborto de Meiling y la muerte de Tía Solterona, y le pido que venga a Wuxi.

Después, la comadrona Shi, Meiling y yo invertimos varias horas en hacer una lista de posibles testigos y de las cuestiones que podrían plantearse si mi padre decidiera responder a mi petición.

Tres semanas después, los sonidos de los tambores y los gongs nos anuncian que la procesión de mi padre se acerca y que quienes se encuentren en su camino deben despejarlo. Mi esposo, mi suegro y Tío Segundo esperan con las manos hundidas en las mangas de sus túnicas. La señora Kuo y yo nos hemos situado detrás de nuestros maridos. Estoy nerviosa. La última vez que vi a mi padre fue hace veintidós años, cuando yo tenía ocho y él acudió a casa de mis abuelos con su nueva esposa.

Aparece la procesión encabezada por una doble columna de pendones, pregoneros y músicos. Mi padre viene a lomos de un caballo cuyo negro pelaje ha sido cepillado hasta adquirir una brillante luminiscencia. De la silla y la brida penden trenzas y borlas. La postura erguida de mi padre y su tocado oficial le confieren estatura y autoridad. Lo siguen varios hombres, también a caballo. Creo que son los actuarios y secretarios que lo ayudarán en las próximas horas. Supondría un honor para cualquier familia tener un invitado de tan alto rango, pero el propósito de la visita de mi padre es motivo de gran preocupación y vergüenza: va a llevar a cabo una segunda investigación sobre la muerte de Tía Solterona y a hacer indagaciones acerca del médico de la casa y de cómo sus actos pueden haber afectado a la familia Yang.

Mi padre desmonta y uno de nuestros mozos coge las riendas. Maoren, mi suegro y Tío Segundo se inclinan en señal de súplica, como debe hacerse ante un juez y prefecto del Consejo de Castigos. Me dispongo a hacer una reverencia completa cuando mi padre se adelanta y me sujeta de los codos.

—Hija mía, te reconocería en cualquier parte. Te pareces muchísimo a tu madre.

Me llevo una mano al corazón para retener ese sentimiento dentro de mí para siempre. Mi padre se vuelve hacia los hombres de la familia.

—Señor Yang, haré todo lo posible para llevar a cabo este proceso con la menor fanfarria posible. Maoren, me alegro de verte...

—Me temo, juez de prefectura Tan, que descubrirás que tu viaje era innecesario —interrumpe el señor Yang—. Conozco al doctor Wong desde hace muchos años y ha servido bien a nuestra familia. Verlo acusado...

—... sin duda supone una situación difícil —termina mi padre con tono compasivo—. Ninguna familia desea ver cómo se reabre una investigación. Ten la seguridad de que desempeñaré mis funciones de acuerdo con los más altos ideales del Código del Gran Ming.

Esas palabras no aplacan al señor Yang, pero cuando abre la boca para seguir poniendo objeciones, Tío Segundo se apresura a apoyar una mano en el hombro de su hermano, transmitiéndole el mensaje de que en esa batalla no puede salir vencedor.

En torno a nosotros, los criados ofrecen tazas de té a los miembros menos importantes de la comitiva mientras los mozos de cuadra se llevan los caballos. Eso proporciona al señor Yang un momento para controlar sus emociones.

—Dadas las circunstancias —declara por fin—, me siento honrado de tener aquí a un mandarín tan íntegro para presidir el proceso. Todas las partes implicadas están presentes.

—Entonces comenzaremos de inmediato —indica mi padre.

Al oír eso, la señora Kuo se adelanta a toda prisa.

—Permíteme que te conduzca primero a una habitación donde puedas refrescarte un poco tras el viaje —propone, y mi padre asiente con la cabeza.

Aunque mi progenitor parecía tener prisa por empezar, transcurre casi una hora antes de que la señora Kuo lo acompañe hasta la misma galería porticada donde tuvo lugar la primera investigación sobre Tía Solterona.

La reverencia que le hace mi suegra es profunda y respetuosa. Es un dignatario y un invitado de honor, pero yo nunca la había visto actuar con tanta humildad. Me sorprende aún más que él le toque la manga, se incline hacia ella y le susurre unas palabras. Ella aprieta la mandíbula, asiente con la cabeza y retrocede.

Mi padre ocupa su lugar en la mesa, flanqueado por sus secretarios, todos ellos con papel, pinceles y una piedra de tinta ante sí. El cuerpo exhumado de Tía Solterona yace encima de otra mesa, cubierto con muselina. En un caballete hay un diagrama que muestra los contornos del anverso y del dorso de un cuerpo. Al lado hay una mesita con las herramientas necesarias para una investigación en un extremo, y pincel y tinta en el otro.

El doctor Wong está sentado en una de las dos sillas que se han colocado, de cara al público, entre mi padre y sus secretarios y el cuerpo de Tía Solterona. Su aspecto es el que ha tenido siempre para mí: el de un hombre apuesto con aires de superioridad. Aunque según la tradición y la ley puede asistir toda la familia del difunto, sólo se han dispuesto treinta sillas. Mi suegro, Tío Segundo y Maoren están en primera fila, en las mismas posiciones que ocuparon en la primera investigación. El resto de las sillas las ocupan hombres Yang, aunque también hay algunas mujeres sentadas, entre ellas la señora Kuo. Se ha convocado a la señorita Chen, que se encuentra en un rincón de la galería con un velo de gasa cubriéndole la cara para ocultar sus escasas cicatrices. Junto a ella hay otras mujeres que no son de la familia: Meiling, su madre y Amapola. Meiling y yo nos saludamos con una sutil inclinación de cabeza.

Mi padre da comienzo con los prolegómenos, dejando constancia del día, el mes y el año del reinado del emperador Hongzhi. Sus secretarios, con la cabeza gacha, ponen por escrito cada palabra que pronuncia para que consten en el acta oficial. Mi padre anuncia entonces que a la hora de examinar las pruebas seguirá las reglas e instrucciones sobre «cómo limpiar los agravios» establecidas en el *Manual para médicos forenses*, y cita:

—«Si se comete incluso el más mínimo error, las repercusiones pueden ser de diez mil *li*.»

Hace una pausa para que todos podamos considerar estas palabras, que ya pronunció años atrás ante nosotros el mandarín Fu.

—Ésta es una situación poco corriente, pues tenemos ante nosotros dos acusaciones de sendos delitos —continúa mi padre—. La primera se remonta a catorce años atrás, cuando murió Yang Fengshi, una mujer a la que su familia conocía como Tía Solterona. La segunda acusación se refiere al uso deliberado de abortivos, que tuvo como resultado la muerte de un feto y estuvo a punto de provocar la muerte de su madre. El blanco inicial de ese segundo crimen era, al parecer, mi propia hija. Me atendré a los más altos principios de integridad y objetividad en el desempeño de mis funciones como investigador y juez, pero, para garantizar aún más la imparcialidad y la confianza de los presentes, he pedido al forense Sun, que no es de la zona ni está familiarizado con las víctimas, ni con los testigos o con los acusados, que revise las pruebas. Si alguien tiene algo que objetar, es el momento de pronunciarse.

Los ojos de mi padre recorren lentamente a los reunidos. De haberse tratado del mandarín Fu, quizá habrían surgido argumentos en contra procedentes de distintos sectores, pero la posición de mi padre como juez de prefectura no permite nada semejante.

—Revisaremos los hechos por orden cronológico —continúa—, empezando por la nueva investigación para pasar después a la segunda acusación, y luego consideraremos si estos dos crímenes están relacionados entre sí y cuáles fueron las motivaciones subyacentes, si es que en efecto descubrimos que lo ocurrido fue de naturaleza ilegal y no fruto de la desgracia, de un accidente o de la pura incompetencia. El acusado es el médico de la casa, el doctor Wong.

La noticia de que el doctor Wong sería el objetivo de esta investigación ya había dado lugar a muchos cotilleos por todo el Jardín de las Delicias Fragantes, pero oír las acusaciones en voz alta de manera oficial produce un aparente muro de incredulidad en quienes se sientan a mi alrededor. Por su parte, el doctor Wong levanta la barbilla, esboza una leve sonrisa y niega levemente con la cabeza, como para asegurar a todos los presentes que esta situación no le concierne ni debería preocupar a nadie.

Mi padre hace un gesto al forense.

—Puedes proceder.

—Empezaré por un método al que llamamos Dispersión de Humores Viles —explica el forense Sun—. Mi ayudante os repartirá fragmentos de resina de liquidámbar o, si lo preferís, trozos de jengibre confitado para que los succionéis. Esto os ayudará a eliminar el sabor de la muerte. También os ofrecerá una botella de aceite de semillas de cáñamo. Quizá deseéis untaros un poco bajo la nariz. El olor a descomposición no desaparecerá del todo, pero se atenuará. —Se vuelve hacia mi padre—. Cuando los sepultureros abrieron el ataúd de Yang Fengshi, descubrimos que los líquidos más fétidos se habían evaporado ya, pero en interés de la familia he frotado el cuerpo con vino y vinagre.

Dicho esto, el forense retira la sábana de muselina para mostrar lo que queda de Tía Solterona. Un coro de gritos ahogados brota de los miembros de la casa al ver a alguien a quien conocían en tan avanzado estado de descomposición. La carne de Tía Solterona está marchita y correosa. Sus labios se han retraído, exponiendo unos dientes sobresalientes. Tanto la nariz como los ojos han desaparecido, dejando tres fosas abiertas. La piel que antaño cubría sus pantorrillas se ha desintegrado por completo, dejando al descubierto los huesos blancos.

Rememoro los detalles de la investigación original cuando el forense relata hallazgos no muy distintos de los que la comadrona Shi describió hace catorce años, mientras su ayudante moja un pincel en tinta roja y va señalando lo que se describe en el diagrama del cuerpo de Tía Solterona. El agua encontrada originalmente en su vientre, que apuntaba al ahogamiento como causa de la muerte, sigue siendo evidente por la forma en que esa zona ha tardado más en descomponerse. El forense también revisa pruebas documentadas con anterioridad, algunas de las cuales, si bien no todas, las ha borrado el tiempo.

—Aquí vemos barro seco —dice el forense Sun utilizando una fina vara de bambú para señalar la enorme boca abierta de Tía Solterona. Luego mueve la vara hacia una mano—. Las uñas han seguido creciendo en la tumba y ahora semejan garras, pero se puede distinguir claramente barro seco, y no sólo debajo de ellas, sino también en lo que queda de las palmas.

—La vara vuelve a moverse y su punta señala justo encima de los dientes superiores de Tía Solterona—. Asimismo, el barro seco forma una costra en la cavidad donde antes estaba la nariz.

Mi padre se aclara la garganta y lee de un papel:

—En la primera investigación se determinó que Yang Fengshi sufrió una caída accidental, se golpeó la cabeza y se ahogó en el estanque. Las pruebas físicas, sin embargo, no apoyan plenamente esta teoría. Sí, se encontró agua en su vientre. Y sí, el estanque es poco profundo, de modo que la mayoría de la gente, incluso un niño, podría salir de él. Pero si perdió el conocimiento, no habría sido capaz de luchar por su vida, y no obstante tiene restos de barro en las manos y bajo las uñas. Ni siquiera en el caso de que hubiera permanecido durante días, y no unas horas, en la superficie del estanque, tendría el barro tan incrustado en las cavidades de la nariz y la boca.

Miro a mi esposo, que ladea la cabeza mientras mantiene una conversación en voz baja con su padre. La señora Kuo y otras damas de las cámaras interiores se enjugan las lágrimas. El doctor Wong se mira las manos, que reposan abiertas, con las palmas hacia arriba, sobre sus muslos. Resulta imposible adivinar sus emociones.

—Hay algo más que debemos considerar —declara el forense Sun—. Pido respetuosamente al juez de prefectura Tan que me acompañe.

Mi padre se levanta y se encamina con paso decidido hacia la mesa.

—Necesito ayuda. —El forense tiende dos trozos de tela a su ayudante para que se cubra con ellos las manos—. Tenemos que darle la vuelta al cuerpo.

Una vez que Tía Solterona está boca abajo, el ayudante vuelve al caballete.

—En la primera investigación, la comadrona Shi informó de que la señorita Yang se había dado un golpe en el lado izquierdo de la cabeza. —El forense vuelve a utilizar su vara para señalar el cadáver de Tía Solterona—. De haber sido así, ¿por qué tiene la hendidura en la parte posterior del cráneo?

Mi padre se rasca la barba reflexionando sobre la cuestión, y acto seguido pregunta:

—Si se cayó y se golpeó en la nuca, ¿cómo es que la encontraron boca abajo en el estanque? Y, desde un punto de vista administrativo, ¿cómo llegó a constar en el acta oficial la discrepancia sobre la localización de la lesión en la cabeza de la víctima? —Una oleada de murmullos acoge sus preguntas. Levanta una mano para pedir silencio—. La respuesta a la segunda pregunta tendrá que venir del forense y del mandarín originales. También les preguntaría si conocen al acusado y si se beneficiaron económicamente o de otra forma a través de él. Como todos sabéis, mentir en una investigación oficial es causa de severo castigo, pero las cuestiones sobre el forense y el mandarín tendrán que esperar a otro momento. En cuanto a la primera pregunta que he planteado, quiero recordaros a todos que, si solemos congregarnos en el lugar donde se produjo una muerte, es para reunir pruebas. Ahora le pido al señor Yang y a su hijo que me sigan. Los demás permaneceréis sentados.

Mi suegro, mi esposo y mi padre desaparecen por el sendero bordeado de azaleas, que han crecido a lo largo de estos últimos años. Mantengo los ojos entornados y aguzo el oído, con la esperanza de captar la conversación procedente del estanque. No oigo nada, salvo unos chapoteos. Todos esperamos. Finalmente los tres hombres vuelven a subir por el sendero. Llevan piedras de distintos tamaños, algunas mojadas. Las botas de mi esposo y la parte inferior de su túnica también se ven empapadas. Dejan las piedras sobre la mesa y vuelven a sentarse.

Mi padre dice una verdad como un templo:

—«Un par de décadas no cambiarán una roca.» —Le hace un gesto al forense—. Por favor, intenta encajar estos especímenes en la hendidura del cráneo de Yang Fengshi.

Algunas mujeres se tapan los ojos con las manos. Un joven al que traté de niño por su temperamento frágil y que ahora está estudiando para los exámenes imperiales se desmaya y tienen que llevárselo. Mi esposo y su padre se han puesto blancos como mortajas.

Al cabo de unos minutos, el forense Sun levanta una piedra todavía empapada y brillante.

—Fue esto lo que le partió el cráneo a la señorita Yang. Encaja con exactitud en la hendidura. Como no murió en el acto, la sujetaron boca abajo en el estanque. Debió de forcejear mucho, como nos demuestran los restos de agua y barro.

Miro al doctor Wong para ver cómo reacciona ante esa información, pero permanece inmóvil, como si no hubiera oído ni una palabra de lo que se ha dicho. Tiene la mirada fija en un punto justo por encima de nuestras cabezas, y caigo en la cuenta de repente de que se trata del rincón de la galería donde la señorita Chen, Amapola, Meiling y su madre esperan a que las llamen a declarar como testigos.

Mi padre se mueve en su asiento para poder dirigirse al doctor.

—Por favor, ponte en pie y mira hacia la mesa en la que descansa el cuerpo.

El doctor Wong obedece, como es su deber.

—Se dice que, cuando se interroga a un sospechoso ante un cadáver y sus familiares, el acusado, o la acusada, se sentirá más inclinado a confesar. ¿Deseas confesar ahora?

El doctor Wong resopla con desprecio.

—Por supuesto que no. No he hecho nada malo.

Sin inmutarse, mi padre apoya tranquilamente una palma sobre la mesa y vuelve a centrar su atención en los reunidos.

—Hemos oído que ciertas pruebas encontradas en el cuerpo de la señorita Yang sugieren que fue asesinada. Volveré sobre el motivo o los motivos de su muerte más tarde, pero ahora pasaremos a la segunda acusación, ya que, según creo, descubriremos que la razón para ambos crímenes proviene de una única fuente. Doctor Wong, quédate donde estás. Shi Meiling, ¿quieres acercarte?

Meiling sale del rincón, recorre el pasillo central y se sienta en la segunda silla colocada de cara al público. Mi padre le hace sólo cinco preguntas.

—¿Cuál fue la causa de tu aborto en Pekín?

—Tomé un remedio que creí que me ayudaría a tener un embarazo sin problemas.

—¿Llevas encima algo de ese remedio?

Ella muestra los restos de las hierbas y de los otros ingredientes que componían la fórmula que tomó.

—¿Puedes describir las propiedades medicinales de estos ingredientes?

—No soy médico —responde Meiling—. Sin embargo, sí he averiguado el efecto que provocan todos estos ingredientes en una mujer embarazada.

Mi padre le da permiso para que los enumere, cosa que ella hace, y luego le pregunta:

—¿Cómo conseguiste las hierbas?

—Se las cogí a una criada.

—¿A quién iban destinadas originalmente?

—A Tan Yunxian, la nuera del señor Yang.

Esa afirmación se recibe en medio de un profundo silencio.

Mi padre llama a Amapola para que se siente en la silla que acaba de abandonar Meiling.

—¿Quién te dio las hierbas que finalmente provocaron el aborto de la joven comadrona? —pregunta.

Mi criada de toda la vida llora tanto que apenas puede hablar.

—El doctor Wong.

Entre gritos ahogados de sorpresa, el rostro del doctor Wong continúa siendo una máscara de indiferencia.

—Sólo hice lo que me dijo el médico de la casa —dice Amapola entre sollozos—. Yo nunca le haría daño a la pequeña señorita.

Mi padre despacha a Amapola, y ella regresa al rincón cubriéndose la cara con las manos.

—Doctor Wong, ¿hay algo que quieras decir para refutar lo que acaban de declarar la comadrona y la criada?

—Me decepciona ver que un hombre de tu categoría pueda dejarse influir tanto por los cuchicheos de las mujeres, especialmente de una integrante de las Seis Abuelas que profana las normas de conducta establecidas por Confucio —responde el médico.

Quizá el doctor Wong cree que actuando con desdén convencerá a todos de su inocencia, pero la opinión de la familia se ha vuelto contra él, y mi padre tampoco parece haberse dejado persuadir.

—De modo que por ahora no vas a confesar —dice—. Bien, no importa. Por favor, quédate donde estás, para que podamos ver tu reacción ante el próximo testigo. Comadrona Shi, acércate.

En cuanto ella ha ocupado su puesto, mi padre le pregunta cómo aprendió su oficio y cuánto tiempo lleva ejerciendo. Luego empieza a indagar más profundamente, basándose en lo que la comadrona Shi nos confesó a Meiling y a mí.

—¿Cuándo fue la última vez que viniste al Jardín de las Delicias Fragantes?

—Fue para el parto del hijo de la señorita Chen —contesta.

—¿Es correcto decir que no siempre es necesario que un médico esté presente en estos acontecimientos?

—Sí, así es. El parto es sangriento. Los médicos no suelen estar presentes a menos que haya complicaciones.

—¿Hubo complicaciones en este caso?

—Ninguna en absoluto —responde la comadrona Shi.

—Pero asistió un médico.

—Sí, el doctor Wong estaba allí.

—Por favor, cuéntanos lo que ocurrió.

—Muchas mujeres gritan durante el parto. A menudo se quejan de sus maridos o de sus amos. «Nunca más le permitiré entrar en mi lecho» y esa clase de cosas. —La comadrona

372

esboza una media sonrisa—. Por supuesto, si todas las mujeres hicieran eso, no tendríamos sociedad.

Nadie se ríe.

—¿Qué dijo la concubina? —pregunta mi padre.

—Le gritó al médico que, si de su cuerpo salía un varón, nunca más volvería a abrir las piernas para él.

—¡No!

El grito atraviesa a la atónita multitud. Me vuelvo hacia la fuente del sonido y veo que la señorita Chen se incorpora tan deprisa bajo la galería que el velo que le cubre el rostro se levanta para volver a caer con suavidad, como movido por la brisa. Entonces vuelvo a girar la cabeza y veo al doctor Wong estremecerse, aunque recupera rápidamente la compostura.

—Siéntate, señorita Chen —ordena mi padre. Luego se dirige de nuevo a la comadrona Shi—: ¿Estás sugiriendo que el señor Yang no era el padre del hijo de su concubina?

—En efecto.

—¿Quién más lo sabe?

La comadrona Shi aprieta la mandíbula y endereza la espalda. Su voz suena fuerte cuando contesta:

—La mujer conocida como Tía Solterona estuvo presente para asistirme durante el parto de la señorita Chen. Lo oyó todo. Después las dos hablamos sobre qué deberíamos hacer. Ese bebé, al que llamaron Manzi, había llegado al mundo como el siguiente en la línea de sucesión para convertirse en el señor del Jardín de las Delicias Fragantes si el joven amo moría sin tener un hijo varón.

Las arrugas en la frente de mi padre se vuelven más profundas mientras considera esta información. Me pregunto si la familia Yang está mirando al doctor Wong y viendo lo que yo veo: los pómulos salientes, los hombros anchos y la forma de la mandíbula que él y Manzi compartían.

Mi padre hace la siguiente pregunta en un tono tan bajo que apenas la oigo:

—¿Y has guardado el secreto todos estos años?

—¿Acaso tenía elección? —pregunta la comadrona Shi a modo de respuesta—. Poco tiempo después de que la señorita Chen diera a luz, asistí a otras tres parturientas, cada una de las cuales tuvo un desenlace desafortunado. —Se detiene y suelta un suspiro—. Esas cosas pasan, pero el doctor Wong deslizó unas cuantas palabras en los sitios precisos, y las familias de élite dejaron de invitarme a sus casas. Cualquier cosa que hubiera podido decir en mi defensa se habría considerado...

—Pero ésa no era tu única motivación —interrumpe mi padre antes de que la comadrona Shi pueda terminar.

Temiendo que el coraje de la madre de Meiling se desvanezca, aprieto las manos con tanta fuerza que las uñas se me clavan en la piel.

—Toda madre hace cuanto puede para sacar adelante a su retoño, sobre todo si es una niña huérfana de padre —responde finalmente la comadrona—. El doctor Wong me prometió que, si no decía ni una palabra sobre el secreto que él y la señorita Chen compartían, protegería a mi hija. «Puedo arruinar su reputación como ya he hecho contigo», me dijo. «O puedo ayudarla.» Acepté sus condiciones. Nuestro acuerdo dio comienzo de forma inmediata.

Después de decirle a la comadrona Shi que se retire, mi padre hojea sus papeles como para asegurarse de que no ha olvidado nada. Si sigue las sugerencias que le escribí, entonces le quedan tres testigos: la señorita Chen, la señora Kuo y yo. Cada una de nosotras tiene información importante que compartir, ya sea voluntaria o involuntariamente, pero él decide no llamarnos, y eso me deja confusa y descorazonada. En lugar de ello, durante la hora siguiente intenta que el doctor Wong admita sus crímenes. Le ofrece al médico la oportunidad de dar explicaciones, o incluso de justificar algunos de sus actos alegando errores por descuido. Cuando le pregunta por qué no intentó matar a Maoren en lugar de a mi hijo nonato, el doctor se ríe.

—Ya te he dicho que no soy un asesino.

Mi padre desestima esa respuesta como si fuera un olor desagradable. Luego dice:

—El camino fácil es el más chapucero, pero te lo preguntaré de todos modos. Después de matar a la señorita Yang con esta piedra, ¿por qué no la sacaste del Jardín de las Delicias Fragantes?

—Yo no maté a la solterona —contesta el doctor.

A mi padre se le agota la paciencia.

—¿Puedes ofrecer alguna prueba de que no mataste a Yang Fengshi?

—No puedo —responde el médico.

—¿Puedes refutar las afirmaciones de que el niño Manzi era hijo tuyo y de que tratabas de asegurar su puesto como futuro señor de la familia Yang?

—No puedo.

—Vamos a ser claros. ¿Estás admitiendo que eres culpable de esas cosas?

El doctor Wong se niega a responder.

—Te daré una última oportunidad para explicarte —dice mi padre.

El señor Yang se pone en pie y grita indignado:

—¡Nos merecemos eso como mínimo! —A su alrededor, un coro de voces masculinas encabezadas por Tío Segundo apoyan esa demanda.

El doctor Wong alza las manos en un gesto de despreocupación, de desinterés. Lo que dice entonces demuestra que la abuela siempre tuvo razón sobre él.

—Confieso que quería ser un médico famoso, digno de pasar a la posteridad. Quería ser como el hombre que creó los métodos para limpiar los agravios. —Se permite una sonrisita—. Los mismos métodos que has empleado tú hoy...

Mi padre lo interrumpe bruscamente:

—Tus actos no son los de un hombre que busca la fama. Más bien buscabas los beneficios y el poder que te reportaría engendrar al que esperabas que fuera el heredero de las propiedades de esta familia.

El doctor Wong exhala un suspiro de resignación.

—¿Qué importa ya todo eso? Manzi está muerto.

Eso produce tal consternación en los hombres Yang, e incluso en algunas mujeres, que por un instante me preocupa que se tomen la justicia por su mano. Mi padre da un puñetazo en la mesa para silenciar a los reunidos.

—Una mujer ha muerto. Otra perdió a su hija y estuvo a punto de morir. Y aún no sabemos qué más hiciste. —Mira sus papeles—. Hay otras vías de investigación que todavía puedo tomar —prosigue—. Estaría encantado de continuar con las pesquisas y emplear las técnicas habituales de interrogatorio, como palizas y similares, si es eso lo que quieres. Pero debes comprender que, por cada nueva mentira que se descubra, especialmente después del tiempo y el esfuerzo que los hombres habrán invertido en extraer la verdad, tu castigo físico aumentará. —Hace una pausa y luego añade—: Te estoy dando la oportunidad de tomar la senda del cobarde: confesar, evitar la tortura y empezar a cumplir tu condena.

El doctor Wong exhala un suspiro y sus hombros se hunden al tiempo que su audacia se desvanece. Me recuerda aquella historia que Tía Solterona nos contó tiempo atrás, sobre el supuesto hombre valiente que acababa escondiéndose bajo la cama como un gatito asustado para escapar de su mujer.

Al final el doctor Wong se decide a hablar:

—Pido respetuosamente la senda del cobarde. La tortura no será necesaria. Aceptaré tu veredicto basado en lo que has oído y la sentencia que creas que merezco; no será preciso añadir dolor ni sangre.

—Pues que así sea, la senda del cobarde. —Mi padre recorre al público con la mirada para transmitirle su opinión sobre la absoluta falta de honor o valentía del doctor—. Permitidme que empiece diciendo que me crié en un hogar dedicado por igual a los esfuerzos académicos y a la medicina.

De mi madre, en particular, aprendí que en el ámbito de la medicina debemos contemplar el cosmos en su totalidad, tanto el interior del cuerpo como fuera de él. ¿Están en armonía? —Me señala con un gesto—. Me llena de orgullo comprobar que mi hija ha aprendido a ver esos patrones no sólo en quienes están enfermos, sino en el mundo que la rodea: así es como ha sido capaz de traer a mi atención este asunto. De igual modo que mi hija o mis padres podrían haber tomado los pulsos, hecho preguntas, etcétera, yo ahora sigo un camino similar para encontrar lo que en las pruebas no presenta armonía con el cosmos y qué rastros se han dejado atrás que revelen movimientos pasados.

Mi padre hace una pausa para que sus secretarios puedan dejar constancia de todas sus palabras. Cuando los pinceles dejan de moverse, retoma su discurso.

—La fama es un sueño que algunos hombres persiguen. A veces lo alcanzan y logran aferrarse a él como si se aferraran a la cola de una cometa en medio de una tempestad. A veces los ciega el deseo de reconocimiento o influencia, como si se hubieran bebido una jarra de vino de hadas. Estamos hablando de los elementos básicos del yin y el yang, ¿verdad? Del constante tira y afloja entre el bien y el mal, el amor y el odio, el honor y la vergüenza, que se suceden en un ciclo interminable. En este caso, doctor Wong, no estabas solo en tus fechorías. Pido ahora a la comadrona Shi y a la señorita Chen que se pongan a tu lado.

Una vez que las dos mujeres se han colocado en su sitio, mi padre declara:

—Todos los castigos están dictados por el Código del Gran Ming: decapitación, destierro, servidumbre penal y flagelación.

Al oír estas palabras, la comadrona Shi parece resignada. La señorita Chen permanece en silencio bajo su velo. El doctor Wong palidece, quizá reconsiderando su elección de la senda del cobarde.

—Empezaré por la comadrona Shi —continúa mi padre—. El castigo por mentir en una investigación es severo: cien golpes con un garrote.

—¡No! —grita Meiling. Eso es mucho peor que lo que mi amiga recibió en palacio.

Mi padre ignora el arrebato.

—Aunque el Código del Gran Ming dicta que no puedo suspender una sentencia, sí puede reducirse, y creo que hacerlo está justificado en este caso. Al fin y al cabo, la comadrona Shi, como mujer y como una de las Seis Abuelas, no podía desobedecer las órdenes del doctor Wong. Al mismo tiempo, debemos admirar su lealtad confuciana. Sacrificó su reputación para asegurar el futuro de su hija. La hija en cuestión, otra integrante de las Seis Abuelas, también ha seguido los preceptos de Confucio. Al ayudar a desenmascarar al doctor Wong, la Joven Comadrona ha contribuido a limpiar el nombre de su madre. La matrona Shi recibirá cien golpes de la vara de bambú más ligera disponible en el distrito.

Al oír la sentencia, la madre de Meiling se queda quieta como una piedra. El velo de la señorita Chen, ligero y diáfano, se estremece.

—En cuanto a la señorita Chen —continúa mi padre—, tiene dueño. Dejo su castigo en manos del señor Yang. Pero yo, en su lugar, desterraría a la concubina de la casa de inmediato.

No tiene forma de saber que a la señorita Chen ya la han arrojado a la calle.

Mi padre despacha a las dos mujeres y se vuelve hacia el doctor Wong.

—Los muertos no descansarán y los vivos no quedarán en paz sin una penalización. El castigo para quienes matan a un nonato cuyos ojos, boca, oídos, manos y pies no se han formado del todo es casi inexistente. En este caso, sin embargo, el feto de la Joven Comadrona, una niña, había desarrollado ya esas características físicas. —Hace una pausa cuando el doctor Wong empieza a sollozar. Luego añade—: Quiero imponerte un castigo que disuada a otros de intentar algo similar en busca de poder y beneficios económicos. Recibirás cien golpes con un garrote y llevarás una canga al cuello durante un año, para que el pueblo sea testigo de tu humillación. Si sigues vivo al cabo de doce meses, te condeno a ser decapitado en la plaza pública de Wuxi.

Mientras dos guardias se acercan a él, el doctor Wong lucha por contener sus emociones. Cuando se levanta para que se lo lleven, vuelve a ser el de siempre: arrogante y totalmente dueño de sí mismo.

Esta noche los hombres de la familia Yang van a celebrar un banquete en honor de mi padre. No se me permitirá asistir. Aprovecho lo que queda de día para ir en busca de mi marido, y lo encuentro solo en su biblioteca. No parece alegrarse de verme.

—La casamentera nos aseguró que eras lista —dice con tono cansino—, pero tu astucia ha traído la vergüenza a nuestra casa y a nuestro nombre.

—Escribir a mi padre era lo correcto...

—¿Para quién? ¿Para Tía Solterona? Me cuidó cuando era niño, tengo buenos recuerdos de ella. Y haber tenido que verla así... En cuanto a la Joven Comadrona...

—Recuerda que yo era el objetivo.

—Pero no te pasó nada, ¿verdad? —Nos miramos a los ojos—. Yunxian, lo que me molesta es que no hayas hablado conmigo primero. ¿Cómo puede haber amor o incluso deber en tu decisión?

Poso una mano en su manga y noto el calor de su brazo a través de la seda.

—Lo siento si te he hecho daño.

Él se aleja de mí y vuelve a su escritorio sin decir palabra.

Me siento inquieta mientras recorro la galería porticada. He compensado agravios, pero ¿a qué precio? Cuando vuelvo a mi habitación, encuentro una nota de mi padre en la que me informa de que ha dispuesto que nos veamos antes de su partida. A la mañana siguiente, a la hora convenida, voy a la terraza de la ermita. Todo rastro de las penas y el dolor que imperaron aquí ha desaparecido, en un ejemplo más de la limpieza de agravios. Le sirvo una taza de té a mi padre. Las carpas koi nadan cerca de la terraza, buscando dádivas. Es la vez que más tiempo he pasado a solas con mi padre en toda mi vida, por lo menos que yo recuerde.

—No desperdiciemos estos preciosos momentos —empieza, rompiendo el silencio—. Si la señora Respetable estuviera aquí, se sentiría tan orgullosa como yo por lo que has logrado como doctora.

—Gracias, padre —respondo con una inclinación de cabeza.

Él me mira.

—No nos conocemos bien, y me culpo por ello.

No sé qué responder a eso.

—Cuando tu madre murió, se me rompió el corazón. —Asiente despacio con la cabeza, como si reconociera para sus adentros la veracidad de esa afirmación—. Me encerré en mí mismo y me alejé de mis hijos. Sólo pensaba en mí y en mi carrera. Había estudiado tanto para presentarme a los exámenes imperiales...

—Y mira cuál fue el resultado —interrumpo desestimando el decoro—. El emperador en persona te premió. Llegaste muy alto en el Consejo de...

—Logré muchos éxitos, sí, pero os abandoné a ti y a tu hermano cuando más me necesitabais.

—Teníamos a la señorita Zhao.

—Una concubina.

—Siempre te ha sido leal, y también lo ha sido hacia Yifeng y hacia mí.

Se retuerce la barba entre los dedos. Durante unos instantes me pregunto si esta reunión habrá sido buena idea. Entonces decido hacer una última súplica.

—Hace muchos años, el abuelo y yo nos sentamos en este mismo lugar. Me contó que se convirtió en médico para compensar las crueldades que había infligido como gran maestre de Gobierno en el Consejo de Castigos.

—Lo entiendo —dice mi padre. Luego recita—: «Acumula buenos actos y te encontrarás con el bien. Acumula malos actos y te encontrarás con el mal.»

—Cuando estaba en la Ciudad Prohibida, la emperatriz Zhang, las damas de la corte y yo intercedimos en favor de Meiling para reducir su condena.

—¿Tuvisteis éxito?

—Meiling sigue viva.

Mi padre reconoce ese hecho con una inclinación de cabeza.

—Ahora quiero ayudar a la señorita Chen.

Procedo a explicarle sus circunstancias. Mi padre escucha, pero no responde como yo desearía.

—Como he dicho antes, estoy orgulloso de lo que has logrado como médica, pero tal vez ya te has inmiscuido lo suficiente en los asuntos de la casa.

—¡O quizá aún no he hecho lo suficiente!

Él frunce el ceño en señal de desaprobación.

—La señorita Chen demostró tener un gran valor durante la plaga de viruela en el Jardín de las Delicias Fragantes —continúo.

—No te corresponde a ti...

—La señorita Chen no se quedó embarazada sola —insisto—. ¿Fue una intrigante o una víctima? No se lo preguntaste. Ni siquiera la llamaste a declarar.

—Esa línea de interrogatorio habría humillado a tu suegro y podría haber alterado el equilibrio de poder en la familia. Deja que él mismo decida si interrogar o no a alguien más que pudiera haber estado involucrado.

—Pero la señorita Chen merece algún tipo de consideración, ¿no te parece? ¿Por qué castigarla por la confabulación de un hombre?

Los ojos de mi padre se entornan.

—Tus abuelos me dicen que se te dan bien los Cuatro Exámenes. Te sugiero que uses esa técnica para considerar lo que pasó aquí. Has preguntado si la señorita Chen era una intrigante o una víctima. Formó parte de la conspiración, de eso no hay duda. Si fue además una víctima, ¿quién la puso en esa posición, y por qué? Me preocupa menos la reputación de la familia Yang al otro lado de estos muros que el impacto que estas alteraciones del poder y el decoro vayan a tener de puertas para adentro. Piensa en eso, Yunxian, y creo que llegarás a la misma conclusión que yo. Intentaba protegerte de más intrigas. —Se levanta—. Me ha gustado verte, hija. Espero que no pasen tantos años hasta la próxima vez.

Me echaría a llorar si mi pensamiento no estuviera ya recorriendo los caminos que mi padre me ha abierto con sus preguntas sobre la señorita Chen: si ella también fue víctima, ¿quién la puso en esa situación, y por qué? Sólo se me ocurre una persona.

En la frontera del cielo

Mi padre me ha metido ideas en la cabeza y yo quiero indagar al respecto, pero las tensiones de este último año acaban haciendo mella en mí: el tiempo transcurrido en Pekín, sumado a los rigores del viaje de ida y vuelta a la capital; haber pasado por un embarazo y un parto y tener que cuidar de Meiling; la plaga de las flores celestiales; la nueva investigación... Noto un dolor palpitante en la cabeza y molestias en todo el cuerpo. Me meto en la cama y Amapola corre las cortinas. Duermo. Tengo la sensación de que podría quedarme acostada un mes entero, pero al tercer día Amapola aparece con una nota. La señorita Zhao me avisa de que la abuela está gravemente enferma. Me visto y me apresuro a acudir a mi esposo.

—Debo ir a verla —le digo.

No pone objeciones. De todas formas, aunque ya cuento con la aprobación de mi marido, es preciso que la señora Kuo también esté de acuerdo. Cuando me dirijo a su habitación, llevo a Lian en mis brazos. Creció un montón mientras yo trataba a los enfermos: ahora tiene los muslos regordetes y las mejillas llenas. Es un bebé simpático y no me apetece volver a separarme de él.

La señora Kuo me recibe en la puerta de su habitación con su habitual «ejem, ejem». Hay cosas que quiero decirle y cosas que quiero saber, pero todo eso tendrá que esperar. Al igual que mi esposo, mi suegra no tiene inconveniente en que me vaya.

—Nuestra familia desea expresar su eterna gratitud a tu abuela por su ayuda durante las semanas del brote de las flores celestiales. —Da una palmada y Gorrión acude corriendo—. Ve a la puerta principal. Ordena a los porteadores que preparen un palanquín.

Cuando Gorrión se aleja, le digo a mi suegra:

—Una vez más, debo dejar a mi hijo...

Ella desestima mi preocupación.

—Me aseguraré de que la nodriza le llene la panza.

Dejo a Lian en brazos de su abuela y me alejo, prometiéndome que compensaré mis ausencias de la etapa de bebé cuando llegue el momento de enseñar a mi hijo a leer, escribir y recitar.

Al llegar a la Mansión de la Luz Dorada, Fosca me guía a toda prisa a través de los patios hasta la alcoba de la abuela. El abuelo está desplomado en una silla. La señorita Zhao merodea a su alrededor en la penumbra. Me acerco a la cama, pero me detengo en seco al ver a la abuela. Su piel tiene el color y la textura de la arcilla, y su cabello entrecano se extiende como si flotara en la superficie de un estanque. Aprieto los puños para darme fuerzas. Avanzo un paso con una sonrisa en la cara, el corazón encogido y mil ideas bullendo en la cabeza sobre qué puedo hacer para ayudarla.

—¿Crees que no me doy cuenta de que intentas someterme a los Cuatro Exámenes? —pregunta la abuela.

Antes de que yo pueda responder, la señorita Zhao interviene:

—A lo mejor Yunxian puede hacer algo.

Los ojos de la abuela vagan hacia el farol mientras piensa en lo que ha dicho la señorita Zhao. Finalmente contesta:

—No hay remedio posible para mí.

El abuelo trata de ahogar un gemido, sin éxito. La señorita Zhao desvía la mirada para que la abuela no vea su expresión.

—Siempre hay un remedio posible —digo en un intento de transmitir confianza.

Los labios de la abuela esbozan una leve sonrisa.

—«Los pájaros vuelan a casa para morir, y los zorros se refugian en sus madrigueras.» Ciertas cosas son inevitables, Yunxian. —Me coge la mano y me obliga a presionar su pecho izquierdo. A través de las capas de ropa, noto un bulto duro como una piedra. Mi cerebro da bandazos en sus intentos de encontrar una solución.

—Hay preparados que puedes tomar...

—¿Crees que no los he tomado ya? —pregunta la abuela—. Llevo años tomándolos. Hasta ahora he mantenido a los demonios de la muerte en las sombras. —Tras una larga pausa, añade—: Si pudiera echarlos de aquí, lo haría. Con un poco de suerte, me quedan muchos meses.

El abuelo esconde el rostro entre las manos. Intento asimilar esa noticia, pero fracaso de forma lamentable. La abuela ya llevaba mucho tiempo enferma cuando acudió a ayudarme a la ermita. Sabía que le quedaba un tiempo limitado, y aun así vino. Probablemente vino justo por eso. Intento que me cuente más cosas sobre su enfermedad —qué hierbas ha estado tomando; qué le ha sugerido como tratamiento el abuelo...—, pero ella desestima mis palabras y afirma:

—El tiempo para todo eso ya pasó. —Lo cual equivale a decir justo lo contrario, por supuesto, de que todavía le quedan muchos meses.

Hurgo en mi interior en busca de la fuerza y la aptitud necesarias para ayudarla. Me impulsa un solo pensamiento: de niña no fui capaz de salvar a mi madre. Ahora no puedo curar a la abuela, pero sí facilitarle el viaje al Más Allá. El abuelo y yo nos afanamos juntos, buscando en libros y crónicas, tratando de encontrar ingredientes que alivien su dolor y calmen su *chi*. La señorita Zhao y yo nos turnamos para ayudarla a ingerir las infusiones medicinales que preparamos.

La tercera noche, la abuela me pide por señas que me acerque a ella después de que la señorita Zhao haya acompañado al abuelo al exterior de la habitación, para que pueda dormir un poco.

—«El *chi* es finito, como el aceite de una lámpara» —recita con voz débil—. «La muerte es una enfermedad que nadie puede curar.»

Sus palabras dejan al descubierto la verdad de la situación.

—Estás triste —continúa—, y lo comprendo, pero... —Cierra los ojos, haciendo acopio de fuerzas. Luego vuelve a recitar—: «Se hace imposible cambiar el destino que el tiempo nos ha asignado, porque incluso el mejor banquete debe llegar a su fin y los invitados han de partir.»

—Abuela...

Ella intenta tomar aliento.

—Quiero que te quedes con mis libros y mi instrumental médico. Cuida sobre todo mi ejemplar de *Fórmulas profundas*. —Da un golpe con la mano sobre la cama, un gesto que cobra mayor relevancia por el esfuerzo que supone—. Como ya sabes, es la última copia que existe. Estudia mis cuadernos, están llenos de mis mejores tratamientos...

—Abuela, por favor. Deja que pasemos más días juntas.

Ella niega con la cabeza.

—Ojalá pudiera concedértelos, pero la muerte se acerca.

Mis ojos me dicen que tiene razón, aunque mi corazón se niegue a aceptarlo. Me ofrezco a ir en busca del abuelo.

—No. —Aferra mi mano con sorprendente vigor—. Sólo mujeres...

Antes de que pueda protestar, continúa:

—Si memorizas mis fórmulas como te enseñé a hacer cuando eras niña, moriré satisfecha. —Me habla de un cuaderno en particular en el que ha anotado sus mejores éxitos—. Ocúpate sobre todo de mantenerlo a buen recaudo.

Inclino la cabeza y prometo cumplir sus órdenes. Al cabo de unos minutos, vuelve la señorita Zhao. Acerca una silla a la mía y nos sentamos juntas en silencio. Mi padre no estuvo presente durante las últimas horas de la señora Respetable, al igual que el abuelo no está con nosotras ahora, lo que hace que me pregunte si velar al moribundo es una tarea que corresponde a las mujeres. No me gustaría que Maoren presenciara mis últimos estertores o que viera las cosas turbias que sucederán cuando mi alma abandone mi cuerpo.

He visto morir a mucha gente. Sin embargo, en las últimas horas de la abuela su terrible máscara de dolor se desvanece y un tono dorado impregna sus mejillas, como si la hubieran iluminado por dentro. Su respiración se ralentiza, pero no es dificultosa. No parece tener miedo. Presiona mi mano sobre su corazón e incluso en los últimos minutos puedo sentir su fuerza. Y entonces exhala su último suspiro. La señorita Zhao sale a informar a Fosca. Al instante nos llegan lamentos procedentes de todo el recinto. La señorita Zhao trae al abuelo. Las lágrimas surcan su rostro envejecido mientras permanece de pie junto al lecho, contemplando a su esposa.

Salgo para poder ponerme la ropa de luto, confeccionada con el lino crudo más áspero. Luego la señorita Zhao y Fosca me ayudan a lavar el cuerpo de la abuela y a vestirla con su atuendo fúnebre. Al día siguiente el abuelo se reúne con el adivino, que decide una fecha y un lugar para el entierro. Mi hermano está en la capital cursando los últimos estudios para presentarse a los exámenes imperiales, pero mi padre sí acude a Wuxi para asistir a los ritos funerarios de su madre. Trae consigo a la señora Respetable, que desempeña bien sus funciones con la ayuda de señorita Zhao. En cuanto a mi padre, no esperaba volver a verlo, y menos tan poco tiempo después de la segunda investigación. Me abraza cuando derramo lágrimas de duelo.

El día del entierro de la abuela, llega del Jardín de las Delicias Fragantes una delegación compuesta por el señor Yang, la señora Kuo, mi esposo, sus tíos y mis dos hijas mayores. Otras personas a quienes la abuela trató durante años acuden también de forma masiva a venerarla y hacerle ofrendas. Distingo a la comadrona Shi, a Meiling y a su marido. Todos los dolientes visten de blanco, con tonos parecidos a la luna otoñal, la nieve, la tiza o la leche materna, todos dentro del espectro asociado a la muerte y el duelo. Me postro en el suelo y lloro cuando depositan a la abuela en el ataúd interior, que luego se coloca dentro de un ataúd más grande hecho de la mejor madera. Los dolientes queman papel moneda para que ella pueda pagar a los perros demoníacos y a los espíritus que intenten entorpecer su viaje al Más Allá, y queman más incluso para que la abuela adquiera artículos de primera necesidad cuando llegue a su nuevo hogar. Durante los cuarenta y nueve días siguientes, hago ofrendas de comida y libaciones de licor de arroz ante la tablilla ancestral de la abuela, para que no pase hambre ni sed. Aun así, yo como y bebo muy poco. Me duele la cabeza y estoy muy cansada.

Y entonces llega el momento de volver a la casa de mi esposo. Me llevo los libros y cuadernos de la abuela, así como los instrumentos que ella utilizaba para preparar tónicos e infusiones y mezclar cataplasmas y ungüentos. Unos peones construyen estanterías adicionales en mi habitación, y mi suegra me manda vitrinas de palisandro que se colocan en las paredes, todo ello para que pueda guardar mi herencia. Escondo el cuaderno especial de la abuela detrás del panel de mi lecho conyugal. Más allá de esas tareas, que son considerables, no sirvo para nada.

Debería abrir todos y cada uno de los libros que me regaló la abuela. Debería examinar el contenido de cada frasco y cada vasija. Debería empezar a memorizar las fórmulas que la abuela preparó. Pero la pena y el agotamiento me tienen paralizada. Mi dolor de cabeza es cegador. Me duele la garganta, lo que acaba desembocando en una tos profunda y húmeda. Ardo de fiebre. Me preparo distintas fórmulas, pero no me ayudan. La debilidad que me ha atormentado de forma intermitente desde que era niña se ha instalado en mi cuerpo.

Me retiro a mi lecho y me tiendo junto a las mismas imágenes de felicidad conyugal de las tallas que rodeaban a mi madre cuando yacía moribunda.

Meiling viene a diario. Me informa sobre el doctor Wong, quien, durante las semanas que he pasado de luto en la Mansión de la Luz Dorada, se ha paseado por la plaza principal de Wuxi con una canga al cuello para mostrar al mundo su deshonra. Dice que el peso de la canga le ha producido llagas en los hombros, que supuran sangre y pus. La gente lo mira y ve a un hombre tan demacrado que casi parece mitad hombre, mitad fantasma. No siento ni un ápice de compasión por él. Mi padre le impuso al doctor Wong el castigo que merecía. Su padecimiento habría llegado a su fin demasiado deprisa si la espada del verdugo le hubiera rebanado la cabeza de un rápido tajo.

No soy la de siempre...

A medida que transcurren las horas y los días, pierdo las ganas de hacer nada y la poca energía que me queda. Dejo de comer. No tengo ganas de beber. Duermo, pero mi sueño nunca es reparador. Cuanto más tiempo paso en cama, más me debilito. Tengo fiebre seguida de escalofríos. Me siento como si una parte de mi alma me estuviera abandonando, hasta que llega un momento en que estoy tan frágil que mi cuerpo apenas parece tener fuerzas para soportar el peso de mi ropa. Un solo día se me antoja igual de largo que tres inviernos.

Meiling se muestra sumamente bondadosa conmigo: cada cuatro días me quita los vendajes, me lava los pies, me aplica alumbre entre los dedos y me los envuelve de nuevo. Sigo debilitándome, y estoy cada vez más cerca de mi abuela. La fiebre se dispara. Me cuesta respirar. Lo que expulso al toser es de un color tan oscuro como el jade barato. Es como si alguien me hubiera puesto un ancla en el pecho. Traen a un médico. Se sienta detrás de un biombo y me hace preguntas, pero no tengo fuerzas para responder. Una noche, Maoren y mi suegra vienen a verme. Creen que no estoy consciente, pero los oigo hablar de mi salud en un tono de gran preocupación.

—Será mejor que envíes un mensajero para avisar a su padre —aconseja mi suegra.

Pero antes, mi esposo trae a mis hijas a la cabecera de mi lecho. Son buenas muchachas, y me disculpo por no haberme ocupado de supervisar sus matrimonios.

—Cuidad de Ailan —les pido a Yuelan y a Chunlan—. Aseguraos de que sus vendajes estén bien apretados y de que practique su bordado.

Lo más duro de todo es separarme de mi hijo. Después de esperar tanto para tenerlo, al final no he podido pasar con él el tiempo que una buena madre le habría dedicado.

Esa noche, la luz de las lámparas se atenúa. Meiling se sienta en un taburete para poder vigilarme, pero se queda dormida, cogida de mi mano, con la cabeza apoyada en mi colcha. Todo está en silencio, tan sólo se oye mi respiración entrecortada. No tengo miedo. He aceptado lo que se avecina, sabiendo que pronto me reuniré con mi abuela y mi madre. Y entonces, desde la frontera entre el cielo y el confín más lejano de la tierra, la abuela Ru viene hacia mí. ¿Es un sueño? ¿Estoy teniendo una alucinación causada por la fiebre? ¿Es un fantasma? No sé decirlo, pero está ahí plantada ante mí con la misma claridad y solidez que la primera vez que la vi. Y está muy muy enfadada.

—Como serpiente, siempre has sido vulnerable a esas emociones y enfermedades que atacan desde el interior —me regaña con la voz resonante propia de una residente del Más Allá—, pero ahora debes ser fuerte.

Yo intento justificarme:

—No puedo hacer nada para cambiar el curso de las cosas... Caí enferma cuando me casé. Caí enferma tras el nacimiento de mi primera hija. Ahora que me has abandonado, ¿cómo voy a sorprenderme por haber vuelto a enfermar? Las emociones tristes siempre se han apoderado de mi cuerpo. Esta vez no es distinto.

—¡Sí es distinto! ¡Ésta es la última vez!

—Tú no eres real. —Cierro los ojos, en un intento de alejar la aparición, pero la abuela no se va, se niega a marcharse.

—Soy real. —Por fin su voz deja de retumbar y vuelve a enfocar las cosas con ese sentido práctico que tanto la caracteriza—. Al igual que Guanyin, la diosa de la Misericordia que ve el corazón de todas las mujeres, yo siempre he tenido la sensación de que podía ver en tu interior. Siempre me ha preocupado tu tendencia a la melancolía, que tanto afecta físicamente a tu cuerpo. Ahí reside tu debilidad, y ha sido una constante en tu vida. ¿Por qué crees que fomenté tu relación de amistad con la hija de una comadrona? Su *chi* es exuberante, y sabía que siempre cuidaría de ti. Pero ahora debes cambiar. ¿Crees que ser débil y digna de lástima es un buen ejemplo para tus hijos? —Hace una pausa y, como no contesto a su pregunta, prosigue—: Puedes pensar que esta enfermedad es mortal, pero no lo es. Voy a ayudarte por última vez. Tienes mi cuaderno especial de casos. Ve a la página cincuenta y ocho y sigue las instrucciones. Dentro de unos días comenzarás a sentirte mejor.

Considero esa posibilidad.

—Has cumplido con tu deber para con tu esposo y su familia —continúa la abuela—. Ahora debes centrar la atención en otra parte. Naciste para ser médica de mujeres, y te aguarda un destino especial. Utilizarás las artes que aprendiste de mí para salvar a las enfermas, y tendrás una vida buena, útil y extraordinariamente larga: vivirás hasta los setenta y tres años.

¿Será posible que su profecía sea real?

—Y debes saber una cosa —añade—. La constitución enfermiza que has tenido que soportar te ayudará a seguir adelante. Una doctora que comprende su propia naturaleza y los padecimientos de su propio cuerpo puede tratar mejor a otra mujer, porque entre las naturalezas y los cuerpos de ambas existe una afinidad.

391

Empieza a retroceder. La observo para ver si abrirá la puerta, atravesará una pared o sencillamente desaparecerá.

—Aún tienes una importante tarea por delante, Yunxian. Yo no pude ayudar a Meiling, pero tú sí puedes. Dale el regalo que tanto desea. Y recuerda, sigue siempre mi medicina.

Me incorporo de golpe. Meiling continúa sentada en el taburete, dormida, con la cabeza sobre mi colcha. Amapola está acurrucada en el suelo de la primera antecámara. Abro el panel secreto de mi cama y saco el cuaderno de la abuela. Toco suavemente la mejilla de Meiling. Sus ojos se abren como platos al verme sentada.

—¿Puedes ayudarme? —le pregunto.

Asiente con expresión dubitativa. Me levanto y mantengo el equilibrio agarrándome a las tallas que adornan la entrada de media luna de mi lecho. Meiling me sostiene cuando avanzo tambaleándome. Si puedo seguir caminando es sólo porque ella ha cuidado de mis pies. Cruzamos el vestidor, pasamos por encima de Amapola y salimos del lecho nupcial a mi habitación. Me balanceo mientras intento recordar todo lo que me ha dicho la abuela.

—Llévame a mi escritorio —pido.

Cuando llegamos a él, Meiling enciende las mechas de dos lámparas y yo abro el cuaderno de la abuela por la página que me ha indicado. Mientras leo en voz alta, Meiling va sacando ingredientes de mis estanterías y cajones.

La abuela tenía razón. Me baja la fiebre y mis pulmones se vacían poco a poco de flemas, aunque tardaré meses en recuperarme del todo y reponer fuerzas. La convalecencia me proporciona tiempo para meditar. He tenido la suerte de haber recibido desde la infancia los cuidados y el cariño de un círculo de mujeres. Ahora ha llegado el momento de crear un círculo más amplio para poder hacer por mis hijas y otras mujeres de la casa lo que mi abuela, la señorita Zhao, Meiling e incluso Amapola han hecho por mí.

La primavera empieza a hacer su aparición, aunque las flores de los ciruelos y de los manzanos silvestres siguen siendo vulnerables a las heladas. Es la época en que se supone que debemos decir adiós al pasado y saludar a los nuevos comienzos, y eso es lo que hago. Pienso en las contribuciones que puedo hacer en lo que me quede de vida. Al visitar la muerte, he encontrado la fuerza interior que según la abuela poseía. Al igual que una vez me dijo que hablara si quería hacerme oír, por fin comprendo que debo actuar con una valentía que me ha faltado en el pasado y resolver algunas cuestiones y problemas que han existido en mi vida.

Ahora que estoy lo bastante fuerte, decido que es hora de visitar a mi suegra. Cuando mi padre y yo estuvimos juntos en la terraza de la ermita una vez concluida su investigación, me advirtió que no siguiera con más intrigas de puertas para adentro. Es posible que tuviera razón; aun así, no puedo continuar adelante con mi vida hasta que no dé carpetazo de una vez por todas a lo que les ocurrió a Tía Solterona y a Meiling. Mi padre decidió no llamar a la señora Kuo como testigo, pero yo sigo necesitando que me responda a unas cuantas preguntas.

«Ejem, ejem...» El familiar sonido me saluda cuando entro en la habitación de mi suegra por primera vez desde que partí hacia la capital hace ya tantos meses. Gorrión abre las ventanas para que se cuele la luz del amanecer y se disperse el sofocante olor del aliento a licor. Mi suegra me ve y me indica por señas que me acerque a su lecho. Me quedo de pie donde estoy con las manos metidas en las mangas, para darle a entender que no he venido a rendirle pleitesía o a servirle el té.

Debe de advertir el cambio en mí o intuir el motivo de mi presencia, porque me dice:

—Tengo buenas noticias para ti. He decidido que puedes practicar tu medicina abiertamente. Has demostrado ser un *ming yi*, un médico famoso... Médica, en tu caso.

Después de todos estos años y de todo lo que ha sucedido, contesto:

—No me dejaré comprar ni silenciar tan fácilmente.

La señora Kuo aprieta los labios, como si pretendiera tragarse lo que desea decir. No tengo la menor duda de que ésta será una conversación difícil, en la que intentaré arrancarle la verdad de la lengua palabra por palabra por doloroso que sea.

—¿Invitaste al doctor Wong al lecho de la señorita Chen? —pregunto—. ¿O acaso sucedió otra cosa, como una violación o un acuerdo entre ambos, y decidiste que debía mantenerse en secreto?

Esperaba resistencia, si no una negación rotunda. Venía preparada para todo. Lo que no me esperaba era que me mirase fijamente, diera una palmada en la cama y me dijera:

—Siéntate.

Como es natural, hago lo que me dice.

—Quiero a Maoren —empieza—. Es mi hijo. Pero fue mi único hijo. Intenté engendrar otro con mi esposo y tuve tres hijas. Aunque aún éramos jóvenes, llegó un momento en que él ya no pudo o no quiso completar la tarea. Pensé que ya no estaba interesado en mí.

—Por eso compraste a la señorita Chen.

—Al ver que no se quedaba encinta durante sus primeros meses aquí, imaginé que podría estar teniendo los mismos problemas con mi esposo que había experimentado yo. No olvidemos que habían pasado años desde la última vez que me quedé embarazada. Estaba desesperada, así que le pedí consejo al doctor Wong. —Guarda silencio unos instantes—. Si algo le ocurría a Maoren, en particular desde que empezó a viajar constantemente a Nankín, todo se transferiría a Tío Segundo: el poder, el dinero, las tierras, las decisiones... Tenía que hacer cuanto estuviera en mi mano para asegurarme de que el Jardín de las Delicias Fragantes y todas las posesiones Yang fueran a parar a nuestros descendientes directos, incluso si eso significaba actuar a espaldas de mi marido, para evitarle la humillación, y mandar a un médico al lecho de una concubina. —Me coge la mano y me mira fijamente a los ojos—. Gracias al nacimiento de Manzi, mi esposo y yo teníamos un hijo ritual por si le pasaba algo a Maoren. Pero, por supuesto, mi mayor deseo era que tú nos proporcionaras el nieto que necesitábamos, cosa que hiciste...

—Transcurrido un tiempo —respondo. Nos miramos a los ojos y, finalmente, añado—: Sigo pensando en el día en que la señorita Chen y yo te dijimos que estábamos embarazadas. Me pareció que te enfadabas.

—No me enfadé. Me llevé una sorpresa. De haber sabido que estabas embarazada, todo habría sido distinto.

—Aun así, sólo tuve una hija. Tu problema seguía existiendo.

—Sí, eso es cierto... —Sus ojos adquieren una expresión distante. No sería mi suegra si no me sorprendiera por completo—: Algún día, cuando seas la máxima autoridad femenina en el Jardín de las Delicias Fragantes, quizá harás lo mismo que yo.

—Yo nunca...

—¿De verdad crees que no? Yo tengo la responsabilidad de garantizar que la familia perdure y que tengamos un hijo que haga ofrendas a los antepasados. Con el tiempo te corresponderá a ti llevar esa carga. Te he estado preparando para eso todos estos años. Ha sido mi deber supremo como tu suegra que soy.

Considero lo que dice. ¿He malinterpretado sus actos y su trato para conmigo? Tal vez. Pero no es eso lo que está en tela de juicio ahora mismo.

—En cualquier caso —continúa mi suegra—, el doctor Wong dio a la familia Yang el hijo que necesitaba. Lo que no supe comprender en ese momento fue que sus deseos irían mucho más allá de los míos.

—Podrías haberlo impedido.

—¿Cómo? Piénsalo bien, Yunxian. Cualquier intervención por mi parte habría causado interminables trastornos y habría deshonrado a mi esposo, a mi hijo, a ti y a todos los miembros de nuestra estirpe. Incluidas las hijas de la señorita Chen.

No había pensado en ellas.

—¿También son del doctor Wong?

La señora Kuo niega con la cabeza.

—Fruto del destino. Mi esposo acabó dándole cuatro hijas, una más de las que me dio a mí.

—¿Y Tía Solterona?

—Hasta la segunda investigación, siempre creí que su muerte había sido un triste accidente... —Continúa hablando y me ahorra mi siguiente pregunta planteándola ella misma—. Te habrás preguntado también por las hierbas que el doctor Wong envió a Pekín para que te las dieran. Lo único que puedo hacer es jurarte que no sabía que podían ser perjudiciales. —Me aprieta la mano—. Estas mismas cosas se las confesé a tu padre cuando vino para la segunda investigación. Había que tomar ciertas decisiones para proteger a los descendientes de nuestras dos familias, y las tomamos juntos. Me dijo que mi castigo sería sufrir eternamente en el Más Allá. Le dije que me conformaba con eso.

—¿De modo que ahora, para que yo tenga la boca cerrada, me permitirás ejercer como médica?

—Espero que guardes silencio por la familia, Yunxian. En cuanto a tu medicina, ya me demostraste tu valía hace tiempo, cuando curaste a Yining.

Se refiere a la hija de la concubina a la que traté aquí, cuando llegué a la casa.

—Siempre has hecho la vista gorda ante mis actividades —digo comprendiéndolo por fin.

Ella se encoge de hombros. Ambas nos quedamos calladas, y luego añade:

—Sé que seguirás siendo tan discreta como siempre...

Me quedo esperando, con la sensación de que hay algo más.

Unos instantes después, la señora Kuo continúa:

—Bueno, pues aquí estamos. No he sido una maestra particularmente buena para ti, pero eso no es nada fuera de lo corriente. Al fin y al cabo, tener a una nuera y a una suegra en la misma habitación es como meter a una comadreja y a una rata en un calcetín. La comadreja y la rata son enemigas por naturaleza. Puede que la comadreja sea más grande y tenga los dientes más afilados, pero la rata es más lista y más rápida. Espero que en el futuro podamos trabajar juntas, y que me permitas enseñarte a ser la cabeza femenina de la familia. Por lo demás, como he dicho antes, puedes seguir tratando a mujeres y niñas, pero te pido por favor que lo hagas siempre dentro del recinto. Debes tener siempre en cuenta cómo afectarán tus actividades a la reputación de todas las mujeres y niñas de nuestra casa, incluidas tus propias hijas, que algún día se casarán para formar parte de otras familias.

—¿Y las visitas a mi abuelo y a Meiling?

—Puedes seguir visitando la casa de tu familia y la de la Joven Comadrona. Pero eso será todo. Nada de tratar a pacientes fuera de nuestro recinto.

Hace una pausa, como si considerara otras opciones, y finalmente añade:

—Te haré un obsequio adicional para enmendar en parte mi error y corregir los perjuicios causados a la comadrona Shi. Enviaré un mensaje a las demás familias de élite de Wuxi, en el que les notificaré que, a partir de ahora, tanto la Joven Comadrona como su madre podrán volver a ejercer aquí, en el Jardín de las Delicias Fragantes.

Sopeso todo eso y decido aceptar sus condiciones. Aun así, seguiré siendo cauta. «Las cosas siempre acaban convirtiéndose en lo opuesto. El camino de ida sube y, aunque sea el mismo, el camino de vuelta baja.» ¿Qué ocurrirá si la mente de la señora Kuo cambia de rumbo mañana? Por si todo esto no fuera suficiente para mí, mi suegra añade una petición más.

—Llevo años deseando pedirte un favor. —Apoya la mano en mi muslo con la muñeca girada hacia arriba—. ¿Puedes averiguar lo que me pasa?

Los pensamientos y las emociones se agolpan en mi cabeza, pero tengo la presencia de ánimo suficiente para decir:

—No necesito tomarte el pulso. Hace tiempo que sé qué es lo que te aflige.

Tardaré días y meses, quizá incluso años, en conseguir entender y poner orden en todo lo ocurrido, pero por el momento envío a Gorrión a mi habitación en busca de lo que voy a necesitar. Cuando vuelve, echo la flor de pimienta de Sichuan en una cazuela con agua y la pongo sobre el brasero. Mientras espero a que esté lista la infusión, mezclo los ingredientes de un emético para inducir el vómito. Una vez preparadas ambas cosas, acerco una mesita a la cabecera y dispongo dos pares de palillos y un cuenco lleno del licor que le gusta beber a mi suegra.

—Gorrión, acerca una lámpara a la cama y mantenla en alto —ordeno.

Le pido a mi suegra que haga gárgaras con la potente infusión de la flor de pimienta hasta que se le adormezcan la boca y la garganta. A continuación le doy a beber el emético. Los resultados son inmediatos. Vomita en el cuenco hasta expulsar los restos acuosos de la comida de anoche. Gorrión suelta un grito y retrocede cuando ve que algo se mueve en el cuenco. Eso lleva a la señora Kuo a mirar en el interior a su vez. Cuando ve las crías de gusano nadando, sufre varias arcadas, pero no expulsa nada más. Vuelve a tumbarse en la cama, exhausta y pálida. Le pongo una mano en el hombro para suavizar mi advertencia.

—Lo que viene ahora será un poco incómodo.

—Estoy preparada —contesta apoyándose contra la pared de detrás de la cama.

—Abre la boca todo lo que puedas. —Utilizo un trozo plano de jade para sujetarle la lengua y añado—: Relájate, voy a masajearte la garganta. —Me vuelvo hacia Gorrión—: Acerca un poco más la lámpara.

La lengua de la señora Kuo se estremece cuando uso mi mano izquierda para masajear desde el hueco de la base del cuello hacia arriba, a lo largo del conducto que lleva hasta su boca. Al cabo de un par de minutos, algo blanco aparece en la parte posterior de su garganta. Mi mano derecha agarra un par de palillos.

—Cierra los ojos —le digo a mi suegra.

En cuanto los cierra, uso los palillos para llegar hasta el fondo de su garganta, pinzo lo que creo que es la cabeza del gusano madre y empiezo a tirar. Cuando comienza a salir entre los labios de la señora Kuo, noto que se me pone la carne de gallina. Gorrión gime a mi lado, pero sujeta la lámpara con firmeza. Saco el trozo de jade, lo dejo caer al suelo y sujeto los palillos con mi mano izquierda. Cojo otro par de palillos, hurgo de nuevo en la boca para sacar lo que espero que sea la parte media del gusano y sigo tirando. Se parece a esos fideos largos que servimos en ocasiones especiales como símbolos de una larga vida, pero los fideos no se menean ni se retuercen y éste no es un simple gusano de jardín. Su cuerpo se ondula como el de una serpiente. «Nací en el año de la serpiente», me digo, «no tengo miedo...».

Con los palillos de la mano izquierda, meto la parte superior del gusano en el cuenco de licor, donde siguen nadando las crías, y vuelvo a meter la mano en la boca de la señora Kuo para sacar el siguiente segmento. Finalmente la cola se desprende de su garganta. Dejo caer el resto del gusano en el cuenco. Debe de tener un metro de largo.

No era mi suegra la que tenía sed de licor. Eran el gusano y sus crías.

· · ·

En los días siguientes me dedico a llevar a cabo la tarea que me encomendó la abuela: ayudar a Meiling a quedarse embarazada. Permanezco despierta hasta tarde para leer a la luz de un farol los libros y cuadernos que heredé de ella. Estudio lo que dicen los clásicos de la medicina sobre la gestación y el parto, y saco mi cuaderno de su escondite en el lecho conyugal para revisar mis propios casos. Repaso mentalmente las hierbas que Meiling me contó que le administraban la abuela y el doctor Wong, e intento averiguar por qué eran ineficaces. Pienso en las palabras que el gran médico Chen Ziming dejó escritas hace doscientos años: «Los hombres piensan en la alcoba cuando su esencia es exuberante; las mujeres ansían el embarazo cuando su sangre es exuberante.»

Y empiezo a ver con claridad el camino.

Decido utilizar hierbas refrescantes y balsámicas para el esposo de Meiling mediante una fórmula compuesta de yemas de loto y semillas de fruta de serpiente para aumentar su potencia, y añado cuerno de ciervo y una especie particular de escaramujo, que inspiran al cuerpo masculino a reunir y consolidar fluidos, especialmente la esencia. Para Meiling, preparo la píldora Comienzo de Gozo, que tiene dieciséis ingredientes, entre ellos ginseng, regaliz, angélica y *atractylodes*, para fortalecer su *chi* y su sangre y, sobre todo, prevenir el aborto. También realizo un tratamiento de moxibustión en su vientre para crear un calor acogedor en su palacio del feto.

Cuando el flujo lunar menstrual de Meiling no llega, ella le quita importancia diciendo:

—Ha sido un visitante infrecuente desde que salimos de Pekín.

A la semana siguiente se la ve cansada y pálida. También rechaza estos indicios.

—El pescado que comí anoche no me sentó bien.

Con esas palabras, por inocuas que sean, por fin entiendo por qué la abuela y la comadrona Shi pensaron que yo sería un buen complemento para Meiling. Si yo tenía defectos físicos y emocionales, de los que el corazón bondadoso de Meiling podía rescatarme una y otra vez, ella tenía la flaqueza de sentirse poco digna de las bendiciones del mundo, algo en lo que yo podía ayudarla mediante mi aceptación inconsciente de los dones y privilegios con los que nací. En nuestra amistad, con todos sus giros y momentos tumultuosos, estaban el yin y el yang de la vida.

A la semana siguiente, aunque estoy segura de mi diagnóstico, decido comprobar si Kailoo ha logrado plantar un bebé en Meiling. Mi amiga posa su muñeca en mi mano para que pueda tomarle el pulso. Dejo que mi corazón y mi respiración se ralenticen hasta fundirse con el ritmo vital de Meiling, y ahí está: encuentro un yin llamativo y un yang muy destacado. Sonrío y le doy la buena noticia, pero ella se muestra escéptica, temerosa de sufrir una decepción.

—Me esperaba eso, y estoy preparada —le digo—. Sabía que no te conformarías con el té habitual, hecho con raíz de levístico y artemisa, pese a que sabes que estimula al feto a saltar y a girar de tal forma que la madre puede sentirlo a los pocos meses. Así que le he añadido miel de algarroba, como haría un médico varón. —Le tiendo la taza—. «La alegría en su apogeo engendra tristeza», decimos, pero ¿no podríamos verlo al revés y decir que la adversidad extrema puede ser el principio de la buena fortuna?

Me mira con esperanza.

—Confía en mí —le digo—. Bebe.

Meiling se bebe el té de un trago y, oh, felicidad suprema, vomita al instante.

Sus náuseas matutinas resultan implacables. Incluyo tallos de perilla en un tónico para fortalecer su estómago y, para prevenir el aborto, preparo una fórmula con tomillo morado y casida con el que conseguiré enfriar el fuego maternal.

—Tranquila —le digo—. Sigue mis instrucciones y todo irá bien.

· · ·

«Hay una dulce felicidad en la tristeza y una profunda tristeza en la felicidad.» Este aforismo puede aplicarse a muchas situaciones, pero es posible que ninguna resulte más conmovedora que la de preparar a una hija para irse a casa de su esposo. Qué alegría recogerle el pelo a Yuelan, indicándoles con ello a las mujeres y niñas de las cámaras interiores que está lista para el matrimonio. Qué tristeza ver su ropa guardada en baúles y los más preciados regalos de su dote —joyas, pergaminos y dinero en efectivo— envueltos en seda roja y colocados en cajas lacadas con incrustaciones de oro. Qué satisfacción siento al conceder a Tía Segunda, por ser la mujer de nuestra casa que ha demostrado su fecundidad al traer al mundo hijos varones, el honor de enviarla a la futura casa de Yuelan para «disponer la habitación» como preparativo de su llegada. Qué sorprendente placer me produce impartir palabras de consejo junto a mi suegra.

—Respeta siempre a tu suegra —le indico—. Obedece siempre.

La señora Kuo escucha esas palabras, junta las manos y añade con tono dulce y quizá burlón:

—Escucha a tu suegra, pero sigue el ejemplo de tu madre: obedece, obedece, obedece, y luego haz lo que quieras.

Nunca hubiera imaginado que mi suegra y yo encontraríamos un día la manera de reírnos juntas, y sin embargo lo hemos hecho.

Pienso en el día de mi propia boda, en la primera vez que vi a Maoren y en nuestra primera noche de asuntos de alcoba. Nadie espera que la pasión dure para siempre, pero la nuestra se disipó demasiado pronto. Me he dicho más de una vez que quizá perdió interés en mí durante el tiempo que pasé fuera en el Gran Canal y en palacio, o quizá cuando cuidé a los enfermos en la ermita, o tal vez durante las semanas en que mantuve el luto ritual por la abuela y estuve postrada en cama por mi reciente enfermedad. Es posible incluso que lo que me vi obligada a hacer para llegar hasta la verdad de lo que ocurrió aquí, en el Jardín de las Delicias Fragantes, me mancillara ante sus ojos. En cualquier caso, la causa poco importa ya, porque hemos cumplido con nuestra obligación de asegurar la línea familiar Yang. (Y a decir verdad, hace años que no disfrutamos de día de las actividades nocturnas.) Podría albergar decepción con respecto a mi esposo, pero prefiero verlo de otro modo: soy una esposa con responsabilidades, y él se ha ganado el derecho a tener la compañía de una mujer cuyo único propósito sea entretener... y proporcionar instantes de gozo en la alcoba. Parece complacido cuando le ofrezco adquirir una concubina para él.

—Confío en que sea una muchacha agradable —me responde.

—Encontraré a alguien con un carácter tan agradable como su rostro —le prometo.

Y en efecto la encuentro. Tengo muy presentes a las tres Jades de mi abuelo cuando llamo Oca de Nieve a la chica que he comprado para mi marido. (Con el tiempo, es posible que le encuentre a Maoren otra Rosa de Nieve, pero ahora es demasiado pronto para que mi esposo tenga que recordarlos a ella y a su hijo.) Ya me imagino a todas las otras nívias muchachas que podrían llegar a la casa algún día: Luz de Nieve, Cristal de Nieve, Alba de Nieve. Por ahora, sin embargo, Oca de Nieve evoca pureza, delicadeza y la capacidad de alejar a alguien de las preocupaciones terrenales. Su rostro no luce cicatrices de viruela ni arrugas de desvelos. Sus cejas se curvan como hojas de sauce, y sus labios son tan rosados que no le hace falta aplicar color en ellos a menos que le apetezca. Tiene un cuerpo esbelto y unos andares oscilantes. Cuando la traen a casa, la ayudo personalmente a ponerse un vestido de seda aguamarina con un estampado en relieve de mariposas y flores en hilo de plata. Superviso cómo le recogen el cabello en un moño y se lo rodean con una diadema de filigrana dorada. Añado a su pelo unas largas horquillas de puntas decoradas con brillantes mariposas azules hechas con plumas de martín pescador, que proporcionan el efecto de un jardín en plena primavera. Acompaño a mi esposo hasta la puerta de la concubina, la abro y le doy a Maoren un suave empujón.

Mientras vuelvo a mis dependencias, pienso en algo que aprendí de mi abuela: toda mujer debe tratar bien a las concubinas de su marido. Nuestro comportamiento en ese sentido eleva la calidad de nuestra benevolencia a ojos de ellos. Pero creo que obtenemos otra ganancia que va más allá de la admiración de un esposo, y es la compasión. Es posible que no nos gusten las concubinas, pero es importante recordar que cada una de ellas salió del vientre de una mujer. Toda muchacha, por mezquina o desafortunada que sea, tuvo una madre que la amamantó y la cuidó. Todas ellas, por muchos celos que sintamos cuando las visitan nuestros esposos, siguen siendo seres humanos.

Esos pensamientos me conducen hasta la señorita Chen. Aunque mi padre me advirtió que no me metiera en la vida de los demás, sigo queriendo ayudarla. Pregunto discretamente a las concubinas por su paradero. Me dirigen a una casa de huéspedes, donde encuentro a la señorita Chen protegida por muros y envuelta en velos para que nadie pueda ver su rostro arruinado. Siempre ha sido muy diestra bordando. Con unas palabras dichas aquí y allá, no pasa mucho tiempo hasta que las mujeres de élite de Wuxi empiezan a comprarle a una misteriosa mujer sin nombre protectores de mangas, cenefas de zapatos para pies vendados y túnicas para dormir, todo bordado con primor. Por su parte, la señorita Chen ha perfeccionado el arte de la imperfección y omite deliberadamente la última puntada de una peonía, un pez dorado o una nube. El mensaje es claro, y constituye un buen regalo para las hijas que se van a casar: sed humildes, pero no olvidéis tampoco que nadie es perfecto. Meiling y Kailoo contratan a Hija Quinta, única superviviente de los hijos e hijas de la señorita Chen, para trabajar en la tienda de té, ayudar a Meiling en sus tareas de comadrona y limpiar la casa. No son las tareas típicas de una niña de pies vendados, pero por lo menos se ganará la vida. Para cuando el bebé de Meiling anuncia que está preparado y dispuesto a respirar el aire de este mundo, Hija Quinta ya está lista para ayudar a la comadrona Shi a asistir en el parto de su nieto.

Cuando salgo de detrás del biombo que me ha protegido de la visión de la sangre y el estropicio del parto, ya han puesto al bebé en brazos de Meiling. Mi amiga me mira y dice:

—Mi corazón estará siempre unido al de mi hijo.

Al mirar el rostro del niño, recuerdo aquel aforismo que dice: «Donde no hay barro, no hay loto.»

Cuando el emperador Hongzhi llega al final del quinto año de su reinado, mi hija mayor se queda embarazada de su primer hijo. Chunlan y Ailan ya están prometidas. Lian tiene diecinueve meses y Amapola se pasa el día persiguiéndolo. Mi hermano ha superado con éxito el nivel más alto de los exámenes imperiales y se ha presentado ante el emperador. En cuanto a mí, acabo de cumplir los treinta y un años. He tenido que enfrentarme a muchos desafíos en los últimos treinta y dos meses y aún me quedan muchos años de arroz y sal por delante, pero veo mi futuro de una forma que nunca había previsto. Utilizaré todo lo que me enseñaron mis abuelos, y en especial mi abuela, para curar a mujeres. Sin miedo. Sin vacilación.

CUARTA PARTE

Los tiempos del recogimiento

Años quinto y sexto del reinado
del emperador Zhengde (1510-1511)

Con el cabello cano y envejeciendo juntas

¿Cómo se ubica una vida en el tiempo? ¿Por el movimiento del sol y la luna, por el cambio de las estaciones o por la celebración del Año Nuevo? ¿Por cómo dividimos en distintas etapas la vida de una mujer: los días de la primera infancia, los días del cabello recogido, los días de arroz y sal, los días del recogimiento? Un famoso pareado nos dice: «El cielo añade tiempo y la gente envejece; la primavera llena el mundo, y de bendiciones el umbral florece.» Los jóvenes se casan y tienen hijos; los de mediana edad envejecen y mueren. Hacemos ofrendas a nuestros antepasados en el Más Allá con la esperanza de que nos recompensen en este mundo. Intentamos tomar buenas decisiones —eligiendo esposas para nuestros hijos, creando buenas alianzas mediante los matrimonios de nuestras hijas, plantando cosechas, comprando tierras o negocios y contratando a los mejores tutores para nuestra prole— con la esperanza de asegurar el bienestar y la prosperidad de las generaciones futuras. Pero nada está garantizado. A un rostro inmaculado le saldrán arrugas con el correr del tiempo y los pétalos blancos de la azalea se volverán marrones y caerán. Es un ciclo interminable que continuará durante toda la eternidad.

Han pasado diecinueve años desde el brote de viruela y he entrado oficialmente en la época del recogimiento y de sentarme en silencio. Es la etapa de la vida de una mujer en la que, por definición, una se limita a esperar a que la muerte la aparte de las luchas de la vida, pero nadie lo diría al verme. Cuando murió mi suegro, hace ahora cinco años, mi esposo se convirtió en el señor del Jardín de las Delicias Fragantes. Maoren se retiró del Consejo de Castigos y actualmente supervisa todos los asuntos de la familia Yang con la ayuda de Tío Segundo, que ha demostrado ser sabio, leal y trabajador, así como un excelente modelo de conducta para Lian, su sobrino nieto y mi hijo, que algún día será también el señor del Jardín de las Delicias Fragantes. Ahora presido un hogar de cuatro generaciones y espero vivir lo suficiente para ver la próxima. «Un linaje familiar extenso es como un árbol con un tronco robusto, raíces profundas y muchas ramas.» Con ese fin, no sólo soy responsable de la salud de todas las mujeres y los niños de nuestra casa, sino que también atiendo a las mujeres trabajadoras que acuden a la puerta trasera en busca de mi ayuda.

Como señora Tan, también asumo todas las cargas y obligaciones de la administración de la casa: gestionar el presupuesto; recibir las rentas y diezmos de quienes trabajan nuestras tierras; supervisar los proyectos de construcción y las reparaciones; adquirir productos básicos como carbón, arroz y sal, así como todos los demás víveres; seleccionar y contratar a criados y tutores, y organizar bodas y funerales. Me gusta pensar que soy franca en mis obligaciones y en las de nuestros sirvientes. Ni una sola vez, al menos de momento, he recurrido a las estrategias que formaban parte de la manera de gobernar la casa de la señora Kuo. Todo esto quiere decir que no tengo tiempo para sentarme a contemplar tranquilamente cómo crecen las flores o a disfrutar del tránsito de la luna por el cielo nocturno. Bien al contrario, soy la guardiana de los recursos de la familia. Como tal, mis días empiezan temprano y son muy largos.

Ya estoy despierta y vestida cuando mi nuera llama a la puerta de mi alcoba, entra y me sirve el té. Acaba de cumplir diecisiete años. Es la madre de mi primer nieto y pronto dará a luz a otro hijo, que espero que sea otro varón. Mi preocupación es la misma que tenía la señora Kuo: que las esposas Yang no estén produciendo suficientes hijos varones pese a mis esfuerzos por que las mujeres de la casa sean fértiles. Lo inquietante es que, si seguimos por este camino, la familia continuará reduciéndose y el dinero escaseará, pues no tendremos suficientes hombres para dirigir nuestros negocios ni hijos varones que hagan un buen papel en los exámenes imperiales.

—Cuando la comadrona Shi venga en su visita semanal —le digo a mi nuera—, espero que acudas a la ermita para que podamos examinarte las dos.

Todavía me cuesta pensar en Meiling como comadrona Shi, pero asumió el título tras la muerte de su madre.

—Allí estaré, señora Tan —responde ella inclinando educadamente la cabeza.

Cuento con que esta muchacha sea un par de ojos y un par de oídos más para mí, de modo que le pregunto:

—¿Hay otras personas de la casa a las que deba ver hoy?

—Tía Cuarta tiene problemas con el vendaje de los pies de su nieta...

—¡Tía Cuarta debería habérmelo dicho!

—Se culpa por no haber estado más atenta y no quería decepcionarte.

—Dile que no se preocupe por mi opinión. Lo que importa es que la infección no se instale en los pies de su nieta. Visitaré a la niña cuando se haya ido la comadrona Shi.

—Sí, señora Tan.

Miro sonriendo a la muchacha.

—¿Cómo van los estudios de Lian?

—Se ha pasado toda la noche trabajando en su biblioteca.

Mi sonrisa se vuelve más amplia.

—Siempre ha sido un buen estudiante.

—Eso me has contado.

—Pues volverás a oírlo, así podrás ser una buena madre para tus hijos cuando tengan edad suficiente. —Me acerco a mi tocador para aplicarme colorete y pintarme los labios—. Empecé a instruir a Lian cuando tenía tres años. Me dije que, si un niño puede memorizar una canción infantil, ¿por qué no algo más importante? Abrí el *Libro de las odas*. Recuerdo bien la primera lección que Lian aprendió de memoria. «Quien dependa de sí mismo cosechará la mayor felicidad.» ¡Y mira! Ha resultado ser así.

Mi nuera comienza a cepillarme el pelo. Me gusta esta chica, es obediente y amable. Y es especialmente habilidosa recogiendo el pelo en moños altos y colocando horquillas ornamentales y otros adornos.

—Lian ya es *juren* —continúo, como si ella no lo supiera ya—. Pasó ese nivel de los exámenes imperiales a una edad más temprana que mi padre, mi abuelo o el padre del propio Lian. Le espera un futuro muy brillante.

Como para mostrarse de acuerdo, mi nuera se pone a mi lado para que pueda ver su barriga de embarazada. Asiento con la cabeza como agradecimiento a ese mensaje silencioso, y luego añado:

—Por favor, ve a las cámaras interiores. Yo iré enseguida.

Mis primeras paradas esta mañana son la cocina, el granero y la sala de tejido. A continuación, dado que el Festival del Barco Dragón está a la vuelta de la esquina, compruebo que se están llevando a cabo los preparativos para proteger la casa y a sus habitantes de las Cinco Criaturas Venenosas que se despiertan en esta época del año. Los sirvientes han quemado rejalgar por todo el recinto para ahuyentarlas y han colgado ramos de artemisa en las puertas para mantener a raya a los malos espíritus.

Cuando llego a las cámaras interiores, todas las mujeres están ya inmersas en sus actividades matutinas. Como modelo de feminidad, es mi deber transmitir los valores adecuados a las hijas de nuestra estirpe para que puedan casarse con miembros de buenas familias, pero, al mismo tiempo, mis acciones —que siempre han de estar en consonancia con el cosmos— deben velar por la paz y el decoro entre las esposas y concubinas que viven dentro de los muros protectores de nuestro recinto. Rindo pleitesía a la señora Kuo, que se sienta con las solteronas y otras viudas, y me aseguro de que Amapola esté cerca. Durante los dos últimos años ha servido lealmente como criada personal de mi suegra, que necesita ayuda para todo. Mi hija menor, Ailan, también forma parte de este grupo. Su compromiso se canceló después de que la casamentera viera el alcance de las cicatrices que le dejó la enfermedad de las flores celestiales. Mi pobre niña es la nueva Tía Solterona, pese a que sólo tiene veinticuatro años.

Presto especial atención a las madres jóvenes para recordarles que tomen las fórmulas que favorecen la fertilidad, las animo a que sigan instruyendo a sus hijos e hijas y superviso a las que vendan los pies de una hija.

—«Un rostro poco agraciado lo proporciona el Cielo» —recito—, «pero unos pies mal vendados son indicio de pereza.»

Un coro de «Sí, señora Tan» y «Gracias, señora Tan» acoge mis instrucciones y advertencias.

Por último saludo con un gesto a las concubinas. Estas mujeres, que confían en su belleza para obtener poder y prestigio, son tan maliciosas y mezquinas como las de todos los hogares. Prefiero que reine la paz, pero intento mantener el control desde la distancia. «Siéntate en la cima de la montaña y observa cómo se pelean los tigres.» Mejor no acabar siendo víctima de un zarpazo.

Una vez que he hecho mi ronda, me planto en el centro de la estancia y doy unas palmadas para llamar la atención de todas. Como mujer cabeza de familia me ha llevado varios años tomar esta decisión, y no estoy segura de cómo van a recibirla las demás.

—Acabamos de entrar en el quinto mes —empiezo—. En el Jardín de las Delicias Fragantes siempre ha existido la costumbre de que las concubinas acompañen a sus amos al lago Tai para celebrar el Festival del Barco Dragón. —En su círculo, las concubinas se hacen mutuos y gráciles gestos de afirmación en reconocimiento de ese privilegio especial—. Este año todas las concubinas se quedarán en casa. Quien quiera asistir al Festival del Barco Dragón puede hacerlo, desde los niños pequeños hasta las abuelas.

Tras mi anuncio me llegan gritos ahogados de asombro por parte de las esposas y miradas hoscas por parte de las concubinas, pero nadie puede oponerse a mi voluntad en este asunto. Al fin y al cabo, soy la señora Tan.

Más tarde, cuando voy en busca de mi suegra, me comenta:

—Siempre has tenido una forma diferente de pensar.

Supongo que es verdad. Y añade:

—Espero que esto no cause problemas con los hombres.

Yo también confío en que no. Entonces me mira fijamente y me dice:

—Sea como sea, pienso ir. Siempre he querido asistir al festival.

Un deseo oculto del corazón puede ahora hacerse realidad.

Dos días más tarde, el quinto día del quinto mes, todas las mujeres —desde un bebé de seis semanas hasta una tía anciana—, con la excepción de las concubinas, llegan a las cámaras interiores ataviadas con sus mejores galas. Yo luzco un vestido de gasa de seda que se derrama y serpentea a mi espalda como una cola nacarada. De mis orejas cuelgan pendientes de jade con forma de plumas. Cuando nos dirigimos al portón principal, el frufrú de las sedas y los rasos y el tintineo de los adornos de pelo casi ahogan el canto de los pájaros, mientras las capas flotan como nubes de rosas en nuestra estela. Confío en haber acertado con esta decisión. Mi abuela desaprobaba la asistencia al Festival del Barco Dragón porque quería mantener su integridad como médica. La señora Kuo creía que, si enviaba a las concubinas con sus amos, esos hombres volverían a casa dispuestos a engendrar hijos con sus esposas. Lo que yo deseo es que las esposas tienten a sus maridos y hagan que ellos las cortejen.

He dispuesto palanquines, sillas de manos y un carruaje que nos llevarán al lago Tai, donde nos reuniremos con nuestros hijos y esposos. En el lugar donde debemos apearnos, avanzamos con pasos cautelosos y nos unimos a los habitantes de Wuxi. Son cientos, quizá miles, y pertenecen a todos los estratos sociales, desde los más pobres entre los pobres hasta los altos mandarines y sus familias. Todos ellos caminan hacia la orilla. En uno de los muchos muelles, subimos a bordo de una embarcación de recreo que nos lleva a través del lago. A lo lejos vemos los barcos que competirán hoy. En cada uno de ellos, la proa elevada tiene forma de cabeza de dragón, con la boca abierta y los ojos pintados. Nos emocionamos con sólo verlos. Que podamos estar aquí, contemplando las regatas...

Llegamos a la orilla opuesta y desembarcamos. La mitad de las mujeres de mi casa lanzan exclamaciones admirativas con cada nueva visión, mientras que la otra mitad expresa su asombro con un silencio contemplativo.

—Tened cuidado —les advierto—. Niñas mayores, coged de la mano a vuestras hermanas pequeñas. Madres, tías y abuelas, os aviso también. Me han dicho que los caminos no están tan cuidados como los que tenemos en casa. Procurad no caeros.

Murmullos afirmativos llegan a mis oídos. Ni una sola mujer o muchacha se rebela, pues todas saben que doy una importancia primordial al cuidado de sus pies. En mis años de médica he visto demasiados casos de gangrena. Muchas niñas mueren como hojas que caen con el viento otoñal, como mechas de lámpara que arden hasta convertirse en cenizas. Y en su condición de ramas sin valor en el árbol genealógico, de niñas criadas por sus familias natales sólo hasta que se casan para formar parte de las familias de sus maridos, no se les rinde homenaje alguno. No hay constancia de sus muertes, ni lápidas conmemorativas, ni grandes períodos de luto. En cuanto a las mujeres adultas que se despreocupan del cuidado de sus pies, cada una de ellas me recuerda a mi madre.

—¿Amapola? —exclamo con aspereza.

—¡Estoy aquí!

La veo entre la multitud, agarrando con fuerza el codo de mi suegra.

—Pues vamos allá. Permaneced todas juntas. Y por favor, estad atentas. —Hago una última advertencia—: Es la primera vez que venimos; no permitamos que una tragedia la convierta en la última.

Subimos hasta la cima de una pequeña colina y nos dirigimos a un pabellón privado, donde los hombres de nuestra familia se han congregado para ver las carreras de barcos. Cipreses, pinos nudosos y olivos fragantes, así como altísimos rodales de bambú, tiñen la orilla y los picos circundantes de mil tonalidades de verde. El lago se extiende cincuenta *li*, quizá más. El terraplén que lo rodea está hecho de piedra. Varios puentes, uno de ellos con cuatrocientos arcos, dividen el lago en distintos puntos. Las laderas están salpicadas de santuarios. Una pagoda se eleva hasta catorce pisos hacia el cielo, como si fuera una escalera. Una grulla desciende en picado entre graznidos. Más allá veo a Maoren, que me saluda con un ademán. Cuando llego hasta él, toma mis manos entre las suyas.

—Estoy contento de tenerte aquí —me dice.

Los criados han preparado un pícnic que incluye los cangrejos de agua dulce del lago Tai, sopa, bolas de arroz envueltas en hojas atadas con un cordel, encurtidos y jarras de licor de arroz. Las parejas se sientan juntas, a veces por su cuenta, a veces en pequeños grupos. Tío Segundo y Tía Segunda tienen su propio círculo, con sus hijos y sus esposas y sus nietos. Él se ha ganado con creces el respeto que le corresponde a un anciano de la familia Yang y, al cabo de tantos años, Tía Segunda está contenta, si no francamente feliz. Por todas partes se han dejado de lado algunas de las divisiones habituales, pues niños y niñas juegan juntos. Debajo de nosotros, el lago resplandece y refleja las colinas y las nubes. Además de los barcos dragón, las embarcaciones de recreo, decoradas con cortinas de brocado y estandartes ondeantes, surcan el agua de aquí para allá, cada una con su propio grupo a bordo.

Llega el momento del inicio de las carreras. Los dos primeros barcos se alinean uno al lado del otro en medio del lago. Desde mi posición privilegiada, veo con mayor claridad el aspecto inconfundible que luce cada dragón, desde la curva de sus bigotes hasta la complejidad de sus escamas. Suena un gong. El líder de cada embarcación toca rítmicamente un tambor, invocando el corazón de dragón de su barco para inspirar a los remeros. Los remos vuelan, perturbando los brillantes reflejos y formando ristras de ondas en la superficie del lago. Maoren y otros hombres animan a gritos a sus embarcaciones favoritas para la victoria. Durante la segunda carrera, algunas damas de la casa olvidan por completo su condición y también alzan la voz. Para cuando llega la tercera carrera, los hombres y mujeres de la familia Yang gritan juntos y levantan sus vasos de licor de arroz cuando su barco preferido cruza la línea de meta en primer lugar.

A continuación los ganadores de las primeras series compiten entre sí. Más favoritos quedan eliminados. A primera hora de la tarde los dos finalistas ocupan la posición de salida. Me alegra ver que el favorito de Maoren ha llegado tan lejos. Sería indecoroso para mí, como señora Tan, expresar mis emociones aplaudiendo al sonar el gong, pero, lo sea o no, los sonidos brotan de mí con tal exuberancia que me veo obligada a taparme la boca con las manos. A lo largo de los años, mi marido ha seguido el dicho que recomienda: «En el lecho, actúa como un marido; fuera del lecho, actúa como un caballero.» Pero en este momento olvida todo decoro. Me rodea la cintura con el brazo y me atrae hacia él.

Maoren sirve más licor. Parejas, familias y grupos de muchachos solteros abandonan nuestro pabellón para pasear por los senderos protegidos por la sombra. Otros invitados al festival hacen lo mismo. Tengo la seguridad de haber visto a Oriole, la fabricante de ladrillos, con la cabeza inclinada hacia un hombre que debe de ser su esposo. No sólo ha permanecido sana, sino que a lo largo de los años me ha recomendado a mujeres que, como ella, han padecido extenuación a causa del trabajo. Me encantaría acercarme a ella para saludarla, pero Maoren dice:

—Como señor Yang y señora Tan, debemos quedarnos aquí y dejar que los demás nos presenten sus respetos.

Se dice que el matrimonio y la fortuna están predestinados, pero Maoren y yo también trabajamos en su día en estrecho contacto con la casamentera para asegurarnos de que nuestras dos hijas mayores se casaran bien y fueran felices, y así ha sido. Yuelan y Chunlan viven lo bastante cerca para que pueda visitarlas con regularidad. Ha sido un regalo en mi vida poder ayudarlas en sus embarazos y partos. Y lo cierto es que verlas aquí, con sus hijos pequeños a la zaga, vestidas como si se dirigieran al palacio imperial, me produce una gran alegría. Qué bondadosas se muestran mis hijas con su hermana pequeña, que ha venido a esta excursión cubierta por un velo hasta los muslos.

Mientras espero a que lleguen Meiling y su esposo, otros se acercan a saludarme. Mi hermano Yifeng entra en el pabellón con la túnica, el tocado y las insignias bordadas que revelan a todos los presentes su condición de mandarín. Su hijo, mi sobrino, estudia ahora para los exámenes. Creo que seguirá los pasos de su padre y formará parte de la administración pública. Yifeng y yo nos visitamos a menudo, en Año Nuevo y en esas fechas en las que hacemos ofrendas a nuestros difuntos. El abuelo murió tres años después de la partida de la abuela. Poco después, mi padre se jubiló. Regresó a Wuxi con su esposa para vivir en la Mansión de la Luz Dorada, donde podía utilizar sus contactos en beneficio de los jóvenes que aspiraban a ascender en los círculos oficiales. Murió hace dos años. Su segunda señora Respetable lo siguió apenas un año después. Yifeng llevó a cabo todos los ritos y continúa haciéndolo.

—¿Dónde está la señorita Zhao? —pregunto mirando por encima del hombro de mi hermano.

—Puesto que ha alcanzado el estatus de Madre Honorable —responde él—, no le pareció apropiado venir hoy.

—Madre Honorable... —repito.

Me complace que Yifeng siga sintiendo devoción por la señorita Zhao. Pero si por alguna razón a su esposa llegara a disgustarle su presencia, entonces le daré la bienvenida al Jardín de las Delicias Fragantes. Tardé muchos años en darme cuenta de que no es mucho mayor que yo, así que quizá podamos llegar a ancianas juntas, bordando y contando historias en un rincón especial de las cámaras interiores.

Por fin llega Meiling. Ahora es una mujer acomodada, que viste un fino atuendo adquirido con su propio dinero. Su esposo, también próspero, camina orgulloso a su lado. Entre ellos va Dairu, su hijo de dieciocho años. Los sigue a pocos pasos la hija superviviente de la señorita Chen, Hija Quinta, a la que algunos en Wuxi llaman ahora Joven Comadrona.

Dairu se apresura a adelantarse a sus padres, nos hace una reverencia a mi esposo y a mí, y luego pregunta si Lian ha venido. El chico tiene una buena educación, pues se ha formado, como le prometí a Meiling, en la escuela de nuestra casa.

—Deja que te lleve con él —dice Maoren. Mi esposo se levanta y se aleja con Dairu.

Kailoo se vuelve hacia Meiling.

—Esposa mía, quiero acercarme a la pagoda. ¿Te parece bien si te dejo aquí un rato?

Cuando nuestros maridos desaparecen, Meiling se sienta a mi lado. A menudo oímos hablar de matrimonios que viven en amigable compañía, pero mi corazón ha encontrado un amor profundo en Meiling.

—¿Recuerdas cuando mi abuela habló con tu madre de la posibilidad de que tú y yo entabláramos una amistad especial? —pregunto.

Meiling asiente y recita:

—«La amistad es un pacto entre dos corazones. Con los corazones unidos, las mujeres pueden reír y llorar, vivir y morir juntas.»

—¿Te imaginabas entonces hasta qué punto sería eso cierto para nosotras?

—No, pero tampoco podía imaginarme que te vería aquí en el festival —responde riéndose suavemente.

Miro hacia el lago.

—Tus imágenes con palabras me permitieron ver esto durante muchos años. Es exactamente como lo imaginaba.

—Y a cambio, tú me enseñaste a leer y a escribir palabras de verdad.

Sirvo dos copas de vino y observamos cómo juegan los niños durante un rato.

—¿Has elegido qué casos incluir en tu libro? —pregunta Meiling.

Exhalo un suspiro y levanto las palmas de las manos hacia el cielo.

—No sé por qué te empeñas en darme la lata con eso.

—Porque creo que deberías reunirlos en un volumen. Ya conoces el dicho: «Los ancianos tienen muchos conocimientos y experiencia, al igual que los árboles viejos tienen muchas raíces.»

—¿Me estás llamando anciana? —pregunto en tono burlón.

—Estoy señalando que eres una médica que ha tratado a mujeres y niñas durante décadas. Deberías compartir tus conocimientos.

—Me gustaría llegar a más esposas y madres —confieso, sintiendo vergüenza al expresar ese deseo incluso ante mi amiga—. Pero si hiciera lo que sugieres, y sólo lo planteo como una posibilidad, ¿no pensaría la gente que busco la fama?

—No eres el doctor Wong —responde en un tono severo—. Lo escribirías para ayudar a las mujeres.

Le doy vueltas a la idea, como cada vez que Meiling saca el tema.

—Si pudiera redactar descripciones de síntomas, seguidas de recetas para fórmulas con las medidas exactas y los tiempos necesarios para prepararlas, entonces las esposas y las madres no tendrían que arriesgar su decoro o el de sus hijas para encontrar caminos hacia el bienestar...

—Es justo lo que te he estado diciendo.

—Pero las mujeres tendrían que saber leer —señalo.

—No todas las mujeres son capaces de hacerlo, cierto —admite mi amiga—. Pero ¿quién sabe? Quizá una mujer podría pedirle a una vecina que se lo leyera.

Nos quedamos en silencio, ambas pensativas.

Meiling me toca la muñeca para llamar mi atención.

—Si eliges ingredientes sencillos...

—¡Baratos, querrás decir!

Nos reímos, pero tiene razón.

—Nadie diría nunca que mis remedios son fruto de la vanidad —concluyo—. Siempre pienso en el vínculo entre las emociones y el cuerpo. «La alegría intensa ataca al yang; la ira intensa daña al yin.» Si escribiera un libro, me gustaría incluir las afecciones relacionadas con el hígado, en concreto las causadas por los distintos tipos de ira que las mujeres debemos ocultar ante nuestros esposos, suegras y concubinas. Y luego están las dolencias relacionadas con las emociones del pulmón: la tristeza y la preocupación.

—¿Te acuerdas de la fabricante de ladrillos? —pregunta Meiling.

—Hoy me ha parecido ver a Oriole por aquí...

—¿Podría afirmarse también que las mujeres no sólo luchan con sus emociones, sino que además se sienten agobiadas por tener que trabajar demasiado, y que algunas de ellas, como Oriole, se ven perjudicadas por todo ese trabajo excesivo?

Asiento con la cabeza, asimilando sus palabras.

—No conozco a un solo médico varón que haya dejado constancia de casos relativos a mujeres corrientes y trabajadoras.

Kailoo se encamina hacia nosotras, lo que significa que nuestro tiempo juntas está llegando a su fin. Mi amiga me aprieta la muñeca.

—Dime que lo harás. No, prométeme que lo harás.

—No sé por dónde empezar...

Me lanza una mirada cuyo mensaje no puede ser más claro: «Deja de actuar como si tu mente estuviera vacía de pensamientos e ideas.» Entonces se adelanta y abre una senda para mí:

—Por tus cuadernos. Has tomado notas de todos los casos.

Pero, en lugar de convencerme, su sugerencia hace que la idea de este proyecto me parezca incluso más sobrecogedora.

—Si me decido a hacerlo, y repito que es sólo una posibilidad, necesitaré tu ayuda.

Inclina la cabeza con cierta timidez.

—Sólo tenías que pedírmelo.

Unas horas más tarde, mi familia emprende el trayecto de vuelta a casa. Tengan la edad que tengan, todos parecen cansados pero felices. Me complace enormemente ver a los maridos sentados junto a sus mujeres mientras nos deslizamos por el agua. Confío en que, dentro de un año, veremos a muchos hijos varones de pocos meses.

Por la noche Maoren acude a mi alcoba. Se sienta con las piernas cruzadas en un extremo de mi lecho matrimonial.

Me siento frente a él, de lado y con las piernas dobladas, con la túnica fluyendo a mi alrededor y los pies asomando ligeramente. Aunque tiene a su trío de Nieves para entretenerlo, le gusta venir a mi alcoba de vez en cuando. Es posible que yo haya dado a luz a cuatro hijos y que ya no sea tan esbelta y ágil como antes. Incluso es posible que tenga algunas arrugas en las comisuras de los ojos, pero mis pies son tan perfectos como el día en que mi madre terminó de darles forma. Maoren los toma entre sus manos. Por más que los hombres sean el Cielo y el sol, nada puede cambiar la debilidad intrínseca de la esencia. A pesar de cuanto nos enseñan a las mujeres, sospecho que, con el tiempo, todas las esposas de la tierra llegan a comprender esta verdad fundamental.

Al día siguiente permanezco en las cámaras interiores hasta el almuerzo y luego salgo para ir a la ermita. Los ginkgos han crecido y los rodales de bambú se han espesado, pero el sonido del viento entre las ramas y del agua que fluye entre las rocas continúa siendo el mismo. Cruzo el puente en zigzag hasta la terraza de la ermita. Es posible que el edificio fuera en sus orígenes un lugar de reunión para los hombres, pero ahora me pertenece por completo. El interior se parece mucho al de la botica de mis abuelos en la Mansión de la Luz Dorada. Ocho sillas de teca están alineadas con los respaldos apoyados contra la pared. Los libros y frascos de hierbas de la abuela Ru llenan las estanterías de la pared opuesta. Tras el fallecimiento del abuelo, trasladé a la ermita su biblioteca de libros de medicina y los muebles más grandes, incluidos los tres botiquines de madera de peral de mis abuelos, con todos sus cajoncitos para guardar los ingredientes.

«Nunca debe forzarse una enfermedad para que encaje en una fórmula existente.» Lo importante es encontrar el equilibrio entre el cuerpo, las emociones y el mundo. Casi todo lo que utilizo para preparar medicinas lo guardo aquí, en la ermita. Mis hierbas preferidas son la peonía, la raíz de angélica y la hoja de loto, que fortalecen el yin de la mujer. Además de las hierbas habituales para mujeres y niñas, también tengo los ingredientes que una esposa puede dar a su marido para mejorar su energía en la alcoba o prolongar su longevidad.

La primera mujer que viene hoy es de fuera del recinto. Está delgada como un junco. Sus pulsos carecen de vitalidad, y su piel tiene un tinte amarillento.

—He traído al mundo a diez hijos —murmura, como si no tuviera fuerzas ni para hacer brotar las palabras de su boca.

—Has cumplido bien con tus deberes de esposa —la elogio.

—Pero no quiero tener otro hijo. No puedo tener otro más. Estoy tan cansada...

Claro que está cansada. Demasiadas mujeres sufren al menos una de las Cinco Fatigas, tres de las cuales están provocadas por la pena, la preocupación y el decaimiento. Ninguna, sin embargo, es tan difícil de evitar o superar como la fatiga derivada de dar a luz y criar a los hijos, en especial para las mujeres pobres, que carecen de ayuda. Los síntomas son fáciles de reconocer: pérdida de peso a causa de la desnutrición; palidez provocada por el agotamiento; pies y manos que pasan del frío al calor y viceversa, y pesadillas que interrumpen la naturaleza reparadora del sueño. No he conocido aún a ningún hombre capaz de mantener un *chi* equilibrado ante semejantes dificultades y desafíos.

—Quieres tener control sobre tu cuerpo —le digo—, pero te da miedo lo que pueda pasar si le dices a tu esposo que no vas a realizar actividades de alcoba.

—Mucho miedo —admite.

—Puedo darte hierbas para regular tu flujo lunar menstrual, garantizándote que llegará a su debido tiempo —le prometo—. Debes tomar el remedio cada día. Si no lo haces y te olvidas una sola noche, podrías quedarte embarazada.

La mujer de un primo de mi esposo llega a continuación para una visita de seguimiento.

—No consigo disipar mi rabia —me dice enjugándose las lágrimas con un pañuelo.

—Casos como el tuyo son difíciles de tratar —comento.

—Te agradezco que tu padre ayudara a mi marido a conseguir un puesto en el Consejo de Castigos, pero...

—Siento mucho que mi padre haya contribuido a tu sufrimiento.

Intento que mi tono sea apaciguador, pero en mi fuero interno pienso que imponer castigos —los latigazos, el destierro o la muerte— es algo que se opone por completo al propósito de las mujeres, que es traer vidas al mundo. Pero ése no es el único problema. Para celebrar un reciente ascenso, el esposo de mi paciente ha adquirido una concubina de apenas quince años. ¿Qué mujer no enfermaría de rabia?

Le sostengo la muñeca para tomarle el pulso.

—He estado pensando en tu caso y esta mañana he hecho ajustes en tu fórmula. Notarás la diferencia.

Ella asiente para hacerme saber que lo entiende.

—Tú y yo no podemos hacer nada respecto a tu marido y su concubina —continúo—, y no sé si podré apagar por completo el fuego que arde en tu corazón, pero intentaremos sofocar las llamas hasta dejar sólo brasas humeantes.

Mi tercer caso tiene que ver con algo que conozco demasiado bien y que yo misma he padecido: la incapacidad de una mujer para darle un hijo varón a su esposo. La paciente tiene treinta años y está casada con otro primo de mi marido. Llevo a cabo tres de los Cuatro Exámenes y luego considero cómo han cambiado los resultados en los meses que llevo tratándola. Entonces comienzo a hacerle preguntas...

—Háblame de tu flujo lunar menstrual. ¿Ya es regular?

La mujer niega con la cabeza, sin apartar la mirada de sus propias manos.

—Cuando llega, ¿lo describirías como pesado o ligero?

Contesta en susurros.

—Tan pesado que me mareo cuando empieza.

Y así continúa la cosa.

Más tarde, cuando se ha marchado la última paciente, preparo una tetera y me siento en la terraza. Tengo la cabeza llena de ideas sobre la clase de casos que podría incluir en un libro. Quiero escribir sobre los problemas que se derivan del simple hecho de ser mujer. Oh, sí, es posible que nuestros pies tengan formas diferentes y señalen a qué clase pertenecemos, pero compartimos los pechos y las tribulaciones del palacio del feto. Estamos conectadas mediante la sangre y el flujo menstrual. También compartimos las mismas emociones. Cuando una mujer sufre, ¿cómo puede no sentir desesperanza, frustración o ira, ya sea rica o pobre, culta o analfabeta, madre o sin hijos? En otras palabras, todas las mujeres estamos atrapadas, en cierta medida, en nuestro ser físico y emocional, pero cada una lo está de una manera diferente. La emperatriz, la mujer más importante del mundo, está confinada en el Gran Interior. Es posible que las mujeres como las que viven en el Jardín de las Delicias Fragantes y en la Mansión de la Luz Dorada formen parte de la élite más distinguida de China, pero también somos las más limitadas, ya que hemos vivido toda nuestra vida en las cámaras interiores, primero en las casas de nuestros padres, y después en las de nuestros maridos. Las concubinas y las criadas tienen algún contacto con el mundo exterior, pero están destinadas a ser compradas y vendidas. Las mujeres corrientes, como las casadas con granjeros, carniceros y tenderos, las que trabajan en fábricas de seda o seleccionan las hojas de té, y las que pertenecen a las categorías de las Tres Tías y las Seis Abuelas, pueden trabajar en el mundo exterior de los hombres, pero no pueden evitar las penurias que de ello se derivan. No hay más que ver a Meiling: puede ir adonde quiera cuando quiera, pero una comadrona como ella se ve obligada a sufrir el desdén de esposos y padres. ¿No es eso otra versión de estar atrapada?

Cuando Meiling llega a la mañana siguiente, me siento a una distancia respetuosa mientras ella examina a las mujeres de nuestra casa que han entrado en el último mes de embarazo o cumplen el mes de puerperio. Después de cada mujer, Meiling mira hacia mí y declara:

—Todo va bien.

Nunca dudo de sus valoraciones.

Cuando termina sus exámenes, la invito a mi habitación. Amapola nos trae un almuerzo ligero. Mientras mi amiga y yo comemos, le transmito las ideas que he estado barajando sobre la medicina femenina.

—Precisamente por eso creo que deberías escribir un libro —me dice con entusiasmo.

—Pues empezaremos después de comer.

Un rato después me sigue a través de la antecámara y del vestidor de mi lecho conyugal hasta la plataforma para dormir. Nos sentamos una junto a la otra con la espalda apoyada en los cojines, como hemos hecho tantas veces desde niñas, y libero el panel donde tengo escondidos los cuadernos con mis casos más importantes.

—Toma —digo—. Coge uno y yo cogeré otro. Podemos decidir juntas cuáles son los mejores casos.

No ha transcurrido mucho rato cuando Meiling levanta la vista y dice:

—Deberías incluir la historia de Yining.

—Fue mi primera paciente en el Jardín de las Delicias Fragantes...

—Una niñita que sufría una dolencia alimentaria.

—Me gusta la idea, porque cualquier niño puede padecer un exceso de amor si lo malcrían y lo consienten demasiado.

Eso nos pone en el camino para encontrar casos de dolencias comunes como tos, vómitos, dolor de garganta, ictericia, lombrices, nariz de lichi y sarpullidos. Todas ellas afligen por igual a hombres y mujeres, a niños y niñas. Creo que una mujer podrá utilizar mis tratamientos para ayudar a los varones de su casa si no dispone de un médico o si su familia no puede permitírselo. Meiling y yo estamos tan absortas que, antes de que nos demos cuenta, las velas se han consumido.

Durante las semanas siguientes seguimos examinando mis cuadernos. Una vez identificados los casos que ilustran los problemas cotidianos y las formas de tratarlos, pasamos a lo que distinguirá este proyecto de todos los libros de medicina jamás escritos. Meiling resulta indispensable: me anima, cuestiona mis ideas y a veces las rechaza. Con su consejo, reduzco la lista a treinta y un casos, muchos de los cuales están relacionados con el flujo lunar menstrual, el embarazo, los efectos en el cuerpo del parto, la lactancia y la menopausia. Una vez seleccionados los casos, Meiling se retira diciendo:

—Sólo tú puedes escribir la introducción.

Y me deja a solas con mis pensamientos. Miro el pincel, la tinta y el papel. Comprendo que debo mostrarme servil y modesta ante los hombres, sobre todo ante otros médicos, de modo que adopto un tono humilde aunque firme. Empiezo por la historia de mi familia. «Yo, Tan Yunxian, desciendo de generaciones de respetados y aclamados eruditos imperiales.» Luego menciono los altos rangos alcanzados por mi bisabuelo, mi abuelo, mi tío y mi padre. Después rememoro mi infancia: «El abuelo Tan advirtió mi precocidad y me sugirió que aprendiera "su" medicina, pero mi mejor maestra fue la abuela Ru, una doctora hereditaria con grandes aptitudes y enorme sabiduría. A los quince años entré en mis tiempos del cabello recogido y me casé. Sufría dolencias del *chi* y de la sangre menstrual. Cuando los médicos me trataban, yo estudiaba sus recetas y decidía por mí misma qué funcionaría y qué no.»

Al llegar la primavera, Meiling y yo nos sentamos en la terraza de la ermita. Llevo una túnica de seda teñida con zumo de moras, una chaquetilla sin mangas de brocado color cereza, bordada con hilos de oro y plata, y una falda plisada de tono azul oscuro. El vestido de Meiling es de colores vivos, como corresponde a su condición de comadrona: el rosa chillón de las flores de manzano silvestre, el verde llamativo de las hojas de banano y el rojo alegre del Año Nuevo. Sobre una mesa entre nosotras hay un ejemplar de *Miscelánea de casos de una doctora*, que acaba de publicarse, en el decimosexto día del tercer mes lunar del quinto año del reinado del emperador Zhengde. A nuestro alrededor, las hojas que acaban de brotar se estremecen en sus ramas y las peonías en flor perfuman el aire. Las niñas de la casa se dedican a diferentes actividades según su edad. Juegan a las adivinanzas, hacen rompecabezas, bordan, cosen, tocan instrumentos musicales, practican la caligrafía y recitan a los clásicos. Más allá, en el jardín, dos niños pequeños vuelan una cometa. Otro grupo de niños corre por los senderos del jardín, ignorando las advertencias de sus madres y criadas de que tengan cuidado, hasta que alzo la voz y les ordeno que se detengan de inmediato. Para recompensar su obediencia, les doy un dátil a cada uno. Los demás niños y niñas no tardan en reunirse a mi alrededor, a la espera de las golosinas que guardo para ellos en los bolsillos.

En cuanto los niños abandonan la terraza, contemplo mi propia imagen y la de Meiling en el espejo del estanque. Me viene a la cabeza un dicho sobre las parejas casadas: «Con el cabello cano y envejeciendo juntos.» Lo mismo podría decirse de Meiling y de mí. Con cada cosecha que pasa, el *chi* del riñón se debilita. A los hombres se les cae el pelo, y a veces también a las mujeres. Nuestros dientes parecen más largos. Nuestros huesos se vuelven quebradizos. Las antiguas líneas de expresión provocadas por las sonrisas y las carcajadas se convierten en arrugas de arrepentimiento y dolor, o, a veces, en surcos de ira o arrogancia. Pero al contemplar nuestros reflejos, no veo ninguna pérdida de *chi*, aunque ambas hayamos cumplido recientemente los cincuenta.

Me llega el sonido de voces. La señorita Zhao, la señora Kuo y Amapola aparecen de pronto y empiezan a cruzar el puente en zigzag para llegar hasta donde estamos Meiling y yo. Durante gran parte de mi vida me sentí sola, pero con el paso de los años un círculo de mujeres llegó a quererme, y yo llegué a querer a mi vez a cada una de esas mujeres. Cuando la señorita Zhao levanta la mano para saludar, reflexiono sobre la senda que ha seguido mi vida. Recuerdo a mi madre en su lecho de muerte, diciendo: «La vida es como un rayo de sol que cruza una grieta en la pared.» Recuerdo el día en que mi abuela me visitó en sueños y profetizó que viviría hasta los setenta y tres años. Si es así, entonces he vivido ya dos tercios de mi vida, pero ¿quién sabe realmente cuántos días le quedan a una mujer como yo, y qué podría hacer todavía, rodeada de tanta belleza y tanto amor?

Epílogo a la reimpresión de
Miscelánea de casos de una doctora

La hermana de mi abuelo era una doctora llamada señora Tan Yunxian, esposa, madre y nuera de alto rango. De niño, cuando aún se me caían los dientes de leche, recuerdo haber visto cómo mi tía abuela trataba a pacientes en la Mansión de la Luz Dorada, donde yo vivía y aún resido, y en su propio hogar conyugal, el Jardín de las Delicias Fragantes. Era irreprochable, y alcanzó la fama en vida por sus habilidades médicas, que ponía en práctica con los ricos y con los pobres a modo de arte humanitario. Vivió hasta los noventa y seis años, superando las predicciones de que tendría una muerte más temprana. Falleció en el trigésimo quinto año del reinado del emperador Jianjing [1556], tras haber sobrevivido a los reinados de cinco emperadores y demostrado que debió de ser una muy buena doctora.

Se dice que los descendientes de una persona que salva vidas prosperarán y florecerán, pero en este caso no fue así. El hijo de la señora Tan, Yang Lian, murió muy joven. Muchos años después, el único nieto de la señora Tan, Yang Qiao, fue decapitado por delitos de naturaleza política. Todos sus descendientes murieron también en esa purga, dejándola sin herederos varones para hacerle ofrendas en el Más Allá. Sin ellos, tampoco hubo nadie que se ocupara de la conservación de su obra, y su miscelánea fue desapareciendo poco a poco de los comercios de libros. Busqué y busqué hasta que di con un hombre que tenía un ejemplar en su biblioteca personal. Me lo prestó para que pudiera transcribir sus palabras y hacer nuevas planchas de madera, lo que permitiría que se imprimiera y distribuyera de nuevo.

Para este sobrino nieto aún quedan misterios por resolver. Se dice que las curas que la señora Tan formuló en su vejez fueron aún más inspiradas que las que se encuentran en su libro. Muchos creen que llegó a tener el maravilloso talento de los grandes médicos del pasado, que podían limitarse a mirar a una persona, a ver en su interior, para discernir qué andaba mal. Pero si la señora Tan había coronado esas cumbres, ¿por qué no registró esos casos? ¿O acaso dejó constancia de ellos por escrito, pero decidió no compartirlos? De ser así, ¿dónde están ahora esos escritos? Me preocupa que alguna criada o esposa menor del Jardín de las Delicias Fragantes encontrara sus cuadernos, los considerara inútiles y utilizara las páginas para tapar tarros de encurtidos y salsas.

Ahora, en el momento de esta nueva publicación, espero que los casos originales de la señora Tan sirvan de ayuda no sólo a una aldea o ciudad, sino a las multitudes diseminadas por toda nuestra tierra.

Ofrezco este epílogo en el decimotercer año del emperador Wanli [1585] junto con cien reverencias.

Respetuosamente,
Tan Xiu

Agradecimientos

Durante los primeros tiempos de la pandemia de covid-19, al igual que tantísima gente, me encontraba confinada en casa y sin nada que hacer. Un día, cuando pasaba ante una estantería donde tengo los libros que utilizo para documentarme —un trayecto que cubro diez veces al día por lo menos—, me llamó la atención el lomo de un volumen; no sé por qué, pues era gris y con letras muy sutiles, de un tono apagado. Lo saqué de la estantería. Era *Reproducing Women: Medicine, Metaphor, and Childbirth in Late Imperial China*, de Yi-li Wu. Al mirar en la portadilla, comprobé que llevaba una década en mi estantería y que nunca lo había abierto, así que me dije: «Bueno, aquí estoy, en medio de una pandemia mundial: quizá ha llegado el momento de leerlo.» Me senté y me puse a ello. En la página 19 encontré una mención a Tan Yunxian, una doctora de la dinastía Ming que, en 1511, al cumplir los cincuenta años, publicó un libro con sus casos médicos. Me picó la curiosidad, dejé el ejemplar que tenía entre las manos, fui al ordenador, busqué a Tan y descubrí que su obra continuaba disponible no sólo en chino, sino también en inglés. Al día siguiente me hice con un ejemplar de *Miscelánea de casos de una doctora*, traducido por Lorraine Wilcox y Yue Lu. Y así, en el espacio de unas veintiséis horas, supe sobre qué trataría mi próxima novela.

El lomo de aquel volumen que me había saltado a la vista y la disponibilidad inmediata del libro constituyeron gratos momentos de serendipia, pero mi buena suerte no acabó ahí. Localicé a Lorraine Wilcox —gracias, internet— ¡y descubrí que vivía a un cuarto de hora de mi casa! Las vacunas aún no estaban disponibles y transcurrieron muchos meses antes de que nos conociéramos en persona, pero Lorraine y yo hablábamos a menudo por Zoom. Me recomendó conferencias en línea, me puso en contacto con muchos eruditos y me envió toda clase de material de documentación, incluido un ejemplar fotocopiado de la segunda edición de *Miscelánea de casos de una doctora*, en la reimpresión encargada por el sobrino nieto de Tan en 1585. Lorraine me concedió con generosidad su tiempo y sus recursos, y estoy profundamente en deuda con ella por haberme obsequiado con su sabiduría y su perspicacia.

Tan Yunxian fue una mujer extraordinaria desde todos los puntos de vista. Según la investigadora Charlotte Furth, del catálogo estándar de las doce mil obras sobre medicina chinas conocidas que se encuentran en las bibliotecas chinas, sólo tres las escribieron mujeres, y el texto de Tan Yunxian es el más antiguo. (Charlotte Furth falleció cuando yo estaba trabajando en la revisión final de la novela. No sólo rescató a Tan Yunxian del olvido, sino que su influencia en los estudiosos de la vida de las mujeres en China tiene un valor incalculable; hay quienes dicen que ese campo ni siquiera existiría si no fuera por ella.) Muchas de las fórmulas que Tan enumeró en su libro se siguen utilizando hoy en día en la medicina tradicional china y se basan en costumbres de más de dos mil años de antigüedad. Sin embargo, se sabe muy poco sobre su vida, más allá de las pocas páginas que escribió en la introducción de su libro y de los prefacios y epílogos que aportaron sus parientes masculinos. Sí recogió las palabras pronunciadas por la señora Respetable en su lecho de muerte y relató la visita fantasmal de su abuela, incluida la profecía sobre la duración de la vida de la propia Tan, que resultó errónea.

Las mayores claves de su vida se encuentran en sus casos. Cada uno de ellos comienza con una descripción de su paciente, normalmente una mujer o una niña que vive en un hogar de élite. Los estudiosos creen que lo más probable es que estas mujeres, niñas y criadas vivieran en la casa del esposo de Tan. Sus casos reales se reflejan en las historias de ficción de la novela: Yining, la niña que sufre un trastorno alimentario causado por un exceso de cariño (caso 11); los problemas de la viuda Bao con la menopausia (caso 24); las dolencias de la hija de esta última, causadas por los ataques de llanto, y que Tan trataba desde la distancia (caso 18); la joven esposa que sufre picores a causa del viento tras el parto (caso 15), y los problemas de Meiling (casos 4, 23, 27 y 31). Luego están los casos de mujeres que residen en el mundo exterior: la fabricante de ladrillos (caso 3) y la timonel (caso 2). Me pregunté cómo pudo haber conocido Tan a esas mujeres. También consideré qué le habría ocurrido tras la muerte de su hijo y de su nieto y por qué no volvió a dejar constancia de otros casos, pese a que, según los datos de que disponemos, sus remedios mejoraron en sus últimos años y muchos los consideraban milagrosos. ¿Cambió su forma de ejercer como doctora con la edad? ¿Se convirtió acaso el ejercicio de la medicina en una necesidad, en una forma de ganar dinero, de supervivencia personal?

Me gustaría agradecer el trabajo de algunas investigadoras que me han inspirado a mí y a tantas otras con su obra sobre la vida de las mujeres en la China imperial: Victoria Cass con *Warriors, Grannies and Geishas of the Ming* y «Female Healers in the Ming and the Lodge of Ritual and Ceremony»; Patricia Buckley Ebrey con *The Inner Quarters*; Dorothy Ko con *Teachers of the Inner Chambers, Cinderella's Sisters* y *Every Step a Lotus*; *The Talented Women of the Zhang Family*, de Susan Mann; *Aching for Beauty*, de Wang Ping, y dos trabajos de Yi-li Wu's: «Ghost Fetuses, False Pregnancies, and the Parameters of Medical Uncertainty in Classical Chinese Gynecology» y «Between the Living and the Dead:

Trauma Medicine and Forensic Medicine in the Mid-Qing», así como su conferencia a través de Zoom «Myth-Busting the History of Chinese Medicine: Going Beyond the "Function, Not Structure' Stereotype"». Le debo también mi gratitud a Tobie Meyer-Fong, que respondió a mis preguntas por correo electrónico y me permitió hacerle una entrevista telefónica sobre temas que abarcaron desde detalles sobre la vida de las mujeres hasta el funcionamiento cotidiano de las grandes residencias familiares.

Con esta novela, quizá más que con ninguna otra, me lancé a investigar sobre vestimenta, cosméticos, joyas y otros adornos personales. ¡Fue muy divertido! Cuando quería inspirarme para un atuendo concreto, miraba las imágenes de *Chinese Dress*, de Valery Garrett, *Chinese Clothing*, de Hua Mei, y *Traditional Chinese Clothing*, de Shaorong Yang, así como las pinturas de la dinastía Ming. Para obtener información sobre cómo vivían los niños en la época en que transcurre la novela, consulté *A Tender Voyage: Children and Childhood in Late Imperial China*, de Ping-chen Hsiung, y *Chinese Views of Childhood*, editado por Anne Behnke Kinney.

Los artículos de revistas y libros que se citan a continuación me ayudaron a comprender distintos aspectos de la medicina tradicional china, con especial énfasis en la mujer: «Dispersing the Foetal Toxin of the Body: Conceptions of Smallpox Aetiology in Pre-modern China» y «Variolation», de Chia-feng Chang; *A Flourishing Yin: Gender in China's Medical History* 960-1665, de Charlotte Furth; *Thinking with Cases*, edición de Charlotte Furth, Judith T. Zeitlin y Ping-chen Hsiung; *The Web That Has No Weaver*, de Ted J. Kaptchuk; *The Expressiveness of Body and the Divergence of Greek and Chinese Medicine*, de Shigehisa Kuriyama; «Women Practicing Medicine in Premodern China», de Angela Ki Che Leung, que también fue editora de *Medicine for Women in Imperial China*; *Oriental Materia Medica*, de Hong-yen Hsu y otros; «Between Passion and Repression: Medical Views of Demon Dreams, Demonic Fetuses, and Female Sexual Madness in Late Imperial China», de Hsiu-fen Chen; «The Leisure Life of Women in the Ming Dynasty», de Zhao Cuili; y «Female Medical Workers in Ancient China», de Jin-sheng Zheng.

Es probable que la preocupación por la salud reproductiva femenina sea tan antigua como la humanidad misma, y he mantenido muchas conversaciones interesantes sobre este tema con las personas que aparecen en estas páginas, pero quizá ninguna ha sido tan importante o conmovedora como las que tuve con Marina Bokelman, folclorista, curandera, amiga de la familia y segunda madre para mí. En nuestra última conversación antes de que decidiera dejar esta vida, habló largo y tendido sobre Hildegarda de Bingen, una monja católica nacida en el año 1098 que se convirtió en abadesa, compositora, escritora y médica. En sus textos médicos, *Physica. Libro de medicina sencilla* y el *Libro de las causas y remedios de las enfermedades*, describe hierbas y recetas para regular la menstruación, obtener métodos anticonceptivos, poner fin a embarazos no deseados y orientar a la mujer durante el embarazo y el parto.

Quisiera hacer algunos comentarios sobre términos y temas médicos que aparecen en esta novela: el término «palacio del feto», por ejemplo, data del siglo I o II d. C. y todavía se utiliza en chino contemporáneo para referirse al útero. Hoy en día podemos reconocer la «rigidez del cordón fetal» como el tétanos presuntamente contraído al ponerse en cuclillas sobre paja para dar a luz o al sentarse en un suelo mojado durante o después del parto. (El tétanos sigue siendo una de las principales causas de muerte de las puérperas en el tercer mundo.) En su libro, Tan escribió sobre su tratamiento de los bultos y llagas de la escrófula en los casos 5, 7 y 16. Hoy en día, los profesionales médicos reconocerían esos síntomas como linfadenitis cervical micobacteriana relacionada con la tuberculosis. Ella trataba a esos pacientes con moxibustión

—reconocida en China como un remedio eficaz para dicha afección desde la antigüedad— y con hierbas medicinales. Por último, me gustaría recomendar un artículo fascinante publicado en *New Scientist*, «On the Origins of the Midwife», donde la autora Sarah Bunney explica por qué el parto es más peligroso para los humanos que para cualquier otro primate.

También me inspiró durante la creación de esta historia la traducción al inglés de Brian E. McKnight de *Manual para médicos forenses. Cómo limpiar los agravios*, de Sung Tz'u (Song Ci en pinyin). Se sabe que este texto, fechado en 1247, es el primer libro de medicina forense del mundo. Precede en casi cuatrocientos años a obras similares del Renacimiento europeo. (Cabe decir que los registros forenses ordenados por el Estado en China se remontan al siglo II a. C.) Los forenses chinos seguirían utilizando ese manual hasta bien entrado el siglo XX, y quizá no debería sorprendernos. Los indicadores de muerte por ahorcamiento, apuñalamiento o envenenamiento no han cambiado con el paso del tiempo. He seguido las prácticas de Sung Tz'u para los interrogatorios, incluyendo la exhibición del cuerpo desnudo de la víctima para que todos lo vean, el emplazamiento del acusado de pie ante el cadáver, el examen del lugar donde se ahogó la víctima y el concepto de que la familia y el acusado deben tener la oportunidad de enfrentarse cara a cara.

Siempre me he enorgullecido de ir a todos los lugares sobre los que escribo. En el caso de este libro, no pude hacerlo. (Mientras escribo esto, en las principales ciudades de China sigue imperando el confinamiento, y el período de cuarentena para los visitantes es de tres semanas.) Sin embargo, cuando me documentaba para *El pabellón de las peonías*, viajé a varias ciudades acuáticas del delta del Yangtsé. Así pues, tenía la confianza suficiente para escribir sobre una ciudad acuática, pero seguía lamentando no haber podido ver Wuxi con mis propios ojos. La serendipia acudió al rescate una vez más. Un día, mientras consultaba Twitter, vi una publicación sobre un edificio de la dinastía Ming en Wuxi. Envié un mensaje directo a @TheSilkRoad para preguntar qué más sabían sobre lugares de la dinastía Ming que todavía existieran en Wuxi. Sólo un día después Zhang Li me mandó enlaces a cuarenta y tres edificios, jardines y canales de la dinastía Ming que han sobrevivido en Wuxi, junto con fotos, historia y, en muchos casos, vídeos. No tardé en verme a bordo de un barco surcando los canales de Wuxi, de día y de noche, y también en sumergirme en un documental en blanco y negro de los años cincuenta. Pueden encontrar muchos de esos enlaces en mi sitio web, en la sección «Step Inside the World of Lady Tan», en www.LisaSee.com.

El jardín que da nombre al ficticio Jardín de las Delicias Fragantes está inspirado en otros dos que he visitado muchas veces: el Jardín del Humilde Administrador, en Suzhou, y el Jardín de las Fragancias de la Biblioteca, Museo de Arte y Jardín Botánico Huntington de San Marino, California. El recinto en sí del Jardín de las Delicias Fragantes se inspira en la residencia de la familia Qiao, cerca de la antigua ciudad de Pingyao, que visité hace muchos años. La casa cuenta con 313 habitaciones, seis espaciosos patios y diecinueve patios más pequeños. Es posible que lo reconozcan como el escenario de la película *La linterna roja*.

El lecho conyugal ha pertenecido a mi familia desde mucho antes de que yo naciera; generaciones de hijos de los See han jugado en él. Cuando era pequeña, los cajones estaban llenos de ropa y zapatos para que pudiera jugar a disfrazarme. Mis hijos y sus primos veían la televisión en la primera antecámara, donde antaño dormía en el suelo una criada. Hoy en día, tantos años después, me maravilla la belleza de las pinturas de las ventanas, las escenas talladas y las tres habitaciones separadas, todas unidas sin un solo clavo. En mi sitio web encontrarán fotos de los dos jardines, la finca Qiao y el lecho conyugal. Mi foto de autora fue tomada a la entrada del lecho, así que ahí también se puede ver un poco.

Como todos sabemos, las obras de ficción pueden crear imágenes mentales y proporcionarnos experiencias emocionales. Durante el primer año de la pandemia, decidí releer la traducción al inglés de David Hawkes de *Sueño en el pabellón rojo*, de Cao Xueqin, considerada una de las mejores novelas chinas, si no la mejor. Aunque la historia está ambientada en la dinastía Qing, ofrece un retrato impresionante de cómo era la vida en una gran casa con muchos patios y jardines y habitada por una familia numerosa, incontables concubinas y sirvientes de todo tipo. En esta ocasión, di realce a mi lectura escuchando durante horas un podcast llamado, acertadamente, *Releyendo la piedra*, en alusión al título en inglés del libro. Las conversaciones semanales entre los presentadores, Kevin Wilson y William Jones, me ayudaron a comprender mejor la cultura, la historia, la literatura y la filosofía chinas.

Para obtener información sobre la dinastía Ming, leí *A Ming Society*, de John W. Dardess, algunas páginas muy relevantes de *Chinese Civilization and Society*, editadas por Patricia Buckley Ebrey, *The Censorial System of Ming China*, de Charles O. Hucker, y una colección de relatos cortos, *Stories from a Ming Collection*, compilada por Feng Menglong y traducida al inglés por Cyril Birch. A veces, sin embargo, intentar encontrar un detalle para una historia puede ser como buscar la proverbial aguja en un pajar. Por mi parte, puedo asegurarles que esas agujas se pueden encontrar... con mucha ayuda. Debo empezar dando las gracias de todo corazón a Jeffrey Wasserstrom, catedrático de Historia de la Universidad de California en Irvine. A lo largo de los años, le he pedido ayuda y consejo en numerosas ocasiones, y siempre ha ido más allá. Mientras escribía esta novela, actuó como intermediario, poniéndome en contacto con personas que me proporcionaron detalles que yo misma no podía encontrar. Primero me presentó a Emily Baum, profesora de Historia China Moderna en la UCI, con una segunda especialidad en medicina tradicional china, que habló conmigo de las diferencias entre las tradiciones médicas occidentales y las chinas. (La medicina occidental se centra en las estructuras materiales. Se puede sostener un corazón en la mano y ver bacterias a través de un microscopio. La medicina tradicional china se centra más en los procesos y las interacciones del cuerpo.)

El profesor Wasserstrom también me puso en contacto con Christopher Rea, catedrático de Literatura China en la Universidad de Columbia Británica, que respondió a muchas de mis preguntas sobre la dinastía Ming: si existía un sistema de correo en China hace más de quinientos años, ¿cómo funcionaba? ¿Cuánto tiempo habría llevado viajar de Wuxi a Pekín por el Gran Canal en 1490? Me envió el exhaustivo ensayo de Chelsea Zi Wang «More Haste, Less Speed: Sources of Friction in the Ming Postal System», y me sugirió un diario escrito por Ch'oe Pu, un comisionado censal coreano recién nombrado en Jeju, la isla sobre la que escribí en *La isla de las mujeres del mar*, que naufragó frente a las costas de China en el año 1487 y fue trasladado a Pekín por el Gran Canal. Luego encontré la traducción al inglés de John Meskill de *Ch'oe Pu's Diary: A Record of Drifting Across the Sea*. El diario está lleno de detalles maravillosos sobre la forma de vestir, la comida, las costumbres y, por supuesto, acerca del tiempo que se tardaba en llegar de un punto a otro cada día justo tres años antes de que Tan Yunxian, la señorita Zhao y Amapola emprendieran su viaje.

Por último, cuando me debatía entre las diferencias que encontraba en diversos textos —cuáles eran las responsabilidades de un juez de prefectura, un mandarín y un censor jefe de investigación, y quién presidiría una investigación o una nueva investigación—, el profesor Wasserstrom me presentó por correo electrónico a Michael Szonyi, catedrático de Historia China en la Universidad de Harvard y antiguo director del Centro Fairbank de Estudios Chinos. El profesor Szonyi compartió conmigo su artículo «The Case in the Vase: Legal

Process, Legal Culture, and Justice in *The Plum in the Golden Vase*». También mantuvimos una correspondencia fascinante, de la que me gustaría compartir con ustedes un pequeño fragmento. Cuando le escribí porque me confundía que algunas fuentes utilizaran Ministerio de Castigos (o Justicia) mientras que otras lo llamaban Consejo de Castigos (o Justicia), me contestó lo siguiente:

> Sobre el Consejo de Castigos, no puedo hablar acerca de las motivaciones de otros traductores, pero creo que la verdadera cuestión es el grado de confianza que tenemos a la hora de introducir nuestras propias suposiciones en los términos que utilizamos. La obra de referencia más importante sobre títulos oficiales, el *Dictionary of Official Titles in Imperial China* de Hucker, utiliza «Ministerio de Justicia». Pero esa obra se publicó en los años ochenta y se basaba en trabajos anteriores. Desde mi punto de vista, no es razonable deducir que el término chino original contenga un concepto comparable a nuestra idea de «justicia». Pero el concepto de castigo sí está ahí. En el sistema británico, un ministerio está dirigido por un funcionario elegido que también forma parte del Gabinete. El organismo chino del que hablamos aquí es una oficina de alto nivel dirigida por un burócrata de alto rango. Así pues, no puede traducirse como «ministerio». Si los primeros sinólogos hubieran sido estadounidenses, es posible que hubiéramos utilizado la denominación «Departamento de Castigos» para indicar un órgano administrativo de muy alto nivel dirigido por un burócrata de alto rango. Pero de algún modo nos hemos decantado por «consejo».

Una cuestión complicada y llena de matices, pero fascinante.

Para todo lo relacionado con el té, recurrí a Linda Louie, propietaria de la Bana Tea Company. Ha creado un surtido de tés para clubes de lectura, con algunos tés mencionados en la novela, que es posible encontrar en su página web: www.BanaTeaCompany.com. También quiero dar las gracias a Linda por servir de enlace entre su hermana, Meiyin Lee, y yo. Meiyin me envió material interesante sobre los viajes en la época Ming, los caballos flacos y las damas de los dientes.

Este libro es una novela, y me he tomado algunas libertades. Aunque el método de escribir un mensaje en el pie de un bebé durante el parto para enviarlo de vuelta al palacio del feto es real, no ocurrió en el caso de Tan Yunxian. Tampoco hay nada en la historia que sugiera que Tan Yunxian abandonó Wuxi, ni mucho menos que viajara a la Ciudad Prohibida. Pero yo quería que hiciera el viaje por tres razones: en primer lugar, para dar una posible respuesta a cómo y dónde encontró Tan a la mujer timonel; en segundo lugar, porque me fascinaban e intrigaban los detalles de la historia real de una «matrona de la medicina» llamada Peng, que en 1553 parió a un hijo justo antes que la emperatriz Xiaoke, cuarta consorte del emperador Jiajing (cuando éste se enteró de que semejante espectáculo había mancillado los ojos de su amada, ordenó ejecutar a la matrona; la consorte y otras damas de la corte lucharon por una sentencia más leve y ganaron: el emperador condenó a Peng a treinta azotes y la expulsó de la Ciudad Prohibida); y en tercer lugar, lo más importante: incluir el interludio en la Ciudad Prohibida me permitió escribir sobre las mujeres en todos los niveles de la sociedad, desde la criada hasta la emperatriz. Como nota al margen, la historia del eunuco que disparaba flechas a los transeúntes en el Gran Canal es cierta.

Tengo la suerte de contar con muchas personas extraordinarias que me apoyan como escritora y como mujer. Mi agente, Sandra Dijkstra, y su equipo de mujeres maravillosas —Andrea Cavallero y Elise Capron en particular— centran su atención en la parte comercial de las cosas. Ésta es mi terce-ra novela con Scribner, y ha sido un viaje maravilloso. Gracias a Nan Graham, Kathy Belden, Katie Monaghan, Mia O'Neill y Ashley Gilliam por su apoyo inquebrantable y su energía desbordante, y a todos los que trabajan en márketing y ventas, que me asombran casi a diario con sus ideas innovadoras.

Mi hermana, Clara Sturak, conoce y entiende mejor lo que escribo que cualquier otra persona sobre la faz de la tierra. No sólo confío en su buen ojo editorial, sino también en su ayuda para llegar al fondo de la historia que quiero narrar. Tengo la fortuna de contar con dos hijos, dos nueras y un nieto que me recuerdan qué es lo que importa en la vida. Los quiero mucho a todos. Por último, deseo dar las gracias a mi marido, Richard Kendall. Dicen que la ausencia vuelve el corazón más cariñoso, pero no estoy de acuerdo. Durante estos extraños y maravillosos años de pandemia, en los que hemos pasado veinticuatro horas al día bajo el mismo techo, trabajando en habitaciones diferentes, encontrando sencillas alegrías en la música, viendo programas de televisión cada vez más esotéricos y descansando en el jardín, mi amor y mi res-peto por él han crecido más de lo que podría haber imagina-do en aquella cita a ciegas que su padre y mi madre concerta-ron hace tanto tiempo.